野呂邦暢

文遊社

野呂邦暢 小説集成 3

草の

つるぎ

目次

野呂邦暢
小説集成
3

監修

豊田健次

草のつるぎ

ぼくは金物屋の前で立ちどまった。

「もっと大きかナイフを見せてくれ」

といった。

「このての物しかなかとです」と金物屋はいう。

「ボタンを押すと刃が開くやつがあるはずだ」というと、「飛び出しナイフは売るとを禁じられてるとです」とにわかに胡散臭い目付になった。ぼくは仕方なく陳列ケースに並べられたナイフのうち一番刃渡りの大きい物を選んだ。

「隊員さん、ナイフば何に使うとですか」

と親爺は訊く。黙って店を出た。刃を畳むと手におさまるほどの小ささだ。役に立ちそうになかったが、無いよりはましなようだ。

七月の太陽がまぶしかった。通行人の身なり、店の飾窓、売り出しの旗、目に映る物はみな色彩が鮮かすぎて刺戟が強く、こめかみが強くなる。きょうは初めての外出日だ。街に出るのは三週間ぶりになる。この日のために思い定めていた買物は二つあった。ナイフは手に入れた。ぼくは両側の商店を一軒ずつのぞいて歩いた。

仲間が溢れている。七百人の新隊員が一時に繰り出したのだから繁華街でひんぱんに出くわすのも当り前だ。彼らはたいてい二、三人つれだってゆっくり歩いている。一人で街角につっ立ってぽかんと人通りを眺めているのもいる。かと思えば目の色変えてパチンコ店へ出たり入ったりするのもいる。彼らは午後五時までの数時間をどうやって有意義に過そうかと頭の中はそれで一杯だ。ことさらのんびりとぶらついているのはそうした歩調できょうが初めての休日であることを確かめている連中だ。ぼくは一団の仲間を追いこした。見るからに制服が体に合わない。あるものは大きすぎ、あるものは小さすぎる。体のどこかが服の下で突っ張っているようだ。一目でわかる。誰もまだ兵隊になりきっていない。ぼくの恰好もまず似たようなものだ。

帽子は頭に合わずただ乗っかっているだけ、長すぎた袖は係に頼んで縮めてもらったけれど、補正工が寸法を間違えてぼくの腕にはまだ長い。おろすと手の甲にかぶさってしまう。気がついたときは遅かった。街にだぶだぶの制服を着て出かける他はなかった。支給された物はあと一着ありはしたが、それは中古のふだん着隊内用で外出に着ることは許されない。暑い。わきの下に汗が滲んで黒く濡れている。まつわりつくシャツをときどき指で引き剝がした。ようやく八百屋を見つけた。そこで訊いた。

「岩塩？　岩塩ば何にすっと」

とおかみは怪訝そうにぼくを見上げる。「普通の塩ならあるばって」とつけ加えた。ここにないとすればどこで売っているか知らないか、とぼくはきいた。

「漬物用の岩塩でよかならうちにあっよ」

「よかった、そればくれ」とぼくはいった。「どのくらい」とおかみにいわれて、

「ほんの少しでよかと、ひとつかみ」

奥に引っこんだおかみは握り拳くらいの岩塩を新聞紙にくるんで持って来た。「いくら」と訊いても「代はよか」と答える。百円札を置いて出た。千円でも手に入れるつもりだった。ナイフと岩塩を別々に包んで紙袋に入れ、手に下げた。これでほっとした。予定の買物はすんだけれど、あと一つする事がある。レストランを探した。店構えに気をとられて歩いていたので、小山二尉と鈴木三尉にすんでの所でぶつかりそうになった。二人ともわが中隊の区隊長だ。彼らはビヤホールの前に立ちどまった所だった。ぼくには気づいていない。小山二尉が鈴木三尉を誘っているようだ。五、六歩行き過ぎてから振り向くと、小山二尉は片手でビヤホールの扉を押え、もう一方の手は軽く鈴木三尉の腕にかけていた。二人の後ろ姿は扉の内側に消えた。

ぼくはレストランを探していたのだった。賑やかな通りに面した店は避けた。仲間か上級者にそこ

では顔を合せる惧れがある。裏通りに折れた。小さなレストランがあった。隅に腰をおろして帽子をとった。額が痛かった。またこれを頭にのせて帰るのかと思うと気が滅入った。襟ボタンをはずして椅子に深くもたれた。そうすると目が店の暗がりに慣れて、差し出されたメニューの文字も読めるようになった。ぼくはスープを頼んだ。

「コンソメですか、ポタージュですか」とボーイは訊く。迷いこんだ野良犬でも見るような目でテーブルのわきに立ってぼくを見下している。そんな目付は別に新しいものじゃない。ぼくは街に出て五分と経たないうちに慣れてしまった。行く先々でこうした視線にさらされた。まともから見る者は居なかったが、四方八方からじっと視線を注がれている。誰かがぼくを見ている。振り返ったところで誰もそこには居やしない。パチンコ店の番頭がタバコをくわえて空模様を眺めているだけ、時計屋の店員が通りに水を撒いているだけだ。彼らがたった今、このボーイと同じ目でぼくを見ていたなんて信じられないが、それは本当の事なのだ。ぼくの後ろから鋭い視線を注いでいたのは何喰わぬ顔をしている彼らなのだ。

「コンソメ」とぼくはいった。

「その次は何に致しましょうか」

「それだけ」

ボーイはたっぷり三秒間、無表情な目でぼくの顔をのぞきこんだ。それから音をたててメニューを閉じ調理室の方へ立ち去った。空腹ではあったけれど食欲はなかった。いつもの事だ。朝食はとっていない。水を一杯飲んだきり。それが三週間続いている。左手首に指をまわしてみると、輪にした親指と中指がたやすくくっついた。

壁を背にして浅黒い肌をした男がぼくを睨んでいる。髪を短く刈った二十代の男だ。頬がメスで削り取ったようにそげている。いうまでもなくそれは壁にはめこまれた鏡に映っているぼく自身の姿だ。唇に出来た腫れ物ですぐにそうと気づきはしたが、つかのま別人に思われてぼくは身構えた。飢えた獣のように目だけが鋭い。自分がこんな目付をしていようとはついぞ思わなかった。スープが置かれた。匙ですくって口に運んだ。それは熱かった。匙の縁が唇に触れたとき火を嘗めたような熱さを感じた。匙を落しそうになった。

指でスープ皿に触ってみた。それほど熱くはない。ぼくの唇は真中が一部分火傷でも負うたように腫れている。十日ばかり前からだ。そこに匙が触れると痛かった。三週間、ろくに定量の食事をとらず、水とジュースばかり飲むうちにこうなった。胃を悪くしたのだと思う。それが唇の腫れ物になった。ぼくはスープがさめるのを待つことにした。食卓塩の壜をとって皿にふりかけた。淡い蜜色をした液体に白い微粒子が沈んだ。匙でそれをかきまぜていると足音がした。新しい客だ。扉を押して這入って来たのは四人だった。中年男に率いられた三人の若い女。女たちは濃い化粧をして揃いの浴衣に赤い帯をしめている。ぼくと一つおいたテーブルについた。ボーイがメニューを差し出す。

「何にする」

とその男は開いたメニューごしに女たちを見まわして訊いた。

「お父さんが決めてよ」と一番年かさの女がいった。そういってからあとの二人に何やら顎で指図した。「ボーイさん、冷たいおしぼりをくれんね、あら、熱かとしかなかね」すみません、とボーイがいうと、女は不満そうに鼻を鳴らして、おしぼりの端を二本指でつまみ空中でひと振りした。拡がった蒸しタオルを手早く畳んで男のわきにいる年かさの女に渡した。女たちは二人がかりで「お父さん」の顔や首筋を拭った。頭株らしい女はそれを見ながら着物の襟を指で引っ張ってくつろげ、せわしなく扇子の風を胸に送りこみ始めた。そのとき漂って来た甘ったるい香料の匂いは扇子にしみこんだものか女たちが身につけていたものかぼくには分らない。

料理についての相談は終ったと見えて、「お父さん」はボーイを呼んだ。腰をかがめて注文をきくボーイを女たちは心持ち顎をのけぞらせるようにしてみつめた。彼がメニューをかかえて去ってからようやく物珍しい目付で店内を見まわした。その目がぼくと合った。ぼくは自分の皿に視線を落した。スープはいくらか冷えていた。用心しいしい匙ですくって唇に近づけた。そっと流しこんだ。今度はさっきほど熱くはなかった。二匙目を運ぶ前にまた食卓塩をとって皿にふりかけた。いくら加えてもまだ足りない気がした。全身の細胞が塩分を求めている。一匙のスープが胃に落ちると、その中に含まれた塩が音をたてて血管を駆けめぐり、体のすみずみにしみこんで行くようだ。ぼくにはそれが分る。

帰隊したのはぼくが一番早かった。駐屯地は街はずれの海辺にあって小さな入り江で漁村と隔てられている。橋があり橋を渡れば駐屯地だ。十万坪はあると思う。海に面した広い草原である。漁村寄りの草原に隊舎が並んでいる。おかしなことにここへ帰りつくとわが家に帰りでもしたようにほっとする。たった三週間しか住んでいないのに今や駐屯地はぼくの安住の地とはいわぬまでも、かけがえのないねぐらであることになった。

ここには新隊員を教育する部隊の他に通信隊や陸曹教育隊も同居していることをつい最近知った。もともと帝国海軍の海兵団のためにたてられたもので、戦後はアメリカ軍が使用したということだ。それで駐屯地の真中にある三角の尖塔をもった建物の正体が分った。アメリカ軍が彼ら自身のために建てた教会堂であった。白ペンキを塗った木造建築はぼくの隊舎からよく見える。今それは部隊の郵便局にあてられている。

中隊事務室に寄って「只今」と報告した。当直陸曹が「おお、海東二士、早いな」といった。隊舎は放課後の学校に似ている。ぼくの靴音だけがコンクリートの廊下に反響した。内務班に戻り、カーキ色の制服を脱ぎ、草色の作業衣に着がえた。靴も室内用のズックにかえた。ベッドに腰をおろして膝の上に岩塩の包みを拡げた。仲間が帰る前にすませたかった。銃剣で岩塩を削った。削ったかけらを水筒に入れた。水道は断水しているが朝のうちに水を飯盒に汲んでおいた。その水を水筒に注ぎこみ塩のかけらがよく溶けるように強く振った。

そのときベッドがきしんだ。誰かいる。ぼくはぎくりとして水筒をゆさぶるのをやめた。猿谷が寝返りをうってぼくを見た。二列おいた向うのベッドにいたので気がつかなかったのだ。一緒に外出したとばかり思っていたのだがそうではなかったのだ。猿谷はぼくを見、水筒を見やってまた大儀そうに寝返りをうち背中を向けた。熱があるのか赤い顔をしている。インフルエンザからまだ回復していないらしい。ぼくもやられた。入隊して一週間目に新隊員のほとんど全員がインフルエンザにかかった。三分の二以上がベッドで呻く始末で訓練カリキュラムも御破算になり、中隊長は青くなったということだ。猿谷はかかるのも遅かったわりに治るのも遅いことになる。インフルエンザがどうやら鳴りをひそめてからは遅れた課程を消化するのに夜も昼もない有り様だった。ずいぶん無理をした。

ぼくは水筒を振った。

しばらく待ってみて水筒の中身を少し口に含んでみた。塩の味とはほど遠く、濃い酸に似た苦味がぼくの舌をしびれさせた。この苦さこそぼくの求めていたものだ。「これで良か」とつぶやいた。水筒に堅く栓をした。街で買ったナイフは作業衣のポケットに移した。これが役に立つかどうかは明日分る。ぼくはベッドに寝そべった。休日でも昼間ベッドに横たわることは禁じられていたが構うものか。とがめる者は誰もいない。森閑とした廊下を巡回する当直の靴音だけが高く聞える。

ここは三階だ。開放した窓から草原が見える。緑の拡がりが尽きる所から海が始まる。風が吹きこんで来た。潮の匂いがする。風は海から来る。草原を見ていると分る。風になびいて草が白い葉裏をひるがえす。規則的な間をおいて草原に濃淡の縞が走る。それは海寄りの草原から始まる。幾筋かの白線が緑の庭に浮んだかと思うと風の速さで隊舎の方へ押し寄せて来る。(だんだん良くなる)と思った。不意にそう思った。ここ二、三日、体のどこからか新しい力が湧き出してくる。身内に何か漲るものを感じる。体重は入隊して五、六キロ減っていた。立って歩くのがやっとの思いだった。インフルエンザに奪われた体力がいつまでも元に戻らない。絶えず微熱があり、疲労感がつきまとったが、それもやや薄れている。食欲のないのはいつもの通りだが、何かしら体が軽い。

(だんだん良くなる)とぼくはまたつぶやいた。口にスープの味が残っていた。ぞんぶんに塩をきかせた味が良かった。人間のために調理された料理を幾十日ぶりかで口にした思いだ。実際ここの食堂で器に盛られる物と来たら家畜の餌もいい所だ。あとにも先にもこんなに奇妙な味のする米の飯を食べたのは自衛隊に這入ったときが最初だ。うまいとかまずいとか批評できる以前の味なのだ。ぼくは戦後間もなく精白しない小麦を蒸して食べたことがある。粟飯も、とうもろこしをたきこんだ麦飯も食べた。雑炊も大豆粕もまずいなりに胃におさまった。それらは人間の食物だった。

ぼくは入隊した次の日、アルマイトの食器によそわれた一碗の飯と向い合っていた。箸をつけて口に入れようとしたとき何となく普通の飯とは違うような気がした。見れば紛れもなく米の飯であるようだが歯ごたえは伸びたうどんに似ていた。澱粉を米粒の形に固めた人造米というものがあることを思い出した。そうではないかと疑った。ぼくはおあずけをくった犬みたいに食器にうつむいて思案した。石油をまぶしたような味さえする。しばらくして結論を出した。これは黄変米に違いない。入隊前そういうしろものが世間を騒がせたことがあった。どこに消えたかと思ったら自衛隊の食堂に現れた。今ぼくが目の前に置いているのはそいつだ。

ぼくは味噌汁を一口すすって朝食を終えた。しょっぱなから香しくない出だしではあった。腹が減っては何とやら、というではないか。これから先ぼくを待ちうけている作業を思えば、まず食べることが大事のようだった。しかし食器に盛られたものを一目見るたびに胸をむかつかせていては、食べなくてはといくら頭で決心していてものみこむことが出来ない。週に一度のパン食は我慢できた。

少くともパンは黄変米でこしらえられはしない。ぼくは急速に痩せて行った。駐屯地には売店《P・X》があり、パンやうどんを買えたが、それに金がいるのは当り前のことだ。ぼくは入隊するのにほとんど小遣いを用意していなかった。そういう次第だ。久々に外出してそれも給料をもらった直後であれば念入りに調理されたスープをすすりたくもなろうというものだ。実はスープの中に買ったばかりの岩塩をちょっぴり入れてみたかったのだが人の見ている前でそうするわけには行かなかった。

岩塩さえあれば明日からは銃剣格闘にも戦闘訓練にも疲れはしないだろう。営庭で休憩時間に日陰に入ると、ふき出した汗はすぐ乾く。海からの風で。そのあとに白い結晶がこびりつく。舌で嘗めてみると塩からい。毎日がこうだ。そのとき塩が欲しいと思った。日々おびただしく消費している塩分を外から補えば疲労はいくらかやわらぐものと思われた。塩こそ力の源泉なのだ。ぼくはこの発見にとびついた。早速、売店で食塩を一壜買って嘗めてみたががっかりした。

それは生臭い甘さしか舌に伝えなかった。ぼくの探しているのは強烈な苦さだ。ぼくの細胞を活気づけ神経を昂進させる刺戟を含んだ苦さだ。食塩に失望してからぼくは岩塩というもののあることを思い出した。売店にありはしなかった。第一回の外出日であるきょうが待ち遠しかった。かくてぼくは望む物を手に入れた。しかも格安で。不老不死の妙薬でも獲得したような気持だ。何としても夏を乗りきらなければ。そのためには手段を選ぶまい。夏さえ過ぎたらこちらのものだ。すでに半分近くは終った。前期教育課程はあと五週間だ。八月末までの辛抱である。

「いま戦争が始まったら……」

と鈴木三尉がいった。いつものように白い頰に穏かな微笑をうかべていった。午後一時、雨天体操場の一隅に助教たちがキャリバー五〇を組立てている。それに手間どって課業開始が遅れた。キャリバー五〇というのは口径〇・五インチの重機関銃を指す。中隊は床に坐って組立てが終るのを待っていた。ぼくは鈴木三尉の近くに居たので独り言のようにつぶやいたこの声を聞くことになった。

「いま戦争が始まったら、ここにいる連中は皆死ぬだろうな」といったのだ。

鈴木三尉は昭和二十年、中国大陸を北から南へ戦いつつ縦断したという元将校だ。アメーバ赤痢にかかり、ひっきりなしに糞をたれながら歩いた。しゃがむ暇もなくて歩きながら下痢をしたという。部隊の全員が患者だった。幹部候補生として内地を出るときは生きて帰れるとは思わなかった。同期生の九割は死んだ。自分のことはめったに語らない区隊長だが、隊員に訊かれてきれぎれに話した内容をつなげればこうだ。苛烈な戦場で九死に一生を得た少数の生き残り軍人とは思えない物腰の柔らかさだ。獣のようにしなやかな足つきで歩く。体も柔らかに違いない。鈴木三尉は体育と銃剣格闘を担当している。

体育の時間、「よく見とれよ」といって鉄棒で手本を示した。三十代というのに少年のように柔軟な五体だった。回転倒立、さかあがり、と目まぐるしく繰り返したあげく身軽にとび降りて「さ、やってみろ」といったとき、息も切らしていなかった。

銃剣格闘の基本的な型をいくつか演じて見せたことがある。鈴木三尉は軽々と小銃をあやつった。彼の手にかかるとライフルは重量を失うようだ。うちの班長が相手に選ばれた。「こうやるのだ、いいか」といいざま、素早く班長の銃を横に払い、間髪を入れず咽もとに突きを入れた。目にもとまらない早業だ。二、三度くり返してみせた。うちの班長は汗をかいていた。練習とはいえ咽すれすれに鈴木三尉の銃剣が迫るのだ。部下が見ている手前、剣が迫ったからといって後ずさりするわけにも行かない。平気を装ってはいても内心びくついていたのは確かだ。

「大陸では敵と味方が同数の場合、われわれが突撃したら敵は必ず逃げたな」と鈴木三尉はいった。うちの班長とひと通りやった後、汗をふきふきいった。その日の天気を話題にするようなさりげない口調だ。だからいつも傍にいて耳をすましていなければ聞き落してしまう。「君はどこの出身か」「対馬です」「そうか、対馬はいい所だ」というやりとりを新隊員と交している。大陸での戦さを回想する口調もそのやりとりと変らない。

戦争が始まったらここに居る連中、つまりぼくらのことだが、は皆死ぬだろう、と鈴木三尉はいった。

事もなげに淡々といってのけた。その目に浮んだ憐れみの色がぼくの気になった。今、鈴木三尉は大陸の戦場に累々と仆れた日本人兵士の姿を見ていたのだと思った。一瞬ぼくはこのときぼくら全員が死体になり変ったかのような気がした。緑色の作業衣を着て米軍貸与のM1ガーランド銃をかかえた死体に。

重機関銃の組立は終った。それは机の上に据えられて銃口を戸外に向けている。構造と性能、操作の説明は本部の武器係陸曹がやった。

「……脚《きゃく》を開き……弾帯をば……挿入の要領は……」と説明しながら竹の鞭で要所を指す。彼は終始、人を小馬鹿にしたようなうす笑いをうかべていた。火器の術語に性的な意味をほのめかしているのかも知れなかった。筆記に夢中になっているぼくにしてみれば、それどころの話ではないのだ。女のことなんか入隊してきょうまで考えたことがない。分単位の作業に追いまくられていると、ベッドに這いこむなり眠ってしまう。朝は起床ラッパでベッドから這いずり出て、こまねずみよろしく駆けまわる。こうなると全く自分が打殻薬莢にでもなり果てたような思いだ。ぼくだけがこうではなくて仲間のあらかたがそうだ。きのう、街で女を買ったのが果して何人いただろうか。班長たちは帰って来た部下にそれとなく女のことで探りを入れる気配だったが、それらしい答えでもって上級者を満足させたのは居ないようだった。大半はパチンコ屋で有り金をすってしまうと、呆然と街角にたたずんで帰隊時間までの時をつぶしただけということだ。皆そういった。武器係陸曹は言外の意味によって自分が話せる男であることをひけらかしたかったのだろうが、それがどこまで通じたか怪しいものだ。

座学は一時間で終った。ぼくたちは草原へ出た。外へ出ると生き返ったような思いを味わった。雨天体操場では澱んだ空気がどっしりと肩にのしかかり、床に塗られた油とぼくらの体臭で息がつまりそうだった。

これから三時間、戦闘訓練が行われる。「集合は十分後だ」と班長がいった。「それまでに偽装を終えとくように」。ぼくはきのう街で買ったナイフを取り出した。刃を開いて草にあてがった。力を入れて切りにかかった。偽装網に結びつける草がいる。上半身を覆い隠すほどの草。銃剣は刃がついていないから役に立たない。手でちぎろうにも夏草は硬い。短時間のうちに偽装網一人分の草を刈るのは素手では厄介なのだった。

農村出身の男たちは違った。彼らの手は鎌だ。草をつかむより早く根元からちぎりとっている。ぼくがナイフを使うのを見て変な顔をする。手は草の汁でねばついた。ナイフは二、三本の茎なら良く切れた。ひとつかみ束ねて切ろうとするともういけない。草は強靱な弾力を帯びてナイフをはね返す。結局ナイフをしまって又もや素手でつかみかかることにした。ぼくは十分間、一心不乱になって草をちぎり取り、偽装網にゆわえつけた。草のマントとなった偽装網を上半身にまとった。
笛が鳴った。ようやく間に合った。ぼくらは七列に分れてめいめいのコースを前に立っている。午後二時すぎ、太陽は真上に輝いている。海からの風も絶えた。ぼくは首と腰にくくりつけた偽装網の紐がゆるんでいないかと確かめた。コースの途中で茨にでもひっかかって脱げたらことだ。草原には棘のある草が多い。弾帯をもう一度しめ直し、銃剣の留金が腰の弾帯にしっかりとかかっているかどうかを点検した。

「東郷、ぬしゃ武者《むしゃ》んよかのう」と西村がいった。ぼくは振り返った。全身緑色の針ねずみさながら草をかぶっている異様な姿が目に映った。「半分に減らせ、東郷二士、お前はやり過ぎじゃ」と班長がいった。草原の一角に一団の人影が動いているのが見える。小さく見える。陽炎の彼方に人影は頼りなく揺れている。曳いて走っている何かは迫撃砲のようだ。陸曹教育隊と思われる。

いつのまにかぼくは最前列になっていた。前の連中は号笛に促され小銃を手に次々と草にのみこまれて行く。しばらくは上半身が草をかきわけるのが見えている。緑色の短剣を逆に植えつけたような草むらが彼らを迎え入れやがて包み隠す。彼らのありかは揺れる草の動きでそれと分る。やがて彼らは陽炎のゆらめきと一つになる。

号笛が鳴った。ぼくは大きく息を吸いこんで草に身を投げかけた。上半身を起して左手で支える。

右手の小銃は腰に引きつけている。片手と両脚でもって這い進むことになる。目の高さに草の切先がある。緑の海に全身を浸して泳いでいる気になる。

第一の壕にころがりこんだ。左右の連中も相前後して第一壕に辿りついたらしい。どさりと穴底に身をすべりこませる気配がする。号笛が鳴っている。それは告げている。早く次の壕へ急げと。匍匐の仕方が変る。壕から這い出すときは両肘で小銃をかかえこむ。膝と肘で体を支えてのたくる。草がぼくの皮膚を刺す。厚い木綿地の作業衣を通して肌をいためつける。研ぎたての刃さながら鋭い葉身が顔に襲いかかり、目を刺そうとし、むきだしの腕を切る。熱い地面から突き出たひややかな草。草の中でぼくは爽やかになる。上気した頬が草に触れる。しびれるほど冷たい草に触れる。七月の日にあぶられても水のようにひえきった草がぼくを活気づける。硬く鋭く弾力のある緑色の物質がぼくの行く手に立ちふさがり、ぼくを拒み、ぼくを受け入れ、ぼくに抗《あらが》い意気沮喪させ、ぼくを元気づける。重い石のごときものが背中にのしかかっている。自分の体がこんなにも重くなろうとは。

「海東、そがん所でへこたれるな」

と班長が叫ぶ。ちょっとでも停止するところだ。助教たちは堆土の上に立ってぼくらを見張っている。第二の壕に着いた。ジグザグに掘られた壕の底を命じられた通り素早く移動した。素早く動いたつもりだが、はた目にはのろまな亀に似て見えたのだろう、苛立たしげに後ろから号笛が鳴りつづける。

ぼくらをせき立てる。第二壕の外に出ると草がまばらになる。赤土の地面が拡がる。ぼくは胸と腹を土に密着させる。小銃負革に腕を通し、両手を使えるようにする。三十ヤードをこの姿勢で這うことになる。午後の日をたっぷりと吸いこんだ土はフライパンさながら熱くなっている。燃える炉にかけられたフライパン。草の根元をつかみ、太腿とつま先を使って体を前へ推し進める。少しでも姿勢を高くするとおどしつけるように号笛が鳴る。警告が五回を越えれば失格となり、二回ですむ訓練を三回やらされる。ぼくは名指しで吹き鳴らされた号笛をもう四回聞いている。

息づかいが荒くなる。肺が今にも破れそうだ。うつぶせになったなり息をすると砂埃をもろに吸いこむから、顔を横に倒して口をぱくぱくさせる。それでも乾いて軽くなった砂が口に舞いこむ。舌がざらつく。唾液はとうに出なくなっている。草をつかもうとする。その手が汗ですべる。わずかな地面の凹凸に指をかけて体を引きあげる。土の上に点々と黒いものが落ちる。汗は落ちたかと思うと消えてしまう。

(何をしているのだ)

という声がする。(お前はそんな所で一体何をしているのだ)。海辺の草むらで犬のように這いつくばり汗を流しているのはぼくだ、そう、あられもない恰好をして喘いでいるお前は一体何者だ。……ぼくは宙に浮き、次の瞬間、一回転して穴の底にあおむけになっている。第三の壕に落ちこんだのだ。銃剣を抜いて小銃にとりつける。匍匐は終った。壕の外にとび出す。立って歩くというのは何と素晴しいことなんだろう。巨人になったような感じ。最後の壕が見える。壕の中には一列に並んだ人間が首から上をのぞかせてこちらを見ている。いつの間に先まわりしたのか班長が壕の後ろに立ち両手を振っている。

「散れ、かたまるな」と叫んでいる。ぼくらは走り出す。五十ヤードの全力疾走。東郷が大声をあげる。加治木が桐野が徳光が西村が与那嶺が叫ぶ。小銃を腰だめに構えて走る。ぼくも声をあげる。このコースではそういうきまりになっているのだ。天にも届けと叫んだつもりだったが、咽の奥からはしわがれた喘ぎしか洩れて来ない。あと三十ヤード、二十ヤード。壕にいる連中は無表情にぼくらをみつめて身じろぎもしない。鉛の靴でもはいたように足が重い。あと十ヤード。永遠に近い隔たりが縮まる。ついに壕に達した。ぼくは壕に直立した男を銃剣で刺す。眉間の中央に突きを入れる。壕をとびこえざまベニア板の人形を足で蹴とばす。

終った。いや終らない。あと一回このコースを繰り返さなければ終らない。七名は一団となり、隊列を組んで出発点へ戻る。「おっとろうし、きゃあ萎《な》えた」と徳光がつぶやく。耳ざとくそれを聞きつけた班長が「徳光、敵発見だ」という。徳光はきょとんとしている。「わからんのか、敵発見の場合どんな合図をする、西村、教えてやれ」西村は小銃の両端を持って頭上にさし上げる。あわてて徳光もそうする。「西村は良か、徳光はそのままの姿勢で駆け足っ」

ぼくらは出発点へ駆け戻る。そこには一回目を終えた連中がうずくまって偽装網に草をつけ加えたり、靴紐をしめ直したりしている。水筒のキャップをとるのももどかしく口にあてた。生ぬるい水が咽に流れこむ。塩の苦さに泪が出そうになる。徳光が腰をふらつかせながら来るのが見える。小銃をさし上げてよろめいて来る。水筒がつとわきの男にさらわれた。「わっ」と桐野はむせかえり、「なんじゃ、こりゃあ」と草の上に水を吐き出す。「おさんな塩水ば飲むとか」

「飲む」

とぼくは答えて水筒をひったくった。「あいや、呆れた」と桐野はなおも顔を歪め、苦そうに口のまわりを手でこすりながら同僚を見まわす。他の面々は小銃を膝にかかえこんで見向きもしない。桐野はなるべく他人の水筒から水を飲もうとする。草原から隊舎まで遠い。早々と水を飲んでしまうと、十分の休憩時間内に水筒を持って汲みに往復しなければならない。懸命に走っても間に合うのがやっとの距離だ。休憩時間には誰しもうずくまって一息入れたいのだ。日に照らされて熱くなった水筒の水をちびちびと大事に飲むことになる。

「きつかか、海東二士」と後ろから声がする。「きつか」とぼくはいった。

「ばって海東二士、こぎゃんもんじゃなかったばい」と与那嶺は話しかける。「八幡に居ったときとくらべたらな、戦闘訓練は遊びのごたる」という。与那嶺は小さな鋳物工場に勤めていた。溶けた鉄を柄杓ですくって鋳型に流しこむのが仕事だった。「あのきつさを思うたらこぎゃんもんは遊びたい」と繰り返した。

与那嶺は草の葉を一枚ちぎり、口にくわえて小さく噛み切り、舌で吐き出した。歯が緑に染まった。骨太で筋肉質のいい体をしている。中学を出てからずっと鋳物工場で働いたという。そういう彼もさっき最後の壕をとびこえたときはありありと疲労の色をうかべていたのをぼくは見ている。確かに労働の量だけをくらべたら戦闘訓練など軽い作業には違いない。ただ、小銃を持って草の中を這うことには工場で物を造る作業と違ってぼくらを前後不覚にくたびれさせる何かがあるようだ。

「海東二士、なしてもっとはよう兵隊にならんやったかと俺あ後悔しとるたい」と与那嶺はいった。そういって草の葉を吐き出した。

「もう、のさん、のさんばい」

徳光がどさりと草に倒れこんだ。肩で息をして、「のさん（耐えられない）」と繰り返した。「俺あ、炭坑に帰りたかばい、炭坑じゃあ、萎えたちゅうても文句ゆわれんもんのう」と蚊の鳴くような声でぼやく。彼は長崎の炭坑で石炭を掘っていた。感想は人さまざまというわけだ。ぼくは半年前を思い出す。郷里には仕事の口がなかったので、ぼくは東京に出た。ありついたのはガソリンスタンドの従業員という職だった。生れてはじめての給料をとる生活は物珍しくはあったけれど生活に馴れるにつれてあき足りなくなってきた。ぼくが東京に期待したのは給料で生活するという以外に目のさめるような新しい経験だった。冬だ。トラックが石油、軽油をつめたドラム罐を運んで来る。荷台から落す。下で待ち構え、地面にころげ落ちてはずんでいるドラムをひっ捕え、厚い手袋をはめた手で斜めに支えて定位置にころがして行く。トラックは荷物をさっさとおろしてしまいたいので、ぼくら従業員にお構いなく片はしからドラムをほうり出す。ドラム一本の重さが正しくはいくらあるものか知らないがあれには参った。生き物のようにはねまわるドラムをつかまえるのには要領がいった。少しでも注意をそらそうものなら悪意ある兇暴な獣のようにぼくの脚を払い、下腹をはじき、手を押しつぶしにかかる。しかし要領さえのみこんだらそいつらを手なずけるのはさして難しくはなかった。これが通いで六千円だった。自衛隊では衣食住つきで同じだけもらえると聞いた。ぼくはドラム罐との格闘にうんざりしていたので自衛隊に入ることを思いついた。何があるか分らないが、そこにはなにか東京の生活にはない新しいものがあるかもしれない……。

ドラム罐運びとくらべたら戦闘訓練はどうだろう。与那嶺や徳光の言葉をきくまではそのことを考えたことはなかった。疲労の度合は問題じゃない。ぼくが考えているのは……。

「三班、立てぇ」と班長が叫んだ。ぼくらは再びさっきのコースに並んだ。二回目だ。ぼくは弾帯をしめ直し、偽装網をしっかりと体に結びつけた。号笛が鳴った。同時に走り出した。そそり立つ草むらはいっせいに暗緑色の切っ先でもってぼくを迎えうった。第三の壕にすべりこんで振り返ると緑の亀よろしく這って来る六人が見えた。早すぎた。一列になって突撃するには彼らを待たなければならない。ぼくは体から力を抜いて壕の内壁に寄りかかった。そのとき何もかも稀薄になった。すべてが遠ざかった。ぼくは照りつける日のまぶしさも、草いきれも、大地と小銃の熱さも、咽の渇きも感じなかった。体がふわりとうかび上がり空中に漂った。

ぼくは聞いた。草原から蟬の声が湧くのを聞いた。蟬であるはずがなかった。虫でもなかった。七月に秋の虫がすだくことはあり得なかった。草の葉ずれ？　まさか、いや、そうかも知れない、そうとしか思えない。あるかないかの風にゆさぶられる草の茎にしてはあまりに金属性で微妙な音調だった。軽やかなものがこすれ合う響きだ。それは草原をざわめかせる。しかも草原に満ちているのは草の音ばかりではなかった。風がやんだときもどよめきに似た得体の知れないものの気配が伝わって来る。それは……「あ痛っ」ぼくは我に返って呻いた。東郷が頭を先にしてぼくの壕にころげこもうとする。自分のコースからそれて迷いこんで来たのだ。

「おお、海東どんか、すまんの、こらしもた」といって自分の壕へ這って行く。汗が目に入ると視界がぼやけてこんなことになる。おまけに彼は偽装用の草をしこたま背負いこんで身動きも不自由になっている。午後四時四十分、戦闘訓練は終った。ぼくらは小山二尉の講評をうけた。「君たちはたるんどるぞ、暑さが何だ、夏は暑いのが当り前じゃないか、明日からは気合を入れる、気合を入れてやり直しだ」といった。明日のことはどうでもいい。とにかくきょうのどたばたは終ったのだ。班ごとに列を組んで帰路についた。日は海に傾いていた。ぼくらはめいめい足元に長い影を曳いた。だしぬけに副班長が叫んだ。

「よっしのうをいってでてぇうっちむかう」

それっ、と腕を振りまわす。ぼくらは歌った。「吉野を出でてうち向う……」

「声が小さい」と副班長は叱咤する。「いいもりやっまのう、まっつかぜぇに」

「飯盛山の松風に」

「そうだ、その元気でおらべ、なっびくはくもかぁ、しらはたか」

「なびくは雲か白旗か、響くは敵のときの声」

「ようし、いいぞ、続けて二番」と副班長が叫んだとき、前を歩いていた小山二尉が振り向いて手で制した。ぼくらは立ちどまって小銃をおろした。営庭の彼方、隊舎中央にある国旗掲揚台に目を注いだ。ラッパが鳴り、旗は降りつつあった。ぐったりと垂れさがったまま引きおろされようとしていた。課業終了の合図だ。しかしぼくらはまだ休めない。

子供の頃、家に鉄砲があった。床の間に飾ってあるそれは、おやじが上海へ旅行した土産に古物商から買ったものだ。日清戦争当時使われたらしい旧式の先ごめ銃で、銃身がやけに長かった。持ちあげるのもやっとだった。その記憶があるものだから小銃とはむやみに重いものと決めこんでいた。そうではなかった。

入隊して三日目だったか、宣誓式がすんで武器庫前に並び、係の陸曹から小銃を渡された。彼は銃架にかけつらねた小銃をとってぼくらにぽいとほうってくれた。これには驚いた。あまりに無造作だったから意外だった。係は「ほら、これがお前のだ」といったきり。ぼくは何かいかめしい儀式のようなものがあるかと予想していた。まるで古靴でも渡すような気易さだ。ぼくらは小銃を内務班に持ち帰った。一同は申し合せたように黙りこくって渡された物をいじるのに熱中した。

「どうだ、重たかか」

と班長が訊いた。ぼくはそれほどでもない、と答えた。

「アメリカ軍が自分たちの体に合せて造ったライフルじゃけん、日本人には少し重たかかも知れんな」

と班長はいう。あとでぼくはこのM1ガーランド銃の重さをしたたか思い知ることになる。初めて持ったときは軽かったのだ。それはさておきぼくらは生れて初めて手にする火器の精巧な仕組に夢中だった。いつもは騒がしい内務班もこのときは鳴りをひそめた。隣の四班、二班も静まりかえった。ぼくは槓杆を引いて遊底を開き、薬室をのぞきこんだ。黒い錆止塗料を塗った銃身は冷たい輝きを放った。

小銃を肩にあてがって構えた。銃口をあげ、引金に指をかけて撃つ姿勢をとった。何となくそうしてみた。他の連中も銃を構えた。何を狙うというでもなくてんでに撃つ真似をした。ぼくらは高価な玩具を与えられた子供だった。今のところ使い方はわからないが、いずれ教えられるだろう。やり方を覚えたらきっと面白い道具になるだろうことは確実だ。

誰も少し昂奮していた。小銃を見る目の色でそれがわかった。ぼくは小銃を膝に横たえて手でひややかな銃身を撫でた。しっとりと潤いをおびた鋼鉄が手のひらの皮膚に吸いつくようだった。褐色の艶をもつ胡桃材で出来た床尾板をさすった。ずっしりと中身のつまった感じだ。どこにも空っぽの感じはない。ぼくは銃をあげて一人ずつ照星ごしに仲間を眺めた。そこには元工員がいた。元百姓がいた。元漁師が、元店員が、元鉱夫が、元運転手がいた。変化はそのとき生じた。彼らは変った。小銃を撫でている彼らの皮膚に今の今まではりついていた昔の職業の名残りが剝がれて落ちたようだった。彼らはすでに鉱夫でも漁師でもなかった。まだ一人の兵士とまではいえないが、小銃をもらう以前よりはずっと兵士らしくなっていた。班長はと見ればベッドにあぐらをかき、退屈そうにわき腹を指で掻きながらぼくらを見ていた。ぼくはすっと銃口を動かして窓の外に向けた。つゆが明けたばかりの青空が照星の向うに拡がっていた。

一日が終った。小銃に油をくれ、靴をみがいた。隣では班長が二班の面々を整列させて喚いている。「……の者は手を上げい……は〇時〇分迄に集合……の要領は……注目、休め、休んだまま聞け、……個人衛生……やる気のない者は直ちに去れ、田舎に帰れ……」拡声器が作業員集合という。日直が駆け出す。小銃の手入れをしているのがいる。槓杆をがちゃつかせているので拡声器の声が聞きとれない。内務班は人声と靴音と銃を分解結合する音が入りまじり一種異様な騒音でいっぱいになる。うちの班長は踊っている。隣の四班長と抱き合ってラジオ音楽に合せぐるぐると床をまわる。班長たちは皆一台ずつラジオを持っている。一つの区隊にだから四台のラジオが鳴ることになる。夕食前後ともなればそれらがいっせいにスイッチを入れられ、ニュースとコマーシャルと音楽を流し出す。

一日が終った。ラジオがぼくらの喧騒を一層にぎやかにする。いつもの通りだ。静かな夜が始まった。小銃に油をくれ、靴をみがき、食事をし（ありがたいことにきょうは食器の半分は平らげることが出来た）、シャツと靴下を洗濯し、内務班の掃除をすませた。これでぼくの旗は降りた。九時になろうとしている。ぼくはベッドに蚊帳を張った。きょうは不寝番に当っていない。明日午前六時まで寝ていられる。ぼくがベッドに横たわると間もなく「消燈」の声がして明りが消えた。

ぼくは待っている。加治木はベッドに拡げていたノート類をとりまとめて講堂へ去った。そこには小さな終夜燈がある。私大を中退した彼は貯めこんだ知識をもとでに防衛大学校を受けるつもりでいる。毎日十二時まで受験参考書に鼻をつっこんでいる。加治木は合格するだろう。熱心に勉強しているから。ぼくは彼が首尾よく防大を卒業して三等陸尉になる日のことを想像してみる。その日はきっと来るだろう。防大といえば、ぼくは区隊長室に呼ばれて（あれは入隊して十日目だっただろうか）受けてみる気はないかと訊かれたことがある。

そういわれてみて自分にも資格があることに気づいた。「受けるつもりはありません」というと、相手はその理由を訊く。とっさに視力が弱いからと答えた。自分ながらおかしなことをいったものだ。たとえ視力が弱くなくても防大のように難しい学校にぼくの頭でうかるはずがない。視力を引きあいに出した所を見れば受けさえすれば合格するようにぼくは思いこんでいたのだろうか。後になってこのことに気づいた。頭が悪いからといえば正当な理由になった。区隊長は不機嫌だった。「視力？」とおうむ返しにいって、ちらとぼくのものらしい書類に目を走らせて、「よし」といった。ぼくが敬礼して部屋を出ようとすると、「海東二士、そこはどうした」といった。指で自分の唇をさしてみせた。そのころから腫れていたのだ。自然にこうなったとぼくが説明すると、「水の飲みすぎだ、それで胃を悪くしたのだろう、医務室に行って薬をもらうんだぞ」といった。もう不機嫌な目付ではなかった。結局ぼくは医務室なんかには行きはしなかったけれど。

ぼくはあれを待っている。

その気配がする。あれは少しずつ近づいている。今夜はどうか。昨夜も一昨夜も来なかった。今夜こそあれは彼でなければならない。彼は寝しずまった隊舎の一棟一棟にラッパを吹き鳴らす。就寝の合図をする。ぼくは息をひそめる。目を閉じる。耳をそばだてて近づくものを待ち構える。ラッパ手は隣の棟で吹き終え、一分後に新隊員が眠る棟へ来た。ぼくはその瞬間を待った。靴音がやむ。吹奏に先立って短い沈黙がある。ラッパは鳴り出した。小さい金管から吐き出される振動数の多い音が三階まで立ちのぼってくる。まず低くゆっくりと序奏が始まる。「彼だ」ぼくは確信した。その出だしでわかった。今夜の登板は待ち望んでいたあのラッパ手だ。

曲はさりげなく始まった。低いすべり出しから滑らかに高みへあがった。序奏の優しく慰めるような旋律はまさしく彼ならではの吹き方だった。それはぼくらに休息をしらせた。「眠れ」と告げた。「今は夜だ、眠るがいい」という。夜の底から姿の見えないラッパ手がそう呼びかけるのだ。「お前たちの仕事は終った」とラッパ手はいった。唐突にぼくは女たちを思い出した。きのう街のレストランで会った三人の娼婦たちを。彼女たちには仕事があり、今もそれにいそしんでいるに違いないことを思い出した。ぼくには眠りの前にラッパがあるけれど、女たちには何があるだろうか。たまの休日に店の親爺につれられてレストランに行くぐらいのものではないのか。

旋律はおもむろにしかし休みなく高みへのぼり、そこでつかのま、吐息をつくかのように休止したかと思うと後は一気になだらかな下りへかかった。音はかすかになり弱まり細い糸になって闇に溶けこんだ。終った。ラッパ手は立ち去った。靴音が隣の棟へ遠ざかって行く。東郷が咳をした。ベッドをきしませて寝返りをうつのもいた。眠りこんでいるとばかり思ったのだが醒めている連中もいたわけだ。

真夜中、ぼくは目醒めた。咽がしめつけられるように渇いた。水筒をとって振ってみた。汲んでおかなかったのはぼくの手落ちというものだ。念のため洗面所へ行ってみた。蛇口に口を当て栓をひねったが錆の味がする水が数滴したたっただけ。朝と夕方しか水道は出ないのだ。給水塔がこわれたとかいってこの始末だ。ぼくは自分のベッドに横たわって眠ろうとした。そうするより仕方がなかった。渇きは飢えと同じほどに、いや飢えよりも眠りの邪魔をする。ぼくは水道からほとばしる透明な物に取りつかれた。開放した蛇口からいっせいに水が流れ出し、洗面所の床に溢れ渦を巻いている。その水が廊下に盛りあがりぼくの内務班に押し寄せてベッドの脚を浸し始める。あやうく溺れそうになって目が醒めた。廊下には暗い終夜燈の明りが落ちていた。埃っぽいコンクリートには一滴の水も落ちていなかった。

「休憩」と班長がいった。ぼくは草原から駐車場跡までの距離を目で測った。五分あれば往復できるようだ。水筒を持って立ちあがった。駐車場跡の空屋に水道栓があって、さっき、その隣のガス訓練室を出たとき、水が出ていたのを見届けていたのだ。隊舎食堂に行けば水はあるが、そこまで往復するゆとりはない。

「海東、どこに行くんか」と班長がいった。「水を汲みに」と答えると、班の連中が「俺んとも頼もばい」といって水筒をはずし始めた。「自分の水は自分で汲め」といいすてて走り出した。ぼくは振り返りはしなかったが、彼らがどんな顔をしたかわかる。いつものことだ。ぼくは彼らを怒らせる。故意にそうしている。水筒をいくつか運んで水をつめてやるくらい何でもないことだ。それをしないのはぼくの方が進んで彼らを挑発し怒りをかっているのだ。昨夜、咽の渇きに苦しんでベッドで転々としているとき、すぐ下にいる西村の水筒には水がつまっていることを知っていた。頼めば飲ませてくれただろう。ぞうさもなく水をくれただろう。ぼくは頼まなかった。いずれこうしたこともあろうかと。それというのもぼくには仲間の反発と憎悪が必要だからだ。ぼくは彼らを憎む。したがって彼らからもぼくは憎まれなければならない。

水筒に水を満たし急いで駆け戻った。休憩時間は終ろうとしていた。すぐに戦闘訓練が始まる。ガス教育に時間をかけすぎたので、きょうは一回きりという。偽装網に草を結びつけていると東郷が寄って来て、「海東二士、ぬしゃえすか（恐しい）のう」といった。ぼくは黙って草を切った。

「初め俺あぬしも俺たちと同じ男と思うとったら違うごたる。俺あぬしを見そこのうとったかも知れんたい、水ぐらい自分で汲めちゅうが、兵隊はのう持ちつ持たれつやろもん、そぎゃんじゃなかな、海東二士」

ぼくは偽装網を上半身にくくりつけた。東郷もそうした。くるりと背中を見せて、「どぎゃんか、俺の肩にちゃんとかかっとるか見ちくれい」という。ぼくは彼の偽装網をしらべて外れている紐を結んでやった。

「むしゃ防大に行くとな」と彼は訊く。

「行かん」

「したら何でこげんとこに這入ったな」

「お前と同じたい」

「二年でやめるとか」

「さあ、どぎゃんしゅう」

「さっきな、班長がぬしのこつでぶつぶついいよらった。海東のふうけもんにも困ったもんじゃていいよらったとたい」

「そうか」

集合をかける声がした。いつものコースだ。咽が痛かった。口の内側がからしを塗ったように熱い。さっきガス室でマスクをかぶるのに手間どって煙を吸いこんだのがいけなかった。ぼくは水筒を口にあてた。加治木がぼくの口元をみつめた。徳光は自分の水筒をあけて飲もうとし、空であったことに初めて気づいたふりをした。いまいましそうに舌打ちをして唾を吐いた。ぼくは最初、一口を口に含んでうがいをし次の一口を飲み干した。岩塩をもっと入れておけば良かったのにと思った。ガスにやられて目と鼻の奥がいがらっぽかった。号笛が鳴った。前列はめいめい姿勢を低くして草に没して行く。ぼくは立って緑の拡がりと向いあった。

この小銃について班長がいったことは正しかった。日本人には重すぎるのだ。初めはいい。初めの四、五分、いや十分か二十分は武器らしくもない軽さにほくそ笑む。それが曲者だ。重くない武器などあるはずがないのだ。午後の戦闘訓練を通じてこれを持ち続けるといい加減腕がくたびれる。疲労の正体がわかった。元鋳物工や元炭鉱夫をも疲れさせる疲労のよって来たる原因が小銃だ。こいつはぼくらが汗を分泌するように目に見えない毒気を吐いて持ち主であるぼくらを疲れさせる。

ぼくは第三の壕に居た。しこたま砂埃を吸いこんで咳をしていた。走って息づかいが荒くなれば地面から吸いこむ砂もふえる。かといって息をとめることなんか出来っこない。ぼくは肺まで砂でいっぱいになった気がした。班長の感想は理の当然だ。班に一人でもぼくのような男がいたらやりにくかろう。密かに同情する他はない。しかしぼくは仲間と馴れあって行けない。ぼくは壕の標的を小銃で狙った。ベニア板の人形に照準を合せて引金を落した。

ぼくのヘルメットを叩く者がいる。靴が目に入った。脚を見上げ腹から上を見た。竹鞭を持った中隊長の顔がぼくを見おろしている。「海東二士、お前は何を狙って撃っておるのか」という。見れば分りそうなものじゃないか。ぼくは小銃を標的以外のものに向けちゃいない。質問の意味がぴんと来なかった。中隊長と標的とを見くらべて、「あの人形ば狙うとります」というと、「分った」とすてぜりふを残して行ってしまった。訓練が終って整列したとき、中隊長はいった。

「お前たちの中には自分が何を狙って射撃しておるのかわきまえておらん者がおる。いいか、壕に立っとるのはベニア板の人形じゃない。敵だ。お前たちは自分が敵を撃っておるのだと知らなければならん」

そういうわけだったのか。してみるとあのとき「敵を撃っとります」と答えたら中隊長はご機嫌だったわけだ。しかしぼくの敵は断じてあのベニア板の人形どもじゃない。敵は班の連中だ。彼らはぼくを苛立たせる。彼らは立っていても食べていても歩いていてもぼくをたまらなくさせる。桐野は休憩時間にタバコをとりだす。さて一服という体で草にあぐらをかき、タバコを大事そうにつまみ出す。口にくわえてマッチをする。深々と煙を吸いこみ目を細くしてうまそうにゆるゆると吐き出す。十九歳というのに六十歳の農夫のように落着きはらっている。タバコを吸い終るとだるそうに草に片肘をつき空を見上げてぶつぶつぶやき始める。何をつぶやいているのか分らない。それから徳光、この男は暇さえあれば手帖を出して何か計算している。のぞいてみると四桁の数字を足したり引いたり忙しいことだ。肩を寄せて口の中で何かいいながら計算する。同じような手帖を開いてしかつめらしい顔をしているのは加治木だ。防大を受けようとろくでもない暗記事項を頭につめこむのに懸命だ。よそ目には二人とも寸暇を惜しんで学習にいそしむまじめな隊員に見えることだろう。

徳光は自分の給料を元手に金貸しを開業したのだった。彼はタバコも酒もやらない。甘い物にも手を出さない。パチンコもやらない。歯は磨かないからブラシもクリームもいらない。便所紙は班でとっている新聞が古くなったのを用いる。彼は給料の全部を仲間に貸しつけることが出来る。その他に支給されるヨーカン、チューブ入りのジャム、マーマレードを甘味品に飢えている同僚に売りつける。こまめにゴミ捨場を漁っては古靴下や手袋を拾い、自分でつぎを当て、官給品を紛失した連中に売る。員数さえ合えばいい検査では徳光の古靴下類は引く手あまただ。彼がいくらためこんだか知らない。ぼくも徳光に金を借りたことがある。入隊早々、買いこまなければならない品物が多かった。

班長が黒板をさして、「これだけＰ・Ｘで至急手に入れとくように」といった。ただでくれるのかと思ったらそうではなかった。黒板には体操用と室内用のズック靴二足、作業衣洗濯に使うブラシ、「新入隊員必携」と「野外隊員必携」の二冊、裁縫セットなどが書いてあった。ぼくは有り金を数えて途方にくれた。家から送ってもらおうにも一週間はかかり、それでは間に合いそうもなかった。「自衛隊じゃ金は要らないよ、全部あちらで面倒見てくれるからね、衣食住は保証されるのだよ」と市役所の応募係はうけあった。奴のいったことを信じて入隊するときは五百円しか持っていなかった。一銭も持ちこまないつもりだったが、無理におふくろが握らせたのだ。それさえ邪魔っけなつもりだった。ところがどうだ、靴一足買ったら五百円は消えてしまう。自衛隊という所は思ったより金のかかる所だと思った。東京のガソリンスタンドで給料から仕事着の代金を差し引かれたことがある。仕事にしか着られないものだからタダだと思っていたら先様はがっちりしているのだ。ぼくは「新入隊員必携」とやらを読んで頭に来た。自衛隊法の解説やら営内服務準則など金をとって売りつけるとはもっての他ではないか。このぶんでは小銃にも一日いくらと賃貸料をとるのではあるまいか、そう心配した。

「海東二士、金が要るんなら貸すばい」と徳光が話しかけて来た。どうしてわかるのか彼には金に困った男の顔つきは見通しなのだ。虎視眈々とカモを狙っているのかも知れない。ぼくは一も二もなく金を借りた。そうやって当座の必要品をととのえた。最初の給料日に一割の利子をつけて返した。

「新入隊員必携」というのは自衛隊法に始まって礼式に関する訓令、営内服務の準則が三分の一を占めている。「感謝して食事すること」などと書いてある。こうだ。「国民の中には日々の衣食にもことかく気の毒な人も少くない現在において、このように配慮された食事を毎度うけられることはまったくありがたいことである」これを書いた当人はあの臭い飯を一度も食ったことはないに違いない。

残り三分の二は武器（小銃、ブローニング自動銃、バズーカ、手榴弾）の諸元、扱い方、分解の要領などが挿し絵入りで解説してある。「野外隊員必携」は歩兵戦闘の基本を詳しく解説したものだ。つまりこの二冊は西も東もわきまえない新米隊員を一人前の鉄砲かつぎに仕込むのになくてはならないしろものだとしても金を召しあげて懐に押しこむていの物じゃない。戦争ごっこの要領なんぞ何が読んで面白いものか。ズックとブラシはやめてからも使えるが、この二冊は当り前の生活には古新聞ほども役立ちはしない。

東郷は歌を歌っている。小銃を膝の間にかかえ、ぼんやりと空を仰いで歌っている。彼は首も手も病みあがりの少年のように細い。熊本で映写技師の見習いをしていたということだ。いつも口をだらしなくゆるめて目も眠そうに半分閉じているので見ようによっては薄笑いをうかべているように見える。彼は歌謡曲が好きだ。便所の中で歌うのを聞いたことがある。小声で口ずさむ。食後、ベッドによりかかって歌う。風呂の中で歌う。寝る前に歌う。ゆっくりと音を引きのばして好きな音程で歌うから、何という曲なのかよほど注意しないと分らない。歌さえ歌っておれば彼は倖せだ。うっとりと自分で自分の歌に聞き惚れている。

西村は手紙を読んでいる。女房から来た手紙であることは便箋の花模様で分る。読むのはこれで何回目になるだろう。毎日のように手紙は来る。彼はわが第三班十七名の中でただ一人の妻帯者だ。班長でさえ独身なのだから。もしかしたらぼくらの中隊でもごく数少い女房持ちに属するかも知れない。中隊長と二人の区隊長には妻子がある。先任陸曹と本部付の二、三人の陸曹も結婚しているが、助教たち、つまりぼくらの班長たちはほとんど独身ということだ。

西村は勤めていた土建屋がつぶれたので入隊したのだといった。教育を終えたら施設隊にまわしてもらってブルドーザーの運転免許をとりたいといっている。「腕に技術があれば会社がつぶれても食べらるるけん」というのが彼の口癖だ。ぼくらは彼の人生哲学よりも女房持ちであることに関心を持った。消燈前の数分間、班の連中は誰からともなく西村のベッドをとりまいて暗に女の話を催促する。ベッドは二段になっている。彼は下段に、ぼくはその上段にいる。話は自然に耳に這入って来る。

「西村二士、手紙には何て書いてあるとかね」と桐野がいう。

「俺が傍に寝とらんで淋しかと書いてある」と重々しく答える声がぼくの背中の下から聞えて来る。

「西村二士、女のあそこは何かこう難しか仕組になっとるちゅうのは本当な」と訊くのは伊集院の声だ。

「ううむ、なんさま」

しばらく沈黙が続く。西村は手真似で示している。しのび笑いはない。訊く者は真剣だ。ときどきやるせなさそうに溜息を洩らす。

「西村二士はやり方に慣れてしもうたろうな」と桐野の声。

「ぬしたちもすぐうまくなる。鉄砲のうち方は習わんば分らんが、女のうち方は誰でもはよ覚ゆるたい」

「そぎゃんもんだろか、西村二士」

彼らは女体の神秘を一人占めにした先輩のまわりにうなだれてうやうやしくご託宣に聞き入る。感きわまってか東郷は歌い出す。目をつぶり、頭を左右にゆすって低い声で歌う。

「東郷、お前は西村二士の話ば聞いちょらんならあっち行け」と桐野の声。

「俺あ聞いちょると」

「そんなら黙って聞け」

徳光は話に加わらない。自分のベッドで手帖の計算に余念がない。与那嶺はつまらなさそうにギターを弾いている。二の腕に刺青の痕がある。入隊前に焼き消したのだ。

「……女房はな、枕ば抱いて寝るわけにもゆかんけん、自分のおっぱいば抱いて寝よると書いて来た」と西村は語り続ける。ギターの音がやんだ。与那嶺はギターを棚にのせ、片頬に薄笑いをうかべてゆっくりとベッドに横たわるところだった。これは昨夜のことだ。彼らがぼくを苛立たせるわけが初め分らなかった。ぼくは分る。今になって分る。ぼくが彼らを憎むのはあまりに彼らがぼくに似ているからだ。これが憎まずにおられようか。桐野も徳光も東郷も与那嶺も西村も皆ぼくの分身といっていいくらいだ。何の変りがあるものか。

西村は便箋を畳んで封筒に入れた。号笛が鳴りぼくらの順番がまわって来るところだ。


飛行機が飛んでいる、とぼくは思った。見慣れない型だ。それは海の方から草原に飛来し、駐屯地上空で翼を傾けて旋回したかと思うと再び海へ去り小さくなった。高く低く水平線のあたりで上昇と下降をくり返している。それっきりぼくは飛行機のことは忘れてしまった。ぼくらは草原にうずくまって地図を読んでいた。この日、小銃は隊舎に置いて出た。地図判読の訓練に小銃はいらないのだった。

「そのまま」と区隊長がいった。「そのまま、そのまま」と班長たちが連呼した。緊張して昂ぶった声だ。いつのまにか草原の一角にさっきの軽飛行機が着陸している。磁石をうまく地図にあてがう工夫にかかりきりだったから、ぼくらはそいつが着陸するのを全く知らなかった。物好きな観光客が気まぐれ飛行を楽しんでいると思いこんだのは間違いだった。男が二人、軽飛行機から降りた。こちらへやって来る。一人はかなり年配のアメリカ人将校だ。ぼくらと同じ草色の作業衣をつけ、腰に拳銃を吊し、首に真赤なネッカチーフを巻いている。そいつは叩きつけるような早口で区隊長に何かいった。どなりつけているように聞えた。区隊長も英語で何かいっていた。「見るな」と班長は命じた。ぼくは地図にかがみこんでそれとなく遠来の客をぬすみ見た。不意の闖入者は珍しかった。ぼくらは皆うずくまったなり首をもたげてみつめようとしたのだ。あから顔の将校はある種の貪欲な猛禽に似て痩せていた。彼は険しい表情でぼくらを見まわした。連れの若い将校はパイロットらしかった。彼は自分はボスのお供をして来たので特別の用はない、とでもいいたげな気楽な顔つきで、上役と一定の距離をおいてついて歩き、ぼくらと視線が合うごとに片目をつぶってみせた。

拳銃を吊した将校はぼくがこれまでに見たどのアメリカ人とも似ていなかった。こんなに険悪な顔をしたアメリカ人は初めてだ。強いていえば敗戦の年、ぼくの町に乗りこんで来た占領軍兵士の数人に似ていないこともなかった。彼らは町はずれに拡がる広い湿地帯を偵察に来たのだった。機銃付のジープを河口に乗りつけ、めいめい小銃を持って蘆のしげみを探るような目付でうかがった。ぼくは浅瀬で魚をとっていた。草をかきわけて出てみたら、そこに小銃を構えたアメリカ兵が居たというわけだった。すんでの所でうち殺されるところだった。彼らは武器を持った日本兵が隠れているとでも思ったのだろうか、それとも脱走兵でも探していたのだろうか。ぱっと身構えて銃口をぼくに向けたアメリカ兵の目が忘れられない。きょう、空からやって来たアメリカ人将校の目はぼくにあのときのアメリカ兵たちを思い出させた。

あたふたと駐屯地司令部から迎えのジープがやって来た。来てから去るまで時間にすれば二、三分のことだ。西村のようにこの出来事に全く気づかなかった者もいるくらいだ。区隊長から遠く離れていたグループは飛行機が着陸したのも、迎えのジープが来たのも本気にしなかった。

「まず北だ、地図の方位と磁針の向きを合せる」と区隊長はいった。しかしぼくらは地図の標定はとうにすませていた。地形の判読にかかっていたとき、彼らはやって来たのだ。「区隊長」と班長がいい、何か耳打ちした。「そうか、等高線の読み方だったな」と小山二尉は苦い顔になり、持っていた竹の鞭でいきなり自分の太腿をぴしりと叩いた。空を断ち切って鞭は鋭く鳴った。ぼくは自分が打ちすえられでもしたような気になった。小山二尉がこのように不機嫌な顔を見せたことはかつてなかった。

彼らの正体は夜知らされた。就寝前、廊下に並んで点呼のあと、当直陸曹が、「聞け」といった。「きょう、米軍の視察があったが、お前たちの武器に対する手入れはなっとらん。スピンドル油も亜麻仁油も量が多すぎる。塗りたくればいいというもんじゃないぞ」といった。そうだ。ぼくらは小銃にそろそろうんざりしていたのだ。子供は与えられた玩具にはすぐ飽くものだ。慣れてしまうと取り扱いも手入れもぞんざいになった。細かな手入れをするかわりにむやみに油を塗りたててごまかすようになった。アメリカ人たちは貸しつけている武器の状況を調べにやって来たわけだ。彼らは油漬けの小銃を武器庫で見出してさぞ心外であったことだろう。

「海東二士、海東二士。起きらんな」

胸をゆさぶられて目醒めた。まぢかにのぞきこんでいる与那嶺の顔が見えた。ぼくはベッドをすべりおりた。午前一時。手早く上衣をつけ弾帯をしめた。中隊事務室の前で不寝番の交代をすませた。三人が一組になって二時間つとめる。一人が事務室前に立哨し、二人が内務班を動哨する。与那嶺が立哨を引きうけた。桐野が「徳光二士よい、今夜の愛言葉はほう、何だったろ」という。

「大和に武蔵じゃ」

「大和煮、刺身か、海東二士、しっかい覚えとってはいよ、俺あすぐ忘れっけん」と桐野はいう。ぼくはベッドにもぐりこんだ徳光に「おい」といった。「巡察はまわって来たんか」「まだ来らっさんばい、目ばかっとあけて気いつけえよ、海東二士」と徳光はいい、大きく欠伸して背中を向けた。中隊は一区隊が七十二人、二区隊が八十人、それぞれ別の部屋に眠っている。廊下の明りがうっすらとさす他は全くの暗闇だ。二段ベッドに寝る男たちは歯ぎしりをする。いびきをかく。寝言をいう。得体の知れない言葉を呻く。

「こら、不寝番、お前らもっと静かに歩け、うるさかぞ」と四班の班長がいった。ぼくらは足音をしのばせた。この班長は今やいささかノイローゼ気味だ。部下を二六時中叱りとばす。仕込みにかかった兵隊用知識を覚えこむのが遅いといって叱る。叱りつけたところで早くのみこめるものではないのだ。鳥居三曹はいかん、と小山二尉が面と向って四班長をいましめていたそうだ。中隊事務室の掃除をしていた西村が隣の区隊長室で小山二尉が問責しているのを聞いたといった。

「がみがみどなったってついて来るもんじゃなかろう」といったそうだ。四班長はめっきりやつれた。もともと気が小さいのだ。責任感が旺盛だから部下の物覚えが気になる。小さなミスが目につく。いずれも全部自分の責任に思えて不眠症が昂じることになる。それにくらべてぼくの班長富永三曹はすぐれた助教だ。いい班長に当ったものだと喜んでいるのはぼくだけではない。他の連中もそういう。小銃の分解にしても要領を得た説明をする。いっぺんで納得する。めったに怒らない。大声も出さない。区隊から作業班を出さなければならない時もまめに立ち回って、本格的に重い労働の順番がやって来るのを見越しておいて、その前にぼくらを軽い作業につけておく。他の班がトラックからでかい木箱なぞ汗水たらしておろしているとき、ぼくらは涼しい顔して物干場の支柱なんかを立てかえているのだ。「俺は中学時代、勤労動員で工場通いしたから碌な勉強は出来んかった。お前たちはいい時代に生れたよ」と班長はぼくに語ったことがある。のっそりとした馬面である。射撃と銃剣術にかけては教育隊きっての名手と聞いている。無口で淋しげな目をした二十五歳の班長がぼくは好きだった。四班長をさとした小山二尉、わが区隊長。江田島で広島上空に立ちのぼる雲を目撃した人物。蒼白い顔、いつも病みあがりのような。ぼくらを草原で指揮するから同じように日焼けしていいと思うのだがうっすらと小麦色になるだけ、それも次の日が曇れば日焼け肌褪せる。髭剃りあとはいつも青々としている。うつうつとして楽しまない感じ、プロの軍人という印象からは遠い。ぼくらに対して「お前」といったことは一度もない。敗戦の年、海兵の最上級生だったという。自分でそう語った。いつだったか、自己紹介のときではない、休憩時の雑談だったような、思い出した、第一回の外出日前日に〝個人衛生〟について講義があった。一時間があらかじめそのために用意してあった。個人衛生といえばもっともらしいが、平たくいえば女を買う場合の前後処置を注意しておくのらしかった。

「明日は三週間ぶりに街へ出るわけだが」と小山二尉はいった。教壇にのぼって口をきるまで大分かかった。チョークをいじり、箱に入れたり出したりした。話がしにくいようであった。「諸君たちはずいぶん、そのう何というか、隊舎におしこめられていて、いや、実社会と隔絶しておって……」

小山二尉はチョークを指でぽきぽき折った。竹の鞭をとって黒板を叩いた。何も書いてない黒板を叩いた。海兵の試験によくうかったものだとぼくは思った。小柄で華奢な体格である。制服が似合わないただ一人の幹部だ。沈黙が続いた。「よっく洗うんぞ」と小山二尉はいった。突然、大声でそう叫んだので、居眠りしていた連中はぎくりとしたようだ。小山二尉は手のひらで下腹にぐるりと円を描くようにした。「異状があったら直ちに医務室で手当をうけるように」といって、さっさと壇をおりた。小山二尉は赭くなっていた。かくてはならじと思ったのか、先任陸曹が壇に登ってこまごまと注意をした。一時間どころか十分と区隊長はしゃべらなかったのだ。小山二尉のしゃくの種が何であるかぼくは知らない。海軍兵学校を出てかなり長い間病気をした。全治しないうちにかつぎ屋をしなければ食べて行けなくなった。闇屋の使い走り、と小山二尉はいった。自衛隊に這入るまでにかつぎ屋の他に何をしていたか、それ以上彼は語らない。「ぼくは要領が悪いから何をやっても失敗ばかりしていた」といっただけだ。彼は鈴木三尉とうまが合う。ただの区隊長同士という関係以上にしっくりと行っているように見える。このあいだ、外出日に街で小山二尉は鈴木三尉をビヤホールに誘っていた。鈴木三尉の腕をとってビヤホールの扉を押していた様子を一見してそう思った。世渡りがうまくない者同士のいたわりあいだろうか。

桐野が見えない。声を出して呼ぶわけにはいかない。ぼくは一列ずつベッドをすかして桐野を探した。桐野はいた。東郷のベッドわきにたたずんでいる。「おい、海東二士、見てはいよ」と囁きかける。懐中電燈で蚊帳の中を照らす。細い光にうかびあがっているのは東郷の直立したペニスだった。東郷はあお向きになり、窒息寸前の魚のように大口をあけている。両足を開き、左右の手で何物から防禦するように下腹を覆っていた。その手の間から奇妙な生き物めいたペニスが突き出ていた。桐野は片手を蚊帳にさし入れた。東郷のそれを数回さすった。それからパンツを引き上げ、足元にけとばしている毛布を腹にかけてやった。

ぼくはベッドの間を歩きながら藁のマットレスに横たわっている少年たちの充血した部分を思った。直立して天井を向いている百五十のペニスをありありと闇の中に思いうかべた。桐野は一人ずつ立ちどまってのぞきこんでいる。入隊した日に医務室で出くわした情景を思い出した。ぼくらは行列して検査を待っていた。その男はぼくらと同じようにパンツ一枚の裸体で椅子にかけ、上半身だけをねじって机に伏せていた。そうした恰好ですすり泣いているのだ。体に異常があって身体検査ではねられたのは一目でわかった。行列がその検査なのだから。性器と肛門の。たくましい男だった。色白である上に、ごく肉付が良いので、椅子に斜めにかけて上半身をひねった姿勢では乳のあたりが盛りあがり妙になまめかしく見えた。

「治してからまた来いよ、なあ」と衛生班の陸曹が優しい声を出した。少年はそれを聞いてなお一層身悶えし、しゃくりあげるのだ。「お前は良か体もっとるけん、治ったら採ってやったい」と陸曹はいい、「次、おい」と促した。泣いている男に気をとられているうちにぼくは先頭に出ていた。自分の番号をいってパンツをずりおろした。陰気な目付をした医師が前にいた。陸曹は机の書類と向いあっていてぼくの番号を確認した。医師はぼくのセックスが明らかにぼく自身のものであるのを確かめるように下腹部とその上にのっかったぼくの顔を見くらべ腕を差し伸べて来た。彼は右手を前に出した。目はぼくの腰の高さにあった。彼は手を開き、ゆるゆるとそれを伸ばし、物憂い熟練を示す手付でぼくにさわった。ぼくをつかみ、しぼりあげ、露出させた。そのとき、ぼくは初めて自分が別世界に這入ろうとしているのだと感じた。東京で一緒に暮した連中が目の前をかすめた。過去の闇から彼らはひらひらと白い繊毛のような手をさし伸べてぼくの前にうかびあがった。ガソリンスタンドの整備士が手を出してぼく自身を握りしめた。所長が手を伸ばした。ラーメン屋の出前持ちが手をさし出した。タクシーの運転手が、喫茶店のウェイトレスが、手を出して「さようなら」といった。医師がしたそのひと握りは、ぼくが後にした東京生活との訣別であり、いわば彼らからする別れの挨拶といってよかった。ぼくは床に両手をついて検査官に肛門をさらした。「よし、行け」と医師はいって、四つん這いになったぼくの尻を平手で叩いた。

班長が何かいった。雨がひどくて何といったのか聞えない。雨天体操場の屋根は雨に叩かれている。班長は手を上げ、手のひらを下に向けておろした。「伏せ」といっているのだ。口の形でわかった。与那嶺は床に腹這いになった。肩にロケット弾発射筒をのせた。ぼくは弾体を持って彼のわきに伏せた。「与那嶺、姿勢が悪か」と班長が喚く。耳の傍でどなった。「は?」と与那嶺がいう。「わからんか、お前の脚は発射筒《ランチャー》の後ろにはみ出とるじゃなかか、噴射ガスで火傷すっぞ」という。与那嶺はごそごそと体をずらした。「四十五度以上離す、そう、もっとだ」

轟々と鳴る水の音で班長の声はともすればかき消えそうになる。昨夜から降り出した雨がこやみなく続いていた。戸外はすっぽりと水の幕に閉ざされている。「装塡」と班長がいった。ぼくは蛇の頭に似ているロケット弾を発射筒の後ろからすべりこませた。弾体についている緑色の導線を発射筒の接触バネに連結した。平手で与那嶺のヘルメットを叩く。「装塡終り」の合図である。

「作業やめ、十分間休憩」と班長がいった。そういって戸外をすかすようにした。水の向うから駆けて来る人影がある。厚い霧に包まれでもしたように輪郭がぼやけている。その男は水を蹴立てて走った。雨外衣を着こんだ本部付の陸曹だ。戸口に近づいてようやく正体がわかった。彼は体操場にとびこむと手で顔をぬぐった。帽子の庇と雨外衣からしずくがしたたった。「区隊長はどこか」といった。

彼はまっすぐ小山二尉の方へ歩いて行って紙片をさし出した。何か報告しているようだが雨音にさえぎられて聞えない。陸曹は報告を終えるとすぐに外へ出て行った。出口でいったん立ちどまり、雨をみつめた。帽子を目深にかぶり直して駆け出して行った。「班長、集合」の声がした。しばらくして、「海東二士、こっちへ来い」とうちの班長が呼んだ。

「君は伊佐市だったな」と小山二尉がいう。そうですとぼくはいった。「君の家はどこか」「川内町です」「川内町というのは川の近くなのか」「川に沿った町です」「その川が溢れた。君の町も洪水区域に這入っとる。今の所、詳しい状況はわからんが全市水没したらしい。君は何人家族だった」

「六人です」

小山二尉はちらと紙片に目を走らせた。隊員の方を向いて、「他に伊佐出身の者はいないか」といった。ぼく一人のようだ。「家族の安否が気になるだろう」「はい」「帰って確かめて来い。事情がわかり次第、帰隊して報告するように。すぐ支度にかかれ」

ぼくは草原にとび出した。班長が後ろから続いた。雨は作業衣を通して肌を濡らし体の芯まで凍えさせるほどだ。ぼくは内務班に帰り、着ている物を脱ぎ、外出用の制服に着がえた。支度に五分とかからなかった。中隊事務室から出て来た班長が休暇証明書をくれた。「すんだか」

「すみました」とぼくは答えた。

「部隊から佐世保までトラックが出るげな、便乗して行け。佐世保から汽車がよか、汽車も伊佐のずっと手前までしか行かれんち、バスより早かだろ、途中の道路は雨でズタズタげなけん、中隊長に休暇申告せにゃならんが今は居られん、司令の所に非常呼集をかけられてな。ひょっとしたら災害出動ばかけられてわれわれも伊佐に行くかもしれん、気をつけてな、海東」

ぼくは隊門に駆けつけた。トラックは発車しようとしていた。十四、五人の先客があった。新隊員はぼくの他に一人いるだけだ。半時間で佐世保に着いた。先客は業務、補給、通信関係の幹部で、「全市水没したら一割は死んだかも知れん」「一割ちゅうと千か二千か」などと気楽そうにしゃべっていた。七万人の一割といえば七千人になる。ぼくは黙っていた。駅で時刻表を見て、発車までに二十分あることを知り、所持金から往復旅費をとりのけておいて残金全部で食料品を買った。用意して来たズック製の衣嚢に肉、果物の罐詰、ソーセージ、チーズを詰めこんでかついだ。列車は定刻よりおくれて発車した。雨は依然として降り続いている。沿線の川は皆水位を高め土色の濁流に変っていた。網棚にのせた雨外衣を着こんだ。寒かった。列車は走り出したかと思えばとまり、ひっきりなしに汽笛を鳴らした。

車掌が来た。ぼくの切符を見て、「大村までは行けませんよ」という。駅で売ったのに行けないというのはおかしい、というと、「今、連絡があって大村の手前で鉄道が切れたもんだから」といった。

「伊佐に行くつもりなんだが」「歩いて行くより他はありませんな」と車掌はいい、次の客に切符を催促した。大村から伊佐まで二十キロくらいある。多分そんなことだろうと思ったのだ。列車は海岸を走っていた。海は雨の下で灰色に煙った。平べったい砂色のひろがりがざわついていた。ところどころにうかぶ島がゆっくりと窓に接近しては背後へ流れた。濡れたガラス越しに見る島々はどれも歪んでいた。

水平線は雨に溶けこみ、空と海のけじめはおぼつかなかった。ぼくは窓ガラスに額を押しつけて外を眺めた。氷に押しつけたような気がした。山が小刻みに慄えながら迫って来た。山腹に赤茶色のひび割れが見える。地すべりの下にはつぶれた屋根がある。それはたちまち見えなくなった。野も山も雨に打たれてひっそりと鳴りをひそめている感じだ。今、世界を所有し、我がもの顔にふるまっているのは雨だけである。列車はとまりいっかな動こうとしない。車掌が来た。ここで降りて下さい、という。ぼくは雨外衣のボタンをかけた。衣嚢をまず下にほうり出して飛びおりた。列車がとまると雨の音がにわかに高まった。

雨外衣を着こんでいても体は濡れた。百メートルと歩かないうちに衣服の隙間から流れこむ水で体には乾いた皮膚がなくなった。ぼくは帽子の上に雨外衣の頭巾を引きあげた。いくらかしのぎやすくなった。歩調を落さずに歩き続けるとしだいに全身が熱くなり、濡れるのも気にならなくなった。鉄橋にさしかかったところで路線は道床がえぐられ、宙に浮いている。渡ろうとすると補修中の工夫たちが、「あっちへまわれ」といってスコップで川原を指した。ぼくは線路からおりた。トラックが二台、押し流されて川原にひっくり返っている。水かさは胸まであるようだった。川沿いに上流へ歩き、やや浅くなっている箇所で岩伝いに流れを渡った。岩は摩滅しておらず、つい昨日まで山の中に埋れていたしろものであることがわかった。岩伝いに川を越えたのはぼくだけではなかった。列車をおろされた連中は皆同じ場所で川を渡った。傘をさしている者は一人もいなかった。めいめい荷物を肩にのせていた。

ぼくは手で顔にしたたる水をぬぐった。しょっちゅうそうしていないと目に入る水で路面も見えなくなるのだ。海岸道路は片方に迫った崖から崩れ落ちた土砂で二百メートルおきくらいに埋まっていた。アスファルトに散らばった岩を避けても、そこを覆う粘土質の赤土には足をとられた。滑りそうになった。足もとに目をこらして歩くと速度が落ちる。歩幅を拡げた。すぐにつまずいて倒れた。ぼくの雨外衣は赤茶色の土にまみれた。やがてそれも雨が洗い流してくれはしたけれど。伊佐へ帰るのには歩き難くてもこの道を辿るしかなかった。車は一台も通らなかった。荷を満載したまま土砂の下になって横転しているトラックがあった。ぼくはしきりに咽が渇いた。歩きながら上を向いて口をあけた。ところがどうしたことかこれほど激しく降っているのに、雨は口の中にはほんの二、三滴しか落ちてこない。埃を嘗めたような味がした。道路わきでは溝に茶色の水が湧き返っていたが、さすがに口をつける気にはなれなかった。天地を暗くするほど落下する雨に濡れながらぼくは一杯の水も飲めないのだった。

前方を一人の隊員が歩いていた。ぼくは彼に追いついた。トラックで見かけた新隊員だ。彼はぼくを見るなり黙って雨外衣のポケットから紙片をとり出して渡した。号外だった。死者五千という初号活字が目に入った。濡れてちぎれかかった紙面に、氾濫という文字が、倒壊という文字が散らばっている。細かい活字は読みとれなかった。これをどこで手に入れたのかと訊くと、佐世保駅でという。返そうとすると相手はいらないというように手を振った。ぼくは号外を捨てた。午後四時ごろというのに夕刻の暗さが拡がっていた。雨はしつこく降り続いた。ぼくは衣嚢を右肩から左肩に移した。腕が痛くなるごとにそうした。衣嚢の中で罐詰を包装した紙箱が崩れ不安定になった。ぼくは腰をおろして罐詰を紙箱から出した。再びかつぎあげてみると中身は衣嚢の両端に分れ、振り分け荷物をのせたようになった。もっと早くこうすれば良かった。横を歩いていた隊員はぼくが荷を按配しているうちに消えてしまった。

ぼくは果物の罐詰を一個とりのけていた。ナイフで穴をあけてシロップをすすった。歩きながらそうやった。その間も顔に雨が落ちて来て罐詰にあてた口元を濡らし、シロップとまざった。液体を飲み干した罐詰は捨てた。食欲は相変らずなかった。三叉路がありそこを過ぎると突然うしろからトラックのライトに照らしだされた。道路に黒い影が伸びた。瘤のような荷をかついだ影はぼく自身の姿だ。ぼくは大声をあげ、トラックに向って手を振った。赤い尾燈はたちまち水の奥に消えた。

道路に映った影は何かに似ていた。どこかで見たことがあると思った。肩に包みをのせ、その重みで上体をしなわせて、ややうつむき加減に歩く男。敗戦の年、軍隊から帰還したおやじがそうだ。ぼくは思い出した。夏の夕方、外で遊んでいると、角を折れてこちらに歩いてくる人影があった。肩に何かかついでいる。おやじは戦闘帽をかぶり、水筒と雑嚢を肩から吊し、穴のあいた靴をはいて帰って来た。ぼくはおやじの先に立って駆け、家の玄関をあけるなり、「父ちゃんが帰って来た」と叫んだ。おやじは上りがまちにどさりと肩の荷をおろすと、「敗けた、敗けた、日本はもうおしまいじゃ」といった。荷の中身は一ダースの古い軍靴だった。このことをおふくろはずいぶん後まで愚痴の種にした。「——さんのご主人は牛罐を大箱で持って帰りなった。——さんは毛布を十枚に白米ば一斗もかついで帰りなったげな、——さんは……」というふうに。

軍隊では目ぼしい物資はたいていかすめとられていた。倉庫は機転のきく兵隊が空にしていて食う物も着る物も残っていやしなかった。そこでおやじは何かの役にも立とうかと、同僚が捨てていった古い軍靴を拾って持ち帰ったというわけだ。事実これは役に立った。町はずれの荒地を開墾するのに使った。古靴は雑木林を根こそぎ掘りおこして二反歩あまりの畑をつくるのに履きつぶしたようだ。帰った日におやじは、「長崎の倉庫はこちらに移したか」とおふくろに訊いた。移していないと聞くとがっかりした。十歳も老けこんだようだ。長崎の倉庫にはおやじの全財産があった。そこにおやじは二十年にわたって蓄えた金を鉄材や発電機や材木にかえてしまっていた。戦争が終ったら本業の土建屋に戻って大いに儲けるつもりであったのだ。

おやじは出征するとき、倉庫の資材を伊佐に移しておくようにおふくろにいい含めていたというが、空襲が毎日続くようになるとトラックの工面どころか、そのような資材が役に立つような時代が再び来ようとはおふくろには考えられなくなったのだ。親子五人がその日その日を生き延びるのがやっとという有り様だった。おやじとおふくろがそもそもうまくゆかなくなったのはこのことがきっかけになったように思う。長崎に落ちた爆弾で倉庫は灰になってしまったのだから。この日からおやじは茶の間に坐りこんで腑抜けのように新聞を読むより他能のない四十男になり下ってしまった。

おふくろはよく毒づいたものだ。「あがんこまかぺらぺら新聞をよくまあ朝から晩まで読まるるもんたい、あたしゃ了簡こん」。おやじにしてみれば毎日の新聞が驚天動地のニュースではちきれそうに見えたのだ。天皇の人間宣言があった。〝戦争犯罪人〟の裁判があった。どんな小さな記事もおやじの憤慨の種にならないものはなかった。失う物とては今や何ひとつ持たないくせに、おやじは財閥の解体や農地解放についてぶつくさ愚痴ったものだ。あたかも自分が大地主か富豪の一人でもあるかのように。……

いつ夜になったかわからない。雨は息をつきそうになかった。稲妻が下界を明るくした。道はいっこうにはかどらない。ころがっている石ころにぼくは何度も向うずねをぶっつけた。ぼくは腰をおろして休んだ。雨を避ける所はどこにもなかった。雨外衣は水を防げなくなっていたが体温を保つには着ている方が良かった。休んでいると体が冷えた。ぼくは衣嚢をかつぎ上げて歩き出した。大村に辿り着いた。駅をのぞいてみたが、待合室に客は見えなかったので引き返した。駅前広場にあるバス停には人だかりがあった。ぼくは靴ずれを気にしていた。外出用の新しい靴をはいたので硬い革がくるぶしをこすり血を滲ませていた。雨水がそれにしみて一足ごとに痛んだ。つまる所これ以上歩くのはうんざりだったのだ。

壁に掲示があり、〇〇峠まで折返し運転、と読めた。乗りきれない客が入り口にぶらさがっている。ぼくは衣嚢を窓から押しこみ、無理によじのぼって中にもぐりこんだ。これをのがせば明日まで便はないというのだ。乗客は一言も口をきかなかった。バスが揺れるときだけ呻き声を洩らした。外をのぞいてみたかったが、乗客が立ちふさがっているので駄目だった。バスはとまった。ぼくは窓からおりた。バスの人いきれで胸が悪くなったので冷たい雨の中を歩くのは快かった。峠は雨で削られていなかった。アスファルトはガラスのように滑らかだ。ぼくは大股で歩いた。歩度を伸ばすと次第にまた体が暖かくなってきた。切り通しを抜けた所でふと立ちどまった。何だか変だと思った。そこからは伊佐市が見えるのである。ふだんは夜でも燈火で街のありかがわかるのだ。何もなかった。一面の闇が拡がっているだけだ。水没したのであれば明りが見える方がおかしいのだと歩きながら考えた。坂を一キロほど下ると崖崩れが道路を塞いでおり、一個小隊ほどの自衛隊員がスコップで泥を除いていた。彼らのわきをすり抜けて向うへ出た。

「あんたはどこの部隊ですか」と闇の中から声をかけられた。ぼくは答えた。ジープがとまっていて、ヘルメットをかぶった若い陸曹が立っていた。伊佐へ行くところだと説明すると、

「伊佐のどこですか」

「川内町です」

「どの道を通って行くつもりですか。この道路は駅の手前で通れなくなっていますよ」という。ぼくは途方に暮れた。

「乗りませんか。自分も今から伊佐の救援本部に戻るところです。歩くより速いでしょう」とすすめる。ぼくは乗りこんだ。願ってもないことだ。「遠まわりになるけれど昔の街道の方へ迂回して裏側か

ら伊佐に這入ります。今はその道しか使えないんです」と陸曹はいった。着きさえすればどうでも良かった。ぼくが黙っていると、「ひどいもんだ」と雨に張りあうように大声でいった。「何か話して下さい、自分は昨晩から眠っていないんですよ。水が引いてから泥に埋まった死体を掘り出すのに忙しくて。さかさになって足だけ泥の上に突き出ているんですよ、どの死体もね、たいていこれが裸でね、流木やら石やらぶつかっているもんだからきれいな体なんてひとつもありゃせんのですよ、男か女かもわからん、よく洗ってみなければね、ところが水道は壊れてしまってる。匂うでしょう、ほら」と陸曹はいって片手をぼくの鼻先に突き出した。ぼくはのけぞった。いきなり死者の脚をつきつけられたような気がした。

「あんた、どこ町といったかな、え?　川内、川内と」

陸曹はジープをとめてビニール張りの地図を出した。懐中電燈でしらべた。被害区域は赤く塗ってあるようだ。彼はぼくがのぞきこむより早く地図を畳んだ。アクセルを踏んだ。洪水の話はしなくなった。しばらくして、「自分もあんたの部隊で教育をうけたもんですよ。陸曹教育隊の山中三尉知ってますか」知らないとぼくはいった。知るはずがない。「鬼の山中といってね、われわれは彼に鍛えられたの何のって。あんた、訓練はきついですか」「ええ、まあ」「大野原《ばる》への行軍はすみましたか」「まだです」「あそこで仕上げをするんだが。八週間くらいはあっというまに過ぎちゃいますよ、まあ何ですね、つらいことがいろいろあるけれど、後になればどれも楽しい思い出になるということでね」

ジープは徐行して市内に這入った。ぼくは伊佐駅の裏手でおしゃべり陸曹と別れた。見知らぬ街へ這入っていくような気がした。家々は嵐の後、海辺に打ちあげられた漂流物に似ていた。橋はほとんど落ちていると聞いたので、どこから左岸へ渡ろうかと思案した。家は左岸にあるのだ。案じるほどのことはなかった。橋は落ちても橋脚にはつぶれた家が流れついて恰好の足場になっている。すべり落ちないように用心して屋根から屋根へ渡れば良かった。ぼくはいったん浸水していない丘陵地帯へ登り、出来るだけ川内町の近くへ行った。懐中電燈を持った警官が巡回するのに出会った。荷物をかついだ男は必ず呼びとめられた。稲妻が街を照らした。青白い光にうかびあがるものはやけに平べったくなった廃墟である。ぼくの知っている街とは似ても似つかぬ所へ来たように思われた。ぼくは鼻をひくつかせた。その頃になって匂いがひどくなった。無意識のうちに息をつめていたが呼吸をとめるわけにはゆかない。一種異様な臭気が鼻をつくのだ。堆肥の匂いに似ていた。夏の夕方、肉屋のゴミ箱がこんな臭気を漂わせたことを思いだした。しかしそんな生やさしい匂いではなかった。匂いというよりある塊のようなものが鼻粘膜を刺戟し息づまらせようとするのだ。

ぼくは足首まで泥に埋まっていた。粘り気のある糊状の泥がぼくをひっつかみ歩かせまいとするのだった。ぼくは靴を脱いだ。それを紐でつないで首にかけた。泥の中を歩くのは素足が良かった。しかし潰れた家を踏みこえるのは難しかった。折れた材木は棘のように釘を突きだしていたから。わが家はちゃんと立っていた、壁が崩れ落ちても家と呼べるならだが。斜めに傾いて見覚えのある家が立っていた。

「誰か」と声がした。まぶしい明りがぼくの顔を照らした。ぼくは警官にこの家の住人がどうなったか訊いた。「ああ、この辺の人ならほとんど上の寺に避難していますよ、ここをあっちへ行って、わかりますか」

ぼくは元来た道を引き返した。警官は蓮芳寺のことをいっているらしかった。石段があった。急勾配のそれは泥ですべりやすくなっていた。ぼくは這うようにして石段を登った。本堂に入りきらない避難者は境内にテントを張っていた。雨がそのテントを叩いていた。ローソクが内陣のあたりに幾本かともしてあった。ゆらめく焔で見るとうずくまった避難者は濃い影にくまどられ、誰も同じ顔に見えた。ぼくは頭巾をあげ、帽子をとった。魚箱に投げ入れられた雑魚よろしくひしめいている本堂の連中に、「海東の家族を知りませんか」と呼んでみた。暗い片隅で立ちあがったものがあった。「光男」という声が聞えた。おやじの声だった。

犬丸一士は子供のようにあどけない顔をしている。ときどきぼくを睨む。隣にいる第三班の副班長である。就寝前、床に油雑巾をかけていると、ベッドにあぐらをかいてぼくを見ている。小銃の分解手入れをしながらなんとなく首筋がむずむずする。顔をあげる。窓ぎわに犬丸一士がたたずんでぼくをみつめている。作業衣のほころびをつくろっているとき、来たな、と思う。どこからか注がれている視線を意識する。案の定、犬丸一士が廊下からぼくを見ている。内務班では行住坐臥彼に監視されることになる。一等陸士で教育隊の助手に抜擢されるとは優秀な隊員でなければあり得ないことだ。大声で号令をかける。身の動きもきびきびとしている。どう見ても十八歳以上に見えない。柔らかい頬にはまだうぶ毛も生えていそうだ。そうした特徴を本人も知っていると見えて、ことさら言動に上級者らしい貫禄を示そうとつとめている。新入りになめられてはたまらないのだ。

犬丸一士を最もよく表わすのはその目だ。切れ長の一重瞼から鋭く光る目がぼくをみつめる。直属上官ではないからへまを仕出かしてもぼくを叱ることはない。ただ何かにつけてその目でぼくを睨む。あどけない顔に反して目だけが老成したようで、見られていると何となく落着かなくなる。入隊早々、インフルエンザにかかって四十度ばかり発熱したことがあった。

「おい、お前、しゃんとせえよ」

医務室にかつぎこまれて長椅子の上で診察順番を待っていると、犬丸一士が前に立ちはだかった。

ぼくは熱のために目をとじてだらしなく呻いていたようだ。胸がしめつけられるようで上衣のボタンをはずしていた。何から何まで犬丸一士には目にあまる醜態に見えたのだろう。彼はぼくの靴をつま先で軽く蹴った。「風邪を引くのも精神がたるんどる証拠だ」といった。ぼくが駐屯地に戻った翌日、新しい司令の着任式があった。小銃を持って草原に整列した。休めの号令で規定通り銃身を斜めにしたつもりが、手からすべり落ちて倒れた。ひどい音がした。列は静まり返っていたのだ。犬丸一士がふり返った。失敗をしたものはぼくだと確信しているようだった。もし視線で人を殺せるものなら、そのときぼくは間違いなく即死していたろう。凄い目付だった。

犬丸一士だけでなく中隊の助教助手たちとぼくは合わない。昨晩、事務室へスピンドル油を受領しに行って帰ろうとすると、一班の助手が、「おい、そこの新隊員待て」といった。ふり返ったぼくの名札を読みとり、「お前が海東だな」という。事務室には中隊の副班長がうちの士長を除いて全部そろっているようだった。机の上に教育進度表を拡げて見ているのがいた。週刊誌をめくっているのもいた。アルマイトの皿に盛った落花生をつまんで口を動かしていた。「お前さん、ここに這入るときノックもせずに黙って這入ったな」と相手はいった。「なあ、栄さん、そうだったな」というと、栄さんと呼ばれた男は相好を崩して、「さあ、あたしはうっかりしていましたんで何も存じませんですねえ」といった。ドアは開放してあった。それに受領者はぼくの他に七名いて、先頭の男が、「〇〇二士、這入ります」といいかけると、武器係陸曹が手でさえぎったのだ。「やり直し」とそいつはぼくにいった。「ノックをしてちゃんと新隊員らしく這入ってもらいましょうか」と猫なで声でいった。

ぼくはドアのきわに立って、「海東二士、這入ります」といった。「聞えんなあ、松さん、あんた、この方のいうことが聞ゆるかね」と助手は不審そうに訊く。松さんといわれた副班長は、「あん？何かいったん、わしゃ新聞は読みよったけん何も知らんばい」と嬉しそうにいった。ぼくは大声でい い直した。

「何しに来たっか」

「スピンドル油ば受領に来ました」とぼくがいうと、「なして初めからそぎゃんいわんつか、お前、態度が大きかぞ」といった。油を配った陸曹は何もいわずに外を見ていた。犬丸一士は終始、陸曹のわきに突っ立ってぼくを見ていた。まばたきもせずに見ていた。ぼくがもっと大きな失策をこの場で仕出かさないものかと懸命に見張る目だった。「よし、もうよか、行け」といわれて室外へ出たときいまいましそうに舌を鳴らす音が聞えた。犬丸一士の癖であった。

態度が大きいといわれるのは心外だ。助手たちを苛立たせる何かをぼくは身につけているのかも知れない。小銃を分解しながら考えた。ぼくは普通以上に普通の隊員でありたい。徳光のように話し、西村のように歩き、与那嶺のように敬礼しているつもりだ。何の変りがあるというのだろう。ぼくには何か良くない所がある。本能的に助手たちはそれを嗅ぎつけて目の敵にする。そうだ。ぼくもまた彼らと同じようにぼく自身を憎む。すこぶるいかさない草色の作業衣など着こんで鉄砲かつぎに身をやつしているのも、元はといえばぼくの中にある何かイヤなものを壊したいからだ。伊佐に帰った翌日、高校時代の同級生に会った。彼らはぼくがなぜ自衛隊に這入ったか知りたがった。うまく説明出来なかった。こういえばどうだろう。物質に化学変化を起させるには高い熱と圧力が必要だ。そういう条件で物は変質し前とは似ても似つかぬ物に変る。ぼくは自分の顔が体つきが、いやそれに限らず自分自身の全てがイヤだ。ぼくは別人に変りたい。ぼく以外の他人になりたい。ぼくがぼくでなくなればどんな人間でも構わない。無色透明な人間になりたい。そのためには自分を使いつくす必要があると思われた。かきまわし、熱を加え、叩きつぶさなければならなかった。このような事情をしかしぼくは語ることが出来なかった。何者でもなくなることにどうしてこだわるのか、と彼らはいいたがっているようだ。それにはぼくは自分に対する憎しみを開陳しなければならない。そこまでは億劫だった。

雨は去った。草原は新鮮になった。赤ん坊の肌のようにみずみずしい草になった。水で清められた葉身はかぐわしかった。ぼくらは午後、自動銃を使って地物を利用した射撃の要領を学んでいた。

短い休憩時間があった。

「おい、見れ」と東郷が肘でぼくを小突いた。見慣れない男が草を踏みわけて来る。「あの幹部は以前うちの中隊の区隊長じゃったげな。陸曹教育隊から来た山中三尉ちゅうて駐屯地一の鬼区隊長げな。この草っ原の端から端まで続けて三回、新隊員を匍匐させたこともあったげなたい。あの男にかかったらよその中隊の二倍も鍛えられたっつ」

ぼくは草の上に身を起してよく見ようとした。陽炎がゆらめいてはっきりとは見えない。東郷は続けた。「真夏に匍匐ば何回もやり直しさせられて、日射病でくたばった新隊員もおったげな」。山中三尉はくっきりと見えて来た。自信たっぷりの歩き方をした。自分がどのように見えているのか自覚している様子だった。彼は大股で肩をゆするようにして近づいてきた。区隊長と何か話した。話しながらまわりにしゃがんでいるぼくらを見まわした。朝の点呼整列のとき、うちの副班長がぼくらの服装をしらべる目付とよく似ていた。区隊長と話が終って後戻りしかけた山中三尉の目がぼくのB・A・R（自動銃）に落ちた。彼は指でぼくをさして、「B・A・Rの脚を畳んだままほうり出しているのはお前か」といった。ぼくはB・A・Rを探した。目の前に脚を畳んだまま置いてある。ぼくはその脚を開いて立てた。「銃口に泥がつまっとるじゃないか」。ぼくは銃口をつかんで引き寄せ、のぞきこもうとした。

「待て」と山中三尉は制した。
「もし実弾が装塡してあったらどうする。安全装置が解除してあればお前は今ごろ頭を吹きとばされとるぞ。お前の頭だけですめばいいが、これは自動銃ではないか。暴発したらお前の班は全滅だ、班長は誰か」とうちの陸曹を呼んで、「この新隊員はB・A・Rの取り扱いについて基本的な心得がなっとらんようだ」といった。そういい残すや肩をふりふり行ってしまった。山中三尉と犬丸一士はよく似ていた。どちらも軍隊がたまらなく好きなのだ。一つだけ違いがあった。ガラスのような目を見てわかった。草原を炎天下何回も匍匐させられた隊員が日射病で死んだというのが本当だったとしても、彼はそのとき何も感じなかったはずだ。彼にいわせれば少しばかり暑い日に匍匐したくらいでくたばる男なんか初めから自衛隊に入らないがいいのだ。東郷の話をぼくは初め眉つばものと思ったが、三尉の目を見てありそうな事だと考えた。

事件後、山中三尉は区隊長を免ぜられて本部付の要員になったという。今もって威張っているところを見ると死亡事故にはならなかったはずだ。ともかく一年入隊がおくれてよかった。去年の夏だったらひどい目に遭う所だった。なんといってもぼくがここへやって来たのは生きるためなのだから。

その夜、山中三尉は再び姿を見せた。昔の中隊が懐かしくて遊びに来たのだろうか。消燈後、ぼくは講堂でB・A・Rの分解結合を練習していた。目にタオルを巻いて六十秒以内でばらした部品を元通り組立てるのが目的だった。「日記なんか書かんでさっさと寝ろ」という声がした。聞き覚えのある声だ。

「自分は手紙ば書いとるとです」という声がした。西村の声だ。「新隊員は体が大事だ、どうしても書かにゃならん手紙なら就寝前に書けばいいではないか」と山中三尉はいった。

足音が近づいて来た。結合が終ったところだ。槓杆を引いて戻し、引金を落した。「何秒か」という声が耳の後ろから聞えた。ぼくはタオルをはずして時計を見た。七十秒かかっていた。「遅い、四十秒で出来ないのか」と山中三尉はいった。ぼくの顔を覚えているふうではなかった。「故障したときの応急処置はどうする」と優しく訊いた。「引く、押す、叩く、狙う、撃つ」と答えた。消燈前に、「新入隊員必携」を読み直して丸暗記したばかりなのだ

「応急処置によってだな、故障が排除出来ない場合はどうする」と三尉は重ねて訊く。

「はずす、見る、引く、探す、排除」と答えた。

「はずすとは何をはずすのだ」

「……そのう、弾倉をです」

「弾倉か、なるほど、で、それから何を見るのだ」

「……ええと、薬室、薬室を見ます」

山中三尉は舌の先で唇をなめた。ぼくの唇に出来た腫れ物に目をとめたらしく、自分にも出来ていないかを確かめるように唇を舌でなぞるようにした。

「薬室をお前は見るのか、で、引くとは何を引くのか」だんだん目が細くなった。ぼくは頭の中でB・A・Rの部品を忙しく思い出し、引ける物を考えた。せっぱつまって引金です、と答えた。

「お前、新入隊員必携は持ってるな、とって来い」と相変らず優しい声でいう。ぼくは内務班へすっとんで行ってベッド下の私物箱《フット・ロッカー》を引きずり出した。中身をかきまわしていると、「うるさいぞ」と班長がいった。ぼくは説明した。

「それは誰だ」「山中三尉です」と答えると、班長は「ううん」といって寝返りをうった。ようやく「必携」をみつけてとって返した。

「その第二章第三節、四十二項、B・A・Rの故障排除という項をあけてみろ」

ぼくは読んだ。「はずす」のはB・A・Rを肩からはずすので、「見る」のは蹴出口を見るのであり、「引く」のは槓杆なのだった。「タオルを巻いてもう一度分解結合をやってみろ、用意、かかれ」と時計を見て叫んだ。ぼくはさっきと同じことを繰り返した。「六十秒、ちと遅いがやれば出来るのだ、寝る前に毎日十回練習しろ、分解結合のこつは部品をきちんと並べておくことだ」といって三尉は講堂を出て行った。足音が廊下を遠ざかっていった。ぼくは窓ぎわに腰をおろした。庭の夾竹桃が風にざわめいていた。厨房に明りがともり何か重い物をころがす音が聞えた。伊佐には二晩泊った。部隊へ帰る日にバスの中で一緒になった女の子のことを思い出した。洪水が過ぎた道路は揺れがひどかった。

隣に十七、八の女がいて、バスが凹凸の箇所で揺れるたびに短い叫び声をあげた。一度大きくバウンドしたとき、女の子は座席からころげ落ちそうになった。その腕をつかんでやったのが話しかけるきっかけになった。

「どちらまで」とぼくが訊くと、彼杵《そのき》町までと答えた。きれいな歯をしていた。今年、商業高校を出て彼杵町の役場に勤めていると話した。バスはひっきりなしに揺れるのでそれだけ話すのにかなりかかった。何度も舌を噛みそうになった。ぼくも去年高校を出たばかりだというと、女の子は目をみはり、信じられないとでもいうように頭を振った。ぼくはたちどころに伊佐で友人がいったことを思い出した。寺に一泊した翌日、ぼくは友人を訊ねた。彼は泥水につかったレコードを洗っていた。顔をあげてしばらくぼくをみつめ、「なんだ、海東じゃないか」といった。「囚人が来たのかと思った」とつけ加えた。ぼくは洗い晒した青シャツを着ていた。頭も短く刈っていた。日に黒く焼けて痩せてもいたから見違えたのかも知れなかった。伊佐刑務所からは囚人が大挙して洪水の後片づけに出ていたのだ。女の子にもぼくは囚人めいて見えたのだろうか。バスの窓を見た。ぼくの顔を映して見た。血走った目をした男がぼくをみつめた。十九という齢よりずっと老けて見えるようだった。

ぼくはB・A・Rを武器庫に返した。当直陸曹が武器係だったのでこういうことが出来た。消燈後にふつうは火器の持ち出しは出来ないものだ。自分のベッドにもぐりこもうとしていると、「山中三尉は何ていった」と隣から班長が声をかけた。

「別に何も。ただ故障の応急処置をきかれただけです」「それだけか」「それだけです」と答えた。ぼくは頭の中から山中三尉の顔を追っ払った。目をとじてバスの中で会った少女の顔を思い出そうとした。目鼻立ちが甦らない。白い歯だけではどうしようもないのだ。バスが上下するつどはずんでいた胸が目にうかんだ。住所を訊いておかなかったのが残念だった。彼杵町役場に行けば？　しかしぼくは日曜日しか外出出来ないし、夢とうつつの境を往復しながらそういうことを考えているうちに山中三尉にやりこめられたことがどうでもよいように思われて来た。バスが揺れたときに少女は短い叫び声をあげた。その声がまた耳の奥に聞えた。


ぼくらは射撃場にトラックで来た。入り江のほとり、三方を丘に囲まれた草原の出口は海に開いている。トラックをおりるなり鎌を与えられた。草を刈って見通し良くするのだ。鎌はよく切れた。草をつかんでおいて刃をあてざくりと切る。そうするとぼくの中でもなまなましいものを二つに断ち切った感じがする。ひと鎌入れるごとにせいせいした。もう二度と帰るものかと思った。悪臭ふんぷんたる故郷に帰るものか。

長時間草を刈っていると腰が痛んだ。加治木と伊集院は違った。姿勢からしてぼくと異り、ぐっと腰を本格的に落してリズミカルに鎌を動かした。彼らが刈った切株は見事な平面になっている。「加治木と伊集院はここに残って草を刈れ、他の者は小屋に行って四班長の指揮下に入るように」と班長がいった。ぼくらは小屋で射撃用の標的を修理した。畳一枚ほどの標的にあいた弾痕を紙で塞ぐのだ。それは小屋の天井まで積み重ねてあった。

「北海道は好かんのぅ」と徳光がいった。紙の裏に糊をつけて弾痕にあてがいながらぼやいた。「海東二士はどこを希望したな」

「北海道」

「へぇ」と徳光はぼくの正気を疑うようにまじまじとぼくをみつめた。「聞いたか、海東二士は北海道ば希望したげな」

「行きたけりゃどこさんでん行けばよかたい」と東郷がいう。彼は修理した標的を小屋から外へ出して乾かしている。

「北海道の施設な、海東二士よい」

「いや、普通科たい」とぼく。

「えりにえって一番ぱっとせん科を希望せんでもよかろうに。俺あ北海道さんやらるるならやめるばい、寒かつは好かんけんのう」

「寒冷地手当がつくちゅうぞ、北海道さん行けば。給料が倍になるげな」と与那嶺。

「俺あ久留米の施設ば希望したが、そいがかなわんならせめて特科の操縦にまわしてもらいたか、ぁそこなら車も機械もぎょうさんあるけんなぁ」と西村がいう。与那嶺はせせら笑って、

「ばかたれ、お前んごたるふうけもんが高射砲のうち方ば習ってくそんこきに立つか」

「俺あ免許ばとったらさっさとやめて伯父貴のやっとる土建会社に這入るたい、ブルとダンプとパワーショヴェルば使うてばりばり儲けてやっ。なんさま商売ちゅうもんは人ば使わんば銭にならんと。伯父貴はいうた。儲けるちゅう字にはにんべんがつくち。ぬしたちも自衛隊ばやめて行く所がなかったら俺んとこに来いよ、使うちゃろだい」

「西村建設の社長さんよい、このボロ標的ばはよそくうて（修理して）はいよ」と桐野が西村の前に古い標的を投げ出した。「五年が勝負たい」西村は続けた。積みあげられた標的には目もくれず未来の計画を披瀝するのに夢中になった。「俺あ酒もタバコもやらん、女房以外の女とも遊ばん、仕事だけが男の生き甲斐たい。二十五までには家ばたてて見すっ」

「女も近づけんだと、こら面白か、女の方がぬしの顔ば見たら逃げ出そだい」と東郷。

「社長が女から逃げまわっとる間に俺あ社長の分だけ女ば抱いてやっ、ちょっ」と桐野は舌を鳴らして標的にあいた弾痕に指をあてがった。女の声を真似て、「社長さん、社長さん、うちは淋しかば、はようちと寝てはいよ」

西村は鷹揚に笑った。

「ぬしたちゃ俺をさんざ馬鹿にすっが、そん時になればわかっ。頭ば下げてどうか社長さん使うてはいよちゅうて頼みに来るたい、俺にはちゃんと分っとる」

ぼくはさっきから猿谷と松井の動静が気になっていた。西村をからかう組に這入らず小屋の隅で睨み合っている。どうやら猿谷が断わりなしに松井のタバコをとったというのが争いの発端らしい。

「おお、確かにぬしのタバコばもろうた。ばって。タバコちゅうもんはな、このけち野郎よく聞け、他人の物も自分の物ちゅうこつになっとると、男の世界ではな」

「他人の物も自分の物だと、何ばぬかす、この盗っ人野郎、黙ってかっ払いはたげて」

「盗っ人というたな」

猿谷はいきなり銃剣を抜いた。同時に松井も鞘を払った。四班長はぼくらに作業を命じた後どこかに消えていた。松井は銃剣をくり出して猿谷の腹を刺そうとした。猿谷は一歩さがった。松井は図にのってまた一歩にじりよった。猿谷は壁に追いつめられたと知るや歯と目をむき出して唸り声をあげた。銃剣をふりまわして松井をおどし一歩後退させた。それを二、三回くり返して初めの態勢を回復した。おい、といってぼくは猿谷の腕をつかもうとした。「まだ早い」と与那嶺がぼくをとめた。彼は落着き払っておりひややかな目付で見物していた。「もっとやらせろ、どうせそのうち二人とも銃剣ば捨つるたい」とぼくの耳に囁いた。

二人がふりまわす銃剣がぶつかり合って涼しく鳴った。猿谷は喘ぎ、だんだん姿勢が伸びて来た。「やめれ」と西村が叫んだ。「ぬしもやめれ」といって桐野が猿谷に後ろから抱きついた。松井はもがき、男がすたる、といった。猿谷は顔をつぶされた、と喚いた。四人の男が立ちまわると小屋はひどい埃だ。ぼくは咳をした。全員、咳をした。二人は埃がおさまってから手を握った。夕方、ぼくらは草を刈った射撃場の一角に天幕を張った。

「明日は首根っ子ががたつくごと実弾ばうたせてやっ。ようライフルの手入ればしとけ」と班長がいった。二人で一枚ずつ天幕を持ちよって一張りの三角天幕を張った。二人が組んで寝るのだ。ぼくは桐野と寝ることにした。隣に松井と組んだ猿谷が天幕を張った。二人ともおしゃべりになり片方が何かいうともう一方はよく笑った。サーディン罐が二人に一個ずつ支給された。罐をあけて箸をつっこもうとすると、「海東二士、ちょい待ち」と桐野がいう。

「飯盒の中蓋ば出してはいよ」と要求し、サーディンをめいめいの中蓋に半々にとりわけた。「どうでも良かが」とぼくがいうと、よくはない、と桐野はこだわった。「食い物の恨みはえすかけん」とつけ加え、完全な二等分になるようにイワシをほぐしてぼくの容器に移したり自分のものに戻したりした。他の組は見たところ食べ終っているようだ。桐野は二つの中蓋を両手に持って目方を量る。桐野によると分配はかさだけでは決められない。イワシの頭の部分は尻尾のそれより身がついているからそこも按配しなければならない。「こいでよか」と桐野はついに宣言した。罐に残った液体を自分がとってもいいかときくので、いいというとそれを飯にかけて旨そうに食べた。ようやくぼくは食事にありついたわけだった。松井、猿谷組はまた争っていた。飯盒をどちらが洗うかでもめていた。おたがいに自分が洗うといってきかないのだ。そこで松井が飯盒を洗っている間に猿谷が小銃を手入れするということで妥協が成立した。それが終ってから二人は草の上に並んでタバコをくゆらした。松井が急に目を鋭くして猿谷ににじり寄った。平手で朋友の背を叩いた。蚊をとってやったのだった。

食後、当番が一個ずつ瓜を配った。一人に一個で助かった。サーディンのように二人に一個だったら、桐野はまたその切り方についてどんなに苦労するか知れたものではなかった。桐野は満ち足りた顔で天幕の下に寝そべった。

「海東二士、俺あ自衛隊に這入って一つだけ良かったっ思うこつは毎日ご馳走の食えるこったい。生れて十八年間飯ば喰うてきたが、食後《しょつご》の果物のごたるもんは今迄食べたこつはなかもん。こいで戦闘訓練がもちっときつうなかったら俺あ一生二等陸士のままでよかば」

歌声が聞えた。初めての野営で浮き浮きした東郷が咽をためしているのだ。炊事車が残飯をつんでぼくらの近くにとまった。駐屯地のK・P（炊事係）がそれを運転していた。車をおりて教育隊の給与係と明日の打合せをしているらしかった。徳光が炊事車の横にたたずんで顎を撫で撫でしきりに思案顔だ。残飯とは別のドラム罐に食いかけのサーディン罐や瓜がほうりこんである。彼はそれを何とかしたいらしかった。食べきれずに捨てるのはたいてい助教助手たちであったが、新隊員の大半は定量では満腹しないのだ。彼らにこれをあてがえば悪くないみいりになるだろうと彼の顔つきは語っていた。養豚場にただで払い下げるのであれば新隊員にくれてもよさそうなものだという意味の言葉を彼はK・Pに聞えよがしにつぶやいた。

「お前、腹減っとるんか、新隊員だもんなあ、よかたい、持って行け」とK・Pはいった。徳光は中身が沢山残っているサーディンをえりわけた。炊事車が去った後で班長がやって来た。

「徳光、お前、円匙ば持って小屋の裏に穴を掘れ。そのゴミばほうりこんだら五十センチ以上土ばかぶせとけ、何をぼさっとしとるのだ、直ちにかかれ」といった。「徳光、大学ば出た栄養士が計算したカロリーをとってるのだ、腹が減っても死にやせん、なんだ乞食じゃあるまいし、我慢せえ」と重ねていった。大学を出た、という言葉を班長は強調した。その間も屈託のない東郷の歌は続いていた。二人用天幕の内部は狭い上に低く小銃を立てかける所はなかった。抱いて寝るより他仕方がなかった。冷たい銃身に寄り添って寝るのも悪くはなかった。

「弾こめ」と区隊長がいった。射線の背後にそびえる望楼からスピーカーで叫んだ。二百ヤード向うに標的が並んでいる。十七人の小銃がそれを狙った。

「射線用意」

ぼくは安全装置をはずした。標的線の下にある壕で誰かが赤旗を振った。

「うて」

引金をしぼった。肩に強い衝撃があった。その反動でか、ぼくの鉄帽が脱げて銃身にぶつかり目の前の草むらにころがりこんだ。とっさにぼくは身を浮かした。手を伸ばして鉄帽をつかもうとした。号笛がつづけざまに鳴った。

「ばっかもん」班長の声がした。ぼくはいやというほど尻を蹴とばされた。

「他の連中は射撃中じゃなかか、小銃線の前にのり出す奴があっか、実戦ならお前は殺されとるぞ」

と喚いた。標的はするすると壕に沈んだ。係が弾着をしらべているのだ。ぼくは待った。五秒とたたずに長方形の板はあがって来た。その前で丸い円板をつけた棒が左右に振られた。命中しなかったのだ。十二インチの直径の黒点に当っていなかった、どころか六インチずつ幅をとった外側二つの同心円にも当っていないのだ。

「海東、お前はどこば狙ってうったとか、びっくりしたとはもぐらだけたい」と班長がいった。彼は優秀な射手である。黒点に当れば五点、次の円が四点、一番外側が三点に計算される。五十発うち、二百点以上をあげれば特級と判定される。八十パーセントの命中率ということだ。

「弾こめ」と望楼で声がした。「二百で狙って初弾くらいはどがん馬鹿でも当ると」と班長がいった。その通り、ぼくを除いたほとんどの標的に黒点命中をしらせる白い示点桿がかかげられた。ぼくは慎重に照準してうった。黒い示点桿が右下の弾着を示した。三番目の円だ。五発目も右下四時方向に命中した。ぼくは気づいた。この小銃は零点規正がすんでいないのだ。小銃はそれぞれ弾道が上下左右にずれる固有の癖を持っている。ぼくが伊佐へ帰っている間に仲間は規正を、つまり弾着の歪みを修正していたのだ。

それがわかると後は楽だった。ぼくはそれまでかろうじて命中した三発分の弾着をしらべた。右下四時の方向にかたまっている。その中心から黒点までのへだたりを十五インチと計算した。二百ヤード

（百八十メートル）で弾着を一インチずらすには一クリック射角を増さなければならない。弾道には風速も影響するが、きょうは幸い風がなかった。照門の目盛りを上へ七クリック、左へ六クリック動かした。

ぼくはうった。標的が引きおろされまたあがった。白い示点桿が中央をさした。八発、九発、とぼくはうった。快い衝撃が肩にひびいた。肩だけでなく射撃反動は背骨をゆるがし、全身の血をざわめかせるようだ。左手で支える銃身が熱くなってきた。

「よかぞ、海東、その調子たい」と班長がいった。双眼鏡で弾着を見ていた。当ることも当らないこともあったが、命中すればほぼ黒点を中心にまとまった弾着を示した。上下左右に大きくばらつくことはなかった。

「あっ」とぼくは叫んだ。小銃をほうり出してとびあがった。手を背中にやって、そこにくっついた火の塊のようなものをとろうともがいた。「うち方やめ」と区隊長が叫んだ。二十数発めをうったときだった。だしぬけに何か熱い物がぼくの背中にもぐりこんだのだ。「ボタンと弾帯をはずせ、早く」と班長がどなった。ぼくはフライパンで煎られるゴマのように跳ねていた。いわれた通りボタンと弾帯をはずした。足もとに黄色い円筒が落ちた。うった瞬間、遊底にはじき出された薬莢が所もあろうにぼくの襟首から背中にもぐりこんだのだ。

射撃中、小銃線にとびだすとは途方もない失態だった。ぼくはボタンを咽もとまできっちりとかけ、襟を立てて首筋を覆った。前もってそうしておけばよかったのだ。再びうち始めてはみたもののすっかり調子が狂った。弾は当らなくなった。焦れば焦るほど弾着が乱れた。特級とはいわないまでも一級、せめて二級ぐらいには行きたかった。自信があった。それが駄目になった。挿弾子を装塡していると遊底に黒い点が浮いては消えるのが不思議だった。顎からしたたる汗が灼けた鉄に落ちては蒸発しているのだった。ぼくは咳をした。射線には数百発の射撃で銃口から吐き出された硝煙がたちこめている。咽がいがらっぽくなり、目もいたんだ。いつからか肩はしびれて衝撃も苦痛になった。残弾が少しも減らないような感じがした。最後の一発が黒点に命中したとき、ぼくは目を疑った。

区隊長も班長もぼくを叱らなかった。朝からぶっ続けに号令をかけて咽を痛めているのだ。ぼくが小銃の実弾射撃をすることは前期教育を終えるまではないし、文句をいったところで起ったことは仕方がないということらしかった。班長は一人ずつ得点を読みあげた。ぼくの番になったとき、「五級」といって不快そうにそっぽを向いた。まかり間違えば殺傷事件を引き起す二回の事故が自分の班から出来して、しかも張本人が同一人物とくれば班長の面目はないのだった。

八月下旬、第八教育隊新隊員五個中隊は彼杵駅で汽車を降りた。駅前からすぐつま先あがりの坂道になった。演習場は県境の山中にある。十キロ以上の行軍になった。ぼくらは背嚢に毛布と雨外衣を縛りつけた。その上に鉄帽をのせた。水筒と銃剣を腰に吊し、小銃をかつぐとかなりの重さになった。誰の肩にも背嚢の負紐が喰いこんでいる。ぼくらは陽気だった。

「大野原演習場に着いたら水筒を検査すっぞ。空にしとったら第四匍匐で百メートル這わすっからな」と班長がいった。炎天下、行軍ちゅうに水を飲みすぎれば疲れが激しい。それを戒めているのだった。日ざしは強く白っぽい山道の照り返しがまぶしかった。風はなかった。七百人の足が砂埃をまきあげた。先頭が山道をどのあたりまで行ったかはうっすらとたちこめている山腹の砂塵でわかった。

二キロと歩かないうちに桐野が倒れた。ぼくは桐野の水筒を振ってみた。「空か」と班長がいった。水の音はしなかった。「俺が桐野の背嚢をかつぐから、お前が小銃を持ってやれ」と班長はいった。十分間、小休止をとると桐野は手ぶらでなら歩けるようになった。ぼくらは棚田に沿って歩いていた。田から水が流れ落ち溝に溢れていた。ぼくは班長の隙を見てヘルメットを脱ぎ、素早く溝の水をすくって飲んだ。岩清水の味がした。すぐさま仲間が真似た。体に害があるかどうかは知ったことではなかった。目前の渇きが癒されれば良かった。五キロ行ったところで松井が倒れた。班長が小銃をかついだ。背嚢などは残りの連中がばらして持った。

午後おそく演習場に着いた。木造バラックが五棟あった。ぼくらは夕食後入浴してすぐに眠った。

夜半、寒気がして目醒めた。標高七百メートルともなれば八月も半ばを過ぎた今、冷えこみが厳しいようだ。ぼくは背嚢からシャツを出して着こんだ。与那嶺は夏シャツしか持って来ていなかった。それを二枚重ねて慄えている。ぼくも歯の根が合わなかった。与那嶺と抱きあって寝ることにした。男の体というものはこんなにも骨っぽくて堅いものかと思った。かといってぼくは女と一度も寝たことがあるわけではなかった。屋根に雨の音がした。

翌日、ぼくらは山へ登った。雨はやんでいた。隊舎のすぐ上手から草原になり、どこが山頂か分らない。いくつもの丘陵がなだらかな勾配を帯びて続いている。旧陸軍時代から使われていた演習場ということだ。草は腰まで届くほどで夜来の雨に濡れて重かった。かきわけて歩くぼくらの下半身は水を浴びたように黒くなった。尾根を登っていると、前にいた東郷がかき消したように見えなくなった。すんでのことでぼくも落ちこむ所だった。「おおい、助けてくれえ」と東郷が叫んだ。深い穴が口をあけている。弾帯を二人分つないで東郷を引っぱりあげた。昔の演習で出来た爆破孔に落ちこんだのだ。草が深いのでどこに穴があるのか班長も知らない。

「ありゃ何だろか」と与那嶺がつぶやいた。今まで聞いたことのない重々しい銃声が聞えて来た。叫び声も届いた。

「やっとる、やっとる、三中隊の連中だ、急げ」と班長がいった。二つの尾根に囲まれた盆地状の平地にぼくらはおりた。壕が掘ってあった。八分目まで土色の水が溜っている。立つとへそのあたりまで水が来た。冷たかった。ぼくらは黙りこみ、なるたけ体を濡らさないですむように浅い所に立って壕の縁によりかかった。

「ライフルば水につけるな」と班長がいった。銃声がとどろいた。底力のある発砲音だ。反射的にぼくは姿勢を低くした。壕前百メートルほどのあたりに鉄条網が張ってある。その向うに水冷式重機関銃がすえてあるのが見えた。口径はB・A・Rより大きいはずだ。頭にでも当ったらもぎとられてしまう。頭上をかすめた飛来音は明らかに実弾のそれだ。標的壕の中でぼくらはこの音をいやというほど聞いていた。遠くにそれる弾は長く尾を引いた。近くを擦過する弾は何かがはじける音に似ていた。一度この音をまぢかに聞いてからは濡れることを気にする男は一人もいなくなった。

ぼくと二人おいた隣に班長がいた。ふだん身だしなみのいい男がぼくらと同じく泥水に浸っている眺めは異様な感じだ。「皆聞け、さっき話したことをもう一度くり返す。今からこの壕を出て鉄条網をくぐり抜ける。鉄条網の向うにここからは見えんがもうひとつ壕がある。そこに這入ればおしまいだ。頭を上げるな。命が惜しかったら絶対に頭を上げるな。途中、地雷に気をつけろ。ちゃんと針金で囲んであっけん場所はわかる。音は太かがたいしたこつはない。鉄条網にぶつかったらこないだ教えた要領でもぐれ。針金に引っかかっても手を上げるな。服は破れても構わん、万一けがしたらそこで俺をおらべ、立たずにじっとしちょれ、よかか、わかったか」

雨が降り始めた。重機のわきで赤旗が振られた。班長が手を左右に振っておろした。銃声が鳴った。

「出ろ」と班長がいった。待ちかねた命令だった。ぼくらはいっせいに壕をよじのぼった。泥水に下半身をつけているうちに骨の髄まで凍えた気がした。あまりに勢いこんで壕から這いずり出ようとしたはずみになめらかになった縁ですべって、ぼくはずるずると泥水にはまりこんだ。もう少しで小銃を水につける所だった。すでに三個中隊がたっぷりとこねまわした演習場は肘も埋まるぬかるみになっていた。泥水に落ちこんでくさっていたものだから班長の注意を忘れていた。オレンジ色の小旗をたてた囲いにさしかかって正体を考えこんでいると耳が裂けるような音をたてて爆発した。ぼくは頭から土砂をかぶってしまった。

重機は太い木枠で固定してあるようだった。銃身は左右に動いても、俯角はかからないようになっていた。少くとも頭上三十センチ以内は安全に思われた。ぼくは這った。たまらなく気が滅入った。雨のせいか、ねばっこいぬかるみのせいか分らない。こけおどしの飛道具の下でみみずよろしくのたくっているのがぼくだ。まんべんなく弾の音を味わわせようと、弾道が接近して来た。重機は端から端まで均等に弾をばらまいた。上半身をもたげれば楽に死ねる、ふとそう思った。二十歳になるということはどういう感じだろう、三十歳になるということは？　結婚するということは？　六十歳になるということは？　漠然としたうっとうしさを未来に感じた。生きることは「いいこと」に違いなかった。自殺を目論んだことは一度もなかった。にもかかわらずぼくは弾の音を聞いているとき、ふらふらと立ちあがりたくなった。今、死ねたらどんなにか気楽だろう。ぼくは泥に顔を伏せた。立つつもりはなかったのに肘が意志に反して直角にまがり、体を起そうとしていた。ぬかるみのせいですべってうまく行かなかった。ふいに背筋が冷たくなった。歯が鳴った。

「海東どうした、おくれとるぞ」

ふり返った班長が叫んだ。ぼくは我に返った。ここを先途と這いずって鉄条網にもぐりこんだ。ぼくは肚をたてていた。たとえ一瞬でも立ちあがろうなんて思った自分に肚が立った。死ぬつもりはこれっぽちもないのだ、と自分にいいきかせた。肚立ちまぎれに手足をばたつかせたあまり今度は鉄条網にひっかかった。もがけばもがくほど有刺鉄線が五体にからみつくのだ。こんなていたらくになるのは初めてではない気がした。ぼくはといえばもの心ついてから今までしょっちゅう泥の中であがいていたようなものだった。

うつぶせという姿勢が良くなかった。ぼくはあお向きになり、小銃で針金を押し上げて隙をつくり、抜け出ようとかかった。一メートルはどうにかそれで進んだ。それからまた行きづまった。班長はすでに外に出ていた。「お前の小銃を伸ばせ」という。ぼくのさし出した小銃を握り、「しっかりつかまっとれ」と叫んで引いた。ぼくはやっとのことで鉄条網の外へすべり出た。

ぼくたちは重機の後ろに整列した。次第に強く雨が降った。五中隊が泥水の壕に這入って行くのが見えた。「目標、見晴し台下の湖、早駆けに前へ」と班長が叫んだ。ぼくらは一列になって尾根を駆けあがった。大粒の雨が降りしきり、視界は灰色にかすんだ。前を走る男を見失わないのが精一杯だ。尾根の向う側に水たまりがあった。ぼくらはそこにとびこんだ。火照った体には水の冷たさがちょうど良かった。誰からともなく作業衣を脱ぎ出した。

「ぬしゃちんぽの先まで泥まみれになっちょる」と与那嶺がいった。ぼくはシャツもズボンも脱ぎ、それで水面をはたいた。こびりついた泥はそうしないととれなかった。「俺あ地雷がはじけたときびっくらこいて小便もったたい」と桐野がいった。

「嘘つけ、ぬしが洩らしたのは小便じゃなか、俺あぬしの後から這うとったけんちゃんと知っとるぞ、臭うしてたまらんだった。この糞ったれ、けつの穴ばよう洗うとけ」と西村はいった、そういって桐野を水の上に突き倒した。桐野は突き倒されても幸福そうに笑いながら手で水をすくって自分の肩にかけた。ぼくらは上機嫌だった。てんでに手足をばたばたさせて水をかけ合い、子供のようにはしゃいだ。与那嶺、徳光、松井の三人は並んで立ち、「用意」の声で一斉にペニスを摩擦し始めた。一番遠くまで射出した男が勝ちということだった。与那嶺が勝った。白い抛物線が水面上に弧を描いた。

目を丸くしてみつめていた東郷がその瞬間、感きわまって調子はずれの歌を歌い出した。
「俺あ手榴弾投擲のこつば使うたとたい、四十五度の角度でとばせば遠方さん届こうだい、要領じゃ、要領じゃ」と与那嶺はいった。ぼくは洗った服を草の上に投げあげた。体から力を抜いて水に漂った。五十日間、彼らを憎んでいたとは自分でも信じられなかった。西村も徳光も松井も与那嶺も、ぼくが憎むのと同じようにぼくを嫌っているのだと思っていた。ぼくはかつて他人になりたいと思った。ぼく自身であることをやめ、無色透明の他人になることが望みだった。なんという錯覚だろう、ぼくは初めから何者でもなかったのだ。それが今分った。何者でもなかった。水に浮いて漂っている今それを悟った。ぼくは彼らの小便と糞と精液につかって浮いているわけだった。自分の中にあるいやなものもこれからは少しは我慢できそうな気がした。与那嶺と松井は向い合って仁王立ちになり、どちらのペニスが偉大であるかをくらべていた。残りは二人を囲んで品定めにかかった。一長一短、論議は尽きそうにない。西村が審判官に選ばれた。班長は水からあがって岸で上衣を絞っていた。

二日目は雨があがった。午前が斥候訓練で突撃演習は午後になった。雨の後とて湿っぽい草いきれがやりきれなかったという他はとりたてていうこともない。突撃目標は見晴し台上にあり、傾斜地は一面深い草におおわれているから匍匐姿勢をとやかくいわれないのが有り難かった。

草をかきわけて這いながら気づいた。息切れも動悸も前とくらべたら格段に少い。ぼくは完全に回復したのだ。頂上に駆けあがった瞬間、目をみはった。きのう、ぼくらが体を洗った湖の反対側を見おろしたことになった。まぶしい銀色の草が波打っている。午後の日にススキの穂が輝いているのだった。

査閲官は陸上幕僚部から来たということだ。山をおりて三日目に査閲をうけることになった。彼らはペンとメモ片手にぼくらにつきまとった。新隊員が充分に仕込まれたかどうかが彼らの気になるところだ。ぴたりとくっつかれてはやり難くて仕様がない。バズーカの装塡にあたっても、五十センチと離れていない所につっ立って一部始終に目を光らせている。そうなると気が散ってつい手もとが狂ってしまい、弾の導線がなかなかネジにつながらない。

一人前の兵隊になるには何とさまざまの技術を覚えこまなければならないのだろう。それとてまだ全部の半分きりをやっと物にしたばかりだ。後期教育は三カ月というから、まだ詰めこまなければならない知識は山と控えているわけだ。手榴弾はあさっての方向にとばしてしまい、たった三十メートル前方の円に入らなかった。ぼくはすっかりくさった。携帯電話にしてもあらかじめ把手をまわさずに、「感度どうか、明度どうか」とやってしまった。これでは通じるわけがない。唾を吐いたら届く所に査閲官は立ってあらを見逃すまいとしている。逆上もしようというものだ。班長はぼくに、「落着け」と囁いた。査閲官は、教育の成果はいかがなものかとこちらのグループ（手信号をやりとりしている）からあちらのグループ（対化学防護）へと駆けずりまわる。そうしながら草原の各所でおたがい査閲官同士すれちがっては首を振っている。このごろの若い者はとぼやいているに違いない。そういうわけで午前はさんざんだった。

「俺ぁ、きゃあ萎えたばい」と桐野がいった。中食をとるためにぼくらは内務班へ戻った。ベッドに小銃を投げだすなりそう桐野がいうと、与那嶺が、「昼からは戦闘訓練ば査閲さるるとに今頃からきゃあ萎えてどぎゃんすっか」とたしなめた。

ぼくは乾パンをかじった。張りつめているので口が乾ききって咽をこする乾パンが痛い。唾液が一滴も出ないのだ。飯盒の蓋にスキムミルクが配られた。それを流しこんだ。かじるのは一枚でやめた。コンクリートのかけらの方がましなようだった。砂を嚙むのに似ていた。甘すぎるスキムミルクを飲んで後悔した。ロッカーに入れておいた岩塩のかけらを思いだした。ずいぶん小さくなっていた。それをまるごと口に含んだ。

舌が縮みあがるほど苦かった。一度に唾液が湧いた。汗も滲んだ。苦いものはぼくにすべての分泌を促した。やり通さなければ、と自分を励ました。山で体をひやしすぎたのがいけなかった。三日めにひどい下痢をした。せっかく回復した体力がそれで落ちた。午前中の査閲ですらぼくは自分を使いきった感じがした。

草は枯れかけているのだろうか。まだ黄ばんでいるようには見えないが、どことなく七月の鮮かな緑ではなくなったようだ。午後、ぼくは小銃を持ち、走って草むらに伏せた。ひたと草に身をすり寄せた。むせかえる草いきれはなかった。草の葉から艶も失せていた。老人の肌のように生気がなかった。ぼくは匍匐した。査閲官がぼくらを見ていた。勝手知った草原である。草は、もはやぼくを刺そうとはしない。葉身は硬くない。もろくなっていてつかみかかるとすぐに折れた。草原をわたる風があった。それもひところより軽快に吹いた。ぼくは顔を伏せ、横目で太陽を探した。二カ月たつうちに日の位置もずれた。草の根に落ちる影はやや淡いようだ。査閲官が見えた。ベニヤ板を切り抜いた人形より薄っぺらに見えた。もったいぶった顔で威厳をとりつくろってはいるが、彼らはぼくらがいないことには何の役にも立たない木偶《でく》なのだ。徳光と同じ壕にとびこんだ。荒い息をつきながら、「戦闘訓練は一回だろか二回だろか」という。「査閲だから一回で良かとだろ」とぼくはいった。「もう、のさん」と徳光はぼやいた。慣れてはいたがこれを一コース終えて立ちあがると、さすがに目がくらんだ。

「構え銃《つつ》」と班長がいった。ぼくらは列を組んだ。やれやれ、手荒いへまも仕出かさずにすんだようだ。

あとは歩哨の査閲というからたいしたことはあるまい。きょうはいただきのようなものだ、と考えたとき、いきなり班長は列の先頭に立って駆け出した。

「目標、隊舎裏の展望哨、早駆け」という。ついて走りながらおかしいなと思った。なぜって隊舎裏は食堂でそのまた裏は広い空地で倉庫が二、三棟たっていて展望哨なんかありっこないのだ。あるとすればそのずっと先にある崖の……と考えてはっとした。ぼくらはその崖を登るのだ。班長は大股で駆けた。そのはずだ。彼は戦闘訓練なんかやっていない。颯爽と突っ走る精力はあり余っているわけだ。班長はろくでもない成績で終った午前中の汚名をそそごうと査閲官に威勢の良い所を見せて点数を稼ごうとしているのだ。

　十七人の隊列は千々に乱れた。もっとも査閲官にしても空飛ぶ絨毯にのっかっているわけではないから、後ろから目をつりあげ、よたよたとついて来るのが関の山だ。列を崩したからといって文句をつけるひまはない。ぼくは草に足をとられて倒れた。ぼくの体に数人がつまずいて倒れた。誰もあっけなくころんだ。こけつまろびつ走った。ぼくらは草原を横切り隊舎を駆け抜けた。ようやく崖にとりついた。つづら折りの小径があった。喘ぎ喘ぎ登った。四つん這いに近い姿勢で登った。足を踏みすべらせた与那嶺が落ちて来てぼくにぶつかった。ぼくは彼と一緒に崖下へころがり落ちた。

「何ばしちょるか、敏速にあがって来《こ》う」と班長が呼んだ。崖を登りつめたとき、胸が悪くなって吐きそうになった。ぼくは下を向いて犬のように喘いでいた。肩を叩かれて名前を呼ばれたことに気づいた。えりにえってぼくが当るとは。展望哨とは名ばかりで掘立小屋ひとつあるわけでなく、台地の一番高い所に二人用哨壷があるきりだ。ぼくの他に与那嶺が指名された。残り十五名は腰をおろしのんびりと空を見上げている。ぼくらは哨壷まで匍匐して行った。有り難いことにそれは木の葉でふいた小さな屋根を持っていた。

台地のはずれであるここは風も涼しかった。みるみる汗がひいた。拭ったように気分が爽やかになった。ぼくはまわりをじっくりと観察することが出来た。台地はぼくらの前面で急激に落ちこみ、小さな谷になり百メートルほど向うにまた一つ台地が見える。その台地の両端は森でおおわれ、森と台地を囲むように青い丘陵が続いている。ぼくらの立っている所が向うの台地よりやや高い。台地の上につくられた畑を見おろすことが出来るからである。

しばらくは何事もなかった。台地にはとうもろこしがみのっており熟れて重そうな実のついているのが見えた。森には人家があった。ぼくは屋根を数えた。静かだ。ぼくは左の森から右の森へゆっくりと視線を移し、右から左へまた同じ速度で戻した。虫が鳴いている。初めはずっと遠くで鳴いているような気がした。哨壷周辺の草むらにいるのだった。台地のとうもろこし畑で何かが動いた。目をこらした。風で葉がそよいだだけかも知れなかった。首筋がかすかに熱い。屋根にのせた木の枝の合間から日光が射しこんでいるのだろう。うなじがそこだけ暖かくなった。そしてそこを中心に暖かみはじわじわと拡がってゆく。肩から背へ、背と腹へと快い感覚が伝わった。ぬるま湯に浸っているようにぼくは次第にうっとりとなった。とうもろこし畑で何かが動いた。ぼくは小銃を持ち直した。

背後で人の気配がした。四、五人がたたずんでいる。足音でそれがわかった。とたんに眠気が醒めた。与那嶺の銃口は斜め下を向いている。ぼくは彼の脚を蹴とばした。後ろにわからないように強く蹴った。ぼくらは査閲官の大っぴらな監視の下にあるわけだ。与那嶺は眠りこんでもう少しで小銃を落しそうになっていた。蹴られて、何をするという剣幕で詰め寄ろうとした。目顔で後ろを指した。そのとき銃声がした。

左にある森からうす青い硝煙が立ちのぼった。同時に右の森で黄色い旗が振られた。とうもろこし畑で何かが動いた。今度こそ明らかに風ではなかった。そいつは畑から駆け出して右手の森へとびこんだ。草色の作業衣を着て鉄帽をかぶっていた。小銃を地面と水平に持っていた。体つきが犬丸一士に似ていた。また銃声が聞えた。

「状況終り」と後ろから声がした。

「与那嶺、今見たことを報告して来い」とぼくはいった。前方から視線をそらさずにいった。「俺が行くとか」と彼はふくれた。与那嶺は姿勢を低くして交通壕に出て行った。査閲官は彼を下で待っていた。守則についていくつか訊かれたようだった。正確な報告をしたかどうか知らない。

「海東二士、もうよかぞ、おりて来い」と班長の声がした。査閲官の中に二メートル近い男が立っていた。二等陸佐という階級から見て教育隊司令らしい。遠くから見たことはあったが近くで見るのは初めてだ。この男も元軍人に違いない。直感的にそう思った。草色の作業衣が誂えたようによく似合った。彼とくらべたら小山二尉も鈴木三尉もひどく不恰好に見えた。同じ元軍人でも雰囲気に差があった。この司令はどんな時代になっても野戦用の作業衣はしっくりと体に合うのだ。

「お前はどうして与那嶺二士を報告にやったのか」と司令は訊いた。ぼくに訊いているのだった。

「自分が行くには哨壺の中で与那嶺二士と入れかわらなければなりません、敵側に動きば知られます、だから交通壕の入り口にいる彼を報告にやりました」

「お前が見たことを報告せよ」

ぼくは報告した。自信はなかったがありのままに告げた。与那嶺の報告は高く評価されたそうだ。班長は面目をほどこした。息せききって草っ原を駆けた甲斐もあったというものだ。

査閲が終って三日たった。成績は翌日午後、発表された。映画館でぼくらは司令の講評をきいた。この夏は暑かった。インフルエンザの流行という不測の事故もあった。右の事情にかんがみ、新隊員全員としてはおおむね良好と認める、と司令は演説した。わが中隊が第一位だ。中隊長は満更でもない顔になった。査閲がすめば戦闘訓練はなかった。午前中かるい徒歩教練をするだけだ。ぼくらは冬服を支給された。外套ももらった。一日の大半は物品の返納と支給で過ぎた。

きょう、ぼくらは小銃を武器庫に返納することになった。ぼくは小銃を分解し、すみずみまで入念に拭いた。埃はブラシで落した。時間はたっぷりあった。部品の一つ一つを丁寧にぬぐい清めることが出来た。最後に負革に縫いつけた名札を剝ぎとった。手入れのすんだ小銃を武器庫へ運び銃架に立てた。係の陸曹が帳簿と照合し、「これで全部だな」といった。ぼくが最後のようだった。扉のきわでふり返った。小暗い部屋にぎっしりと並んだ小銃が暗褐色の木部と黒い銃身を光らせている。もはやどれがぼくの小銃であったか見分けることは出来なかった。廊下を歩いて戻りながら、今度はどんな男があの小銃を与えられるのだろうと思った。洗面所に寄った。水は一週間前から四六時中出るようになっていた。水を飲み、ついでに顔を洗った。

手で顔をこするとき、針で刺されたような痛みを感じた。鏡をのぞきこんだ。唇のかさぶたがとれたばかりだ。古い皮膚が剝げ落ちたあとには淡い桃色の肉が光っていた。

夕食後、ぼくらは草原のはずれへ歩いた。わが中隊だけのようである。日は海に沈もうとしていた。

ぼくらは赤っぽい夕日に浸った。四、五人ずつ固まってあちこちに坐った。中隊長が現れるまでには何をしようと自由だった。すぐ近くに海岸堤防があった。ぼくは海へ行ってみる気になった。踏みしだかれた草はそのまま起きあがらなかった。草を踏んで堤防へ登った。何かが砕ける気配がした。向う側は黒い岩がつづく磯になっていた。海は動いていた。隊舎からはひっそりと静まり返り、澱んだ溜り水のように見えていた海は、堤防の外で実は絶えずあらあらしくどよめいていたのだった。まぢかに見てそれが分った。七月の日々、草の中で聞いたざわめきの正体がつきとめられた。ぼくは岩につかまって水際に降りた。潮の匂いが生臭かった。しぶきが顔にかかった。ぼくを呼ぶ声がした。堤防の上で夕日をふり返った。上端が水平線下に見えなくなる所だった。すっかり沈んでしまうと海はタールのように黒くなった。波の白さが目立った。

「ゴビの砂漠で小便すれば……」と中隊長は歌った。ぼくらは草に肘をついて寝ころんだ。今夜はくつろいで良かった。卒業祝いの無礼講というわけだった。中隊長がそういった。先任陸曹が合図をした。副班長たちがかついで来たボール箱をあけて、作業員集れ、といった。箱からは甘納豆、ヨーカン、キャラメル等が出て来た。日直がそれを配った。「松井、何かやれ」と班長がいった。松井は甘納豆を口いっぱい頰張っていた。歌どころではない。ぼくもそうだった。査閲が終ってからは冬眠から醒めた獣のようにむさぼり食べていた。

班長たちが順に歌った。課業終了後、ぼくらが小銃手入れに没頭しているとき、ラジオからのべつ流れ出ていた流行り歌を班長たちは歌った。皆うまかった。ぼくらは加給食をつめこむのに必死になっており、誰が何を歌おうと注意を払わなかった。林檎は赤ん坊の拳ほどで青臭くかたくて酸っぱかった。東郷が押し出された。彼は気が進まない体で頭とわきの下を掻いた。ぼくらは手を叩いた。

「東郷二士、遠慮するな」と中隊長が気のいい所を見せた。東郷は両手をあげた。聴衆を鎮めるふりをした。しばらくそうした。ぼくらは拍手をやめた。班長たちも甘納豆から顔を上げた。東郷はヨーカンをポケットから出して、やおらマイクロフォンを持つように片手で口の前に捧げ持った。

「お・て・も・やあん……」

腹の底から絞りだすような声だ。彼のどこにこんな大声がひそんでいたのか意外だった。ぼくらは私語をやめた。班長たちも口をつぐんだ。

「あんた、このごろ」

「嫁入りしたでは、ないかいな」

東郷は目を閉じていた。上半身を左右にゆすって歌った。力を入れるべき節の要所要所では急激に上体をひねった。ひねったままヨーカンに口を近づけ、

「嫁入りしたこたしたばってん」と歌い次の瞬間、ぱっとヨーカンを口から遠ざけてのけぞるや、

「ごてどんがぐじゃっぺじゃっけん」

「まあだ盃ゃせんじゃった」と歌った。

ぼくらは声を揃えて東郷に和した。誰からともなく立ちあがった。手を叩き、足で土を踏みならした。桐野は紙箱を伏せて平手で叩いた。

ぼくらは声を張りあげた。東郷はぼくらの熱狂には素知らぬ顔で自分の歌を歌い続けた。お別れだ、東郷とも、桐野とも、ふいにそう思った。こうして一緒に過すのも今夜限りだ。


「起きれ、海東二士、起きれ」

不寝番がぼくをゆさぶった。腕時計を見た。四時半だ。あけがたのうす冷たい光が窓を明るませている。手早く毛布を畳んだ。蚊帳を上にのせた。足音をしのばせて洗面所へ行った。三人は窓ぎわで髭を剃っていた。四中隊から北海道へ発つのはぼくら四人きりだ。三人は一区隊の連中である。「やあ」とぼくはいった。「おっす」と三人はいった。「よう眠れたか」とうち一人がいった。「よう眠った」とぼくは答えた。空は白くなりつつあった。庭で夾竹桃がざわめいていた。

タオルで顔を拭きながらさっきの男が、「班長に挨拶したか」と訊いた。「まだだ」とぼくは答えた。どこかでスズメがさえずっている。「北海道まで四日もかかっげな」と別の男がいった。「支度は全部すんだか」ともう一人が訊いた。「すんだ。班長に挨拶して衣嚢ば取って来る」とぼくはいった。髭の剃りあとを水で洗った。皮膚のどこかを切ったらしく冷たい水がしみた。

「じゃ俺たち警衛所の前で待っとるけん」と三人はいって洗面所を出て行った。ぼくは鏡をのぞきこんだ。かさぶたが剝がれた唇は前と同じ色になったようだ。蚊帳の外から、「班長」と呼びかけた。小声で呼んだ。班長はうるさそうに呻いて寝返りをうち、背中を向けた。「班長、海東です、出発します」とぼくはいった。寝息がやんだ。顔がこちらを向いた。血走った目でぼくを見た。

「海東か、もう行くんか」と班長はいった。

砦の冬

ぼくらは丘のいただきにいた。

小さな窪地を隔てて正面にも同じ高さの丘がある。枯草とまばらなカシワの木で覆われた丘である。五輛のＭ４シャーマン戦車が登りにかかったところだ。一個小隊ほどの隊員が散開して戦車の後ろからついて登る。戦車は二手に分れて機銃を射ちながら斜面を這いあがり、頂上に達すると止った。天蓋をあけて乗員が顔を出した。彼は地上の指揮者らしい男と何か言葉をかわしまた中に引っこんだ。戦車はきりきりとキャタピラの音をたてて丘の稜線を向うへおりて行く。訓練はそこで終ったらしくめいめい小銃を肩に吊し隊員たちは列を組んで戦車に従った。車体が没し次に砲塔が隠れ最後にアンテナが見えなくなった。一輛ずつ消えていった。最後の戦車が丘の彼方へおりるとあたりは静かになった。

さっき隊員たちの中には短機関銃を腰だめに射つ者もいた。戦車のエンジンやキャタピラや機銃の音でひとしきり賑やかだった直後だから、静かさが余計に強く感じられた。初めから終りまでぼくらは口をあけて見守っていた。ちょっとの間つんぼになったような気がした。

「見たか」高塔三曹がいった。そういって立ちあがった。目が輝いていた。檻の獣のようにぼくらの前を行ったり来たりした。ぼくが「あれはどこの部隊だろか」と有馬二士にきくと、「恵庭の連隊だろ」と答えた。「あの中には新隊員は一人もおらん」と高塔三曹がいった。どうしてそれが分るのか、と久保二士がきいた。動作で分る、と班長はいった。そうだ、階級章は見えなくても一人ひとりの身ごなしで分る。お互いに散開した間のとり方、銃を構えて低くした姿勢、隊長は一言も口をきかなかった。丘の頂上に至るまで彼らは隊長の手先信号だけで動いた。

「旧隊員の訓練は軽くやってあの程度だ。見たか、お前たち新隊員もあのくらいにならなくちゃならんのだ」と高塔三曹はいった。

ぼくは気になることがあった。あの丘が変だ。頂上がおかしな具合に焼け焦げている。山火事とは違う。野焼きでもない。まんべんなく焦げているのではなくまだらに黒くなっている。ある箇所は地面まで焦げているかと思えば、ある箇所には青い熊笹がしげっている。疑問はすぐに解けた。昂奮した高塔三曹が火焔放射器の話をした。つい先日、あの丘で普通科連隊が訓練をしたのだ。高塔三曹は陸曹教育隊で扱ったことがあるといった。

「海東二士、まだG・M・C《トラック》は見えんか」と高塔三曹はいった。「見えません」とぼくはいった。砲隊鏡のレンズをのぞいた。なだらかに起伏する演習場の丘が見えるばかりだ。ぼくらは駐屯地から迎えに来るトラックを待っていた。榴弾砲は今しがた牽引車に引かれて部隊に帰ったところだ。演習場に残っているのは七十名の新隊員と大隊幹部だけだ。日没にはいくらか間があったが草原はうす暗かった。厚い雲が日をさえぎっていた。

「火焰放射器も自動小銃と同じでな、ぐっと上体を倒して体重でもって放射器の銃身をおさえつけておかんと反動が強い。上へもちあがってしまうんだ」と班長はいった。徳城二士が射程をきいた。彼はF・D・C（射撃指揮）班に属している。「射程？　そうだな、五十ヤードからせいぜい七十ヤードがいいところだ」と高塔三曹。

「ありゃあ何ば燃やしとるですか」と半田二士がいった。

「アルミの粉よ。酸化アルミニウムといってな、ちょうど鋸屑のような手ざわりだ。白っぽいのや灰色や見様によっちゃ黒いのもある。それを二十四時間、ハイオクのガソリンでもって練る」こうして、といって高塔三曹はすりこぎを持つような手付きをして見せた。「朝から晩まで交代で練る、休まずに練る、するとだな、夜が明ける頃には灰色のどろどろした塊が寒天のように透き通ったきれいな液体になるんだ。それをボンベに詰める。一方のボンベにコンプレッサーでもってエアを詰める。これで火焰放射器の出来あがりよ、海東二士、何を見てるんだ」ぼくは砲隊鏡の向きをかえて大隊幹部のかたまっている向うの丘裾を見ていた。レンズの倍率を調節して幹部の顔をのぞいていた。

「どら俺にも見せろ」と高塔三曹が入れかわってのぞいた。「すげえ、これは何倍だ」「二十倍です」

「安宅《あたか》二尉のホクロまで見えらあ」ぼくは久保二士から借りた三倍の双眼鏡で同じ方角を眺めた。「大隊長としゃべっているのがS2《ツー》の安宅二尉だ、ほら、今敬礼をした」色の白い小肥りの男が手で耳の後ろを掻くような敬礼をした。「横に立っているおっさんが佐久間二曹だ。測量の神様といわれてな、ぼさっとしてるようだが神経の細かい人だ。銃剣術じゃ大隊で一番強いぞ」

背の高い男が安宅二尉のわきにいた。「剣持一尉もいる。おや本間一尉もいる。見えるか、大隊長と一緒に地図を見てるだろう、二人のうち右側がS1《ワン》の剣持一尉だ。おっかない人だ。左のがS3《スリー》の本間一尉」「見えます」とぼくはいった。ジープが来た。男がおりて大隊長に敬礼した。副大隊長の土門三佐だ、と高塔三曹が教えた。土門三佐の連れは誰かときいた。顎の張った胸の厚い小男である。猪股三尉だ、あれは本部中隊の小隊長だ、といって高塔三曹は砲隊鏡から目を離した。

「海東二士、お前測量だろ、本部中隊に配属されるはずだ」ぼくは砲隊鏡でじっくりと猪股三尉を観察した。「配属はいつですか」半田二士がいった。「明日だ。だから教育中隊も今夜で解散だ」と高塔三曹はいってまわりの新隊員を眺めまわした。

「どうだ、三カ月くらいあっという間に過ぎただろう」と感慨深げにいう。「そしたら班長ともお別れですね」有馬二士が名残り惜しいという顔でいうと、「有馬二士、お前も測量だったな、本中配属だ。俺は教育隊が解散したら原隊の本中に戻るからまたお前と一緒になれるよ、そうがっかりするな」といって有馬二士の肩を叩いた。

「どこの中隊に誰が配属されるか決っとるとですか」久保二士がきいた。「決っとるとです」高塔三曹は九州弁を真似た。「お前砲班だな、砲班はナンバー中隊だ。一中隊か二中隊か三中隊だ」有線は何中隊ですか、と別の新隊員がきいた。「今夜になれば分る」と高塔三曹はうるさそうに答えた。

十一月である。午後四時、丘々はうす闇が漂い始めている。古毛布を拡げたような雲が垂れさがっている。西空が暗い。どす黒い雲の塊がしだいに上空へ移ってくる。丘のひだに濃かった影も淡くなった。G・M・Cはまだかと丹下士長がぼくにきいた。まだだとぼくは答えた。「何してやがんだろうな」と丹下士長は舌打ちした。「くそっ」と高塔三曹は叫んだ。やにわに両手を地面につけて腕立て伏せの姿勢になり、「……七、八、九……十五、十六……二十」と自分で数えながら三十回までくり返した。終った瞬間、一挙動で立ちあがった。いつものことだ。息も切らしていない。顔が少し紅潮している。

「やりますねえ、班長」、有馬二士が感心してみせた。「習志野に這入るには完全武装して三十回腕立て伏せできんといかんのよ」高塔三曹は空挺隊志願である。習志野に部隊がある。新隊員を訓練する合間にとつぜん地面に這いつくばい、三十回腕立て伏せをくり返す。初めはあっけにとられたが事情が分った今は見慣れた光景になった。わが教育中隊の助教助手の中で空挺隊に行きたがっている者は多いが、いちばん熱心なのは高塔三曹だろう。「俺もあと少し肺活量があったら志願するんだがなあ」と丹下士長がいう。極端な撫で肩である。胸囲が小さいために身体検査ではねられるのだ。息をうんと吸いこんで胸をふくらませれば胸囲をごまかせる。肩幅がせまいといわずに肺活量があればというう風に表現する。体格は貧弱だが丹下士長はぼくらの助教のうちで教え方の上手な方である。

「松浦二士、弾帯はどこへやった」高塔三曹がとがめた。

「は」呼ばれてふりむきはしたが何といわれたのか分らない様子だ。高塔三曹は自分の耳に指をつっこんでみせた。松浦は慌てて耳に詰めた綿をとり出した。砲手《ガナー》である彼は百五十五ミリ榴弾砲の実弾射撃に備えてそうしていた。終ってからもそのままとるのを忘れていたのだ。「自分の弾帯はどうした」と三曹はいった。

松浦二士は白い布ベルトをしている。陸曹と古参の士長たちが時おり弾帯がわりに締めるベルトである。補給に当る管理中隊で稀に一士が身につけることもある。「この野郎、そのベルトをはずせ、今ごろから大きい顔しやがって……他にこれをしている者はいないか、新隊員の分際で左様な真似は許さん」それにしても、と高塔三曹は苦笑いを浮べて、「お前たち、どうしてこのベルトをつけたがるんだ、弾帯がわりにこっちを締めたいと思う者がいたら正直に手を上げろ、叱りはせんから」といった。よくある手だ。先日、芳賀三曹が毒ガスについて講義するとき、この手でやられた。昼食後でもあり外は晴れていた。七十名の新隊員が食堂に充満すると人いきれで暖かかった。芳賀三曹は秋田出身である。教育中隊の基幹要員は大半東北地方の出だ。全員が九州から来た新隊員には東北弁がよくききとれない。「ツクロンガスは……」芳賀三曹はひどい秋田訛りで話した。それでなくてもガスの名前はぼくらには分りにくかった。

にかわでつけたように眼蓋が重くなった。

「ムスタードガスはそれに反すて……」上体をまっすぐ立てておくのが難しい。「……極度のぶらん性を持ち、皮膚につけば早急に洗浄かつ……」鉛筆が手からころがり落ちた。それを拾った。一分後には下顎が垂れ机にくっつきそうになった。高塔三曹がT定規で机を叩いた。彼はぼくらの背後で見張っていたのだ。「呼吸困難におつえって仮に全身を洗浄すたとすても皮膚全体がただれて火傷を……」ノートにそれを写した。芳賀三曹が「この対策はただ」というのをさえぎって高塔三曹が「新隊員聞け、お前らの中で眠い者は何もいわんから正直に手を上げろ」といった。丹下士長も「そうだ、正直に手を上げい」といった。二人はいつも一緒だ。

有馬二士が手を上げた。久保二士、徳城二士、半田二士が手を上げるころには九割が上げていた。ぼくも手を上げた。「横着者めらが、眠いといって大きな顔をするな、芳賀三曹はお前たちの石頭によっくしみこむように懇切丁寧な講義をしているのが分らんのか、ようしお前たちがそのつもりなら上衣をとれ、シャツも脱げ、三十秒で舎前に集合」といった。「二十秒で集合」と丹下士長が訂正した。よい天気でも外へ出ると空気が冷たかった。眠気はいっぺんに吹きとんだ。ぼくらは大隊内を駆け足でひとまわりし、体操をした。その後で腕立て伏せをした。それ以来ぼくらは「正直に」といわれてもロクなことはないと思いこんでいる。少しずつ賢くなりつつあるのだ。

「G・M・Cが来たばい」と半田二士がいった。ぼくらは立ちあがった。落葉した林の外縁をまわって先頭の一台が現れた。道路はそこで尽きている。五台のトラックは草原に乗り入れ、丘と丘の間、車の往来で深く掘り返された通路を辿りぼくらがたたずむ丘の麓へ着いた。ぼくらは命令される前に十八名ずつ列を組んで待っていた。

何か空中に閃いたものがある。ぼくの首筋に冷たいものが触れた。白い埃に似たものが舞っている。手を出して受けた。雪だ。隊員たちは口ぐちに、「雪ばい」と連呼しながら手のひらを差しだした。空を仰いだ。高塔三曹は呆れ顔で、「お前ら、雪がそんなに珍しいか、九州じゃのう」といった。九州では雪は降らんのか、と丹下士長はいい、「十二月になればこのあたりは一面の雪だ、毎日雪だ、今にうんざりする。雪中訓練じゃ鍛えてやるからな」といった。

「乗車」と芳賀三曹がいった。駐屯地まで一時間足らずである。「乗車終り」と有馬二士がいった。その終りという言葉が耳に残った。新隊員として受けた後期教育はきょうで終りになる。ぼくらが北海道に着いてから既に三カ月たっていた。

津軽海峡を渡ったのは夜だった。ぼくは西九州の玄海灘に面した教育隊で自衛隊員として八週間の前期基本教育をうけた。速足は一歩が七十五センチ幅であり、腕は前後に四十五度の角度で動かす。一分間に百十八歩の速さで行進することになる。M1《ワン》ガーランド小銃に始まってA2《ツー》型ブローニング自動銃、バズーカという名のロケット・ランチャー、手榴弾の投げ方、鉄条網のくぐり方、銃剣格闘、対化学戦、有線電話、地図判読、歩哨、自衛隊法、負傷時の応急手当等を学んだ。七月から八月にかけて、むせかえるような草いきれの中でこれらのことを教えこまれた。教え方は厳しかったが厳しすぎはしなかった。やめて帰る者もいたが少数だった。大半は訓練に耐えた。ぼくも残った者の一人だ。やり通さなければ、と思った。何のために「やり通す」のか、はっきりと自覚しないまでもそう心に決めていた。自衛隊に入る前は東京にいた。ガソリンスタンドで働いていた。新聞配達もしたしラーメン屋の出前持ちもやった。どれも同じようなものだ。給料は安く休日は月に一、二回あるかないかだった。

ぼくは東京の生活に飽きあきしていた。何か目の醒めるような新しい経験がしてみたかった。そのためには新しい世界へ入らなければならなかった。しぼりたての牛乳のような新鮮な世界、切れば血の滲むような一刻一刻が張りつめた時間。そのようなものは東京になかった。ぼくは郷里に帰り九州で入隊した。体を使う仕事には慣れていたから訓練のきつさは予想しても平気だった。いささか予想以上の疲労に音をあげはしたけれど、ともかく卒業にこぎつけた。仲間には炭坑夫がいた。八幡から来た鋳物工もいた。対馬の漁師や五島の百姓がいた。熊本出身の連中が新隊員の五割を占めた。その中に映写技師の見習いもいた。倒産した土建会社の社員がいた。やくざの使い走りをやめて入隊したのもいた。彼らは九州に残った。施設大隊に配属を希望し、希望は大体かなえられた。彼らはブルドーザーやダンプカーの運転を習って免許をとりたがった。機械を扱う技術さえ身につけたら就職に有利だというのである。ぼくは普通科（歩兵）を希望した。任地は北海道が良かった。できるだけ遠い地方へ行きたかった。北海道を志願したのは少数だったのでぼくの希望はたやすく通った。しかし普通科という職種については思うように行かなかった。配属されたのは特科大隊である。教育隊は七十名で編成された。その中でかつてぼくと同じ中隊にいたのは一人もいなかった。ぼくと一緒に北海道へ渡った同じ中隊の三人は駐屯地内にある他の大隊に配属された。だからぼくは九州の教育隊でそうだったようにまた右も左も知らない顔にとり囲まれたことになる。

知らない顔とはいえ彼らは皆九州の教育隊から来た連中だった。列車の中で口をきくようになった。移動には四日かかったと思う。ぼくらのために用意された列車は佐世保を出て山陽本線を大阪へ向い、そこで裏日本に出て日本海沿いに北上した。都会では短時間しか停車しなかった。そうかと思えば山間の小駅で長時間停車することがあった。ぼくらはプラットフォームで体操をした。三度の食事はそのつど通過する土地の部隊が用意し届けてくれた。ぼくらは弁当を食べ、しゃべりつかれると交互に座席の下で寝た。

誰がいいだしたのか知らないが部隊は大阪で一時下車して市内を見物させてもらえるという噂が広まった。前期教育訓練に耐えたぼくらに対する慰労というのである。噂はたちまち列車を席巻した。特別賞与と二日の休暇も与えられると自信をもって断言する者もいた。大阪では一分しか停車しなかった。ぼくらは失望しなかった。東京見物の希望があった。どうせ見物するなら大阪より東京の方がいいということになった。米原で列車が北に向きを変えたときもぼくらはがっかりしなかった。新潟があり札幌があった。結局どの都市にもぼくらはおりなかった。

奥羽本線のとある小駅で体操をしたことがあった。列車は下りの便を待つ間そこを出なかった。体操が終ってから時間をもてあました。ようやく出発することになってぼくが何気なく列車の下をのぞくと便所の下にあたるレールの間に排泄したばかりの黄色い物がうずたかくたまっていた。ぼくらは九州から北海道までこうして駅々におびただしい糞の山を残して来たわけだった。津軽海峡を渡ったのは夜である。朝、ぼくらは函館を出て噴火湾沿いに室蘭本線を走っていた。ぼくは窓ガラスに額をおしつけて沿線風景を見ていた。新しい天地、まさにそうだった。草原もたった今石鹼とワイヤブラシで洗ったように新鮮だった。それから三カ月たった。

ぼくらは食堂の裏口に立っていた。夕食はすませていた。正確にいえば一人前の分量は平らげていた。それでは足りないので残飯が出るのを待っているのだ。いつもの事である。九州で前期教育を受けた時分のことがまるで嘘のようだ。あの頃は一人分をもてあまして三分の二は残していたものだ。卒業まぎわに全部食べられるようになった。部隊生活に体が慣れるにつれて胃も正常の働きをするようになったらしい。二六時ちゅう腹をすかせていた。朝昼晩それだけとったら足りるはずの食事をすませていて不足だった。

旧隊員は食べなかった。食器に残すのが大半だ。ぼくらはそれを待っているのだった。「よし、入れ」とK・P（炊事係《キッチン・ポリス》）がいった。裏口から顔を出してぼくらを招いた。旧隊員は全部食堂を出ていた。飯とおかずは別々に残飯用空罐に集めてある。自分でアルマイト食器によそって食べた。帽子をポケットに畳んでつっこみ手袋をぬぎ木のベンチにかけるまで食器から目をそらさない。「いただきます」とK・Pにいって貪り食べた。

「うまいか」と配膳室からK・Pが声をかけた。「わかるよ、新隊員時代は腹が減るからなあ」と同情した。「まだあるぞ、うんと喰え」。どうしてこんなに腹が減るのか我ながら分らない。一杯の飯が胃のどこにおさまったのか、空になった碗を見て自分は本当に食べたのだろうかと考えこむ。おかずなんか要らない。飯だけで何杯もおかわり出来そうだ。今夜のように親切なK・Pが当番でないときは食堂を出た足でP・X（売店）に駆けつける。うどんをすすりこみ餡パンを詰めこむ。それでも消燈後は空腹のあまり目が冴えてくる。さながら体ごと一個の胃に変身してしまったような気さえする。「新隊員、いつまでがつがつ喰ってるんだ」高塔三曹が食堂入口に立ちはだかっている。「さっさと片づけて大隊本部に集合せえ」三曹の後ろから丹下士長がいった。そうだった、夕食後ぼくらは大隊本部に集合するようにいわれていた。「何ごつだろ」と有馬二士がいった。「決っとろだい、配属中隊の決定ばい」と半田二士はいい、口の中に指を入れて歯にはさまった魚の骨をとり出した。「俺あはよ〝車輛〟に行きたか、〝有線〟は好かん」と一人がいう。「ぬしの思うごとなるもんか」「俺あ大型の免許ばとってはよ自衛隊ばやめたか」「戦車隊に行ったらほう大型特殊の免許ばくれるげな」「やめたらぬしゃ何で食べて行くとな」「トラック運転手で」「運送会社の初任給はいくらか知らんとだろ、こないだ外出したとき札幌日通におる朋輩にきいちみたたい。日通は運送の大手とに給料はほう二等陸士より安かとぞ、万一採用してくれてもな」「日通に入らんでも良か」「今どきこの不景気に免許ば持っとるちゅうだけで拾ってくれるふうけもん会社がどこにあっか。俺たちのごたる田舎もんを喰わせるとこは自衛隊しかなかと」「そぎゃんだろか」

「来たぞ、〝ぎゃんがん〟どもが来た」

芳賀三曹が大隊本部の入口に待っていた。ぼくら九州出身の新隊員は別名〝ぎゃんがん〟と呼ばれる。なかでは士長たちが机椅子を片づけ終ったところだった。ぼくらはコンクリートの床に膝をかかえて坐った。青い背広を着た二人組の中年男が黒板を背に立っていた。

「皆聞け、今からこの方がお前たちの身のためになる話をして下さることになっている。じっくりと傾聴するように」丹下士長がいった。中年男は咳払いをした。髪を油で塗り固め七三に分けている。彼らを「地方人」と呼ぶようにぼくらは教えられた。「ええ、日夜任務に邁進しておられる皆様にはまことにご苦労様なことで」と中年男は話し出した。ぼくらは皆びっくりした。入隊してこの方ほぼ五カ月間というもの、ぼくらに対してこのようなくそ丁寧なもののいい方をするのはそれこそ一人もいやしなかった。

「ええ、皆様は自衛隊員としてわれわれ国民の生命財産を守るために奮励されているわけでありまするが、一般会社員と異り職務の内容において危険の性質が問題となるのはまたおのずから当然でありまして、保険に加入なさりたいとお考えになっても保険会社の方からお断わり申し上げて来たのが遺憾ながらこれまでの実情でございます。これでは皆様に相済まない、と考えた私どもと致しましては皆様が心おきなく任務の遂行にあたられますよう出来るだけのことをしてさし上げたい、とまあこのように考えました結果……」

外は夜だ。静かだった。二万人が起居しているという北海道最大の駐屯地も屋内にいる限り島松野営地の静かさと変りがなかった。島松演習場は千歳と札幌の中間にひろがる原野である。石狩平野のほぼ中央に位置する。ぼくらはそこで七晩すごした。夜ともなれば満天の星だ。ぼくは今も駐屯地の上空に輝いている星を思った。午後、雪をちらつかせた雲は去ってぼくらが帰隊した頃は星がのぞいていた。

中年男は「危険」といい「保障」といい「安全」といった。一日十円に満たない掛金といった。北海道の夕方は九州のそれと違う。九州では夕方は青いもやが地に這い物の形をぼやけさせる。家々も立木の線も柔らかになる。北海道はそうではなくて、日が落ちると一気にあらゆる物が透明になる。遠くがはっきりと透いて見える。黄昏は短い。すぐに夜がおりてくる。夜気は磨かれた金属の味がする。月に二百五十十円といえば月収の僅か四パーセントにしかあたらない。中年男は黒板で計算してみせた。これっぽちの掛金によって万一の場合、危険に備えることができる、といった。連れの男はそういう事実を初めて聞いたという顔つきで話し手の顔とぼくらを交互に見くらべ、したりげにうなずいている。

「皆様が加入なされば親御さん方を初め身内の方も安堵されましょう。それでこそ思慮をわきまえた一人前の大人の考えというもので、只今から申込用紙を配らせていただきますので希望者の方々はそれに署名捺印の上、後刻中隊事務の方に提出していただけばよろしいです。皆様にご面倒をかけないために掛金は来月の給与から自動的に引かれるようになっておりまして……」

「俺あ加入すっぱ」と徳城二士がいった。肘でぼくをこづいて囁いた。ぼくは黙っていた。加入したければ他人に断わらずに加入していいのだ。徳城二士は金遣いが荒い。給料日から一週間もたてばすかんぴんになる。全額飲み喰いにあててしまう。一日餡パン一個を我慢すれば、いざという場合三十万円という巨額の金がころがりこむという発見に彼は夢中になり、しきりに「安か」と呟き続ける。ぼくは東京で働いていた頃のことを考えていた。ガソリンスタンドによく保険外交員がやって来た。厚化粧をした五十歳あまりの女で、所長を加入させたがっていた。

毎日のようにおしかけて来てぼくらにも愛嬌をふりまくのだ。あるとき何の気なしにぼくは自分も保険に加入できるのだろうかときいた。とたんに女の目付が変った。戸惑いと憐みと半ば人を馬鹿にしたうす笑いを浮べてそっぽを向いた。相手にされなかった。今はどうだ。大の男が二人、もみ手をして長広舌をふるっている。安っぽい給料取り相手でもまとめて束にして入れたら帳尻が合うわけなのだろうか。

この世には二種類の人間がいる。「与える者」と「与えられる者」と。「与える」側はじっと坐っていればよい。「与えられる」側はつまりこの二人組だ。彼らは北海道は千歳くんだりまではるばる東京からやって来て口を酸っぱくして保険の利益を説き立てなければならない。ぼくらがちっぽけな掛金を握っているばかりに御苦労なことだ。しかしそういうぼくらにしてみても九州から北海道へやって来たのだ。給料と技術を「与えられる」者として。

ぼくは東京の盛り場を歩いていた頃のことを考えた。新聞の求人広告を見ては仕事を探していた。ある欄に〝即時採用〟とあるのが目についた。新聞を買った駅から歩いて十分の所にその酒場はあった。腹が減って倒れそうだった。その酒場は改築ちゅうだった。せまい階段をあがった二階にあった。大工が鉋をかけていて床は木片と鉋屑がちらかっていた。左官が壁を塗っていた。テーブルがあり黒い上衣の男が十七、八歳の男と話していた。和服の女がテーブルに向って封筒の宛名を書いていた。ぼくは壁ぎわにある木箱にかけて順番を待つことにした。先客もボーイ志願なのだ。少年は黒ずくめの男と和服の女に頭をさげて階段をおりて行った。ぼくのわきを通るとき安ポマードの匂いが鼻をついた。いつまで待ってもぼくの順番は来ない。ぼくは咳払いしてみたが二人は目もくれなかった。宛名書きにいそしんでいた。大工がぼくにどけといって木箱をとりあげた。

ぼくは酒場を出た。二人にしてみればぼくがボーイ志願とは思えなかったわけだ。色褪せたレインコートを着て泥靴をはいた男がぶらりと這入って来た。おおかた大工か左官の見習いだろうと思われたに違いない。ぼくは駅に戻り、しこたま水を飲んで腹をふくらませた。実をいえばぼくはほっとしていた。あれほどありつきたいと願った仕事にあぶれたのに、助かったと思った。いつもそうなのだ。面接に行ってそっけなく断わられる度に一応がっかりすることはするのだが、なんとなく「良かった」と心のどこかでせいせいする。これで働かないですむと思う。生れつきぼくは余程の怠け者に出来ているのだろう。駅のベンチにへたばって求人広告を読み直した。即時採用というのはなかった。即時金融ならあった。酒場の広告の隣に。慌て者の常としてぼくはこの二つをごっちゃにしていたのだ。採用されたところでたちどころに食事にありつくわけでもなかった。新装開店の挨拶状をせっせと書いていた二人には一体ぼくの姿が見えただろうか。ぼくは透明人間と等しかったはずだ。二人に限らず東京に住んでいるすべての人間にとってそのときぼくが駅のベンチから消滅したとしてもどうということもなかったはずだ。

二、三人の加入者が名乗りをあげた。用心深い男はどこにもいると見える。申しこみを受ける二人組の顔つきときたら見ものだった。ひとしきり熱弁をふるった後、その男は極端に事務的な表情になった。自分はただ書式にのっとった申込書を受付けているだけだ、それ以外の何事も知ったことじゃないといった物憂い生まじめさを示して加入希望者と応対している。

説明書と申込票を手にしてぼくらは大隊本部を出た。希望者は後に残った。明日になればもっと増えるだろう。一晩、寝台の上で危険と安全をはかりにかけて安い掛金で「保障」を得ようとする者はもっと出てくることだろう。ぼくらのみいりの上前をかすめ取ることにかけては数段上といった連中がうようよしているのだ。油断も隙もありはしない。ぼくらは外へ出た。寒気が肌をしめつけた。思わず身慄いしたほどだ。教育隊の建物には一棟の平屋があててある。駐屯地は平屋ばかりだ。二階建は映画館とP・Xと団本部の気象隊が使っているそれしかない。周囲八キロに及ぶ駐屯地にはナマコ型をした隊舎とトタンぶきの平屋が散在している。黒っぽい砂丘がある。砂丘の間に平地がありそこに暗緑色の隊舎が並んでいる。子供がおもちゃ箱の積木をぶちまけでもしたように無秩序に散らばっている。

ここへ来た当座はよく迷ったものだ。夕食後、P・Xへすっとんで行って餡パンを買ったのはいいが帰り道が分らなくなった。道路は網目模様に四方八方へ通じている。わが三五九号隊舎は近くにそびえる大きな厨房を目印にしていたのだが、そこへ辿りついてみれば厨房は厨房でも別のしろものだ。駐屯地には他にいくつか厨房があることを忘れていた。ぼくは仲間に頼まれて十六個も餡パン類を買いこんでいた。今ごろ彼らはさぞ腹をすかせているだろうと思うと気が気ではなかった。

夜空に厨房めいた建物がそびえていた。壁に LAUNDRY と白ペンキで書いてある。何という意味か知らないが厨房でないことは確かだ。ぼくはただがむしゃらに歩いた。見憶えのある建物を探して歩いた。人にきこうにも通るのは車ばかりだ。榴弾砲を牽いたG・M・Cや装甲車、ジープのたぐいが砂塵を巻きあげて走りすぎる。ぼくの隊舎と同じ形をした隊舎は無数にあった。番号をしらべた。八百台の数字である。見当違いの方角に迷いこんだらしい。さっき通ったのは重迫撃砲の大隊だ。ここは普通科連隊らしい。重火器中隊の標札も見える。

高射砲大隊を通り、燃料庫の間を抜けた。そろそろ近くなった。モーター・プールの前を通った。もうすぐだ。ところが肝腎の厨房が見えない。駐車場にいる警衛にきいた。「三五九号? 知んねえな」といいささか素っ気ない。「部隊はどこだ、七一七特科大隊? ああ十五榴だな、そしたら四群だろ、あっちだ、煙突が見えるだろう」

ぼくは教えられた方向へ歩いた。金網を張った柵に突きあたった。柵の向うに道路がありまた柵があってこちら側と同じ造りの建物がある。湯気のたちこめた窓が見え、赤毛の男が上半身裸になって髭を剃っていた。ラジオが鳴り賑やかな笑声が洩れた。赤毛の男はまぶしいほどに白い肌を持っていた。電燈はこちら側のそれの三倍は明るかった。

「おおい」という声が聞えた。声はひとつではなかった。ぼくは闇の奥をすかして見た。「海東二士ようい」、有馬二士の声だ。「おおい」ぼくは答えた。「おったぞ、あっちばい」半田二士が走り寄って来た。久保も徳城もいた。「すまん、すまん、道に迷うてしもうたたい」とぼくはいった。

「よかった、よかった。熊にでんいち喰われたかと思うたたい、心配したとぞ」徳城二士がいった。まさか、とぼくは笑った。丹下士長がおどかしたのだ。よかった、を連発しながら久保二士は餡パンに武者ぶりついた。ぼくは徳城二士にジャムパンを、半田二士にカレーパンを渡した。「おおきに」と有馬二士はいった。「いつまで待ってもぬしが戻らんけん気になったたい、安堵した」と久保二士はいった。

ぼくらはアメリカ軍兵士の建物と向いあってパンを食べた。黙りこくって食べた。アメリカ側の建物内部ではテーブルもベッドもロッカーも強い照明をあびて光り輝いているように見えた。九月というのにストーヴを使っていた。室内でTシャツ一枚になれる道理だ。ぼくらが使えるのは十二月からだ。金髪の男が赤毛の男とテーブルをはさんで向いあい、カードをもてあそんでいた。肉づきの良い腕が桃色に光っているのを見て、あれをハムにして喰ったら旨そうだとぼくは思った。まったくあの頃のぼくらときたら野良犬よりも浅ましく飢えていた。

新隊員が町へ外出することは初めの一カ月間禁止されていた。禁止されても不自由ではなかった。たとえ許可されたところで喰い物以外に使う金はびた一文ありはしなかったから。その晩、ぼくらは三五九号隊舎に帰ってから高塔三曹にこっぴどく叱られた。二十時の点呼に遅れたからだ。三曹の後をうけて丹下士長が小言をいった。無断で内務班を留守にしたというのだ。ぼくらは罰として便所掃除をおおせつかった。

この便所についていえば初めて見たとき隊員一同度肝を抜かれた。縦四メートル横六メートル、トタンぶきバラックでコンクリートの床に異様な物体が五個ずつ二列に並んでいる。駐屯地へ着いて班長に引率され隊内諸施設を見学した日のことだ。

群本部、大隊本部、厨房、医務室、モーター・プール、砲格納庫、器材庫、貯炭場をまわり、最後に食堂の裏手で班長は足をとめた。一棟の小屋があった。倉庫に似ていた。「ここが便所だ」と班長はいった。ぼくらはなかをのぞきこんで呆然とした。「何じゃ、こりゃあ」と半田二士がいった。有馬二士は「ううむ」と呻いた。

便器と便器の間には何もない。十個のそれは全部見通しだ。「人の見ている前でやらんばでけんとですか」と徳城二士がいった。「何が恥かしいのか、気心の知れた男同士ではないか」と丹下士長がいった。「男同士でもなあ、こればかりはちょっと」と久保二士が眉を寄せる。西洋便器という物をぼくも他の面々も初めて見た。

「初めはやり難いが慣れたら何でもないぞ、これでないと出る物も出んようになる」と高塔三曹がいった。ぼくらは胡散臭げに奇怪きわまる形をした物体をみつめた。便器の両側に二個ずつ積み重ねてある煉瓦の用途を久保二士がきいた。「ああこれか。この建物は米軍の物だったから、便器もあちらさんの体格に合せてあるんだ。日本人にはちと高いか」

ちとなんてものじゃない。煉瓦をはずせば上にまたがった男は馬に乗った小男よろしく足を垂らすことになる。「使用する際はこうやる」班長はみずから模範体位を示した。「ばって班長、小便はどぎゃんすればよかですか」と半田二士がきいた。「お前、手があるだろうが手が、それで操作してだな、射向良し、方位良し、というところで射てと行く。何を魂消とるんだ、大丈夫、三日もたてば慣れるって」

ぼくは気が滅入った。九州の教育隊ではちゃんと日本式にしゃがむしろもので三尺四方の仕切り壁があった。扉をしめればそこで使用者は一人になれた。タバコもすえた。ここではそのタバコの火の貸し借りさえ出来そうだ。ぼくらはここを使用するのをなるべく先へ延ばそうとした。P・Xの便所は洋式ではないかも知れないと誰かがいった。とりあえず駆けつけてみたが無駄だった。映画館も駐車場のそれもみな洋式だった。先へ延ばすといっても二日と延ばせるものではなかった。深夜たまりかねたぼくはこっそり寝台を抜けて出かけた。先客がいた。新聞を顔の前に開いて立てていた。読むふりをしていたが読める明るさではなかった。十ワットの電球では煉瓦に蹴つまずかないように気をつけるのがやっとの明るさだ。ぼくの後から久保二士が来た。また一人駆けこんで来た。五分以内に便所は満員になった。班長のいったことは正しかった。仕切りのない便所で巨大な便器にまたがって用を足すことにぼくらは慣れた。慣れてみればこれはこれでごく快適な仕掛と思わないわけにはゆかなかった。

「海東二士、本部中隊」

と芳賀三曹はいった。有線班から二人、無線班から三人、測量班はぼくの他に有馬二士と徳城二士が、Ｆ・Ｄ・Ｃ（射撃指揮）班は久保二士と半田二士が本部中隊に配属と決った。ぼくらはめいめいの寝台わきに直立している。芳賀三曹が名簿を読みあげて配属先を告げているところだ。ぼくはさっきつめこんだ餡パンのせいで少しねむたかった。どこへ配属されようと知ったことじゃないのだ。

千歳駐屯地に三カ月前やって来た新隊員は五つの班に分けられた。教育中隊の六割は砲班である。百五十五ミリ口径榴弾砲、百五ミリ口径榴弾砲、七十五ミリ口径榴弾砲等の射ち方を習った。彼らはナンバー中隊である第一中隊から第四中隊に配分された。三割は有線と無線班である。残り一割にみたないのがＦ・Ｄ・Ｃ班と測量班である。九州と違ってここで教育係の助教助手たちは大隊の各中隊に所属する陸曹士長がつとめている。中隊から派遣出向したかたちである。教育が終れば彼らは原隊へ戻る。新隊員と同じ中隊になることもあるわけだ。きょう午後、演習場の丘で、「班長ともこれでお別れ、名残り惜しか」といってどやされた有馬二士は、高塔三曹の予告通り本部中隊となった。彼はよそ目にもがっかりしている。

「本部中隊ちゅうとはどげんとこですか」と久保二士がきいた。「行けば分る。いい所だ」と丹下士長が答えた。「予備隊、保安隊時代の古ダヌキがうようよしてな」とつけ加えた。丹下士長は背が低い。採用基準の百五十五センチギリギリというところだ。撫で肩である。それを知ってか、歩くときは胸を張りヤジローベエのように両腕をわきに突っ張る。貧相な見かけを身ぶりと声で補うつもりだ。隊内で彼と行きあえば、「おお、海東二士がんばっとるか」と野太い声を張りあげる。ごうけつ笑いをしてやたら人の背を叩き、「男ならしっかりやれえ」という。「事件だ」が口癖だ。新隊員が寝台下に並べている四足の靴を検査して、泥がついていると「事件」だ。現金出納帳を調べて貯金が少いと「事件」だ。爪に垢が溜っていても、九九式小銃に埃がついていても、寝台の毛布に皺が寄っていても「事件だ」を連発する。丹下士長は小言をいい出すときりがない。えんえんと話す。話しているうちに何について話し出したか忘れてしまう。

「今夜の整列点呼はほう長うなるばい」と有馬二士が小声でぼやいた。丹下士長が当直士長である。今しも列の彼方で腕をふりまわし演説を始めたところだ。

「諸君とも教育隊としては今夜限りであるが、何も悲しむことはない。明日からは配属先の中隊で相まみえるであろう。三カ月間ご苦労であった。いろいろと思い出は尽きないものがあるが、とくに忘れられんのは島松演習場において七日間野営したことである。後半は雨に降られ、天幕の内もずぶ濡れになったが弱音を吐く者はいなかった。さすがに九州男児は根性が出来ておるとわれわれは感心したものであった。砲班の諸君、君らは初め十五榴の弾丸はおろか百五ミリの弾丸もかつげなかった。今は誰でも楽々とかついで走れるようになった。有線の諸君、君らの中にはドラムを持って走れん者もいた。展張も保線もイロハから学ばなければならなかった。無線の諸君、君らはまずモールス信号を暗記しなければならなかった。F・D・Cの諸君は高校を出とるくせに対数計算を忘れとって、計算尺もよう使えなかった。諸君が割り出した射撃データで射てば弾丸はあさっての方向にとぶに決っておった。今はどうやら安心して諸君の計算を砲側に伝えられるようになった。それから測量の諸君、君らは逆方位角の理屈をどうしてものみこめなかった。方向盤の扱い方も基線の測定も三角函数の計算もようやく曲りなりにでけるようになった。一人前になったとはまだまだいえんが配属先の中隊で演練と学習を行えばどうやらものになりそうな目安がついた。基幹要員の指導よろしきを得たとはいえ、これもひとえに諸君の努力のたまものである。明日からばらばらに別れても同じ大隊の一員だ。われわれは血こそ分けていないが同じ釜の飯を喰った兄弟である。そうだな?」

「はい」と全員は声を揃えた。「ようし、その意気だ。われわれは兄弟である。困ったことがあれば自分を話の分る兄とも思い、何事も肚を割って打ち明けてもらいたい。仕事のことで分らんことがあったらききに来い。仕事を離れたことでもいい、きくは一時の恥、きかぬは一生の恥という、自分はリーダーズ・ダイジェストを一年分揃えて持っとるから読みたい者は借りに来るように。人間、勉強を忘れたら進歩はない。かの製鉄王、アメリカのカーネギーは……」

ぼくらは隊舎中央を縦に走る通路をはさんで向いあって立っている。両手を尻の上で組み、軽く足を開いた姿勢である。こうしていると一晩でも立ち続けられる気がする。あいつらはどうしたろう、願いかなってカリフォルニアへ渡っただろうか、ふと昔の仲間のことを思い出した。前期教育を抜群の成績で終えた連中の中からさらに選ばれた何人かがあった。久里浜かどこかの通信隊へやられるということだった。噂ではミサイル大隊要員となってアメリカへ行き、カリフォルニアの基地で教育を受けるということだった。彼らはどうしたろう。英語がうまくなっただろうか。それからまたぼくは東京のガソリンスタンドで働いていた頃のことを思い出した。丹下士長はベンジャミン・フランクリンについて話している。

客のフォードにエンジンオイルを入れまちがえたことがあった。ふだんはペガサス印を入れるのに、その日はマーキュリー印を入れてしまった。「これでよかとですね」とあらかじめオイル罐をフロントグラス越しに見せて確かめたのだ。客はいいとも悪いともいわずねむそうにうす目をあけて黙っている。いいと思いこんでぼくはマーキュリー印を入れた。客は六十代の爺さんだった。近所にある印刷会社の社長ということを後で聞いた。うちの上得意である。「あの人はいつも現金だから」とスタンドの所長はうやうやしくいう。ぼくが担当するのは初めてだった。

「——君はいないのかね」と整備士の名前を社長はいった。彼はエンコした車に呼ばれて出かけたところだった。いつもはこの男が何はおいてもとんで来るのだ。なにがしかのチップにありつけるからであった。オイルを入れ終った頃あたふたと所長が駆けつけてきた。「この若いのはペガサスにしてくれとわしが頼むのに入れてくれんのだよ」と社長はいった。ぼくは所長にどなられてフォードの下にもぐりこみ、入れたばかりのオイルを抜いてペガサス印と交換した。「いいや、こちらのミスでしてこの分は」と所長が押しとどめるのに、老社長は窓ガラスを五ミリ程あけてその隙間から千円札をぽいと放った。それはぼくの足もとに落ちた。「ほら、おい」と所長に促されてぼくは紙幣を拾いあげた。ありがとうございます、と礼をいった。落された金を拾って面白くない思いをした男が一年後には他人の喰い残した飯を目の色変えてかきこんでいる。

教育隊を卒業するとき北海道の普通科と希望した。それは半分だけ実現した。普通科でなく特科の測量と来たのには参った。特科に大量の欠員が生じたのだそうだ。普通科にはぼくらの前に卒業した連中が補充されたばかりだった。普通科は北海道でも一番辺地にやられる可能性がある。ぼくは中隊本部に貼ってある地図で所在地を調べていたのだった。名寄と旭川だ。特科部隊は機械の部品と変らない。普通科は歩兵だ。小銃一挺あればどこへでも行ける。身軽に行動できる。どこからかぼくを呼ぶ声が聞える。「海東二士よい」と隣の男が肘でぼくを小突いた。ぼくは物思いから醒めた。「海東二士、何をぼさっとしとるか、お前はまっすぐ立っとるつもりでもここから見たら酔っ払いみたいにふらふら揺れてるぞ、まじめに聞けえ」丹下士長がぼくの方へやって来る。「俺が何を話してたかいうてみろ」と列の向うからいう。半田二士の声が「………」と教えた。きき返そうとしたときは丹下士長が目の前に立っていた。

「いうてみろ、海東二士」

「銀行経営」とぼくはいった。

「なに?」

「P・Xで無駄づかいせずに貯金せよという話でした」昨晩、丹下士長は勤倹貯蓄を説いたのだった。その続きだろうと思った。丹下士長はしばらくぼくの顔をみつめていたが、くるりと背中を向けて列の端へ行ってしまった。

「この中で新聞の読める者がおらんのか、最近、外国では何が起っとるのか知りたいと思う者はおらんのか。やれ、第二P・Xによか女子《おなご》が来たの、やれ、第三P・Xのラーメン屋は焼ブタが厚かのという話題以外に諸君の頭は働かんのか」

丹下士長は新聞をかざしてぼくらに振ってみせた。「俺は銀行経営なんていわんぞ、海東二士、人工衛星といったつもりだ、何を寝ぼけとるんだ。ソ連邦が先だって打ちあげた人工衛星は詳しいデータは不明であるが発表された限りでは軍事的に画期的な意味を持っておる。それに気づかん者は時代遅れの田吾作だけだ。諸君は人工衛星が成功したことを知っとったか、知っとった者は手を上げえ」

誰も手を上げなかった。

「よろしい、諸君は教育を受けつつあったから多忙で新聞を読む暇がなかったということにしとこう。俺が実験成功の持つ意味を説明してやる。F・D・Cの久保二士、軍事技術の三大革命をいうてみろ、なに、いえん？　高卒のくせしてそんなこともいえんのか、ニトログリセリンと飛行機の発明、レーダーの開発だ。人工衛星はこの三大革命と同じくらいの重要性を持っとるのだ。諸君が馬鹿面してだなあP・Xでせんべいをかじっておる間に頭の上を大陸間弾道弾が行ったり来たりしとったんだ。そこで問題はI・R・B・MやI・C・B・Mが実用化されたあかつき、射程一万五千メートルしかないわが大隊の榴弾砲が果して役に立つかどうか、わが七一七特科大隊は自衛隊の最精鋭であるが、軍事技術が長足の進歩をとげた現在、かような世界情勢をいかに受けとめるかということだ。諸君らは第二次大戦で米軍が使った旧式中古武器が物の役に立つだろうかと疑問に思うとるだろう、しかし結論から先にいえば……」

丹下士長は百五十五ミリ榴弾砲はI・C・B・Mと同じ威力がある、といった。「なぜなら……」ここで言葉を切って一息つき同僚たちを見まわした。三曹たちは丹下士長が演説を始めるやさっさと陸曹寝室へ引きあげていた。ぼくらの考課表と隊籍簿を明日までに整理しておかなければならないのだ。士長たちは丹下士長を一人残してそうするわけにはゆかなかった。腕組をして天井を睨んだり、空手の基本姿勢を練習したりしていた。そうして必死にねむけと闘っているのだ。

「……なぜならソ連邦においても陸軍が廃止されたという情報は未だに這入っておらんからだ。ミサイルだけじゃ戦争に勝てん。ソ連邦にも百五十五ミリがある。われわれの存在に意味があるとすればそれが何よりの証拠だ」世界情勢と今後の見通しについて熱弁をふるった丹下士長はそこで唇の泡といっしょに顔の汗を拭いた。解散といった。空手の練習をしていた士長が「解散待て」といい、特科団では車輛事故が続発しているから交通安全標語を募集している。入賞者には褒美が出る。二月まで一人何点でも応募してよろしいといった。そして本当の解散になった。

ぼくはさっき大隊本部で保険会社社員の説明をきいていたとき、冬空に輝く星を考えていた。あの瞬間も小さな金属の星が星々の間を縫って航行していたのだ。

「モーニン」と佐久間二曹はいった。大隊本部の扉をあけて出ようとしたら、這入って来る佐久間二曹と出くわした。

「おはようございます」とぼくはいった。靴についた雪を蹴って落し、袖も払いながら佐久間二曹はきく。「安宅二尉は」「大隊長室です」

「会議か」

「北部方面隊の技術鑑査と部隊長会議についてでしょう、Ｓ１主任、Ｓ３、Ｓ４主任もお揃いです」

「明日は地誌踏査だ」

「知ってます、今から地図庫に地図をとりに行こうとしてたところです」

「そうか、運転は誰だ」

「丹下士長」

「ディスパッチは」

「切りました」

「お前、地誌踏査は初めてだったなあ」

「ええ」

「四人分の弁当は手配したか」

「食需伝票ば切ってもらいました、明朝、自分が食堂で受領するようになってます」

「地図は五万分の一と二万五千分の一と出しといてくれ、どれを用意すればいいか分ってるな」

「根志越、幌別、追分、安平《アビラ》」

「それに登別と白老もな」

「登別と白老……雪がやまなくても実施するとですか」

「道路の具合によりけりだ、雪だからといって戦争が休みになるわけじゃないもんなあ」佐久間二曹は戸外の気配に耳をすませた。

「ジープが走れるかなあ」とぼくはいった。「あとで群本部に電話して明日の気象を確かめとくといいな」「明日の気象を確かめておきます」「まあ、ぼちぼちやろうなあ海東二士」

ぼくは帽子を目深にかぶり上衣の襟を立てた。扉をあけると同時に雪が吹きこんだ。強い吹雪だ。三メートル先は見えない。背を丸めて歩いた。上唇がこそばゆくなった。指で触れてみた。鼻水が凍っているのだった。方向を見失わないように時どき立ちどまって振り返った。奇妙なことだ。一寸先も行く手が見えないような吹雪の日でも、振り向けば後ろはぼんやりと物の形が見える。前方より視野が広くなるのだ。雪の中で迷ったとき、偶然ぼくはこういうやり方を発見した。

振り返り振り返りしながら広場を横断し、引込線を越えた。プラットフォームに行き当ってよじ登ったとき、積んであった荷物のかげからだしぬけに立ちあがった者がある。防寒外套を着こんだアメリカ兵と分った。手のカービン銃に弾倉が装塡してある。ぼくはびっくりしたが相手も少からず魂消たふうだ。こいつは貨物の間にもぐりこんで雪を避けていたのだ。ぼくを巡察将校とでも勘違いしたらしい。若いアメリカ兵はぼくの顔を近々とのぞきこみ、「You……」といった。赤い鼻が寒気でますます赤くなっていた。

きのう、隣の米軍基地に大量の資材が鉄道で運ばれて来た。収容できなかった分がこうしてプラットフォームに積んであるのだ。彼はその見張りに当っているわけだ。先日、P・X帰りに柵ごしに見たアメリカ兵の一人かも知れなかった。

「はあ?」とぼくはきき返した。「You, son of a bitch」とそいつはいった。東京赤坂にあるガレージで働いている頃よくきいた言葉だ。米軍人の家族が使う車の修理をそのガレージは引きうけていた。ガソリンスタンドに勤める前、ぼくはそこで専らタイヤの交換をしていた。プラットフォームをとびおり、ボイラー室の裏を抜けて地図庫に辿りついた。

鍵で扉をあけた。体の雪を払い落した。S2は大隊本部の冷飯喰いだ、といつも佐久間二曹はぼやく。地図庫が不便な場所に離れているからだ。本部内に保管すればいいのだがスペースがないとS1主任はいう。大隊本部が駄目なら隣接した本部中隊の器材庫にぶちこんである地雷探知機と音源標定機を別に移して地図収納棚を作ればいい、と佐久間二曹は提案したが、それもとりあげられなかった。

ぼくはしかしこのままがいい。地図を出し入れするのに往復する間は一人になれる。幌別、白老、追分と目あての地図はすぐに見つかった。五分とかからなかった。往復に五分、地図の出し入れに十五分かかるとみて大隊本部をあけておくのが許されるのは約二十分だ。つまり正味十分がとこは浮いた計算になる。それはぼくの時間だ。電球を両手でかかえ、しびれた指を暖めた。

地図は秘密書類の一つだから常時出しっ放しにしておくわけにはゆかない。そのつど現物と保管簿と照合して出し入れすることになる。演習が多い日は地図のとり扱いに追われる。地図庫へ往復する回数も増え、ぼくの生活は充実する。大隊本部ときたら息がつまってやりきれない。

大隊長と副大隊長は個室にいて、平隊員の前にはめったに姿を現わさないが、大隊長室の隣には四人の主任が頑張っている事務室がある。S1（第一課）は人事を担当し、S3（第三課）は訓練を、S4（第四課）は補給を、そしてぼくの属するS2（第二課）は情報を担当している。四人の主任は四人の部下を持っている。たいてい古参の陸士長である。その中でぼくだけが新入り最下級の二等陸士というわけだ。肩がこらないのがどうかしている。勢い雑用はみんなぼくにまわって来る。それはいい。掃除、お茶汲み、ストーヴ燃やし、群本部への連絡その他使い走り、何でもやらされる。そういうことは平気だ。楽しんでやっているといってもいいくらいだ。たまらないのは主任たちの目である。とくにS1主任剣持一尉の視線。

満洲でソ連軍にひっ捕えられてシベリアのラーゲリで五年間材木運びをやったという。そのせいか骨の髄からアカ嫌いになったと自称している。でかい金庫を背にして時代小説を読み耽る。これと同じ金庫をぼくは東京の質屋で見たことがある。額はすっかり禿げあがって赤茶色の髪がほんの少し残っているだけ。五十男のように見えるが一等陸尉の定年は五十歳だからそれ以下のはずだ。執務ちゅう「そら来た」と思う。顔を上げる。案の定、剣持一尉は時代小説から目を離してぼくを見ている。まじまじと見ている。いつも寝不足気味の充血した目で。第一特科団第四特科群第七一七特科大隊の本部二課で働いている海東という二等陸士はソ連邦国家保安部極東班に属する情報部員である、ということが時代小説のどこかに書いてありでもしたように、やや飛びだした目でぼくを見すえるのである。

剣持一尉がシベリア帰りなら本間一尉はインドシナ帰りというべきだ。戦争に敗けた年、S3主任はサイゴンにいて何とかいう元帥の部下だった。実戦の経験はないらしい。剣持一尉が暇を持てあましてチャンバラ小説に没頭しているかたわらで、本間一尉は机にしがみついている。計算尺をひねくりまわし、ぶつぶつ呟いては舌打ちし頭を振ったりする。問題のうまい解決法がみつかったか、にんまりと一人でほくそ笑んでいるときもある。剣持一尉と隣り合せていて口をきいているのを見たことがない。よほど仲が悪いのだろう。年齢は同じくらいだ。

Ｓ４主任小松二尉は管理中隊と大隊本部間を行ったり来たりで席に半時間といたためしがない。合わない、足りん、が口癖である。席についたかと思うと飛び出して行く。員数が合わないのが小松二尉の悩みの種だ。足りんというのは少いことだが、合わないというのは多いことだ。多すぎてもいけないのである。一日として晴れやかな顔を見せたことはない。自衛隊の任務は一にかかって員数の辻つまを合せることにあるかのごとく、合わない、足りん、とぼやき続ける。それでいて月末には帳尻が合ってるからおかしなものだ。

Ｓ２主任は静岡の富士学校へ情報活動の研修に派遣されている。安宅二尉が業務を代行している。事務室には四人の陸尉と三人の陸士長がつめることになる。どちらかといえば実際の事務は士長たちがとりしきっているといえる。主任たちは本部内で睨みをきかせ、書類に判を押しさえしていたらいいのだ。あるとき、Ｓ１の士長がいった。

「俺がいなかったら主任は何をどうやればいいのか、お手上げだろうよ」。精勤章を三本も袖につけた古顔である。中隊内務班で話すのをぼくはきいた。ところが群本部へ先日、書簡受領に行ったとき、剣持一尉の声がつい立ての向うから聞えて来た。

「部下をうまく使う要領はだな、自分がいないと何も出来ないと思いこませることだよ、そう思いこませたら後はしめたものだ」相手は群本部のＳ１主任らしかった。二人の高笑いが響いた。剣持一尉と古顔士長の課はわが大隊本部内で一番うまくいっている。かくて主任は時代小説を心おきなく読み耽ることが出来るのだ。

きのう、ぼくは地誌踏査地域の下調べをしていた。去年の報告書をメモにとりながら読んでいた。安宅二尉がそうしろといったのだ。どこからか注がれる視線にひやりとしたものを感じて顔を上げたら剣持一尉と目があった。主任はぼくの方へやって来た。安宅二尉はいなかった。一冊のパンフレットを端の方で持って手の平をそれでぴたぴたと叩きながら、「海東二士、君はガソリンスタンドに居たそうだな、ガスについては詳しいだろう」

「そうでもありませんが」

「そこでどのくらい働いていた」

「半年ばかりです」

「ガソリンに色がついているのはどうしたわけだ」

「確か有毒であるしるしに着色してあると聞いていました」

「オクタン価を高めるために何を添加してある」

「鉛ではなかったかと思います」

「ガソリン機関のエネルギー効率は何パーセントか」

「知りません」

「オイルの汚れ具合は分るか」

「分ります」

「グリースアップは出来るか」

「出来ません」

「S2は安宅二尉と佐久間二曹と君の三名だが、安宅二尉はもともと四課の所属だ。佐久間二曹は車輌関係で忙しい。したがって本部において君の任務は軽くない」

「はあ」と答えるしか返事の仕様がない。

「コミンテルンというのは何か」

「知りません、聞いたことがありません」ぼくは正直に答えた。

「レーニンという名は」

どこかで聞いたことがある、と答えた。

「今、何か読んでいたな」

ぼくは報告書を見せた。

「それがすんでからでいいからこれに目を通しておけ、読み終ったらわしに返さんでいい、S2で保管しとくように」

　剣持一尉は机の上にパンフレットを置いて引きあげた。白い表紙で三十ページあまりの小冊子である。陸上幕僚監部発行の教育資料である。表題は「レーニンの暴力主義革命」と黒い活字が目についた。

　一ページの半分も読まないうちに頭が痛くなった。読めない漢字がごまんとあるのには参った。誰に読ませようとして陸幕のお偉方はこんなものをでっちあげたのだろう。剣持一尉が中座したのをいいことにぼくはパンフレットをロッカーにほうりこんだ。後で感想をきかれたら何とかごまかせばいい。毛利士長は嘘をついた。S2は気楽な仕事だといってぼくに押しつけたのだ。十二月初め、満期除隊する毛利士長がこの席に坐っていた。後任を見つけなければやめられない。そこへ折良くぼくが配属されたわけだ。S2要員は測量班の中から選ばれる。

　毛利士長にとっては願ってもない後釜であり、彼の幸運がぼくには運のつきとなった。

「S2はいいぞ、他の連中が築城演習だ、道路整備だ、防火帯造りだといって狩りたてられるときもな、大本にぶっ坐って新聞読んでりゃいいんだから。何をしてるんだってきかれたら、情報を蒐集しとります、とこう答えたらいい」と毛利士長はいった。防火帯造りというのは面白そうだ、とぼくはいった。新聞を読むのは退屈だ。「まだある、大本勤務はお偉方の膝元だからニュースが早い、情報通になれるから便利だぞ、それにお前、見な、俺は大本に這入ったばかりに士長で除隊よ、昇給も進級も早いってことだ、早く一士になりたいだろう」

二士のままで結構だ、とぼくはいった。「徳城二士か有馬二士ではいけないんですか」「徳城は車輛教育で忙しい、有馬は測量をよくマスターしとらんから特別訓練よ、これも大隊にいないからなあ。お前が厭といったって大隊命令が出たら仕方がないんだぜ、そういうことになる前に、はいといった方が身のためというもんだよ」

結局いやいやながらぼくは毛利士長の後を引きうけざるを得なかった。ロクなことはない予感がした。それはみんな的中した。気楽な普通科志願がえりにえって大隊本部の事務にまわされるとは。おっかない目つきの剣持一尉などに見張られて、鍵のかかる書類箱の番をするなんて入隊当時は夢にも思わなかったことだ。

地図庫は冷たかった。十分も居ると氷室に這入りこんだ気がした。それでも一人でいるのは良かった。地図庫はつまりぼくの便所だ。各地区ごと、縮尺ごとに分類されて仕切り棚におさめられ、地図を選び出すには手袋をとらなければならない。全部揃える頃には指はすっかりかじかんでしまった。

取りだした地図をメモと照合して欠けたものがないかを確かめた。窓ごしに外を見た。雪は小降りになっており、さっきより視界が拡がっている。明るくなっているのは雪が少くなったためだけでなく空のあちこちで雲が切れたせいでもあるようだ。窓に垂れ下ったつららの間からモーター・プールが見えた。円匙をかついだ隊員が現れ、一列になってモーター・プールへ駆けこんで行く。先頭を走っているのは中隊長だ。それで三中隊だと分った。いつも中隊長が先頭に居る。ボイラー室のかげから一中隊と二中隊が同時に現れた。管理中隊と四中隊も来た。モーター・プールの除雪作業が三分の一もすんだ頃、わが本部中隊が登場した。日が射した。雲はしきりに動いていた。

男たちはかき寄せた雪を円匙ですくってモーター・プールの隅に運んだ。その体がうす青く透明な光に包まれたように見えた。彼らは影を帯びなかった。日光と雪の反射でそうなった。雪晴れの午後にはよくあることだ。ぼくは地図庫の外へ出た。十分間一人で息をつくつもりが二倍以上も時間がたっていた。もっといたかった。帰るのは気が重かった。雲は西から東へ動いていた。西の地平線は明るかった。雪原がまぶしく輝いている。この分では明日は晴れそうだ。

「モーニン」と佐久間二曹がいった。大隊の砲格納庫前にジープがまわしてあった。ぼくが一番早かった。しばらくして丹下士長が現れた。切れたスノーチェーンを代えに行ったのだといった。「海東二士、お前はゆうべ第二P・Xの売店ですみっこに坐って旨そうにカレーパンを喰ってたなあ」と丹下士長はいった。「注文した本を」といって運転席を顎でしゃくり、「注文してた本をP・Xにとりに行ったらお前を見かけたわけよ」そのとき佐久間二曹が現れて、モーニンといった。すぐに安宅二尉が登場した。

「気をつけ」とつららが落ちるほどの大声でぼくらに号令をかけ、安宅二尉に敬礼して、「佐久間二曹以下三名、集合終り」と報告した。安宅二尉は答礼した。手の平をくぼめて耳の裏を掻くような仕ぐさである。手を上げるなりちょいと下顎を突きだし、上体をかがめるから、耳の遠い老人が「もう一度、大きい声で」と頼む恰好に似ている。見なれた敬礼である。

「ご苦労さん、乗車」と安宅二尉はいった。鼻が赤い。度の強い眼鏡の奥にせわしなく瞬く目がある。ぼくは佐久間二曹と後部座席に坐った。安宅二尉は運転席の隣に坐り、「出発」といって、腕時計を見た。午前八時三十分だ。

「丹下士長、コースは了解していますか」と安宅二尉。

「分っとります。まず根志越から長都沼を経て幌加へ出、馬追丘陵を北進して由仁へ行きます。由仁で……」

「夕張川の上流へ出ます」と安宅二尉。

「馬追を北へ走れるかなあ丹下士長、西側斜面は雪が深いから由仁で越えずに追分で山越えして北進したらどうだろう」と佐久間二曹がいった。丹下士長はブレーキを踏んだ。ジープは腰を振って止った。

「由仁で越えるか追分で抜けるかどっちかに決めて下さい、佐久間二曹、自分はただのドライヴァーですからいわれた通りに走ります」首をねじ曲げて後ろを振りむいていう。

「由仁だ、由仁で越えよう、そうかっかするなよ丹下士長、ま、ぼちぼちやろうや」と佐久間二曹は運転者をなだめた。安宅二尉は前を向いたまま彫像のように動かなかった。「海東二士、われわれの弁当は受領して来たか」佐久間二曹がきく。ぼくは三人分の飯盒を預っていた。ジープは駐屯地を旧滑走路へ抜け湿地の間を縫って走った。空は青く、吹雪いた翌日がいつもそうであるように風のない穏やかな日になった。雪がまぶしかった。気温は零度以下であったが無風のせいで暖かく感じられた。突然、安宅二尉が話し出した。

「シコットというアイヌ語があります、シコツともいいます。〝大きな拡がりの沼〟という意味です。このあたりが昔そうでした」「今も湿地帯ですな、支笏湖にその名が残ってるわけだ」佐久間二曹はそつなく相槌をうつ。

「シコツは死骨に響きが通じるので沼に多く飛んで来る鶴にちなんで千歳とつけたそうです」「そうですか、なるほど、ううむ」「あっちの方に」といって安宅二尉は北西を指さした。「恵庭の手前、国道の東側にアイヌの砦跡があります」ぼくは幌にあいた小窓から外を見た。雪原が日を反射している光景しか見えなかった。「砦のことをアイヌ語でチャシといいます、北海道にはチャシとつく地名が沢山あります、ほぼ昔の砦と見ていいでしょう」

「チャシコツ崎」と佐久間二曹はいった。

「それはどこですか」後席の大きな声に安宅二尉が驚いて振り返った。

「国後島《クナシリ》です、北西海岸にチャシコツ崎というのがあります」感慨深げにいった。

「そうか、佐久間二曹は国後島からの引揚者でしたね、チャシナイという地名もあります、チャシベッツ。今、見ても皆それらしい要害の地にあります」

「主任、札幌はいかがでした」と佐久間二曹はいった。

「部隊長会議の模様ですか」

「いや、娑婆では年の暮の景気は好さそうでしたか」

「どうですかねえ、われわれは司令部にこもりきりで札幌の街には出ませんでしたからね」

「狸小路にいい店を見つけましたよ、秋田の旨い酒を飲ませてくれる店。おかみが秋田出身でしてね、秋田といえばわたしには第二の故郷ですから。国後から引揚げて五年間住んでいたんです」

「高いんでしょう」と安宅二尉はいった。

「勘定は安くてねえ」

「〝小政〟ですか」

「あそこは高い」

「〃満喜〃」

「とてもとてもわれわれの給料では」

「どこだろう」

「松竹座の裏です」

「松竹のあたりなら薄野じゃありませんか」

「おかみがまたいい女でしてねえ」

「その人も国後からの引揚者ですか」

「主任も人が悪い」

湿地帯は大半が泥炭地だ。水溜りは結氷し固そうに光っている。風で吹き寄せられた雪が平坦な湿地を起伏の多い雪原に変えていた。雪丘は皆青い影を伴っていた。ジープは無数の鈴を振るような音をたてて走った。タイヤに巻いた鎖が鳴るのだった。四十キロ以上の速度は出せない。ぼくは小窓から外を眺めていた。貪るように眺めた。繰り延べたガーゼに似た雪原を、ステンレス色の沼地を見た。丘を、丘の上に並んだ裸木の列を見た。同じ風景が駐屯地内にもあったけれど、柵の外で見る感じはまた格別だ。

九月初めに北海道へ来て十月までは外出を禁止された。九州の教育隊でもそうだった。最初の一カ月というものは駐屯地内にとじこめられた。新隊員に里心がつくのを妨げようという魂胆なのだ。十月に一、二度外出したかと思ったら業務隊に赤痢がひろがり、十一月にはまたぞろ外出をさし止められた。禁止が解かれたのはつい先日である。町の模様は知っている。後期実技教育ちゅうに、しばしば駐屯地から町まで駆け足をしたから。

片道走るのに三十分かかった。小川を渡ればそこが千歳町だ。ぼくらは町を駆け抜け、青葉公園で休んだ。北東にぼくらが列車をおりた駅が見えた。公園から眺めたところでは町はさびれた鉱山町という雰囲気だ。木造の平屋が荒地の一角に密集している。黒っぽい砂地の上に吹き寄せられた木切の山といった趣だ。九州の田舎町とくらべたらどこかおかしい。人が住んでいる集落のように見えない。ぼくがそう呟くと、「ぬしもそぎゃん思うとか」と有馬二士がいった。「どこが違うとだろか」「畑がなか、町のまわりに田圃もなかごたるたい」初めて気がついたというように久保二士がいった。少しはあった。林の間にうねを立てた耕地がちらほら見えた。

なんといっても決定的な違いは、ぼくらの田舎でありふれた風景となっているあの水田が見当らないことだ。十月の今であれば黄金色の稲塚が積まれ、籾殻を焚く煙があちこちに立ちのぼっているのが普通だ。そのような煙はどこにも無かった。遠くへ来たものだと初めて思った。

「百姓をせんとなら何で食べようらすとだろ」と徳城二士がいった。商売人ばかりなんだろう、と半田二士がいった。

「お前ら、気いつけえよ、千歳菌というてな、どんな薬でも治らん病気をここの女どもは持っとるんだ」と高塔三曹がいった。いつのまにかぼくらの近くに来ていた。商売という言葉を聞きつけたのだ。……

「海東二士、道路状況をよく見とけよ。ただの物見遊山とは違うんだからなあ。S2要員としてだ、何をきかれてもたちどころに答えられるように。例えば大隊長が、海東二士、長沼・由仁間は百五十五ミリが通れるか、ときかれたら、百五十五ミリは通れませんが七十五ミリは通れます、と自信をもって答えられるようにならなくちゃいかんのだ。担当地区の道路、河川、橋梁、集落は自分のたなごころを指すがごとく知り尽しておるべきだ」佐久間二曹がいった。

「そんな無茶な」ぼくは抗議した。何もかもいっぺんに憶えられるもんじゃない。北海道へ来て三カ月しかたっていない。ジープで走るのは初めてなのだ。憶えろといったって無理だ、どうしても短時間のうちに佐久間二曹がいうように担当地区の状況に通じなくてはならないのならS2要員をやめさせてもらいたい、といった。「弱ったなあ」最後にそうぼくはつけ加えた。大隊長からきかれることがあるだろうか。物憶えが悪いことにかけては誰にもひけはとらないつもりだ。佐久間二曹に対して、「出来そうにありません」といったが、安宅二尉にも聞えるように大声を張り上げた。要員といってもあくまでぼくは使い走りのつもりだ。それを条件に引きうけたのだ。大隊長がぼくなんかに情報を求めることはありそうになかったが、佐久間二曹におどかされた以上、出来ないことは出来ないと、ちゃんと断わっておく必要がある。

「何もかも一度に憶えこめたって無理ですよ、佐久間二曹。海東二士もそのうち慣れるでしょう」安宅二尉がいった。「写景図はかけますか」今度はぼくにきく。四時間ばかり講習をうけた、と答える。ジープは木造橋にさしかかった。小さな部落の入り口である。ストップと安宅二尉はいった。ぼくらは車をおりた。丹下士長は残った。よくしゃべる男がきょうはむっつりと口をとざしている。彼は安宅二尉が嫌いなのだった。

主任は橋を歩いて渡り、歩数で長さと幅を調べた。佐久間二曹は川岸におりて水深を測った。測点杭を水中に突っこんで測った。ぼくは橋の上にいた。「海東二士、あの紙を持って来てるな」。ぼくはポケットから赤紙の束をとり出した。「ようし、橋から二十歩上手へ歩いて、わしが手を上げたら紙を四、五枚ほうりこめ」。ぼくは佐久間二曹が合図をしたとき赤紙を流した。彼は腕時計を見ていた。紙が流れつくまでの時間を測って流速を計算するのだ。「川の方はまんずこれでよろし、次はえと」鉛筆を手帖にはさんでポケットにしまい橋にあがって来た。

「うちの主任はどこへ行ったんだろ」上手にも下手にもいない。「まさか川に落ちたんじゃあるまいなあ」佐久間二曹は、「安宅二尉」と呼んだ。漁業協同組合の元書記はばかでかい地声の持主だ。「おおい」足もとで返事がした。川岸におりてみると、主任は橋の下にもぐりこみ、橋脚を巻尺で測っていた。

「主任、荷重計算はわしの仕事ですよ」

「すぐにすみます、あと一本……」

「落ちんようにして下さい、滑りやすいですからなあ」

測り終えて這いあがって来た安宅二尉の鼻はますます赤くなっていた。川面で冷たい風に吹かれ鳥肌が立っている。毛をむしられた鶏という感じだ。ぼくらは大急ぎでジープにもぐりこんだ。「うぅっ寒い、車の中が一番だ、こんなときは何といっても熱いやつを一杯ぐっとやったら暖まるんだが……」と佐久間二曹はいう。

「おかしいな」地図と書類ばさみとを見くらべながら安宅二尉は首をひねっている。「どうかしましたか、主任」「佐久間二曹、あなたはこの地区で河川調査をやるのは初めてではないでしょう」「は、北条一尉と七月に」「さっきの橋はM4が通れるようになっています、荷重限界は北条一尉が計算されたんですか」「そうだと思いますが、M4は通れませんか」「あの橋脚じゃねえ、木造だもの、あるいは北条一尉が別の道路を通ったとも考えられます。ここに」と地図の一点、さっきの橋より下流にかかった橋を指して、「ここに鉄筋コンクリート橋があります。」

「それそれ、北条一尉はその橋と混同して記載したんですよ、とりあえず報告書を訂正しておきましょう」あっさりと佐久間二曹はうけあった。

「いや、それは困ります。わたしの一存で訂正されるのは困ります。北条一尉が富士学校から帰られてから訂正を相談して下さい」

ジープは丘を登った。登りつめた所から眼下に小さな集落が見えた。向い合う位置に低い山があり、町はずれまでその山裾が伸びている。丘を半分おりたところで、安宅二尉はストップを命じた。

「海東二士、おりて下さい、画板を持って」。ぼくは何が何やら分らぬままにおりた。

「あなたはここで部落周辺の写景図を四枚かいて下さい。その間にわれわれはもう一度さっきの橋まで引き返して測り直します」。ジープは雪煙りをたてて後戻りして行った。安宅二尉がなぜここにジープをとめたかが分った。写景図をかくのにいい場所だった。見晴しが良かった。丘の頂上でとめてぼくを歩かせてもよかったのだ。そうしない所が主任のいい点でもあり悪い点でもあるわけだ。部下に気をまわしすぎるのである。部下にも上級者に対するのと同じように気をつかう。橋の荷重限界に疑問を覚えてから、安宅二尉はうるんだ目をして鼻水をすすりながらぼくをどこでおろしたらいいか考えていたのだろう。一日のうちに踏査しなければならない箇所は多い。新米要員のぼくを訓練すべき課題も多い。測定のやり直しにわざわざぼくを連れ帰るのは時間の無駄というものだ。

ぼくは写景図をかいた。風景の大ざっぱな見取図をかいた。これは砲撃の資料になる。射撃観測の目標を写景図で確かめることがあるのだ。ぼくは円と三角と四角で丘や林や部落をかき、簡単な曲線で川をかいた。もし部落を砲撃するとすれば、ぼくの立っている丘は観測前進点として絶好の位置にあると気づいた。三カ月の測量教育を受けた結果、知らず知らずのうちにそうした目で地形を見るようになった。指に息を吹きかけながら四枚目をかき終えたとき、丘を登って来るジープの音がした。

「海東二士、早く乗れ、寒かっただろうなあ」佐久間二曹がいった。身軽に安宅二尉がおりてぼくのためにシートを倒してくれた。ジープはすぐに走り出した。丘を下れば町の入り口である。食堂がある。そこで昼食をとることになった。

「海東二士、弁当はどこに積んでるのだ、ジープにないぞ」と佐久間二曹がいう。ぼくはエンジンカヴァーをあけた。飯盒のうち二つは気化器のわきに、二つはラジエーターの後ろのパイプに針金で縛りつけていた。オイルの匂いが移らないように接着テープで蓋をしめつけていた。ガソリンスタンドで働いている頃、遠距離トラックの運転手がそうしていたのを真似したのだった。エンジン熱で冷えるのが防げるのだ。

安宅二尉がラーメンを四人分注文した。「三人分にして下さい、自分はいいんです」丹下士長は断わった。「じゃあ、うどんでも」「うどんも好かんのです、罐詰がありますから」丹下士長はさっさと頬張り始めた。

「そうですか、困りましたねえ」安宅二尉は途方にくれた顔で丹下士長の手もとを見つめた。他に何か出来ないか、とおかみにきいた。それだけだと答えが返った。丹下士長は一番先に食事を終えて出て行った。スノーチェーンの具合を点検している。食事を終えてから写景図を見せた。

「よくかけていますす、どこで練習しましたか」安宅二尉は大げさに感心したふりをした。「旧滑走路と長都沼あたりで」

「教官は誰でしたか」

「伊達三尉です」

「伊達三尉、ああ彼は知っています、大学の後輩です、優秀な人物です」

「伊達三尉は卒業後すぐに幹部学校に這入られたんですか」佐久間二曹がきいた。

「しばらく国会議員の秘書をやっておられたそうです、何かの都合でやめて久留米の幹候学校に」

「そうするとうちの猪股三尉とは同期というわけですね」「一中隊の小隊長と本中の猪股三尉は同期です、この人たちは優秀です。大隊長もほめておられました」

安宅二尉にかかったら全幹部が「優秀」になるのだった。人物評となると誰についても「優秀です」

とつけ加えるのが口癖だ。伊達三尉や猪股三尉が優秀でないといったらただではおかないといった目付できっぱりと断言するのである。群長（連隊長）は古武士の風格を持った軍人の典型であるそうだ。わが大隊長は酸いも甘いもかみ分けた人情部隊長であり、砲のことにかけては特科団広しといえども右に出る者がないヴェテランであるということだ。中国大陸で歴戦の元陸軍少佐である。実戦の経験があるのは大隊長と副大隊長の二人だけだ。旧軍出身者は剣持一尉や本間一尉を初めわが大隊にざらにいるけれど、彼らは前線に出たことがない。

安宅二尉は三人分の勘定を払った。ぼくらが乗りこむとき、丹下士長は新聞用語事典を読んでいた。

「安平の方へ」と安宅二尉はいった。

「安平の方へ」機械的に丹下士長は復唱した。ジープは走り出した。

「方面隊の部隊長会議が終ったあとで……」安宅二尉が話し始めた。「われわれは群長以下大隊長各級幹部と食事をしました。総監主催の昼食会とはまた別のささやかな宴会でありましてね。そのとき群長はいわれました。百五十五ミリの榴弾砲《ハウザー》だの八インチの加農砲《ガン》だの持っていたところでいざ敵が攻めて来たら何にもならん、あちらは最新式のエレクトロニクスで組織化された兵器体系を持っておる、くらべてみるまでもなくわれわれは立ち遅れておると、そういうことは専門家としてよくわきまえておるが、わきまえておりながらあえて群長をつとめとるのは、日本の青年たちに車輛や無線通信やレーダーや砲の操作など教育することによって科学精神を植えつけておるのだ、自衛隊に入らなかったら田圃で泥をこねくり返しているはずだった青年たちをそうやって教育しているのだ。とまぁそのようにいわれました。われわれは有益な話をききました」

「なるほど、なるほど」佐久間二曹は如才がない。

「十五榴は役に立たんのですか、レーダー付高射砲も重迫大隊も無用の長物というわけですか」丹下士長が気色ばんだ。聞き捨てならないという剣幕である。

「丹下士長、ここだけの話ですよ」ルーム・ミラーに主任の当惑しきった顔が映った。

「自分が聞いた話とは違います、海東二士からこの前、部隊長会議の要録を見せてもらいましたが、百五十五ミリが役に立たんという発言はどこにもありませんでした。それとも何ですか、陸幕の公式見解と幹部の考えはいつも正反対なんですか」

「丹下士長、誤解しては困ります。群長はくつろいだ場所であくまで個人的な感想というか私的な意見をのべられただけですよ」

「主任も群長の感想に賛成のような口ぶりでしたよ」運転者はなおもいきまいた。

「まあまあ丹下士長、民主主義の世の中だよ、誰にでも言論の自由が認められておるだろう、あんたのような人物がいる限り自衛隊は大丈夫だよ、そうですね主任」

「そうです、佐久間二曹のいう通りです」安宅二尉は重々しくうなずいた。

「またそんな……佐久間二曹は口がうまいからなあ」丹下士長は苦笑いを浮べた。「あの林へ入ってから右折して」と佐久間二曹は大声で命じる。「右折します」と丹下士長は答えた。安宅二尉は溜息をついていた。

林の中を一キロ程走ると右へ折れる道があった。右折して十分も走らないうちに急な丘が前方にせりあがった。丘と思ったのは土で築いた堤防と分った。ぼくらは特科団の弾薬庫に着いたのだった。道路は完全に除雪してあり黒い土が見えた。二重三重の検問を経てジープは内部にすべりこんだ。安宅二尉だけが警衛所へ這入って行った。ぼくらはジープに残った。

「エ、エレク……と、エレクトロニクスと」丹下士長は難しい顔をして新聞用語事典をめくっている。耳なれない言葉を早速しらべにかかったのだ。

「丹下士長、お前、安宅二尉をどう思う」

「ぶっ殺してやりたいくらいですよ、あんな男、見てるとこっちまでいらいらしてやりきれんのですよ、佐久間二曹」

「どうして」とぼけた表情で佐久間二曹はきき返す。

「どうしてもくそもあるもんですか、虫が好かんだけです、さっきもあいつの傍で喰ったら飯の味がまるでしなかったな」

「安宅二尉をいたわってやれよ、わしは二士で入隊して二曹になるまでいろんな幹部の下で働いたが、安宅二尉は責任感の旺盛ないい幹部だよ、われわれのことも何かと気にしてくれる。そもそも安宅二尉がお前に何をしたというのだ」と佐久間二曹はいった。

「何もしやしません、ですけれどね、自分はあの人の顔を見ただけでもう何というか背筋がむずがゆいような気分になるんですよ」

「海東二士だってお前、安宅二尉を何くれとなくかばってやってるじゃないか、新隊員にしてもそうだよ、陸士長のお前にそれが出来ないことはないと思うがな」と佐久間二曹。

「かばってなんかいませんよ」ぼくは慌てた。二等陸士の分際でそんなことが出来るわけがない。

「いや、わしには何もかも分っとるんだよ」と佐久間二曹は悟り顔でいった。

窓越しに安宅二尉が見えた。各大隊から一個中隊ずつ交代でここへ派遣されて警備にあたる。一カ月たつと次の中隊がやって来る。今の担当はかつて安宅二尉が小隊長をつとめた管理中隊である。警衛司令と久濶を叙しているわけだ。ひっきりなしに耳の裏を引っかいている。本人としては敬礼しているつもりなのだ。

「お犬様のお通り」と佐久間二曹がいった。「弾薬庫は広いからなあ、一個中隊じゃ手がまわらんのだ。

犬はいい、侵入者があれば絶対に見逃さん」と続けた。犬をつれた陸曹がジープの傍を通った。首を革紐でつながれた三頭のたくましい犬は雪よりも白い牙を剝き出していた。陸曹を引きずって歩いた。ぼくは犬が弾薬庫の角に消えるまで見送った。牙の白さが目に残った。

安宅二尉が出て来た。顔には再会の結果である笑いをまだ浮べていた。上機嫌で出て来た。ジープに足をかけると同時にふっと笑いが消えた。ここの警衛司令は、と安宅二尉が話し出した。十五分ほど走ってからだ。「大学でも幹部学校でもわたしと同期でした。外国語に堪能でしてね」

「そうですか、英語が話せるとは強みですな」佐久間二曹は羨ましそうにいった。「英語ではなくて」主任は済まなさそうにロシア語です、と訂正する。

「ロシア語がうまいのです、わたしも彼に手ほどきをしてもらいました。発音があれは厄介ですよ。とくにカーの発音が」安宅二尉は咽を鳴らして鳩が啼くような声を出した。「それからウラジオストークはウラジオ・ストークではなくて、ヴラジ・ヴォストクがもともとの意味らしいですね、〃東を攻める〃という、そのようにわたしは聞きました」

「面白い、面白い」と佐久間二曹はいった。ぼくらは弾薬庫を出てから四つの川を調べた。どれも石狩川の支流である。そこにかかった六つの橋を調べた。ジープは道傍の吹き溜りに何回も落ちこんだ。そのつどぼくらはおりて押し上げなければならなかった。駐屯地に帰り着いたのは午後五時を過ぎていた。予定より半時間おくれたことになる。既に暗くなっていた。ぼくは夕食がとってあるかどうか気がかりだった。安宅二尉と佐久間二曹は営外居住だから問題ないとして、丹下士長が喰いはぐれる可能性を考えると気が気ではなかった。

きょう、K・Pに仲間はいない。五時前に帰隊するつもりだったから、夕食分の食需伝票は用意していなかった。ぼくは走って食堂へ行った。ドアは閉じられ配膳室でバッカンを洗う音がした。隙間からのぞいた。顔見知りは一人もいない。

「海東二士よい、おそかったなあ」徳城二士が洗面器とタオルを持って立っている。「今、帰ったつな、飯はとっといたぞ、ぬしのベッドん下に置いてあっよ」といった。「丹下士長の分は」とぼくはきいた。「丹下士長の分も俺の飯盒に入れて横に並べとる」「もう入浴するんか、早かな」とぼくがいうと、「きょうは本中が浴場監視の当番じゃ、はよ行かんば」といって立ち去った。

きょうは久々の外出日だ。ぼくはもう一度、洗面所で鏡をのぞきこんで髪に櫛を入れた。爪やすりを私物箱にしまってからハンケチとちり紙を外套のポケットに入れた。外出証を身分証明入れにちゃんとはさんでいるか確かめてから隊舎を出た。

「海東二士、お前は正月休暇をとらんのか」九鬼二士である。小隊長に服装点検をうけて中隊長事務室から出て来たところだ。ジープのバックミラーに顔を寄せて帽子のかぶり具合を直しながら、「そうだなあ、九州まで往復するうち休暇がなくなってしまうわな、せいぜい札幌にでも出て命の洗濯せえよ」といい、バックミラーから目を離して、「お前、きょう外泊を申請したそうだな」。今度はちかぢかとぼくに顔を寄せて、「ボーナス出た日はやめとけよ、目の玉がとび出るほど女からふんだくられるぞ」と囁いた。

「駐屯地には二万人いて皆ボーナスをもらう、かりに半分が妻帯者だとしてもだ、実際はもっと少いが、半分が女を買いに繰り出しても一万人だ。女はその十分の一も町にいやしない、うちの三ちゃんみたいに三人もはしごするのもいるからべらぼうな値段になる、当分は諦めるんだなあ」「三ちゃんと呼ぶのはそういうわけだったんですか」とぼくはいった。初めて渾名の由来が分った。有線班の気さくな一士である。新隊員の面倒見がいいのでぼくらにはうけが良かった。「あいつは好きだからな……俺は一月に一回しか行かんがやるときはやるでのう」と九鬼二士はいい、意味ありげに片目をつぶって笑いかけた。そして足早に立ち去った。九鬼二士は本部中隊で一番古い二等陸士である。ということは最も昇級がおくれている二等陸士でもある。無精かといえばその逆で、九鬼二士のように働く隊員をぼくは見たことがない。

課業ちゅう少しの暇でもあればストーヴを磨いている。床を掃いている。窓ガラスに目張りしている。

小柄な体をまめまめしく動かして何か仕事をしている。「忙しい、忙しい」といいながら石炭を運びこみ、燃え滓を捨てに行き、しばらく姿が見えないと思ったら屋根にあがって雨洩りする所を直している。誰か上級者が、「お前は寝るまで決して腰をおろして休んではならない」とでも命令したかのようだ。「命令されたからには仕方がない、しかし自分はこんなことをするのは厭でたまらないのだ」といった不満と悲しみをいっしょくたにした顔つきで九鬼二士は隊内を駆けまわる。高塔三曹は、「九鬼二士、少しは休め、休み時間くらいはじっとしとれよ。ストーヴ磨きなんか新隊員にまかせてなあ」という。「班長、そんなにいうてもわしはストーヴが汚れとるとむしゃくしゃするで」九鬼二士はとり合わない。ストーヴの灰を落して、「ああ、もうこんなに燃え滓が溜っとるでえ」と悲しそうに呟く。

「九鬼二士、いい加減にせえよ、俺の枕元にまで灰がとんでくるじゃないか、休めちゅうのは何もお前のためにいうとるのじゃないんだぜ」高塔三曹はかんしゃくをおこす。

「でも班長、灰が溜ったらストーヴの燃え方が悪くなるよ」おずおずと抗議する。「わかったよ、わかった、お前の性分なんだな、だからいつまでも出世しないんだよ、せいぜいストーヴを可愛がってろ、ついでに抱いて寝てやったらどうなんだ」「班長もひどいことというねえ」。毎晩、こんないい合いがくり返されるのだった。

　ぼくは服装点検を終えて隊門を出た。隊門前がバス停である。隊員を満載して今しも一台が町へ向ったところだ。待合室は次便を待つ男たちで一杯になっていた。旧隊員が雪中機動訓練から帰った直後、ボーナスが支給された。外出者が多いのも当り前だ。ざっと百人が順番を待っている。一台にかりに八十人つめこんでも二十分に一回の発着では遅くなりそうだ。ぼくは歩き出した。大勢が歩いていた。踏み固められた路面はガラスのようになめらかになっていた。「保利士長」とぼくは呼びかけた。追いついて肩を並べた。後期教育隊で測量術を教えてくれた一中隊の助教だった。

「海東か、大隊本部に引っぱりこまれたそうだな」「毎日、退屈で」「そのうち退屈でなくなるよ、悪くない配置だと思うようになる」「まさか」「まさかじゃないよお前、毛利がそうだった。初めのうちはこぼしてたぞ、ちょうど今のお前のように。けどな、半年たったら大本から動きたくないというようになった。仕事すっかり憶えたか」

「群本部から書類がまわってくるでしょう、それを接受簿に記載して大隊幹部に回覧させて必要なものには判をもらって、後はキャビネットにほうりこめば一巻の終りです」

「どんな書類だ」

「陸幕発行のパンフレット、情報月報、なんとかかんとかの要領だの便覧だの、それからマル共の運動方針がどうのこうのというような」

「そんなこと俺にしゃべっていいのか、お前それに全部目を通すのか」

「読んで面白かとなら退屈するもんですか、剣持一尉もうちの主任も読めというんですが、ああいう物は難しすぎるとです」とぼくはいって、保利士長は九州に帰らないのかときいた。「列車は混むからなあ、帰るとなれば金がいくらあっても足りん」と保利士長はいう。

「旅費が支給されるでしょう」

「旅費はいいさ、俺がいってるのは別のことだ。現金と土産をぎょうさん抱えてよ、なあ、昔のドラ息子がしおらしい顔して帰ったら家じゃ歓迎してちやほやしてくれるさ。風呂が先かビールが先か、酒を飲め、飯を喰え。だがなお前、そうして三日もいてみろ、しまいにはけむたがられる。気がついたら有り金使い果して懐は空だ。三拝九拝して帰りの足代を借りて叩き出されるのが関の山よ」

「そぎゃんでもなかでしょう、保利士長」

「お前は若いんだよ、俺はもう齢だよ、二十五だからな来年は」雪が靴の下できしった。

「田舎に帰らずに勉強する人も多かごたるですね」とぼくはいった。

「ああ、陸曹候補生の受験勉強する連中な、丹下士長なんか年末年始ずっと町の旅館に泊りこんで勉強するんだとよ、丹下といい高塔といいあの連中は向上心に燃えてるからなあ……お前、札幌へ行くんなら俺と一緒に行かんか」

「保利士長は札幌で遊ぶとですか」

「これからはテレビの時代よ、お前、P・Xの食堂知ってるだろ。テレビの前に黒山のようにたかってる、いつ行ってもだ。俺は満期除隊したらテレビの修理屋やろうと思っとるんよ、雑誌とって勉強しとったんだがどうしても詳しい本でないと分らん。札幌に行けばいい本屋にちゃんとした専門書がおいてあるだろうとこう思ったわけよ」

ぼくらは町のバス停留所で別れた。タバコを買おうとしてポケットを探り、愕然とした。外出証に気をとられて金を持ち出すのを忘れた。バスに乗れば良かった。切符を買うときに気づくはずだった。これでは外泊なんか思いもよらない。またポケットをかきまわしてみた。十円玉が四個出て来た。バス代にもなりはしない。ラーメン一杯がいいところだ。十円玉を握りしめてぼんやり突っ立っていると、聞き憶えのある歌声が聞えて来た。

「……ちゃんちきおけさ、ああ、おけさでぶねに……」ベンチにもたれて上機嫌で唸っている男がいる。ぼくらは同時に気づいた。

「よう、海東二士よい」がばっと立ちあがって抱きついた。酒の匂いがした。

「ぬしゃここにおったとか、知らんだった、北海道のどっかにおるとは聞いとったがこげんとこで会うとは思わんだった。夢じゃなかろか」顔をこすりつけて来る、ようやくぼくが壁を背にしたところで止った。「一晩に九つ、九つ行ったばい」と東郷二士はいった。「ぬしゃ施設大隊ば希望したとじゃなかったとか」とぼくはいった。久留米に配属されたはずだ。腑に落ちなかった。

「そいがたい、色盲がばれてな、入隊すっときゃ検査表ば丸暗記しとったが二カ月たったらぱあになっとった。久留米で検査されて一発で名寄部隊にとばされっしもうたたい、俺あ恵庭に従兄がおると、休暇ばもろうて会いに来たらばったりぬしに会《お》うた。ほんに面白か、普通科ば志願したぬしが特科さんやられて、俺が普通科さんやらるるとはおかしかば。ゆうべなあ一晩に九つ、九つ行った、おおい、待てえ」

バスの方へふらつきながら走った。動いているバスにとび乗って、窓から身をのり出し、ぼくに向い片手を握っては開いて、「一晩に九つ」と大声でくり返した。

ぼくは町を歩いた。東京で仕事を探しながら歩きまわっていた頃のことを思い出した。目抜き通りを行ったり来たりしていると大隊の顔見知りに出会った。新隊員も旧隊員もいた。上級者に金を貸してくれといえるものではなかった。財布を忘れたなんていいわけを誰が信じるだろう。新隊員はもらった給料の八割を田舎へ送っている。休暇帰郷を控えているのもいる。結局彼らから借りることになるとしても頼むのは気が重かった。

ぼくは酒を飲みたかった。パチンコをしたかった。映画を見たかった。アルマイト食器でなく焼物皿に盛られた料理も食べたかった。ビリヤードにも行きたかった。ダンスホールものぞいてみたかった。四十円ではどれをするにも足りなかった。とりあえずあの木橋へ行くことにした。町を二つに分けて川が流れている。映画館の裏手で折れるとその川にかかった橋に出る。木の欄干によりかかって川を眺めた。外出する度にいつのまにかぼくはこの橋にやって来るのだった。今にも崩れ落ちそうな古い橋である。欄干ときたらペンキも剝げて白い木目が浮いて見える。なぜかここへ来て欄干にもたれていると気が休まった。くつろぐことが出来るのだ。

川を眺めた。幅は七、八メートル、水深があり流量もたっぷりしている。音もなく盛りあがり岸辺に溢れて流れた。流域が砂鉄色の火山灰土であるために水まで黒っぽく見えた。その黒い水にいろんな物が浮いていた。流速はそれで分った。木片がくるくると回りながら目の下を流れて行った。枯草の塊が浮いて過ぎた。氷のかけらがその後を追った。ぼくの記憶に間違いがなければ水源は支笏湖であるはずだ。足もとから寒気が伝わって来た。ぼくは慄えた。町なかでは気づかなかったが橋にたたずんでいると風のあることが分った。大気は剃刀の刃をなめたような味がした。

十五分後にぼくは三千円手に入れていた。かっ払ったのでも、道に落ちているのを拾ったのでもない。こういうわけだ。橋の上で本部中隊の一士にあった。ぼくに頼みがあるという。その家は狭い路地に入って突き当りの所にあった。たてつけの悪いガラス戸をあけると、裸電球が下っていた。電球の下に色蒼ざめた小男がいた。クリーニング店に似た店構えだ。小男は「拝見」といって手を出した。ぼくは身分証明を渡した。一士もそうした。小男は帳簿に二人の認識番号と氏名を書き入れた。部隊名をきいた。「ここに拇印を押して」といって紙片を差し出した。「で、いかほど」「二万円でいい」と一士はいった。「駄目、一士と二士じゃ、まあいいとこ一万円がぎりぎりだね、あんた」とぼくを見て小男は、「あんた、認番が新しいね、二士の一号俸だ」鉢の開いた頭に目だけが大きい。「じゃあ一万円でいい」と一士はいった。「じゃあ一万円でいい、だと」小男はおうむ返しに呟いた。不愉快きわまるというように大きい頭を振りながらごつい手提げ金庫をあけた。千円札を出して数えた。「七一六大隊に中村という士長がいるかね」ときく。「大隊が違えばつきあいが無いからな」と一士は答えた。ガラス戸があいた。芳賀三曹と中山三曹が立っている。ぼくは敬礼しようとして手を上げかけた。三曹は頭を左右に動かした。その必要はないといってるのだった。酒の匂いがした。外へ出てから「芳賀三曹たちにぶつかるとはな」とぼくがいうと、「常連だよ、俺、このあいだ朝日金融でもぶつかったっけ、ニコニコ金融でも一度……ところで保証人になってくれた礼をするよ。三千円で我慢してくれ、利子は四分だが要らない。来月の給料日に返してくれればいい、じゃここで」そういって去った。

町ではまったく何が起るか分ったもんじゃない。ぼくはとりあえず腹ごしらえをした。目抜き通りではなく町はずれの食堂を探して這入った。喰い物屋を探してうろついていると薬屋が目立った。十軒に一軒は薬屋のような気がした。「千歳菌というのは薬では治らんからな」といった高塔三曹の言葉を思い出した。二週間前、血液検査があった。新隊員の中にもいち早く陽性になっている者が数人発見された。後で病気予防の見地からスライド映写があった。暗幕を引いた器材庫で極彩色の患部を見せられてげんなりした。毒ガス講義に揃って舟をこいだぼくらも、このときばかりは目と口をあけてスクリーンに見入った。徳城二士がぼくに囁きかけた。

「俺あゆんべ腕時計ば質に入れて女ば買《こ》うたが。あれば見たら息子ん先が痛うなってきたたい」いい女だったか、とぼくはきいた。「そういわれてもはあて顔が思い出せん、どぎゃん女だったろ、なんさま悪か女じゃなかったごたるが」いくらだった、とぼくはきいた。徳城二士は指を五本開いて、「給料前だからこれでよかって、俺あ初めてだったたい……何がどぎゃんなったかさっぱり分らんうちに終ってしもうたたい、女ってあぎゃんもんだろうか」そんなもんだ、といってぼくは彼を慰めた。女にかけては知らない事は何もないといった顔でそういった。一年ほど前、東京で給料をもらったとき女を買いに行ったことがあった。家の前に並んで客を引いている女がどれもとびきりの美人に見えた。金さえ出せば誰とでも寝られると思うと胸がときめいた。「遊びでもっていくらだ」ときいた。その言葉を電車に乗っているときもおりてからも呪文のように唱えていたのだ。「二枚」と女はいった。予想の二倍以上だった。十日分の給料を意味した。女を買えば通勤定期が買えなかった。そういうことがあった。

ウェイトレスが皿を引いた。コーヒーを運んで来た。窓ぎわに鳶色の髪をした若いアメリカ兵がかけている。ウェイトレスがぼくのテーブルにコーヒーをのせて立ち去ろうとしたとき、指を鳴らして「ムスメサン、one more coffee」といった。

雨天体操場のように変にがらんとした造りである。ダンスホールを改造したのだ。ボーイが天井に紙テープを張り渡している。ウェイトレスはクリスマスツリーの飾りつけに忙しい。客はぼくとアメリカ兵きりだ。明るい目をした痩せぎすの青年である。タバコをくゆらしながら新聞を読んでいる。窓の外は雪原である。結氷した沼のあたりで舞っている白い鳥が見える。

彼はタバコを指にはさんだままコーヒーカップを支えてすする。その間も新聞から目を離さない。カップを置きタバコをくわえる。けむたそうに顔をしかめて新聞をめくり、読み易いように畳んで目を落す。そういうことを皆ゆっくりとやった。彼はときどきぼくの方へいぶかるような視線を投げてよこした。そのつどぼくは窓の外を見ているふりをした。目だけ動かせば視線を合せずにすませられた。しまいに彼はぼくを気にしなくなった。

この男とぼくの間には何もない。名前も知らない。偶然に出会ったのだ。話しかけるつもりもなかった。それでいて何かしら気持が良かった。彼はぼくに立ち入らないし、ぼくも彼のしている事を邪魔しようと思わない。十五分もたてば二人のうちのどちらかがテーブルを立って出ていくだろう。それっきり後は町で会ったって顔も思い出せないに決っている。幸福だ、とぼくは思った。腹一杯食べてよく燃えるストーヴが傍にあった。そのせいかも知れない。今夜は部隊に帰らないでもいいのだ。

時間が少しずつ経つのが分った。一秒一分と流れる時が速すぎもせず遅すぎもしなかった。ぼくはテーブルに肘をついて顎を支え、空いた方の手でからになったカップの柄をいじっていた。誰も這入って来なかった。ストーヴの中で石炭がびっくりするような音をたてて崩れるときがあった。窓につららがさがり、つららに斜めの陽が当った。ねじれた氷は日を浴びて紫に青に輝いた。じっと見ていると目が痛んだ。ちょっとでも目をそらすともう色あいが変った。

ウェイトレスはさっきから同じレコードをくり返しかけている。勘定を払うときレコードの名をきいた。パット・ブーンの「四月の恋」だといった。してみればさしずめあれは九月の恋というものかも知れない。北海道へやって来て測量教育を受けはじめた、そのころ見た光景を思い出した。

雪原のむこうに沼地がありそのまた向うにぼくらが測量術を学んだ丘が見えた。丘も今は厚い雪に覆われている。あの頃はカヤと栗の雑木林がそろそろ黄ばみかけていた。基線測定を終えて思い思いに丘の中腹で休憩していた。ぼくは砲隊鏡で風不死岳《フプシ》を眺めていた。樽前山を見、ぐっとレンズを引いて空港に発着する飛行機を見た。退屈しのぎにあちこちをのぞいていた。ちらと赤いものが動いた。砂丘と雑木林の境目あたりである。ぼくは砲隊鏡から目を離して伸びあがった。何もみえなかった。倍率は二十倍である。肉眼では見えない距離に彼らはいた。ぼくはレンズに目をあてがった。慎重にねじをまわして視野を固定した。

「ほう、やっちょる、やっちょる」と後ろで声がした。徳城二士は方向盤レンズをのぞいていた。有馬二士は双眼鏡を目に当てていた。こういうことにかけてはぼくらは鷹よりも目ざといのだ。男と女は終った。女は砂丘の向うに消えた。男はあたりを見まわし鈍い動作で身じまいをした。間もなく女が現れた。二人は手をつないで雑木林の中へ消えて行った。つまりあれが恋というものだ、町を歩きながらぼくは思った。

どこかで見たことがある。初めて来た町なのにそういう感じだ。どうしてそう見えたかはすぐに分った。西部劇に出て来る町とそっくりなのだ。ペンキ塗り板壁に TAILOR とある。PAWNSHOP があり PAWNBROKER がある。路地という路地に看板がぶらさがっている。横文字が多いのはアメリカの第一騎兵師団が駐屯していたからだ。今いるのは少数の通信隊だけである。十二月上旬、中隊便所の下水管がつまって町の配管工を呼んだことがあった。

五十がらみのよくしゃべる男だった。中隊は演習場へ灌木伐採に出払って誰もいなかった。配管工は本部へやって来て、自分は下水管修理にやってきたのであって、そのためには上のコンクリート床を割ってもらわねば困るといった。床を割るのは自分の仕事じゃない、といった。ぼくは情報月報をほうり出してハンマーを借りに行った。願ってもない暇つぶしが出来たのだ。

「ひところはあんた、すげえ景気でよ、朝鮮で戦争がおっ始まったらここからどんどん兵隊を送りこんでたのよ。タクシーに乗ったアメ公に料金を百円ていったら十円札出すもんだから俺あ頭に来てよ、指を一本立てたら慌ててそいつ百円札を五六枚投げつけて逃げやがんの、あのころは良かったなあ、この町のパンパンと来たら石油罐に百円札を詰めこんでな、入りきらねえから足で踏んづけて押しこんでたもんよ」

ぼくはハンマーで床を叩いた。彼はくわえタバコで蓋をした便器に腰をおろし、ハンマーを振りまわすぼくの姿勢がいい、とお世辞をいった。ぼくは上衣を脱ぎシャツを脱いだ。一枚だけは着ておくがいいと配管工は忠告したが、汗で濡らすのが厭だったのでぼくはきかなかった。上半身裸になった。コンクリートは分厚くて、四、五回同じ所を叩いてようやくひびが入るような具合だ。ひびを叩き続けるうちに小さな穴があいた。配管工のいったことは正しかった。穴が欠け始めて小さな破片がとび散り、皮膚に当ると針で刺されたように痛かった。ぼくはシャツを着た。

石油罐に札をつめこむ話はそっくり同じことを九州の佐世保市で聞いたことがある。教育隊の近くにある港町だ。一つだけ違うのは石油罐がミカン箱に変っていることぐらいだ。土地がらというものだろう。
「内地から女たちがおしかけて町はふくれあがるばかしよ。毎日どっかにバーが開店しちゃってな、豪勢なもんだったねえ、われわれも」配管工は黄色い歯を剝き出して笑った。ぼくはハンマーを振りおろした。穴を拡げた。安平弾薬庫で見た犬の牙を思った。赤い舌のまわりに輝いていた白い歯を思った。獣は歯を磨かないのに人間の歯はなぜ黄色く汚れるのだろうと考えていた。

映画館を出たら外はすっかり暗くなっていた。さっぱり面白くない映画だった。「喜劇」とうたってあったけれど大半が自衛隊員である観客が大笑いしたのは、パチンコに明けくれている主人公のドラ息子が母親から、「あんた自衛隊にでも入ってみたら……」といわれるシーンだ。もう一つあった。ニュース映画に十一月の観閲行進が映った。自衛隊創立記念日に催される行事である。隊列とそれを見守る市民が映ったときぼくらは腹をかかえて笑った。千歳でぼくらも行進した。路傍に立ち並ぶ見物人の中にあの女たちがいた。町筋によってはそういう女ばかりがむらがることがあった。ぼくらが通りかかるといっせいに拍手してくれた。他の通りではそういうことはなかった。女たちは列の中に馴染み客を見つけようものなら、「——さん、ぐっといかすわよ」とか、「——さん、今度お寄

りよ」などと呼びかけるのだった。ニュース映画を見ながらぼくが思いだしたのはそういうことだっ

た。他の連中も同じ光景を思い出したはずだ。そうでなければ床を踏み鳴らし椅子の背を叩いてあれ

ほど笑いはしなかっただろう。いってみればぼくらはスクリーンに映った自分自身の姿を笑っていた

のだった。

「お連れ様は」と旅館の女はきいた。十七、八の少女である。一人だ、とぼくはいった。部屋はある

だろうか。ぼくは二階に通された。三階かも知れない。よく分らない。廊下をぐるぐる歩かされ、何

べんも階段をあがりおりしたから。風呂からあがって部屋に戻ったら、さっきの少女がストーヴを焚

きつけているところだ。素足で踏む畳が良かった。ぼくは四畳半の部屋をぐるぐる歩きまわった。こ

の感触、これは何だろう、何だろう、と思いながら。ほとんど性的なおののきのようなものがふくら

はぎを経て太腿へ伝わって来る。湿った柔らかい藁の弾力が快いのだ。

「お客さん、そんなに歩きまわらないで」ストーヴに蓋をして少女はいった。ぼくはあおむきに寝

た。青臭い藺草の匂いが鼻をついた。畳替えしたばかりのように新鮮な感じがしたがよく見れば赤茶

けた古畳だ。宿帳をお願いします、と少女はいった。ぼくは起きあがって記入した。畳をしいた部屋

でストーヴを焚くのは珍しい、とぼくはいった。

「お客さん、九州の方」と少女はいった。どうしてわかるのかとぼくはきき返した。

「言葉に訛がありますから……うちにもよく見えます九州の方が、皆さん面白い方」

台にのせたストーヴの横には三十センチほどの長さに揃えた白樺の薪が積んである。くべ方は分っているか、と少女はきいた。分っている、とぼくは答え、暗い部屋が目立つけれど泊り客は少いのかときいた。そんなことはどうでも良かった。ぼくは少女をひと目見て気に入っていた。なるべく長く部屋に引きとめておきたくてつまらない質問をした。

少女は茶をついだ。色白で肌理こまかな皮膚に血の色が薄くすけて見える。石鹼の仄かな匂いが漂った。休みごとにこの少女と落ち合ってダンスをしたり食事をしたりすることが出来たらどんなに楽しかろうと思った。結局なにもいえなかった。少女は部屋を出て行った。お茶を飲みすぎて腹がだぶついた。起きていてもいい事は何ひとつありそうになかった。ぼくは用を足して布団にもぐりこんだ。糊の利いた浴衣が肌に気持よかった。ストーヴの中で薪がはぜた。木の燃えるいい匂いが漂って来た。ぼくはすぐに眠りこんだと思う。

あやしい物の気配で目醒めた。真夜中である。夢を見ていたのではない。女の声がする。眠っていても目をあけてからもその声は続いた。耐え難い苦痛に喘ぐ声だ。呻き声ともすすり泣きともつかない喘ぎ。ぼくは寝ていられなかった。誰か、男に違いない誰かが女を責めさいなんでいる。女がいったい何をしたというのだ。何を仕出かしたにせよこれだけ苦痛を与えたからには放免してやって良さそうなもんじゃないか。ここは旅館だ。少しは泊り客の迷惑を考えてもらいたい。どうしても女を折檻したいのなら、どこか気兼ねのいらない場所でやるがいい。ぼくは布団をかぶって眠ろうとした。耳を塞いで女の声を聞くまいとした。鞭でひっぱたいているにしては音が聞えない。蹴とばしているようでもない。まして棒でぶん殴っているのでもない。焼火箸、そうだ、きっとそういうものを押しつけているのに違いない、縄で縛りあげた女に。いい加減にしないか。ぼくは眠れなかった。明日は早目に起きて札幌へ行くつもりなのだ。女は喘ぎ続けている。弱まったかと思えばすぐ高まる。たまりかねてぼくは起きた。廊下に出てみた。素足に廊下が冷たかった。氷を踏んだような気がした。どうして誰も女を救けに行かないのか不思議だ。ぼくはいったん部屋に戻り薪の山から手頃な棒を一本とって手に持った。相手はどんな得物を持っているか知れたもんじゃない。ぼくは一部屋ずつ前に立ちどまって内部の気配に耳をすませた。どこも静まり返っている。二階ではない。廊下は迷路に似ていた。ようやく下へおりる階段を見つけた。帳場に辿りついた。旅館の者に文句をいおうと思った。手洗いから出て来る寝巻姿の少女とそこで出くわした。

「あらお客さん……何か」けげんそうにぼくとぼくが手にした薪を見くらべ小首をかしげる。あの声をどうにかしてくれ、とぼくはいった。男が女をいためつけているのが聞えないのか。女が可哀想じゃないか。「まあ……」と少女はいった。まじまじとぼくの顔をのぞきこんで「まあ」といい、するりとわきを抜けて廊下の奥へ消えた。ぼくは寒さに慄えあがってしまった。浴衣一枚にはだしなのだ。つづけざまにくしゃみをした。その頃になってようやくぼくは自分が何か勘違いをしたような気がし始めた。何をどのように勘違いしたかはよく分らなかったが、薪を片手に廊下をのし歩いてたことだけは馬鹿ばかしい振舞いであるに決っていた。

ぼくは布団にもぐりこんだ。女の声はいつの間にか聞えなくなっていた。

「課業開始」と本部中隊長はいった。

「灌木伐採班集合」と芳賀三曹がいった。

「車輛整備班は列外」「砲庫前除雪班は円匙を持って急行する、駆け足」「無線は器材整備」「石炭庫作業員は高塔三曹の指揮下に入れ」「有馬二士は九鬼二士と一緒に業務隊へ行って簡易焼却がまを受領して来るように」「海東二士はどこだ」「整備班、出発します」「貯炭場には歩いて行くんか」「無線、集合終り」「海東二士はどこだ」

本部前空地はざわめいた。陸曹は士長を呼び、士長は一士と二士を呼び集めた。列が崩れ、新しい列がつくられ、それぞれきょうの仕事場へ散って行った。灌木伐採班の列に加わってこっそりG・M・C

に乗りこもうとしていたぼくは佐久間二曹につまみ出された。

「海東二士、駄目じゃないか、お前が灌木伐採に出かけたら安宅二尉がお手上げじゃないか」

ぼくは渋しぶ本部要員の列に加わった。伐採班は斧と鋸を、炭庫作業班は円匙をかついで去った。「本部はもっときついですよ」「重いものといったら石炭バケツくらいのもんじゃないか、月給もらうのが悪いみたいなもんだ」「……」「ま、ぼちぼちやろうなあ」ぼくたちは大隊本部へ歩いた。雪が肩に降りつもった。「モーニン」佐久間二曹はすれちがった三曹に挨拶した。ぼくに向って「あの男、二中隊の人事係だがもうすぐ満期なんだ。再志願しないつもりだと。田舎に帰っても仕事はないのにな」と気がかりそうに呟いた。ぼくらは本部に着いた。「おっす」。伝令当番は徳城二士である。寝不足と見えて彼は目を赤く腫らしている。当直幹部である猪股三尉について身のまわりの世話や使い走りをつとめることになった。三日間で当番は交代する。気疲れする勤務である。

「あと四十八時間で下番たい、くたくたばい」徳城二士はそういって両腕から力を抜いて前かがみになって体の前で振ってみせた。「小隊長は」とぼくは聞いた。「群本に命令受領に行った」徳城二士は自分を使い果した顔で石炭の崩れる音にもびくついている。「いったいどぎゃんしたと」とぼくはきいた。「ゆうべ加給食に甘納豆が出ての、腹減っとったけんぺらいいいち喰うたったたい。猪股三尉の分は別に出とると思うた。そしたら俺が平げたつは二人分と分ったたい。分ってももう遅か、猪股三尉はかっかしとらっと」

ぼくはストーヴを焚きつけておいて床に水を撒き、掃いた。空の石炭バケツを一杯にした。「ほい、S2はこれだけ」といってS1の士長が机の上に書類を投げ出した。群本部から受領して来たのだ。ぼくはストーヴに薬罐をかけてから書類を分けた。気の早いことだ、まだ一月というのに、〝情報月報〟は三月号である。朝雲新聞、北海タイムス等朝刊だけで五部。これは綴じこむ。〝陸幕教育資料、部隊符号便覧〟〝戦訓資料、朝鮮戦争における北鮮軍対空火砲陣地の偽装について〟〝東南アジア各国軍要覧〟等、大隊幹部にまわし読みさせる必要のある印刷物とS2で保管しておきさえすればいいものとに分けた。

大隊長と副大隊長が登場した。要員は起立して幹部を迎えた。剣持一尉と本間一尉が続いた。ぼくは幹部たちに茶碗を配って茶を淹れた。彼らの顔を見るだけで息がつまった。「海東二士、忙しいか」剣持一尉がいった。今のところは忙しくない、とぼくは答えた。「S2の任務は何か」「秘密保全、地図保管、情報蒐集……」とぼくはいった。他にもあるのだがそれだけしか憶えていなかった。「よろしい、雪があるうちは暇だが春になれば連日演習でS2は人一倍忙しくなるぞ、今のうちに保管資料に目を通しておくように」「は」とぼくは答えた。答えた手前、それからたっぷり三十分間ぼくは〝ソ連軍小部隊の戦術〟と睨めっこしなければならなかった。ときどきページを繰って読んでいるふりをした。

そろそろ石炭バケツの中身が少くなり始めた。バケツを下げて外へ出た。雪は前よりも濃く降っていた。石炭をバケツにすくい入れて歩き出そうとしたとき声がした。ぼくはとびあがった。剣持一尉の声である。石炭庫のすぐ裏手で話している。

「……ひいては下級隊員の士気にも影響する」と剣持一尉の声がいった。

「そ、そうですか、すみませんなあ」といってるのは安宅二尉の声である。

「安宅二尉、それだよ。その、そうですか、すみませんなあ、それだけはやめてくれ、それを聞くたびにわしは」

「そ、そうですか、す……」

「安宅二尉」いら立った剣持一尉の声はさらに高くなった。ぼくはこっそりと石炭庫を出た。ストーヴの灰を落して外へ捨てに出たとき剣持一尉が帰って来た。三十秒後に安宅二尉が戻って来た。戸口で肩の雪を払っている。靴で床を蹴って雪を落してからぼくの方にやって来た。

「おはようございます」とぼくはいった。

「あっ、おはよう」うるんだ目をぱちぱちさせてぼくの机をのぞきこみ、「群本から書類は来てますか」

「回覧机に出しておきました」

「あっそう、すみませんな」と安宅二尉。

剣持一尉が顔を上げてこちらを見た。安宅二尉はその喰い入るような視線に気づかない。ぼくが差し出した接受簿に目を通しながら、

「海東二士、ひるすぎに各中隊長が月曜日の精神教育用に資料を借りに来ます、そのつもりで準備しといて下さい」

「来週の課題は何でしょうか」

「確か〝物品愛護〟というテーマでしたがね」

「どんな資料を貸してやればよかとですか」「ロッカーに何か適当な本があるでしょう」と主任はいった。ぼくは物品愛護物品愛護と呟き、片はしから本を取り出して机の上に積み上げた。「学問ノススメ」「水と原生林のはざまで」「エブラハム・リンカーン伝」「雪流るる果に」「ウラゾフ将軍の悲劇」「蘭学事始」「共産党宣言」……。

「もういい、もういいですよ海東二士、中隊長たちが見えたら、この中からいいと思う本を自分で選んで借りてゆくでしょう。貸出簿にサインをもらっとくのを忘れんように。わたしはこれから群本に行って来ます。何かあったらそちらへ連絡して下さい」

十時だった。井上士長は机にしがみついて何か書いている。何を書いているかぼくの位置からは見えない。ロクでもないしろものに決っている。井上士長の仕事ぶりと来たらぼくはいつも感心していたのだ。まわりで何が起っても知らん顔だ。両肘を突っ張ってわき目も振らず書類をこさえている。たとえつむじ風が本部の屋根をまき上げても、井上士長は眉ひとつ動かさないだろう。本部要員の鑑だ、とぼくは思っていた。ついきのうまでそう思っていた。きのう、石炭をストーヴにくべるとき何気なく肩越しに彼が書いている物をのぞきこんだ。井上士長が一心不乱に書いているのは「火の用心」というポスターだった。黒インクと朱筆を使い、小火器射撃用標的紙を細長く切って、見事な明朝体で仕上げていた。ぼくはてっきり車輛運行表か燃料消費統計図かを書いているのだと思いこんでいた。

「海東二士、S2主任からきいたが、お前は写景図がうまいそうだな」副大隊長が机の前に立っている。「今、何をしとる、暇か」「S2資料ば研究しとりました」とぼくはいった。机にはぬかりなく、〝韓国軍の内情〟を拡げていた。暇だと答えてはいけないと佐久間二曹から教えられていた。

「それは急ぎの仕事なのか」と副大隊長。

「いいえ」

「じゃあ研究は後まわしにせえ、絵具はあるだろうな」

「あります」「群で幹部教育の材料にするんだ、この合戦図を描いてくれ」

全紙大の模造紙を五枚、本を一冊、机の上に置いた。

「わしが指定したページをメモすること、いいか、第六十六ページ川中島合戦図、第九十一ページ桶狭間合戦図、第百二十四ページ長篠設楽《しだら》原合戦図、第二百四十九ページ関ヶ原合戦経過要図、第三百十三ページ田原坂《たばるざか》戦闘要図、以上五枚、縮尺と方位を正確に、両軍を赤と黒に色分けして水系は青ではっきり書き入れてくれ、学校出たばかりの若い三尉たちに戦史講義せにゃならんのだ、近頃の若い者は戦争といえば核戦争しかないものと思いこんどるからなあ、十六世紀の戦闘にも学ぶべき要素があるちゅうたらどんな顔をするだろう、じゃあ頼んだぞ」

ぼくはいそいそと絵具箱を出した。黒のチューブが切れていた。代りに墨をすった。これで午前ちゅうは時間がつぶせる。「海東二士、忙しそうだな、何なら手伝おうか」井上士長が羨ましそうな顔をした。

「いや、井上士長はそっちの仕事に精を出して下さい」

「そりゃあ何だい」

「聞いてたでしょう、昔の合戦図。上杉謙信対武田信玄」

ぼくはディバイダーとT定規を用意した。せっかくの暇つぶしを井上士長に取り上げられてはたまらない。雲形定規も要るようだった。「今じぶんそんなものが役に立つんかなあ」と井上士長は首をひねる。「ぼくの知った事ではなかです、これは副大隊長の命令ですけん」とぼくはいった。中国大陸を転戦すること五年の元陸軍大尉がいうことだから嘘ではないだろう。役に立つに違いない。彼は蔣介石軍とも八路軍とも大小百数十回の戦闘をまじえた軍人なのだ。

まず川中島合戦から描き始めた。2B鉛筆でざっと略図を書き、両軍の配置も書いてその上を絵具で彩色した。細かな所はペンに黒インクをつけて書いた。川中島合戦にも後世のぼくらに教訓となる事柄があるわけだ。念入りに時間をかけて描いたつもりだが、十一時半には五枚とも仕上がっていた。濡れている絵具をストーヴで乾かした。それを大隊長室へ持って行った。「御苦労」と副大隊長はいった。「帰ります」ドアに手をかけると、合戦図を拡げて見ていた副大隊長は、「海東二士、お前は教育を受けに行く気はないか、方面隊のS2要員特訓班に二カ月派遣してやるぞ」といった。教育ときいてぞっとした。S2を空席にしたら後釜がいないので、といって断わった。「それもそうだな」副大隊長はあっさり提案を引っこめた。誰の顔を見ても彼は教育を受けろという。教育を受けさえしたら眠っていた天賦の才能が目醒めでもするかのように。ぼくらがこのようなことを話し合っている間、大隊長は向い合った机で眠そうな顔をして情報月報を読んでいた。

円匙を持って屋根にあがった。梯子を使わないで楽にあがれた。軒下に積った雪を足場にした。表面の雪は柔らかくてかき寄せるのは容易《たやす》かった。屋根に近い層は室温で溶けて凍りつき固くこびりついている。円匙で削り落すのに骨が折れた。円匙先端を垂直に突きたてて雪を切るようにした。四方に刻み目を入れ、三十センチ平方くらいに削り取って落した。安宅二尉が帰って来た。

「海東二士、何をしているんですか」

「雪おろしです」

「そ、そうですか、わたしは……これからちょっと」困ったように本部の中と屋根の雪を見くらべて考えこんでいる。「よかとです主任、一人でよかとです」「しかし……」いったん本部内に消えて円匙を持って現れた。「手伝いますよ、海東二士」「やめて下さい主任、ここは一人で大丈夫ですけん」とぼくがとめても危っかしい足つきで軒を歩いてくる。へっぴり腰が見ていられない。円匙を雪に突き刺した。足が定まらないから雪がすくえない。ぼくは安宅二尉の円匙をつかんだ。「離して下さい、主任」「いや、雪おろしくらいわたしだってやれます」もみ合っているうち安宅二尉は屋根で足をすべらせた。あおむきにひっくり返り両手両足をばたばたさせながら軒下に転落した。ぼくも即座にとびおりた。

「おけがはなかですか、主任」

「眼鏡が、わたしの眼鏡が……」四つん這いになって探している。ぼくは拾って渡した。「ありがとう海東二士、すみませんなあ」安宅二尉は眼鏡をかけた。レンズ越しにぼくをのぞきこんで目をぱちぱちさせて本部に這入って行った。ぼくはまた屋根にあがった。

「おおい、雪おろしか、精が出るのう」佐久間二曹が帰って来た。「待ってろ、これを届けたらわしも行くからな」書類ばさみを叩いて見せて本部に消え、すぐに円匙を持ってあがって来た。「誰が雪をおろせといったんだ、海東二士」「ほうっとけば屋根がつぶれるごたる気がしたとです」「つぶれはせんが、お前はあっちをやれ、俺はこっち側をやる、すべらんようにせえよ、ま、ぼちぼちやろうなあ」佐久間二曹のやり方はさすがに堂に入っていた。みるまに屋根はトタン板の地肌が広くなり始めた。ぼくも佐久間二曹の手付を真似た。

「屋根の上でがたがたしとるのは何者だ」副大隊長の大声が聞えた。ぼくは答えた。「海東二士か、雪おろしはいいがもっと静粛にやれえ」すぐにすむ、とぼくはいった。何かといえばどら声を張り上げるこの男がぼくは嫌いではなかった。副大隊長はぼくの田舎で書道塾を開いている七十歳の元軍人と良く似ていた。彼は第一次大戦に従事して青島《チンタオ》のドイツ軍要塞を攻撃したことがあるというのが自慢なのだった。ぼくは副大隊長が制服を着ている間は第三次大戦が起らないような気がした。何となくそう信じられた。

安宅二尉がいっていたように、昼食後、各中隊長がやって来た。ぼくは資料を机に積み上げて彼らが選ぶにまかせた。

「〝投石器《ミサイル》からミサイルまで〟、ううむ、山下さん、これどう思う」と一中隊長がいう。「物品愛護というテーマには関係がないようだ。おや、〝共産主義批判の常識〟と、S2にはいろんな本があるなあ」と四中隊長。

「おいS2、札幌での部隊長会議ではどんな結論が出とるんだ、わしは何も聞いとらんぞ」と二中隊長。「この前中隊事務室に届けたらちゃんと中隊長の印が押されて戻りましたが」とぼくはいった。「一部しか要録は配布されませんでしたから後で返して下さい」と念を押した。「――の野郎、またわしの印をちょろまかしやがったな、まったくあいつ俺のいない所では何をしているのか分らん」と二中隊長はぼやいた。

「わしは物品愛護よりさ来週のテーマが頭痛の種ですたい、ほら例の禁止法が国会を通ったでしょう、四月から若か隊員はどぎゃんすればよかか」と三中隊長がいった。

「ほほう、横山さん、見なさい、こんな資料があるよ、〝ソ連軍小部隊の戦術〟と、陸幕はこれをどこから仕入れたのかな」と二中隊長。「〝韓国軍における精神教育の現況〟、海東二士、これこれ、物品愛護も団決心の涵養も皆これに書いてある、わしはこれを借りることにする」と本部中隊長がいった。「本中では便所に仕切りを増設するそうだがそれも一案だなあ」「仕切りを?」「隊員のおのずからなる処置にまかせるということです」「他人事のごたる顔ばしとるが、あんたも身に覚えのあるでっしょが」「今回の法律はかえって隊員の身のためになると思いますよ、第一、金を使わなくなる、貯金が増えるでしょう」
「若か隊員が可哀想かばい」
「四月から三中隊では早朝駆け足を実施する予定です、今は除雪と灌木伐採で間に合せていますがね」
「駆け足か、ううむ」
「性犯罪が増えやしないかと群長は心配しておられる」
「巡察を厳しくすればよろしい」
「おいおい、われわれが忙しくなる、巡察を増やせだなんて気軽に提案しないでくれ」
「貯金が増えるもんですか、ことあれに限ってそんなものじゃない、欲しくなったら月給そっくりはたいても買う奴は買うからなあ」「相場はいくらだ、山下二尉」「とぼけなさんな、あんた詳しいくせに」
「女たちは消えちまうだろうか」
「消えないね、これは絶対に」
「大っぴらに商売出来ないとなるとかえって病気が拡がりはしないだろうか」
「アメ公の女たちは何かい、彼女たちにも禁止法は適用されるのかい」
「例外じゃあるまい」

「オンリー達はどうなる」

「オンリーの身の振り方まで気に病むことはないだろう」

「巡察に町へ出たら凄い美人に出くわしたよ、アメ公の大尉と手を組んで。俺は二十五になるまであんな凄い美人を見たことがない」「いつだ」「せんの日曜日」「どこで」「空港へ折れる十字路のあたり」

「そういえば角に炭屋があって隣に緑と白ペンキで塗ったハウスがあったっけ」

「山下二尉」剣持一尉が立ちあがった。

「は」

「場所がらをわきまえ給え」

中隊長たちは物品愛護についての資料を手にとるのもそこそこに大隊本部を出て行った。ぼくは残りをロッカーと本箱にしまい、今朝来たばかりの「国防」臨時増刊を机に開いた。読むつもりではなかったが、そうしていると仕事をしているように見えた。昼食にたらふく詰めこんだじゃがいもが胃につかえてじっとしているとねむたくて仕様がない。ストーヴの燃える音が子守唄のように聞える。

灰はさっき落したから石炭を補充しなくてもよい。磨きたてのストーヴは自慢じゃないが大隊にあるどのストーヴよりきれいなはずだ。屋根の雪はおろした。床も掃いていた。屑籠は空にしていた。受領すべき書類は受領し、配布すべき書類は配布していた。ぼくは外へ出て雪で顔をこすった。ひとつかみ口に含んだ。椅子に戻って、「国防」をめくった。自分で自分の目をこじあけて読みにかかった。元陸軍南方飛行団長、中将遠藤某氏が衆議院予算委員会の公聴会で意見をのべている。防衛力増強のために費される国費が無駄であり、自衛隊の存在がばかげているということらしい。新聞はこれを大きく取りあげているそうだ。長々としゃべっているが、元中将のいうことをつづめれば自衛隊を解散せよということだ。増刊は反響の大きかった遠藤証言をやりこめるために刊行されたもののようだ。ある代議士は元中将が中華人民共和国の国慶節に、〝ますます貴国軍の精鋭を祈る〟という祝電を打ったことを暴露している。ある軍事評論家はこういう男が陸軍中将にまでなったことを敗戦の原因に数えあげている。

ぼくはストーヴでたぎっている薬罐から湯をついで飲んだ。それでも目が醒めない。外へ出て雪でまた顔をこすった。今、横になって眠れたら一月分の給料を棒に振ってもいいと思った。ぼくは「国防」を読み続けた。代議士のサイゴン旅行記を読み、ニョクマムというのは佐賀名物である蟹漬けと似たものだと考えた。魚のはらわたを塩と唐辛子で甕につけこむのだ。魚を蟹に変えたらいいのだ。有明海の干潟が目に浮んだ。茶と灰色の泥海が見えた。潮が引き、水の下から濡れた獣の肌のような潟がせりあがるのが見えて来た。口に唾液がたまった。蟹漬けはその汁を熱い飯にかけて食べるのだ。ぼくはむやみに蟹漬けを食べたくなった。毎日じゃがいもを喰わされてうんざりしているのだ。

朝はじゃがいもの味噌汁、昼はふかしたじゃがいも、夜は夜でポテトサラダ。

いつのまに這入って来たのか安宅二尉が机の前に立っている。奇妙な目付でぼくを見おろしている。悪くなりかけた魚の目玉のような変に濁った目の色である。酔っ払いのすわった目付とそっくりだ。

「海東二士、剣道防具をつけて表に出るように」といわれてこれはおかしいなと思うべきだった。同じことを命令するにもふだんなら、「海東二士、今何をしていますか、忙しくありませんか、もし暇でしたら剣道防具をつけて外へ出てくれませんか」といったはずだ。しかしぼくは嬉しかった。ぼくは器材庫で防具をつけた。しつこいねむけともお別れだ。胴をつけ帽子を後ろにまわして面をかぶった。安宅二尉は慣れていると見えて早かった。先に身ごしらえをして、ぼくの紐を結んでくれた。竹刀を下げて本部裏にある空地に出た。

「願います」とぼくはいって竹刀の先を合せた。間合を開いた。間合を開いたかと思うともう安宅二尉はにじり寄って来た。ぼくは何が何だかさっぱりわけが分らない。火花が散った。脳天から足裏まで焼串で刺された気がした。ぼくは雪の上にあおむきに倒れていた。やっとのことで立ちあがって、

「参りました」といった。

「まだまだ」と安宅二尉はいった。今まで一度も聞いたことのない声だ。ぼくは竹刀を構えた。安宅二尉が間合をつめて来た。ぼくは一歩さがり二歩さがり三歩後ろへ寄った。ぼくの竹刀がふわりと舞

いあがって雪の上に落ちた。十分の一秒後、腕に痛みが走った。肩が脱け落ちそうな気がした。ぼくは「参った、参りました」と叫んだ。「まだまだ」と安宅二尉はいい、竹刀の先で、拾えというようにぼくの竹刀を指した。

ぼくは竹刀をつかんだ。しびれた指ではうまく握れなかった。その頃になって防具の重さが体にこたえ始めた。鉛の鎧でも着こんだかのようだ。ぼくは竹刀を構えて横に移動した。後ろは石炭庫で逃げ場がない。面に隠れた安宅二尉の顔は見えなかった。のっぺりとした仮面と向い合っているようなものだ。安宅二尉は竹刀でぼくのそれを軽く叩いた。電気に触れたような気がした。剣道なんて学校の課外で面白半分に二、三回しかやったことがなかった。まともに打ち合えるわけがない。安宅二尉は初めからぼくに稽古をつけるつもりはなかったのだ。

「とおっ」

ぼくは腹が裂けたかと思った。胴を払われてぶっ倒れていた。四つん這いになって竹刀を探した。ようやく竹刀をつかんで起きあがった。安宅二尉はぼくを見ていた。一歩さがり、また一歩さがった。すっと竹刀をおろした。「これまで」といった。ぼくは雪に膝をついた。脚ががくがくして立っていられなかった。全身に汗をかいていた。体が慄えた。ぼくに背中を見せて安宅二尉は本部へ這入って行く。しばらくして出て来たときは防具をはずし元の姿になっていた。出会いがしらに剣持一尉と会った。安宅二尉はどことなく昂然として剣持一尉なぞ眼中にないようだった。いつもは招き猫の敬礼をするのだが今は無視した。剣持一尉は妙な顔をしていた。ぼくは這うようにして本部へ戻り防具をはずした。頭とわき腹と手が痛んだ。

本部中隊に配属されてよかったと思うことが少くとも一つだけある。九九式小銃のかわりにカービン銃を支給されたからだ。ナンバー中隊では幹部しか持たないものだ。九九式の尾筒にはやすりで削った痕がある。「班長こりゃ何の痕ですか」半田二士がきいた。まだ教育中隊にいるときだ。「菊の紋章がついてたんよ」と高塔三曹。「というと」「つまり昔の陸軍が使っていた鉄砲よ、お前らのおじさんや兄貴さんがかついでたしろものさ、米軍に押収されてたわけだ」

「へえ、これがねえ」徳城二士は槓杆をがちゃつかせた。遊底をすべらせて薬室をあらためた。「こげんもんで人間が射たるるとだろか」といって溜息をついた。ライフルというものはＭ１ガーランド銃しか知らないぼくらには九九式が縁日の玩具のように見えた。朝買えば夜までに壊れる安物の玩具。ざらざらした床尾板は割箸のように貧弱だ。引金機構の粗末な造りときたら泣けてくる思いだった。Ｍ１ガーランド銃にくらべると話にならなかった。ぼくらは九九式をけなさなかった。話題にさえしなかった。九九式を馬鹿にするのは易しかったが、この場合、馬鹿にしたとすれば日本という国の貧しさなのであり、それはとりもなおさずぼくら自身の貧しさなのだった。射撃時の反動がひどかった。ぼくは立ち射ちを試みたときひっくり返りそうになった。

カービン銃はM1ライフルより短くて軽く分解手入れも易しかった。新隊員でカービン銃を与えられたのは測量班だけだ。弾着点を観測するために最前線へ、ときには味方の前線より前へ出ることもあるからということだった。「おい、新隊員《すんたいえん》、飯《めす》がしんだら九九《ちゅうちゅう》式《すち》を磨け」有馬二士が芳賀三曹の口癖を真似た。分り難い助教助手たちの東北弁は九州出のぼくらには悩みの種だった。「飛行機が飛んでえる《すっうと》」半田二士が空を仰ぐふりをして呟いた。夜である。旧隊員はほとんど外出して中隊内務班は新隊員だけ残っている。ぼくらはお互いに東北弁を真似て日頃の憂さをはらした。

窓から外を見ていた半田二士が、「明日は積るばい、朝飯前にまたモーター・プールの除雪たい」といった。「今夜の当直幹部は誰だろか」と有馬二士。「二中の小隊長ばい、非常呼集ばかけらるるぞ、午前二時か三時ごろに〝総員起し〟てやらるるかも知れん、あの人が当直んときは決って非常呼集があるごたる」徳城二士が憂鬱そうにいった。「久保二士よい、こいはぬしの教養交際費で買《こ》うてきたつな」半田二士がいった。

ぼくらは寝台にかりんとうと海苔せんべいの紙袋を置いて食べていた。久保二士がすすめてくれたのだ。寝台のまわりにめいめいの私物箱を寄せて腰かけた。ぼくは半長靴を磨いていた。有馬二士は防寒手袋を繕っていた。半田二士は靴下をかがり、徳城二士は感想文を書いていた。週に一時間、月曜日の第一課業時に施される精神教育の後に隊員達は感想文を提出することになっている。ぼくらは菓子をつまみながらくつろいだ気分を楽しんでいた。旧隊員がいない内務班というのはいいものだ。久保二士は現金出納簿の検査があったとき、教養交際費と銘打った項目について中隊長からきかれたことがあった。要するに仲間と食べる菓子代なのだった。それをいつまでもぼくらからひやかされることになった。「久保二士よい、女ば買うたら娯楽費な保健衛生費な、何て記入すれば良かか教えてはいよ」と半田二士。「一行も一字も思い浮ばん、俺あ作文すっより砲隊鏡ばかついで山道ば早駆けすっ方が楽じゃ」徳城二士は便箋を膝にぼやく。「ぬしはほう何て書いたつな」と有馬二士にきく。「俺が書いた通り書いたら中隊長にすぐ見破らるるぞ、二人とも炭庫作業じゃ」有馬二士はとり合わない。「よし俺が教えてやっ。その代り徳城二士、俺あ今夜不寝番たい。俺の代りに立ってくるるなら」と半田二士。「立つ立つ」徳城二士は喜んだ。「ようし、題は〝敏速確実〟だっだろ、俺んいうとば書け、よかか……ラッパが鳴ったらモタモタせんでパッと起床して敏速に整列すればいいと思います。身の回りは……」「もっとゆっくりいうてはいよ」「ええと身の回りは常に整理整頓を心がければいいと思います。非常呼集をかけられたとき慌てないですむようにです。肌につける衣類はよく洗濯して……」「早かぞ半田二士、書くとが追いつかん、ばってぬしゃようそがんすらすら口から言葉が出て来るのぅ」徳城二士は感心した。

「海東二士、制服が変るちゅう噂はまことな」と有馬二士がいう。「なして俺にきくとか」ぼくはいった。「S2は情報が早かろ」と有馬二士。「一曹と三尉の間に准尉ちゅう階級の出来るごたるがまだずっと先の話じゃ」ぼくはいった。「どうせ試験のあるとだろ、士長から三曹になるとも試験があるとだけん、今、事務室で清水士長が勉強しよりなる」と有馬二士。「清水士長は陸曹候補の試験ばうけなっとはこいで三回目げな、士長の六号俸は三曹の三号俸より高かとだけん士長のままがましだろ」と続ける。「昇級したら元の号俸がどがん高かっても一号俸に戻るとか」半田二士が聞き捨てならんといった顔をした。「……ええ……使用した円匙は数を数えて確実に返納すればいいと思います。作業が終ったら敏速に後片付をしたらいいと思います、と。それから半田二士よい、先ば教えてはいよ」と徳城二士。「何行になったか、そいで」「……五、六、七行……三十二行じゃ半田二士」「三十行以上ちゅう事だったけんそいでよかと」「おおきに半田二士」徳城二士は便箋を剝がして氏名を書きこみ中隊事務室へ持って行った。雪が降っている。しんしんという音が耳に届くようである。

「……そいが商業高校ば三番で出たげなけん、頭の良か女たい。俺ば病院に運んでくれた。なんさま見目良かべっぴんでのう」久保二士が話していた。やくざ数人を向うにまわしてさんざん痛めつけられ、真夜中、公園にのびていたら女が救けてくれたという。入隊前の話である。「それに治療代まで払うてくれらしたたい」口をとがらし目を丸くしてぼくらを見回す。初めて話すかのように。後で支払おうとしてもその女はどうしても受取ろうとしない。結局彼のおやじが五万円の着物を買って贈った。「女子《おなご》のおやじさんが何とまた県警の刑事部長ば、聞いてびっくりした」驚いたかというようにぼくらの顔をのぞきこむ。「びっくりした、びっくりしたよ久保二士、そいでぬしがその女子ば車《ドリーム》にのせて交通違反したときもすぐ免除になったちゅうとだろ」と半田二士。「あら、知っとるとな」「知っとるとなって、俺達ゃぬしから百五十回ばかし同じ話ばきかされたたい、一万円の着物が次は二万円三万円とあがって今夜は五万円か、巡査部長が刑事部長か、おおかた今度きかさるるときゃ警視総監になっとるとだろ」と半田二士はいった。「有馬二士よい、ぬしにゃよう映画女優から書簡の来るが」徳城二士がきいた。「要領よ、よう聞け」有馬二士は手紙の束を叩いた。読み返していたところだ。「ちょろっとしか出ん新顔にファンレターば書くとたい、主演女優にゃ書いても無駄だがそぎゃん端役にはファンレターも少かけん喜んで返事ばくるる」と有馬二士。「なるほど、映画女優の新隊員というわけか」憮然とした顔で徳城二士は天井を見上げた。

「今夜は整列点呼なし、就寝点呼だ」

当直士長が這入って来てそういった。「しめた、今夜の当直幹部は話せるばい」とぼくらは囁きあった。

「新隊員」と当直士長はいった。「お前ら、いつになったら掃除するんか、もうすぐ消燈だぞ」

ぼくらが掃除を終える頃、旧隊員は続々と帰り始めた。すぐに寝台へもぐりこんで鼾をかく者がいた。そうでない者はいつまでも騒いだ。

「愛してるわ、なんていいやがってよ」ドアを蹴飛ばして郡司一士が帰って来た。酒が匂った。外套を脱ぐなりすでに寝ていた赤目士長の上にどさりとのしかかって、「起きろ赤目、俺の女な、あんた若いのねっていいやがんの」「わかった、わかった」「抜かずの三本やったらよ、あんた若いのねって」「わかったよ、早く寝ろ」「何がわかったんだこの野郎、おい手前、一選抜だといってこの俺にそんな口がきけるか」郡司一士はいきなり赤目士長に馬乗りになり寝台のばねではずみをつけて体を上下させた。「痛い」赤目士長は悲鳴をあげた。

「痛いわ、痛いわ」郡司一士は裏声をつかって叫び続けた。「痛いちゅうくせに女はもっとしてというんだ……やめないで、やめないで」赤目士長は毛布と寝台の間にすっぽり体を入れているので郡司一士の下から抜け出せない。

「おい、新隊員、ぼさっと見とらんで郡司の野郎をどけさせろ」と命じた。ぼくらはおそるおそる郡司一士に触れた。「寄るなガキどもめ」あっけなく突きとばされた。

「まあ、し・ば・ら・く」

新しい酔っ払いが帰って来た。九鬼二士である。ふらふらと泳いで来て郡司一士にしなだれかかった。「郡司さんたらしどいわあ、あたいをおいてけぼりにして行っちゃうんだもん」ぐにゃりとからみつく。「おい、おい」郡司一士は九鬼二士の手をはずそうとした。九鬼二士は濡れ紙のように背中にへばりついて離れない。

「ねえ、お・ね・が・い」と呟きながら郡司一士のネクタイをゆるめシャツの襟をくつろげるとそこから背中をのぞきこむ恰好をして胃の中の物を吐いた。「わっ」と郡司一士はとびあがった。洗面所へ駆けこむ。

清水士長が這入って来た。騒ぎには目もくれずつかつかとぼくらの方へ歩いて来る。「新隊員の中に高卒がいるか、半田二士、お前だな」手の鉛筆で指す。中隊事務室で受験問題と取組んでいるのだ。頭にタオルで鉢巻きをしている。

「竹には花が咲くのか」「咲きません、竹に花が咲くもんですか」きっぱりと半田二士は否定した。「三民主義たあ何だ」「知りません」「知らん？　海東二士お前いうてみろ、何お前も知らん、高卒のくせにお前も知らんのか、情けないぞ」

「丹下士長が参考書ば持っとらすですよ」と久保二士がいった。「丹下はまだ帰っとらんようだな」と空の寝台を見やってから紙片に目を落した。「ペニシリンの発見者は次のうちどれか、適当と思う者に丸をつけよ。一、北里柴三郎、二、フレミング、三、コッホ」「フレミングでしょう」と半田二士。「問題はその次だ。与えられた三角形の内心と外心を作図によって求めよ。おいF・D・C、お前たちはいつもディバイダーをひねくっとるのう、求め方を教えろ」

「ディバイダーは測量ですよ、海東二士にきいて下さい」と半田二士。「数学は苦手です」とぼくはいった。「苦手で測量が出来るか」「出来ますよ、ぼくらはメジャーと方向盤持って走ればよかとです」とぼく。「仕様がねえな、次はええと世界の三大宗教は……」「ほら、丹下士長が帰って来た。あの人は何でも詳しかですよ清水士長」

丹下士長は自分の名前をききつけてこちらを向いた。少し酔っている。「三大宗教か、キリスト教、仏教、イスラム教これは別名回教ともいう」「どうして回教というんだ丹下士長」「それはだな……うう」丹下士長はつまった。しばらく考えて、「それはこういうわけだ、イスラム教徒とは一日に何回も聖地メッカにお祈りをする」何回も、というくだりで隣の寝台で寝ていた郡司一士が身を起して、「抜かずの三本」といった。ぼくは彼がすっかり眠りこんでいるものと思っていた。

「次の問題は何だ、清水士長」丹下士長は鼻息が荒い。「さし当りそれだけだ、又ききに来るよ」清水士長は事務室へ去った。入れ違いに当直士長が這入って来た。「皆そのまま聞け、さっき命令回報を達するときいい忘れたが、このたび着任された特科団長大山陸将補の肖像写真が発売されることになった。P・Xで買えば一枚二百五十円、中隊で一括して申しこめば一枚六十円で買えるから希望者は中隊事務室に申し出るように、終り」くるりとまわれ右して出て行こうとする。

「待てえ、一枚申しこむぞ」九鬼二士の声である。「われわれの団長閣下はおっぱいを持っとるか」「九鬼二士、酔ってるな」と当直士長。「大山陸将補にはお×××があるのか」「九鬼、早く寝ろよ」「今までに申しこんだのは誰だ」「中隊長と小隊長が一枚……」「ようし、俺も一枚」「九鬼二士、お前には一枚まわって来るよ」「一枚? どうして」と九鬼二士。「団で募集した交通安全標語な、お前が応募した標語、あれ何ていうんだったっけ」「止まれ、見よ、疑え」九鬼二士はいった。「そうそう、止まれ、見よ、何とかちゅうのが一等になったって夕方本部から連絡があったんだ」「一等……で、景品は?」「その景品が団長閣下の写真よ、ただでお前に下さるわけよ」当直士長はさっさと出て行った。

館《やかた》一士が帰って来た。上機嫌である。「命をかけた恋の花……」左手を胸に右手をわきに持ちあげてステップを踏みながらすべるように九鬼二士に近づいた。「……ああ、羽田発七時五十分……」九鬼二士を抱きかかえストーヴのまわりを一周する。「景品は写真だと」抱かれたまま九鬼二士は呻いた。目を吊りあげて天井のあたりを睨んでいる。もの凄い形相である。

「館さんよ、今夜は良かったかい」寝台から誰かが声をかけた。「あ」踊っている当人は声の方に首をねじまげた。そのはずみに九鬼二士はよろけてストーヴ台に脚をぶっつけた。「畜生、殺してやる」

目をすえたまま九鬼二士は殺気立った。「よかった、よかった、俺お×××に酔っちゃったよ」と館一士。「おい、一緒に死のう」九鬼二士は館一士にとりすがった。頭を館一士の胸に押し当てた。「あいつ、死ぬ死ぬといったな」館一士はぼうとした顔に薄笑いを浮べて鼻唄まじりに、「一人で行っちゃ厭、だなあんて」という。「死んでくれるか館一士」九鬼二士は声を慄わせた。「俺も行くぞ、お前だけ死なせはせん」館一士の胸に顔をあててしゃくりあげ始めた。

ドアを蹴とばして駆けこんで来たのは清水士長だ。通路で踊っている二人を押しのけてぼくらの方へ来た。「新隊員、オーストラリアの首都は次のうちどれか、一、シドニー、二、キャンベラ、三、メルボルン」「三でしょう」と半田二士。「いや二じゃなかな」「清水士長、地図を見れば分りますよ」と久保二士。「地図があれば何もお前らにききやせんわい、ちぇっ、この頃の高卒は地理も知らんのじゃな」清水士長は駆けこんで来たときと同じ勢いで内務班を飛び出して行った。志摩一士が帰って来た。

「イカ刺とスダコの大盛りとサザエの壺焼き、お銚子が八本ついていくらだと思う」毛布をかぶって寝ている赤目士長の傍で立ち止った。いきなり毛布を剝ぎ取り、「赤目士長、いくらだと思う」「志摩、俺は不寝番の五直に当っとるんだ、寝かせてくれえ」志摩一士は毛布をかかえて渡さない。「千二百円？　違う、俺に分るわけないじゃないか」「イカ刺とスダコの大盛りにサザエの壺焼き、お銚子が八本ついて」「千円か」「違います、残念でした」「不寝番の五直だぞ」「千円より安い」「九百円」「オー・ノー」「そしたら知らん」「八百六十円、なんとただの八百六十円」「ふうん、どこだ」「当ててみろ」「またか、おい、いい加減にして俺の毛布を返してくれよ」「〃福松〃の隣に〃大門〃ちゅう店が出来たんよ、俺、開店日にばったり行き合せたってわけ」すきをみて赤目士長は毛布をひったくった。

雨宮一士が帰って来た。「畜生、俺は頭に来たぞ、団本部前で腹ば切って死んでやっ」青くなっている。酔えば青くなるたちである。「うちの可愛い新隊員に大福ば買うて来てやろう思うた。半田は俺が黙っとるのに枕カヴァーとシーツば洗ってくれた。久保は靴ば磨いてくれた。徳城と有馬は俺のカービンば手入れしてくれた。皆いいとこあると思うとったんだ。ゲートで警衛に没収されたたい」「お前、喰い物の持ちこみは禁止されとるの知らんな」と志摩一士。「金ば払うて折角買うて来た俺の大福」「雨宮、その大福お前が喰うつもりだったんだろ」

「新隊員、文句があったら警衛にゆえ、俺は抗議してやっぞ、腹切って死んでやっ」と雨宮一士は尚もぶつくさいう。「俺も死ぬ」九鬼二士が館一士の腕を振りもぎって今度は雨宮一士に抱きついた。「お前は見所があると思うとった。俺と一緒に死んでくれるか」「お前と?」雨宮一士は不審そうに、「九鬼、お前も大福ば没収されたとか」「男が一度死ぬといったら雨宮、後には引かれんぜよ」

「徳城二士、どぎゃんした」ぼくはきいた。毛布をかぶって寝苦しそうにさっきからもぞもぞしていた徳城二士が身を起している。「伝令当番ば下番したら息子の奴が立って立って仕様がなか、ものさん」という。「それはな、疲れまらちゅうとばい、二、三回出してやればよか」久保二士が慰め顔にいう。「出してやったばっていっちょんよか気色にならんたい」「ぬし、今夜の不寝番に当っとろうな、はよ眠らんば」「今のうちに眠っとかんぎとストーヴの番も出来ん」「待っちょれ、よか考えがあっ」久保二士は私物箱から何か取り出して外へ出て行き、しばらくして戻って来た。「徳城二士よい、こん中に息子ば入れてひやしてやればよか」コンドームに雪をつめこんでいる。「さ、起きて壁の方ば向けよ。俺がかげになって見えんごとしてやっ。雪の中にはつららも折って入れといたけんすぐに溶けやせんば」

当直士長が這入って来た。「就寝点呼をとるぞ、全員ベッドにつけえ」

「当直、待て」九鬼二士が両手を開いて当直士長の前に立塞がり、「只今から九鬼陸将が点呼報告をする。気をつけ、こら気をつけというとるのに」当直士長は苦笑して踵を合せた。「本部中隊、総員でたらめ派遣若干入院多数行方不明者調査中、よって現在員見た通り、番号おしまいから始め」と九鬼二士。「魚木一士はまだ帰らんのか」空寝台をのぞきこんで当直士長はぼくらにきいた。「あいつ酔っ払って警衛をぶん殴ったらしいや。詰所にとめられてんだよ」雨宮一士が自分はしらふのような口振りでいう。

「今夜の司令は誰だ」「安宅二尉だろ」「あっそ、そうですか、すみませんな……か」「安宅さんを馬鹿にするもんじゃないぞ、あれでいてお前、管中にいた時分な、新品の半長靴をまっ先に団本から受領して俺たちに支給してくれたのはあの人よ、やり手なんだ」と館一士がいった。「当直士長、魚木を引きとりに行って来い」

「俺はまずいよ、中隊をあけたら後は飲んだくれ共と新隊員ばかりだ、非常呼集でもあったらどうする」と当直士長。「安宅二尉はS2だろ、海東の主任じゃないか、奴がお気に入りだ、海東を行かせろ」と館一士。ぼくは腕をさすった。腫れはまだひいていなかった。「海東、行ってくれるか、俺の加給食やるぞ」ぼくは支度をした。「俺もついて行こうか」と久保二士がいう。「俺も行く」と半田二士は防寒靴をはき始めた。「一人で行け、大勢で行くと事が面倒になる」と当直士長。ぼくは防寒外套を着こみ一人で外へ出た。

「何、引きとりに来ただと、渡すもんか、椅子を振り回して暴れやがって怪我した隊員もいるんだぞ、明日警務隊につき出してやる、帰れ帰れ」けんもほろろの挨拶である。「何だ、何だ」控え室から他の連中が現れた。「われわれをなめてやがるな、こいつ新隊員じゃないか、こんな平をよこしやがった」警衛司令に会わせてくれ、とぼくは頼んだ。安宅二尉は目をぱちぱちさせてストーヴの横に立っていた。

「海東二士、今時分何の用ですか」

「魚木一士を迎えに来ました」

「あっそう、御苦労様」安宅二尉は隣室に入って、「魚木一士、起きなさい」「起きるもんか、俺は警衛所で寝る」「魚木一士、さあ帰りましょうよ」むりにベンチから引き剝がして体を起させた。「大丈夫ですか海東二士、警衛を一人つけてやりましょうか」と安宅二尉は気をつかう。

「大丈夫です」とぼくは答えた。お互いに脚がもつれるのが気になった。引きずるようにして雪の上を歩き出した。

「お前は誰か」「海東です」「みっともないから離せ、一人でも立てる」腕を離すと雪に崩折れる。「おや」と魚木一士は呟き手をついて立とうとする。「おやおや」下半身がきかないのだ。どうやって駐屯地へ帰りついたのだろう。ぼくはまた抱きあげた。「すまんの、海東」「よかとです」

「俺はお前を殴ったことがあったか」「いいえ」「俺を心配して迎えに来てくれたんか」「そうです」

「しかし俺はお前らに何もしてやれなかったな、それなのに警衛にかけあって俺を引きとってくれた、すまん」魚木一士は泣き出した。「俺はつまらん男だ」ぼくは急に重たくなった魚木一士を支えて幾度も雪の吹き溜りに落ちこみながらやっとのことで本部中隊に帰りついた。明りは小さな常夜燈を残して全部消してあった。新隊員たちはまだ起きて入り口にかたまっていた。ぼくらは寄ってたかって魚木一士の制服を脱がせ寝台に押しこんだ。

「良かったなあ、魚木一士を引き渡してくれて」有馬二士。「寒かったろう、こいばはよ飲め」半田二士が飯盒の蓋にココアを溶いてすすめた。それをすすっているところへ当直士長が現れた。「海東二士、警衛は何ていった、魚木一士はどうした」という。

「もう寝かせました」ぼくは答えた。

「もらい下げて帰ったんならどうして俺のところへ直ちに報告しに来んのか」

「………」

「今度から気をつけえよ」

「は」

「安宅二尉は何かいわれたか」

「いいえ」

「お前、今夜不寝番だな、何直か」

「四直です」

「合言葉は知ってるな」

「……根室に知床」

「ストーヴを焚きすぎんようにせえよ、熱いと毛布をはいで風邪を引く」

「おい当直士長、いつまで新隊員にがたがたいうとるんだ、ぶっ殺すぞ、やかましくって寝られやせんじゃないか」赤目士長がいった。当直士長が去り、ぼくが寝る支度をしていると、「海東」と赤目士長は寝たまま話しかけた。「今夜の内務班お前見てただろう、自分だけは別だいうような顔しとったがお前らもすぐああなるんじゃ、旧隊員どもも初めは皆今のお前らそっくりだったんだ」といった。ぼくはまた弾薬庫で見た犬の牙を思い出した。

真夜中、不寝番を交代するとき、徳城二士はいった。「海東二士よい、息子も霜焼けになることがあるとだろか」「どうして」「ひやしすぎてしびれてしもうたたい、今は何かしらかゆうてならん、なんさま霜焼けになったごたる」と浮かない顔でいった。

ぼくらは丘の上に大天幕を設営した。S3要員が支柱を打ちこみS1要員がロープを張っている間にぼくはG・M・Cからおろした軽便ストーヴを組立て、幕舎中央にすえつけた。手袋をはずしてやった。冷えきった鋳鉄に皮膚が吸いついて剝がれそうだ。井上士長は折畳机をすえ、無線班と力を合せて通信機を運びこんだ。ここは大隊本部にあてられる。

ぼくはストーヴを焚きつけにかかった。紙を燃やして小さく裂いた枯木をくべた。薪はつい先日このあたりで伐採したものがふんだんにある。雪の中から掘り出して天幕に運びこんでいた。薪の火付は悪かった。天幕の内部は白い煙で一杯になった。折畳机に地図を拡げて見ていた副大隊長が、「海東、けむくてかなわんぞ」といった。大隊長は無線機の調子を気にしている。広い雪原と丘陵と山林に大部隊が展開するから通信連絡の手段が大事なのだ。

「各中隊幹部並びに大隊指揮班、集合終りました」垂れ幕の向うで声がした。剣持一尉が出て行き続いて大隊長が外へ出た。やがて天幕内に残っているのはぼく一人になった。泪を流して湿った薪と取組んでいた。誰かが這入って来た。ぼくはいかれたストーヴを呪いこのストーヴを焚きつけなければならない自分の役割にも肚の底から愛想をつかしていた。ぼくは咳をし、その男も煙にむせた。手探りでこちらへ近づいて来る。

だしぬけに赤いものが躍った。焰が燃えあがった。ストーヴの中で薪がはぜた。煙が薄れた。目の前に立っているのは佐久間二曹だ。「何をくべたんですか」ぼくはきいた。「燃える燃える、暖かいのう」笑いながらストーヴに手をかざしている。空罐をつま先で蹴ってみせた。小さな固形燃料の空罐である。ぼくは薪をくべた。煙道は快い唸りをたて始めた。佐久間二曹はぼくが困っているときにいつもこうして救けてくれる。今まで何回ぼくは佐久間二曹に急場を救われたことだろう。方向盤のレンズを割ったとき員数外のレンズをどこからか工面してきてくれた。confidenceという横文字入りの秘密書類が大隊本部内で盗まれたとき佐久間二曹は団本部の知合いからコピーを融通してもらって群本S2の定期検査をパスした。本来なら大問題になるところだった。ぼくの責任なのだ。またスキー検定のとき経路で迷って谷底に落ちたぼくをまっ先に助けに来たのも佐久間二曹だった。

「海東二士、地図地図」

安宅二尉が血相変えてとびこんで来た。

「さっき大隊長が見てましたよ」とぼくはいった。

「あれとは別ので空中写真の地図です。鞄に入れといたのが見つからないんです」

ぼくらは天幕内を探した。どこにもなかった。「ジープの中に主任が鞄を置き忘れたのでは」とぼく。「そのジープがどこに駐めてあるのか分らないのです」「探して来ます」

「そ、そうですか、すみませんな」

ぼくは垂れ幕を上げかけてやめた。すぐ目の前に大隊長の背中があり、二十名以上の各級幹部がいっせいにじろりとぼくを見た。ぼくはふるえあがった。

「……〝暴兎鎮圧作戦〟を発動する。作戦の眼目はあくまで各中隊相互の連携行動である。無線、有線による連絡指揮によって到達指示点への敏速な移動展開に習熟すべきである、終り」

Ｓ１主任が大隊長とかわった。

「かかる積雪状況からして事故予防の見地に立って隊員の単独行動を厳に戒めるように。各中隊幹部は新隊員を完全に掌握しなければならない。行動要領は細目にわたって既に達した通り。整備たる部隊運用を望む、終り」Ｓ３主任がかわった。

「とった兎はとった中隊の戦果とする、昨年と違って各小隊毎の競争はしない、それから作戦担当区域を混同しないように、わが大隊と七一六大隊との境界線を認識しておくように」

最後に安宅二尉がきょう午後からの気象を報告した。昼からは一時降雪があるかも知れない、といった。ぼくは天幕を出て林の中へ駆けこんだ。雪が深かった。丘の麓にＧ・Ｍ・Ｃが列をつくっていた。中腹から車の群を見た瞬間、十一月末のある日これとそっくり同じ光景を見たことを思い出した。丘の上で迎えの車を待つ間、高塔三曹の話を聞いていた。火焔放射器の燃料をどうやってこしらえるかという話だった。それを聞いて何となく厭な感じがした。なぜか分らない。不安でもない。怯えでもない。いや、不安であり怯えでもある。酸化アルミの粉末が二十四時間ガソリンを少しずつ注がれて練られるうちにゼリーのように柔らかく透明な塊になるという。

ジープが一輛、Ｇ・Ｍ・Ｃの端にとめてある。大隊長用の物で安宅二尉が乗って来た物とは違う。ぼくはＧ・Ｍ・Ｃを数えた。三輛足りなかった。駐車する余地が足りなくなって別の所にとめてあるのだ。丘をもう一つ越えた。向う側に七一六大隊の車輛と一緒になってわが大隊のそれもあった。安宅二尉のジープもあった。革鞄が座席にのっかっていた。それを取って引き返した。「す、すみませんな、御苦労様」安宅二尉は喜色満面である。剣持一尉が睨んだ。

「主任、お願いがあります」とぼくはいった。「どうぞ、どうぞ」「〝暴兎鎮圧〟に本中の人員が足りないので自分も参加させて下さい」とぼくはいった。射撃訓練ではないから大隊本部でS2の仕事はないも同然だった。佐久間二曹がいたら安宅二尉が不自由な思いをすることはないのだ。「海東は兎狩りをやってみたいんだな」と佐久間二曹はいった。「本中が来いというんですか、あなたが行きたいんですか」と安宅二尉。両方です、とぼくは答えた。大隊本部の仕事が忙しくなったら直ちに戻るという条件でぼくは解放された。個人用偽装網を腰に巻いた。浮き浮きした。足どりも軽く本部中隊へ急いだ。このあたりは恵庭岳の山裾にあたる。石狩平野の西にそびえる山々から流れ落ちた尾根が、平野と接してゆるい丘陵地帯を形づくっている。丘は林をいただき林の間は草地になっていた。林も草地も今は一面の雪である。雪に覆われていても林は枯れ葉のいい匂いがした。湿った藁の匂いもどこからか漂ってくるようだ。林の間に大隊は集合を終えたところだ。「はようはよう」有馬二士が手招きした。ぼくは偽装網を渡した。三中隊が大隊全員の偽装網を持って追いこみ地点へ先発した。そこで偽装網をつなぎ合せて丘の裾、林と草原の境界に張りめぐらし、兎がかかるのを待つのだ。F・D・C班は赤青の信号旗を持って副大隊長の傍に控えていた。その後ろに携帯無線機《JPRC・F》を背負った雨宮一士が三中隊と連絡をとろうとしていた。F・D・Cが旗を左右に振った。ぼくらは一列横隊に開いた。一班に二個ずつ空の石油罐を持った。

「どうだ、三中からまだ何も連絡はないか」と副大隊長がいった。レシーヴァーに手を当てていた雨宮一士がにわかに緊張した。「……山猿三番、山猿三番どうぞ、こちらは赤蟹一番……山猿は椎の実を拾った。山猿は椎の実を拾った。了解」副大隊長に向って、「第三中隊、捕獲網展張終り」と雨宮一士はいった。「それ行け」と副大隊長はいった。空罐を持っている連中はいっせいにそれを叩きだした。ぼくらは歩き始めた。「兎はおるとだろか」ぼくはいった。林は前にひっそりと静まりかえっている。「聞いたか、一中隊じゃ賞金が出るとげな、一匹に三百五十円」と徳城二士。「管中じゃ三百円げな」と別の声。「誰が金ば出すとか」ぼくはいった。初耳なのだ。大隊本部にそんな予算がないことはぼくが知っていた。備品の請求さえ厳重にチェックされる。兎狩りは土地の農民から要請されたものではないから謝礼金はどこからも出ないはずだ。「小隊長たちがポケットマネーば出すごたる」と徳城二士。「二中じゃあ兎ばひっつかまえた者には不寝番ば一カ月免除げな、それに加給食ば団の演習分だけくれるち」と徳城二士は詳しい。「この辺の兎はな、啼き兎ちゅうて珍しか種類げな」とつけ足した。

演習のつど規模に応じて加給食が出る。中隊単位ならせいぜいかりんとう一袋、大隊単位なら少し増えてそれにキャラメル一箱がつく。群単位だとぐっとはずんで甘納豆やヨーカンが加わる。りんご等も添えられる。団の規模で行われる演習であれば日数も一週間前後続くから毎日支給される甘味品でちょっとした駄菓子屋が開業出来るほどだ。

「団単位の加給食か」有馬二士は考えこんだ。「あれとあれ……板チョコに栗まん」菓子の山を想像して舌なめずりしているのだ。「兎がおったら逃さんばって」しんとした林をうかがって呟いた。「兎ばつかまえてどぎゃんすっと」とぼく。「幹部が兎ば肴にして一杯飲むとたい」と有馬二士。「うまかつだろか」「冬の兎は脂がのってうまか、がきの頃喰うたことある」と有馬二士。

「聞け新隊員」小隊長がいった。ぼくらの少し前を歩いていた。ふり向いていった。「今ごろの兎は茶と白が多くて背景に紛れ易いからよく見張れ。人間に追われたら高い方へ逃げる。そのつもりで追え。抜け駆けは許さんぞ、チームワークを乱すな」

「本中の猪股三尉は何ば褒美にくれらすとな」有馬二士。

「ぬしは聞いたか」「何も聞いとらん……班長よい、もし兎ばひっつかまえたらよか事があるちゅうとは本当ですか」徳城二士がきいた。

「馬鹿もん」と班長はいった。小隊長が手を上げて、「班長集合」といった。「うちの中隊長は所帯ば持っとらすけん小遣いに不自由しとらすとたい」と有馬二士。「小隊長は独身ば、そいけんいつも張り切っとらす」と徳城二士。班長が帰って来た。しばらくして「班長より逓伝《ていでん》」と有馬二士がいった。「兎一匹につき二百円」

「やっぱり出たか、ばって一中より少かの」と徳城二士。

「管中より百円少かが一銭も出んよりましじゃ」といった。

「兎様あ、出て来てはいよ」有馬二士は石油罐を叩きながら、「出て来てはいよ兎様、俺あ町の金貸しに利子ばぎょうさん払わんばならんが」

「おった……」徳城二士が林の一点を指した。「どこ、どこじゃ徳城二士」ぼくらは彼の指が示した方向を見た。ダケカンバの根方にうずくまっている兎を見た、と彼はいった。「あっというまに見えんごつなった」と彼は残念そうにいった。現場には丸い兎の糞が焦茶色の艶を帯びて散らばっていたから徳城二士が見たのは錯覚ではなかった。その頃になるとあちこちで叫び声があがった。

「列を乱すな」と班長がいった。「一人で兎を追ってはならん」。しかし列は崩れていた。一人一人の間隔も開いていた。林に入りこんでからは左端にいるはずの一中隊は見えなくなった。指揮班を引きつれた副大隊長の姿もとうに見えなくなっていた。

「出た、あっちだ」「そっちへ逃げたぞ」口々に隊員は叫んだ。「新隊員、走るな」班長は兎よりもぼくらのことを気にしていた。しかし膝までもぐる雪では、かりに走れといわれても走れはしない。横を歩いていた有馬二士が不意に見えなくなった。石油罐だけが雪の上にころがっている。「あはあ、やったやった」と班長はいった。窪地の吹き溜りに落ちこんだのだ。ぼくらは有馬二士を引きずり上げた。吹き溜りとそうでない箇所は優に身長の差があった。平らに見える雪もその下に危険な凹凸があった。「気をつけろ」と班長がいった。

林の中でぼくらは陽気だった。かわるがわる石油罐を叩いた。石油罐を持たない者は手近の木を叩いた。乾いた音がしてときには枝に積った雪が崩れ落ちることもあった。兎らしい影が閃いた。それは木立の間を目まぐるしく左右に走りかすかな雪煙をまき上げてかき消えたように見えなくなった。「北海道の野兎は夏は茶色だが冬は真白になる。じっとしとれば雪と見分けつかんが、ああして動き回るから分る」と班長がいった。

「班長も兎鍋ばお相伴するとですか」有馬二士がいった。班長は答えなかった。「こがん寒か晩に兎鍋ばふうふうやりながら一杯飲むちゅうと良か気色《きしょく》になろだい」と有馬二士はいった。伝令が小隊長の名を呼んだ。「おい、本中の幹部はどこにいる。大隊長がかんかんに怒っとるぞ」班長は林の奥を指して、「あっちの方を探してみろ、猪股三尉は血眼で兎を追っかけとる」といった。「どうしたんだ」と伝令にきく。「通信がいくら呼んでも応答なしなんですよ、十一時の旋回点が変更になったのに」と伝令。「ボロ無線機がぶっこわれたんだろ」と班長。「故障したんならさっさと修理すればいいのに」とぼやきながら伝令は林の奥へ去った。数分後、その方角からひっきりなしに聞えていた石油罐を叩く音がぴたりとやんだ。

「現在地点に停止、別命あるまで待機」と班長はいった。ぼくらは雪の上に腰をおろした。炊事車が林の外に来ていた。K・Pたちが大釜に汁粉をこしらえていた。ぼくらが更に前進すれば炊事車はついてこられなくなる。雪が深くなるからである。早目に昼食が配られた。ぼくらは乾パンと肉団子を食べた。その後で熱い汁粉をすすった。バケツに入れた汁粉をK・Pがひしゃくですくってくれたのだ。

有馬二士はぼんやりと大釜の方を見ている。青い煙が釜の下から立ちのぼっていた。

「海東二士よい、今ごろ九州でも雪が降っとるだろか」と有馬二士はいう。「さあ」ぼくは今朝見て来た天気図を思い出しにかかった。九州では雪は珍しいのだ。福岡あたりに降雪を意味する符号がついていたようだった。「降っとるかも知れん」とぼくはいった。

「年末にうちへボーナスと給料ばまとめて送ってやったたい、ばっていつまで経っても親父から何もいうて来ん、中風で寝とるけんひょっとしたらくたばったか思うていたらあの馬鹿親父、うちの中隊長にはちゃんと手紙ば書いとった、何て書いたと思う、わしの息子が中隊長様の命令ばきかんときゃ容赦せんでびっしびっしぶん殴っちくれて手紙に書いてあったげな、中隊人事の山下士長から教えてもろたが俺がP・Xでうどんするとも我慢して飲んだくれ親父めに金ば送ったらこの手紙じゃ。息子の命は国に捧げたものと思い定めています、げな。昔の軍隊と同じて思うとる。たまったもんじゃなか、どうせ俺の金で一杯やってご機嫌になって書いたに決っとる」と有馬二士はいった。

「寒冷地手当が出ても北海道は物が高か」と徳城二士。新隊員は揃ってうなずいた。

「P・Xで買うたサルマタが六十円もした、九州じゃ四十円であっと」と有馬二士。「北海道じゃどぎゃん貧乏人でも冬は石炭がいる、薪がいる、外套も着らんば、九州じゃ何も要らん」とつけ加えた。「俺あ九州の教育隊で北海道ば希望したときはポプラ並木と時計台がある牧場がどこにもあってどぶにまでしぼりたての牛乳が溢れとるごたる気がした。九州がほう懐しか」と徳城二士はいった。

「懐しかったら帰らんな」と有馬二士。「帰らん、兄貴たちが喜ばん」と徳城二士。

笛が鳴った。「前進」と班長はいった。ぼくらは目の前の丘を登りつめた。そこで折れて今までの方向とは直角に展開した。班長は気がかりそうに空を見上げた。厚い雲が動きさっきまで光が満ちていた空を暗く翳らせていた。ぼくは上衣の襟を立てた。しだいに気温が下った。ぼくらは丘をおりて次の丘に登りにかかった。

「一匹二百五十円にあがったげな」と徳城二士がいった。情報はたちまちひろまった。午前中一匹の獲物もなかった猪股三尉が焦って褒美をつり上げたのだ。「とうとう降り出したごたる」と有馬二士はいった。「夕方のごと暗うなって来たばい」

雪がちらつき始めた。手で握っても固まらない。砂のように崩れる。乾いた細かな雪である。林も音をたて始めた。風が起ったのだ。雪は下へばかり落ちるものと決っているのではないことが初めて分った。空から降るのではなく地面から湧くように見えた。雪は木立の間で縦横に入りまじり交錯した。雪が降る直前、天の光が雲にさえぎられて下界はうす暗くなった、視界に乱れ飛ぶ雪のせいでいくらか明るくなったように感じた。

「散らばるな、間隔をつめえ」と班長がいった。有馬二士が短い叫び声をあげた。「おる、おったぞ、えいくそ、俺あ死んでも兎の一匹や二匹ひっつかまえてやっ」といい、石油罐を放り出して兎の後を追った。「有馬二士、こらとまれ、とまらんか」班長が制した。「誰か、有馬二士をつかまえろ」とぼくらに手を振った。

「あっ、あそこにおるば」と徳城二士が林をさす。「どれ、どこに有馬が見えるか」と班長。「いや、有馬二士じゃのうして兎が見えたとです」「兎はいい、有馬を追え」と班長はいった。「有馬二士よういい」と徳城二士が呼んだ。「黙って……声を出しちゃいかん、黙ってつかまえろ」と班長。「世話の焼けるやっちゃ」とぼくらはいった。

雪が降りしきる密度を増した。左右の班は雪に隠れた。「散らばるな」という班長の声が意外に遠い地点から聞えた。風も勢いを加えた。斜め前の丘を登る徳城二士の姿が見えすぐ木立に隠れた。梢がざわめいた。嵐の海辺に立っているような気がした。ぼくは風に背を向けてしゃがんだ。丘の頂上にいても視界はせまかった。右手で笛が鳴った。かすかに聞えた。それに答えるかのように左の林でもきれぎれに笛が鳴った。風が笛の音をさらった。ぼくはとうとう一人になった。

「おおい」とぼくは叫んだ。誰かが応えたようだ。風の音だった。二度三度ぼくは叫んだ。誰も応えない。ぼくは進むことにした。まわれ右したところで出発点へ帰りつける自信はなかった。迷ってはいけないと自分にいいきかせた。坐って考えるより先へ一歩でも進むことだ。斜面は降り勾配が急だ。体を斜めに倒し、雪に片手をつきながらそろそろとおりた。雪は頭上からも落ちまた足もとからも舞いあがりぼくを息づまらせるかと思われた。服に積った雪を手ではたくと埃のように散った。窪地におりてからぼくは当惑した。目印にして進むつもりだった前方の丘がどっち側にあったか見当がつかない。上から見おろした地形と下から見上げたそれは感じが全く違う。足跡はすぐに降りしきる雪が覆った。ぼくはとりあえず斜面を登った。すりばちの底に似た窪地にいると気が滅入った。一センチでも高みへあがって見通しを得たかった。時計を見た。まだ午後二時だなんて信じられなかった。日没直前のうす暗さなのだ。とまっているのだろうか、と時計を耳に当てた。それが良かった。小刻みなセコンドの響きを耳にすると気分が落着いた。ずいぶん逆上していたのだ。ぼくは丘の中腹にうずくまって微かにきしるばねの音に聞き入った。

ぼくは這って進んだ。雪は地上でも動いていた。四つん這いになるとそれが分った。ぼくの下で積雪は盛りあがりぼくをのみこむかと思われた。雪は風の力で一刻も静止せずに皺寄り波立ち渦を巻いた。丘の頂にぼくは立った。立ってすぐにしゃがんだ。風をまともにくらったのだ。上空では何か巨大な布がはためいているようだ。林は引き裂かれるような物の気配で満ちた。それでいて気が狂いそうな静けさがひたひたとぼくをとり囲み包みこもうとする。麻痺させる静けさである。それが感じられる。その静けさを意識すると関節から力が脱け動くのも面倒になっていつまでもこの場にうずくまっていたくなる。

ぼくは頭を叩いた。すんでのことでぼくは膝に顎をのせて眠りこむところだった。演習地の地形図は日頃見慣れているから、目印になる地物さえあれば迷わない自信がぼくにはあった。吹雪に隠れ、山はどちらを向いてもありかが分らない。丘の形も林の拡がり具合も分らない。コンパスを持たないから方角の定めようがない。しかし昼飯を食べた所から（それはどの辺か分っていた）遠くない地点にいることは確かだ。

ぼくは記憶にある地図の一点にディバイダーをあて半径二キロの円を描いた。今その円の中のどこかにいるわけだ。西へ進めば山に深く入りこむことになり、東へ進めば演習場の原野へ出るだろう。

大ざっぱにそう判断していいように思った。ぼくはミズナラの幹に触れ苔のついた部分を調べた。雪に埋れた切株を探して年輪の間隔で方向を知ろうとした。木は洗われたように清潔でひとかけらの苔もなく、切株はといえばどれも定規で測ったように等しい輪を持っていた。

焦るな、とぼくはいった。口に出して呟いた。独り言をいうのが癖になっていた。外界の荒々しく圧倒的な沈黙に対しそうやって手向っているつもりだ。ぼくはまた頭の中に地図を拡げた。きのう、この地区の二万五千分の一地図を地図庫へ取りに行き、一枚ずつ端を折って余白がないようにして接着テープで貼り合せたのはぼくだ。大隊長に一枚、安宅二尉に一枚、各中隊長に一枚ずつ渡した。その等高線を辿った。エゾ松の根方に倒木があり、雪が吹き寄せられて円錐形に盛りあがり恰好の風除けになっている、雪に穴を掘って体が這入る大きさのくぼみをこしらえ、そこへ這いこんだ。エゾ松に背をもたせかけた。そうすると体を締めつける寒気がいくらかしのげるようになった。暖かみさえ感じた。ものを考えられるようになった。地図をはっきりと思い出すことが出来た。

ぼくは目を閉じてそして見た。山が現れ川が浮び丘と平原と道路が見えた。尾根はこのあたりで無数の小さな丘に分岐していた。尾根の軸は東西に横たわり丘はそれに対してほぼ直角につながっているようだった。したがって理屈の上からは丘の稜線を伝って行けば（高みへ）いずれかの尾根に辿りつくだろうし、その尾根を下れば平地へ達することが出来る。

それにしても仲間は一体どこにひそんでいるのだろう。ここへ来るまで誰にも会わなかった。丘の稜線とどこまでも直角に進むという方法もあった。そうすると東か西へ出るわけだし、西へ行けば兎の到来を待ち構え網を張っている三中隊と、東へ行けば大隊本部の天幕にぶつかる可能性があった。小さな可能性である。前のやり方より不確かだ、とぼくは考えた。

ぼくの目の前にミズナラの倒木がある。雷でも落ちたか林の一箇所が黒く焼けて乱雑に木が倒れている。倒木の下に動くものがあった。小さな薄茶色の塊である。濡れた瞳がぼくを見ていた。ぼくは立ちあがった。瞬きするともう兎は消えていた。丘の稜線伝いに歩き出した。吹雪はいっこうに衰えなかった。ぼくは慄えた。寒さは痛みに近かった。大股に歩いているつもりでも歩幅は子供のそれに近かった。

稜線を歩いていると思いこんでいたがいつのまにかどちらかの斜面におりていた。視界が広ければ左右の谷間を見通す位置に自分を置けるのだが前後左右まばらな立木の他は白一色の空間では方向を保持するのが難儀だ。

風と向い合って進んでいると次第に風を背に受けるように歩いている。風向が常に一定であれば直進することも出来た。風向は定まらなかった。四方から吹いた。渦の中心にいる気がした。これはしかしいい徴候だった。このように吹く風は長続きしないのだ。吹雪は夜までに、いやおそらくあと

二、三時間でやむだろう。雲の色、形、夕焼の色、大気の湿り気などで天象を占うのは佐久間二曹の十八番だった。子供の頃から漁船に乗っていたという彼からぼくはずいぶん多くのことを学んだことになる。

ぼくは立ちどまった。おぼろにうかがえるまわりの地形に何となく見憶えがあった。林のたたずまいと地表の勾配が初めて見るものではない気がした。もしかしたらひと回りして元の所へ戻ったのかも知れなかった。ぼくは坐りこんだ。

…………………………

ここがどこかぼくは知っている。崖の下だ。その急斜面をすべり落ちてとまった。さっきその上に腰をおろそうとした倒木と一緒に転落した。雪の下にどのくらいのびていたか分らない。時計も止っているから。柔らかな吹き溜りの中だから助かった。頭は雪の上に出ている。上半身を埋めている雪を手で搔いた。吹雪はやみかけていたが風そのものは変りがなかった。やけに長い車輛を引いて貨物列車が空中を走りでもするような音だ。ぼくが横たわっているのは谷底らしかった。両側はそそり立つ雪の壁である。

雪崩がぼくを埋めないことを祈った。小さな雪塊がひっきりなしにすべり落ちて来る。下半身が利かない。カラマツの幹がぼくの脚を押えつけている。左右の足指を動かしてみた。感覚があった。抜こうとした。左は抜けた。右が抜けない。体をエビのように曲げて手を伸ばしカラマツをどけようとかかった。それが無駄と分ってから脚の下の雪を掘った。指は固い雪を崩せない。銃剣があれば、と思った。木の枝を探した。雪の中をさぐった。小枝が手に触れたけれど腐っていて使い物にならない。

その頃からぼくはいい気持になり始めた。寒さを感じなくなり、脚の痛みもとれ、ぬるま湯につかっているような物憂いけだるさを覚えた。何もじたばたすることはない。このまま動かないでいてどうしていけないのだと考えた。じっとしているのが一番いいのだ。それは譬えようもなく甘い囁きだった。

一本の木が見えた。直立した幹の尖端に放射状に開いた葉身をつけていた。棕櫚に似ていると思った。次の瞬間それは棕櫚の木になった。一本ではなくて同じ間隔で列柱のようにつながった。棕櫚並木の向うに海があった。灰褐色の干潟で縁取られた海が見えた。そこから風が吹いて来た。生臭い泥の匂いをぼくはかいだ。故郷の匂いである。生肉の切身に似た赤土の丘を見、暗い緑色の炎で飾られた棕櫚を見、その向うにひっそりと拡がる潟海を見てぼくは幸福だった。田舎に帰った、と思った。

「いけません」と安宅二尉の声がいった。

「いけません海東二士、大隊本部において先任は剣持一尉ですから決裁をもらうときはまず初めに剣持一尉に書類を提出して下さい、まちがっても先に本間一尉にまわさないように」と安宅二尉がいった。

「わかりました」とぼくはいった。

「海東二士、〝達〟と〝令〟の区別はつくようになりましたか、大本勤務者はその違いくらいは知っておかなくてはなりません」

安宅二尉は人さし指を立てて振りながらしゃべった。「S2要員は中隊で築城演習、道路整備等の作業が行われても免除されます。常時、大本につめて下さい。S2にはS2の仕事があるのです、中隊長はあなたの任務を理解していますから、旧隊員や同僚にとやかくいわれても気にすることはありません」「主任、ぼくは他人の思惑を気にしてるんじゃありません、もともと道路整備や除雪作業が好いとるとです」とぼくはいった。

「海東二士、あなたは地図記号は憶えてしまいましたか、これは何ですか」安宅二尉は黒板に串団子のような記号を描いてみせた。「ダムです」とぼくはいった。「部隊符号はどうです、これは何を意味しますか」と今度は小さな円を描いて長方形で囲み、ひげのような線をつけ加えた。「前進観測点です」とぼくはいった。「違います」「大隊本部です」「違います、海東二士、機甲偵察の符号ですよ、あなたは薪割作業隊について行ってはなりません、貯炭場へ行く暇もありません、特科大隊は春になって石狩平野の雪が溶けたら猛烈に忙しくなります、十五榴部隊は特科の中心だからです、高射砲や重迫は添え物です、S2の任務を遂行しながら射撃訓練の際は測量手としても演習を重ねなければなりません。夏には団の演習があります、秋には方面隊の機動演習があります。北海道全土を動きまわることになります、その時になって憶えようとしても追いつきません、ああ、忙しい、忙しくなる」

安宅二尉はぼくのまわりを早足に歩いた。「主任、どうしてあなたはいつもそんなにせかせかしとるとですか」とぼくはいった。安宅二尉は振り向きもせずに、「なに、生きるためですよ」といった。

「主任、ロシア語の発音はうまくなりましたか、カーの音はどうです」

「カー」と安宅二尉は咽のところで発音してみせた。クルクルと鳩が啼く声に似ていた。どこを見ているのか分らない黄色い目の色である。「よろしい、上手になりました、まあ、ぼちぼちやりましょうや主任」とぼくはいった。安宅二尉は耳裏を引っ搔くような敬礼をした。「まあ、ぼちぼちやろうなあ海東二士」と佐久間二曹の声がした。

赤いものが閃いた。くすぶっていたストーヴから色鮮やかな火焰が立ちのぼった。本部内にこもっていた煙がうすれてみると本部要員が全部揃っていた。ぼくはバケツをさげて石炭庫へ行った。石炭を十能ですくっていると、佐久間二曹はバケツから外へ移す。「佐久間二曹、これではいつまでたってもバケツは一杯になりませんよ」とぼくはいう。

「そうかなあ、ここのところは坐って二人でじっくり考えよう」と佐久間二曹はいう。「考えよ、しからずんば疑え」と九鬼二士がいった。「とまれ、見よ、疑え」と節をつけて歌った。「安宅二尉、山猿と兎に関して知ることを述べよ」と剣持一尉がいった。安宅二尉は空中写真を細長く切って、「火の用心」と書いていた。「安宅二尉、聞えんのか」剣持一尉に机を叩かれて主任はばね仕掛けのようにとびあがった。早口でまくしたて始める。

「石狩西部山地一帯に棲息します兎は哺乳綱、哺乳類、もとへ哺乳類、哺乳綱、兎目に属するところのナキウサギ科啼き兎ならびに雪兎でありまして、海抜二百メートル以上の岩山に多く、夏は赤褐色、冬は灰または薄茶色を呈します。冬眠をせず積雪上においても敏捷に活動しますが、性質は臆病です。コケモモ、シャクナゲ、イワツツジ等を食べ、降雪前にそれらをためこむ習性があります。霧がかかると金属性の声で鳴いて一種のコールサインとおぼしき警戒音を発します。優秀な兎です」といった。

「霧だ、川中島において上杉軍別動隊の進出を秘匿したのは霧であった」と副大隊長がいった。「天象に乗じた典型的な奇襲である」とつけ加える。奇襲、奇襲、と高塔三曹がいった。「レインジャーは奇襲を任務とする。敵の背後にヘリまたは落下傘でおりて後方の補給機能ならびに指揮系統をば攪乱する、一、二、三、レインジャー、えい」と叫んで腕立て伏せをやり始めた。

「飛行手当は五十パーセント、潜水艦手当は四十パーセント、海上航海手当は二十パーセント、落下傘手当は一回おりるごとに百五十円」と九鬼二士が叫んだ。

「二百五十円、兎一匹に二百五十円、生け捕りにせえ、殺すな」と猪股三尉がいった。

「後方を攪乱する、ほうぼうを攪拌する、棒でかきまぜる、酸化アルミニウムの粉は見たところ鋸屑みたいだ、ガソリンを垂らしながらかきまぜるとだな、透きとおったどろどろの……」高塔三曹が話していた。ぼくは叫ぼうとした。声にならない。恐怖の串で全身を貫かれた。

ぼくたちは裸にされて巨大な坩堝《るつぼ》に投げこまれた。有馬と徳城がいた。久保と半田もいた。加治木、東郷、与那嶺、西村、徳光、猿谷、桐野、伊集院、九州の教育隊で一緒だった連中もいた。彼らは今から暖かいシャワーを浴びるのだとでもいいたげな気楽な顔でひしめいている。

「新隊員、集合終り」と佐久間二曹がいった。「まだまだ」といって、犬丸一士と丹下士長が裸になり坩堝の中にとびこんで来た。

「あっそ、そうですか、すみませんな」と安宅二尉が佐久間二曹に対して招き猫の敬礼をした。ぼくたちはガソリンをたらされ二十四時間かきまぜられて、どろどろのゼリーになるのだった。佐久間二曹はポケットから平べったい空罐を出した。空っぽになったからまたつめておこう、などと呟いている。ストーヴに投げこんだしろものだ。あれは固形燃料ではなくてぼくらを溶かしたものだ。ぼくは呻いた。どこからか呻き声が聞えた。

「女をいじめるのはどこのどいつだ」とぼくはいった。ストーヴを薪で叩いて、「ちっとは泊り客の迷惑を考えろ、今は夜間だというのが分らんのか」といった。

「夜間射撃に習熟すればまず一人前の砲手《ガナー》といえる。百五十五ミリ榴弾砲は直接照準も可能であるが間接照準が主である。照準手が目標を視認しつつ射弾を送ることはごく稀にしか実施しない」と猪股三尉がいった。

「F・D・Cも要らん、測量もいらん、わしが大陸で山砲を射っとるときはこうだ。とりあえず一発射て、とこうだ。眼鏡で初弾弾着を見て、右寄せ五十、引け二百と号令を砲側にかける、弾着を見る、射角よし方位よし続いて射て」と副大隊長がいった。

「射角よし方位よし、一晩に九つ」と東郷二士がいった。

「クイック、クイック、スロー」九鬼二士がいった。「銃剣術は普通科戦闘の基本にして隊員たる者はすべからく習熟演練すべし、前進するも後退するも敏速かつ……」「敏速確実」と徳城二士がいった。

「……銃剣術の要領はダンスの要領に通じるあり、脚と共に全身で移動し……」九鬼二士はステップを踏んだ。ストーヴの周囲を女を抱く身振りでまわる。「海東二士、けむたいぞ、早く何とかせんか」副大隊長がいった。そういってから「火をおこせ、焚きつけろ、もうすぐ猪股三尉が兎をつかまえてくるからな」とぼくをせきたてた。

「これは余の追い求めし兎なるぞ」猪股三尉が金庫を指した。剣持一尉を押しのけてその後ろにある金庫をあけた。安宅二尉の革鞄がはいっていた。中から兎をつかみ出してぶらさげ、「海東二士、鍋だ、管中に請求して鍋を敏速に用意せえ」といった。

「請求せよ、請求せよ」と小松二尉がいった。「補給管理は装備品等を調達し保管し補給し整備を行うこれら業務を適正にかつ効果的に行わせるために必要な管理業務にして、物品を」といいかけたとき中隊長たちがいっせいに「物品愛護」と声を揃えて叫んだ。

二尉は続ける。「物品を類別し、番号を付与し、標準化し仕様書を統一し、需給見込量を算定し在庫量を勘案し合理化を促進する」「合理化を促進する」と各中隊長がいった。「在庫量の員数が……」と小松二尉がいいかけると、「足りんのだ、合わんのだ」とぼくらはいった。

「安宅二尉、啼き兎の学名を問う」と猪股三尉がいった。

「Ochotona, hyperborea」と安宅二尉。

「そのココロは……」と猪股三尉。

「Ochotona とは〝声を持つ〟の意にして、hyperborea とは北方民族の名に由来せり」と安宅二尉。

「北方民族……」剣持一尉が声を張り上げた。「ロシア人に気を許すな、日ソ不可侵条約を一方的に破棄したのは……」と演説を始める。「啼き兎の分布を問う」と猪股三尉は続ける。

「シベリア、モンゴル、中国東北部及び北海道なり」と安宅二尉。

「いかなる声にて啼くや」と猪股三尉。

「カルルカルル」安宅二尉は咽をふるわせた。鳩の鳴き声に似ていた。

「啼き兎の性生活を問う」と猪股三尉。

「交尾はすなわちオス対メスにてこれを行い」「抜かずの三本」と郡司一士がいった。「オス対メスにてこれを行い、好むところの体位はおおむね後背位にして騎乗位ならびに正常位は体型のしからしむるところによりとらざるものの如し」と安宅二尉は答えた。

「啼き兎は食用に適するや」と猪股三尉。

「直突一本、御免」と叫んで安宅二尉は猪股三尉がぶら下げている兎めがけて竹刀を突き出した。兎は一回転して空中にとびあがった。猪股三尉のナイフが落ちてくる兎を刺して受けとめた。「参った」と兎はいった。

「まだまだ」と安宅二尉はいって竹刀をふりまわした。兎は首にナイフを刺したまま床の上で跳ねた。そうやってストーヴのまわりを逃げまわった。

「兎、兎、なに見て跳ねる」ぼくは歌った。安宅二尉は両手を耳の上にあてがってひらひらと動かしながら膝を屈伸させた。

「兎、兎、なに見て跳ねる

十五夜お月様見て跳ねる」

大隊長以下全員が合唱した。

安宅二尉はとどめの一撃をくれた。「参った」と兎はいってのびた。「勝負あった、それまで」と佐久間二曹がいった。「どいつもこいつも」と安宅二尉は呟き本部要員の顔を眺めまわした。いきなり剣持一尉を竹刀でひっぱたいた。「逃げるな」とその背中に声をかけた。「こら待てえ、待たんか剣持一尉」S1主任はストーヴを楯にとって竹刀を避けた。「こわいよう、ぶつんだもん」ぼくに抱きついて悲鳴を上げる。「おお、よしよし」安宅二尉は剣持一尉の頭を撫でて、「痛かったでしょう、すみませんな」といった。

猪股三尉はナイフの切先を兎の咽もとにあてがって下腹部まで切れ目を入れた。「海東二士、脚を持っとれ」といい、切れ目に指をさし入れて左右に押し拡げた。桃色の薄い皮膜に淡い黄色の脂肪が層をつくっている。その内側に濡れて柔らかそうな内臓が湯気をたてていた。猪股三尉は皮を指で引っ張っておいてナイフを使った。頸と足のところまでめくり上げるようにして皮を剝いだ。「鍋を」と兎から目をそらさずにいった。ぼくは鍋をストーヴにかけた。薬罐の湯を満した。猪股三尉は剝ぎとった毛皮を投げ上げた。それはふわりと宙に浮び安宅二尉の頭にのっかった。猪股三尉は内臓を一つずつ傷つけないようにナイフで切り離し、次に四本の脚を太腿の箇所で切り取って鍋に入れた。「レバーはとっとけ、他のは捨てろ」とぼくに命じた。背骨にナイフで刻み目を入れると肋骨がはずれた。肉がついたままその肋骨を鍋に入れた。

「兎のシチューで一杯やれますなあ」と佐久間二曹が嬉しそうにもみ手をした。

「シチューで一杯、シチューで乾杯」と剣持一尉がいった。「ここに亡き兎の冥福を祈り、謹んで黙禱を捧げようではないか」といった。

ぼくは骨つき肉がかぶるくらいひたひたに薬罐の湯をつぎ足した。

「どんどん燃やせ」と副大隊長がいった。「燃やせ、燃やせ、シチューが煮立つまで」と大隊長がいった。

「塩、胡椒を忘れるな」剣持一尉がいった。「塩と胡椒は鍋が煮立ってから入れるがよろしい」といった。「いや、煮立つ前に入れるのが要領です、そうでないと肉が固くなる」本間一尉がむきになった。

「海東二士、迷ってはなりません、この場合剣持一尉が先任です。剣持一尉の指示に従うように」と安宅二尉。

「あぶくが立ったら塩胡椒を入れよ」と剣持一尉がいった。

「醬油で味つけせえ、にんにくを入れよ」と本間一尉。

「あぶくが浮いたらすくって捨てよ、それは肉のアクであるゆえに」と猪股三尉。
「肉屋さんがいったとさ、
肉屋さんがいったとさ、
メエメエ羊さんの臭い肉、臭い肉、
にんにく入れたらおいしくなった、
ピョンピョン兎さんの固い肉、固い肉、
にんにく入れても固いまま」
安宅二尉が歌った。鍋の兎が縁に手をかけ頭を突き出して歌った。
「ニラ草入れよ、
ニラ草入れよ、
固いお肉はニラ草入れよ」
「あっそ、そうですか、すみませんな」
安宅二尉はぴょんととびあがりざま招き猫の敬礼をした。
……………………
ぼくは窪地に横たわっていた。吹雪はやんでいた。空は明るくなり、いつのまにか雲が切れて青空が拡がっている。金色の陽が溢れ雪をまぶしくきらめかせた。

「海東二士があそこにおったぞ」丘をすべりおりて来るのは有馬二士だ。久保、半田、徳城二士と続いて駆け寄る。彼らはぼくの上にかぶさっている倒木をのけた。脚は折れていなかった。すじを違えているだけだ。有馬二士と徳城二士がかわるがわるしびれた脚を揉んでくれた。そのうち動くようになった。

「どぎゃんか、海東二士、動かるるか」と心配そうに顔をのぞきこむ。「動く動く」とぼくはいった。

「良かったなあ」皆は口ぐちに、良かった良かったといった。「左の方はどぎゃんな」と半田二士がいう。ぼくは左脚を曲げてまた伸ばした。久保二士が乾いたタオルを出してぼくの上衣を脱がせた。紫色に近くなった皮膚をそれでこすった。痛いほど力をこめてこすった。背中も摩擦した。だんだん体が暖かくなった。血のめぐりがよくなった。徳城二士の肩につかまって歩いた。手を離して一人で歩いてみた。倒れはしなかった。

「これで全員集合じゃ」と有馬二士がいった。「今何時ごろか」とぼくはきいた。「三時五十分」と徳城二士。吹雪で部隊がちりぢりになってから二時間とたっていなかった。

この日、ぼくらは六時ごろ駐屯地に帰り着いた。

丹下士長は山にさしかかったところでジープをとめた。すぐすみますから、といってスノーチェーンを車輛にかけた。「チェーンがまだ必要なのか」と佐久間二曹がいった。「平地は解けても山の雪は深いですから」と丹下士長はいって運転席に戻った。

「主任、安平弾薬庫に寄りますか」と佐久間二曹は振り返る。ぼくは安宅二尉と後部座席に肩を並べていた。

「そうですね」時計と地図を見くらべながら安宅二尉は思案して、「海東二士、今夜は何か催しがある予定でしたね」という。

「営内居住者のみ十八時三十分から芝居とストリップ見学があります」ぼくは答えた。

「ストリップ一座が芝居もやるのですか」と安宅二尉。

「いいえ、芝居は札幌総監部直属の劇団が上演するとです。劇団員は隊員です」

「そ、そうでしたね、去年もそういえば四月頃劇団だけ来たようです、佐久間二曹、あれは何でしたっけ」

「〝水師営の会見〟と〝父帰る〟でした」

「きょうは弾薬庫に寄らないことにします、十七時までに駐屯地に帰れないかも知れません、この次にしましょう」と安宅二尉。

「丹下士長、あまりとばさんでくれや、幌をはずしとるから風が冷たいぞ」と佐久間二曹。「三十しか出してませんよ、これで」「そうかね、わしは八十以上でとばしてるような気がしたよ、ま、ぼちぼちやろうなあ」

「道がこんな状態で八十も出せるもんですか」と丹下士長はいった。雪どけ水が道をぬかるませていた。ジープは揺れがひどかった。平地では雪よりも黒い土が広い面積を占めていたが、山に入ると白一色になった。同時に揺れもやんだ。雪の間にマメヤナギの新芽がのぞいているのをぼくは見つけた。

「厚真川は寄らないんでしたね」前を見たまま丹下士長がいった。「寄りません、ウトナイト湖を過ぎたら勇払川を渡って苫小牧へ出ます」と安宅二尉はいった。「演習林を抜けたらウトナイト湖に直行しますか」と丹下士長。「そうして下さい」と安宅二尉はいった。

「演習林に這入ったら林道は雪が深いんじゃないかなあ、チェーン巻いても丹下士長、走れないんじゃないか」と佐久間二曹。

「大丈夫ですよ、営林署の車が通っているから、ほらタイヤの跡がついている」と丹下士長はいった。その通りだった。ぼくらのジープはタイヤの跡を辿って走った。

「兎が」

佐久間二曹が前方を指した。林からとび出した薄茶色の塊がジープの進路を横切ってまた林の中へ駆けこんだ。

「このあたりでは多いですよ。啼き兎も雪兎も野兎も。秋に機動演習があってここを通ったときは車に轢かれた兎がごろごろころがっていたりして」と丹下士長はいった。

「おかしいな」安宅二尉は首をかしげている。「気象隊の調査報告では演習林の積雪は三月末で解けたことになっている、しかしまだ二十センチ以上は残ってるじゃありませんか」「丹下士長、とめてくれ、海東二士、積雪測定しようなあ」佐久間二曹がいった。

ぼくらは路面に積った雪を測った。十五センチはあった。土はまだ凍っていた。

「この分じゃ月末までは解けませんよ、この演習林は山の北西斜面にあるでしょう、南側はもしかしたら解けるかも知れんが」と佐久間二曹はのんびりとした口調でいう。安宅二尉は額に青筋を立てている。口もとを引きつらせて、「気象隊はどこを見てこんな報告を書いたんでしょう」という。

雲も雪もまぶしかった。雪の間にのぞいたマメヤナキの新芽は光を孕んではち切れそうに見えた。雪を落した森の緑は萌え出た若芽でどこも濃淡の縞を帯びた。森は青臭い植物の匂いでむせかえるようだった。兎がまたジープの前を横切った。

「海東二士、これが分るか」丹下士長が小さな草をつんで来た。五センチくらいの円い葉を持った草である。大豆ほどの大きさで固そうな白い蕾をつけている。「さあ、何ですかねえ、初めてだなあこれは」「スズランだよ、五月になれば演習場は一面スズランだらけだ」といってぽいと森の中へほうった。

「乗車」と佐久間二曹がいった。

「こないだの〃暴兎鎮圧作戦〃はここでやればよかった。うちの戦果はたった三匹でしたな」佐久間二曹が口惜しがる。

「正確には一匹です。あとの二匹は猪股三尉が七一五大隊の獲物を分けてもらって来たんです、たった一匹じゃ大隊幹部に行きわたらんでしょう」と主任はいった。

「七一五大隊は戦果大だったらしいですね」と佐久間二曹はいった。

「わが大隊は風呂敷を拡げすぎたんです、大隊全員が一列横隊になってぐるりと包囲したでしょう、兎のいると思われる丘陵地帯を。包囲網の中にいる兎を全部捕獲するつもりでね、結果は惨めなもんです、薄い輪のどこからでも兎は逃げ出すことが出来ました。それに吹雪という突発事もありました。あれから兎鍋をつつきながら戦訓研究会をやりましてね、われわれとしては作戦がまずかったと大いに反省したことでした」

「七一五大隊は二十五、六匹も捕えたそうですなあ、どうやったんですか」

「彼らは重点を標的山に指向しまして山裾を三個中隊で二重に包囲して頂上から二個中隊が追い落し

たと聞いています。重点包囲の重点攻撃。迫の連中は兎狩りについてもやはり目のつけ所が十五榴と違います。作戦は図に当りました。来年はわが大隊も七一五大隊のやり方を見習うでしょう」と安宅二尉はいった。

「兎鍋はいかがでした、うまかったですか」と佐久間二曹がいった。

「うちがとった奴は脂身がすくないので固くてわたしはどうも……しかし猪股三尉はうまいといっておられました。七一五大隊のとった兎のなかに脂がのってよく肥えたのがいて、それを群長にさし上げたら大層喜ばれたそうです」と安宅二尉はいった。

「そうか、群本部は作戦に参加しなかったから兎は一匹も手に入らないんだ、七一五大隊長は点数を稼いだわけですな」と佐久間二曹はいった。「そうでもないでしょう……しかし猪股三尉はひどく残念がっていましたよ、たった一匹の獲物がさっきもいったように骨と皮みたいな痩せ兎だったでしょう、いくら何でもこんな貧相な兎を召し上って下さいと群長に献上するわけにもゆきませんからね、この兎がもう少し脂がのってたらなあって猪股三尉は骨をしゃぶりながら何べんも口惜しがっていましたっけ」と安宅二尉はいった。

演習林を抜けると道路は下り坂が続いた。丹下士長はジープをとめてスノーチェーンをはずした。坂をおりてしまうと雪が消えた。ぼくは思わず腰を浮かした。前方に太平洋が見えた。どす黒い北の海でなくて暖かそうな草色をした海が。

「春になればいつもあんな色になるんだよ海東二士、あれがどうかしたのかね」と佐久間二曹がいった。九州でも草色の海というのは見たことがなかった。ジープは海へ向って進んだ。風が吹いて来た。空気は海草の味がした。生臭い魚のはらわたも匂った。ぼくは小鼻をひくひくさせて貪るように海の匂いをかいだ。春だ、と思った。雪が解けるのを見ても冬が終るとは感じなかった。草色の海と向いあって初めて春が来たことを思った。

「潮流の関係かプランクトンが発生するのか今ごろは大体ああなるようです」と安宅二尉がいった。海の向うに本州がありその向うに九州がある。何かが疼いた。吹雪の午後、吹き溜りの中で見た赤土の丘や棕櫚、有明海の干潟を思い出した。田舎へ帰りたい、と思った。ジープは海岸道路でとまった。

「主任、室蘭はどうしますか」と佐久間二曹がいった。

「そうですね、片道四十キロくらいはありますから……どうですか丹下士長、二時間で往復できますか」と安宅二尉。「無理です、三時間かかります」と丹下士長はにべもない。

「引き返しましょう、道路状況は去年とくらべて変化もないし、きょうのところはこれくらいでいいでしょう」と安宅二尉はいった。「丹下士長、じゃあぼちぼち駐屯地に帰るとするか」と佐久間二曹はいった。「駐屯地に帰ります」丹下士長が復唱した。帰る、とぼくは心の中で呟いた。青いもやに包まれた緑の山々が目に浮んだ。九州の山が。道は平らだった。ジープは揺れずに走った。ぼくはフロントグラス越しに道を見ていた。舗装された滑らかな道を見ていた。フロントグラスの中で左右に細かく慄えながら迫って来る。ずっと遠くでは近づくのをどうしようかと思案でもするように揺れている細い線だ。近づくにつれて道はだんだん速くなる。雪解け水で膨れあがった急流のように波立ち沸き返る。道はぼくに殺到しぼくと出合ったところで身をひるがえして左右に分れ、後ろへ飛び過ぎる。前からぼくは長い幹線道路を見るのが好きだった。陸橋の上で見るのも良かった。走るトラック上で見るのも良かった。道はどこへ続いているのだろうか、道の先にどんな町があるのだろうか、どんな人間が住んでいるのだろうか、と考えるのが好きだった。ぼくは胸がときめいた。道を見ているとそれだけで気分が良くなった。空の下にひろがっている道を歩き（誰に会おうと敬礼なんかせずに）好きな仕事をしたくなった。好きでなくても仕事らしい仕事ならどんな仕事でも良かった。例えば壊れた便所の下水管を埋め直すことも仕事だ。きのう、ぼくは有馬や半田たちと中隊隊舎の洗面所裏で半日、泥を掘った。疲れはしたが後味は悪くなかった。大砲をうつために距離を測る仕事の疲れとはたちが違う疲れかただった。ぼくは道を眺めていた。道路は手を叩き、歌をうたい、そそのかしてぼくを遠くへ誘うかのようだ。帰りたい、とぼくは思った。

「室蘭には富士製鉄と日本製鋼がありますね、主任、十五榴を造ってるのはどっちですか」と佐久間二曹がいった。「日本製鋼ではなかったでしょうか、あそこはイギリスの兵器メーカーであるところのアームストロング社とヴィッカース社が設立したものです、あと一つ日本側は確か北海道汽船、じゃなかった北海道炭礦汽船会社だったと思います、三社の共同出資です」安宅二尉は答えた。

「ああ、この空気」佐久間二曹は顔をあおむきにして目を閉じた。「春はええなあ、何かしらええ気持になる」といった。

「佐久間二曹は若いですね」安宅二尉は咽を鳴らして笑った。「わかった、今夜あなたはストリップを見学するんでしょう、それで張り切ってるんですね」といった。

「ストリップ？　とんでもない主任、わしら営外組は女房だけで沢山です、ストリップなんて独り者が見て面白いものでわしらなんか別にどうということないです、本当の話、ええ……しかし主任、駐屯地内であんなものをやるなんて開けたもんですなあ、わしらが陸士時代とくらべたら各段の違いです」と佐久間二曹。

「団としても若い隊員を二万もかかえていては何らかの処置を講じなくてはならないんです、駐屯地内で興行させるというのは何でも警察側のアイデアだそうです」と安宅二尉。「あんなもの見たからといって血の気の多い連中がおさまるかなあ、どうだい丹下士長、お前行くかい」と佐久間二曹。

「自分はあんなもの好かんです、ちぇっ」丹下士長はクラクションを鳴らした。十数頭の牛が道を塞いでいる。

「ストリップが気にくわんからといってそうやけに鳴らさんでもええじゃないか」と佐久間二曹。

「牛ですよ牛、牛が邪魔だから鳴らしたんです、畜生、わざとゆっくり歩かせやがって」丹下士長は目をつり上げた。牛を追っている男に向い、顔を真赤にして、「ジープが通れやせんじゃないか、さっさとわきにどけてくれよ」といった。「おい、俺達が邪魔なんだと」男は一人かと思ったら二人いた。牛のかげになっていて見えなかったのだ。「牛がいうことをきかんもんでなあ」といい、丹下士長を睨みすえて詰め寄って来る。

安宅二尉がジープをおりた。少年のようにしなやかな身ごなしだ。「皆さん御苦労様です、若い隊員がつい荒い口をききまして失礼をば致しました」にこやかに揉み手しながら農夫に近寄る。小腰をかがめて、かんべんしてやって下さい、と何度も頼んだ。牛を追う男は安宅二尉の微笑に気をのまれた。

「俺達だってよう、何も、ただ……」顔を見合せて苦笑する。

「あっそ、そうですか、牛をどけて下さいますか、すみません、すみませんな」

「どう、どう」彼らは牛を手で押した。ジープは徐行しつつ牛の群に割って入った。ステップに足をかけた姿勢で安宅二尉は二人に向いしきりに頭を下げ招き猫の敬礼をした。間近を歩く牛にも愛想笑いをして背を手で撫でもした。牛を追い抜いたところで丹下士長はアクセルを踏んだ。

急激に加速したはずみに安宅二尉は座席にしりもちをついた。「丹下士長、静かにやってくれえ、急がんでもええぞ」といった佐久間二曹に「すみません」と丹下士長がいうと、「ああ、いいんです」と安宅二尉はいった。自分にいわれたと思いこんでいる。帽子をとって後頭部をさすっていた。どこかにぶつけたのだ。瘤を撫でている。痛そうにさすっている安宅二尉の手を見ながらぼくも自分のわき腹を服の上から押えた。

「海東二士、防具をつけて外に出てくれませんか」と安宅二尉はいったのだ。きのうの午後おそく大隊本部にいるのはぼくと安宅二尉の二人だけだった。剣持一尉と本間一尉は群本部で開かれる会議に出席した。小松二尉は業務隊に出かけた。他の要員は不要書類を焼却処分するために出払っていた。安宅二尉は翌日の地誌踏査に備えて地図を調べ、気象隊の報告や一年前にそこを踏査した隊の記録を読んでいた。ぼくは踏査予定地域の地図をテープで貼り合せていた。

安宅二尉はそれまで続けていた話をやめてつと顔を上げた。耳をすましている表情になった。誰かが入り口に来て声をかけている。その男は誰だろうかと考えている目付に似ていた。「どうかしましたか」とぼくはいった。安宅二尉は何でもない、といって顔を伏せた。ディバイダーをいじりながら、「海東二士、苫小牧地区の二万五千分の一地図を見せて下さい」「他の地図と一緒にロッカーの上にのせておきましたばって」とぼくはいった。

「ありません」

「さっき、主任は御覧になっていたとじゃなかですか」

「わたしが……」

「勇払川ウトナイト湖合流点の地図と貼り合せたとですから、あれ一枚だけなくなることはなかですよ、探してみます」

机の下に落ちていた。「ありました、わたしが忘れていたのでした、すみませんな」その頃から安宅二尉はだんだんとりとめのない目になった。どこを見ているのか分らない目の色である。

「ところで海東二士、地図庫とS２の鍵のことですが」

来た、とぼくは思った。「課業ちゅうは大隊本部においてあなたが保管し、課業後は当直幹部に預ける、そういう規則になっていましたね」「はあ」「当直幹部はあなたから鍵を預った証拠に鍵保管簿に自分の印を押してあなたに渡す、そうでしたね」

「はい」

「先日群本部二課の検査がありました。地図や秘密書類は各隊において安全に保管されているかという検査です、鍵保管簿も提出を求められました、わが大隊の保管状況は優秀であるとお褒めにあずかりました」

「はあ」

「ところがたまたま猪股三尉が居合せて検査官が帰ってから、おかしいな、自分は鍵保管簿にこの印をついた覚えはないんだが、というのです。日付を見るとあなたが猪股三尉の伝令当番だった頃です、鍵を一回一回当直幹部に預けるのは面倒なものです、猪股三尉の伝令だったとき群本から回ってくる書簡や命令回報を受領するために三尉の印はあなたが預っています、一週間分くらいはいつでも押せるわけです、小さな怠慢ですが大きな事故は小さなミスから生じるということを忘れないように、それからまだあります、あなたはこの頃よく大本から居なくなります、五分や十分ならどうということもありませんが一時間、時には二時間も行方不明になることがあります、先日、地図を調べる必要があってあなたに頼もうとしてもいらっしゃらない、仕方なしに自分で出しに行ったらちょうどあなたが地図庫から出て来るところでした、内から鍵をかけて昼寝でもしていたのですか」

　ぼくらは防具をつけて向いあった。五回目ともなれば紐を結ぶのにも手間どらなかった。高塔三曹が通りかかった。「Ｓ２はやるのぅ、暇なときは剣道か、Ｓ１もＳ３もＳ２を見習うべし」といった。雪はなかった。乾いた風が吹いた。「願います」いつものようにそういってぼくは竹刀を合せた。

　安宅二尉は中段に構えて二歩さがった。さがったかと思ったら一歩ついで二歩踏み出した。ぼくはさがった。安宅二尉は竹刀で軽くぼくの竹刀を叩いた。ぼくはとびすさった。すかさず安宅二尉が迫った。その体が巨人のように膨れあがった。ぼくにのしかかるかと思われた。防具に隠れた顔は仮面の無表情そのままだ。

ぼくは打たれた。天地が真っ暗になった。頭のてっぺんを打たれた。「参った」とぼくはいった。「まだまだ」と竹刀を持った男はいった。ぼくはおっぽりだした自分の竹刀を拾い上げた。鉄製のように重かった。相手はさがった。ぼくは前に出た。さがりながら相手は左に動いた。ぼくは右に移った。風がまともに吹きつけて来た。細かな砂粒が面の中にとびこみ、目がざらついた。ぼくは反射的に片手をやって目をこすろうとした。面をつけているのを忘れた。その途端、腕がしびれた。四つん這いになっていた。しびれは痛みに変った。とめどなく泪が溢れた。地面についた手が見える。ぼくは目に入った砂粒が泪で洗い流されたことに気づいた。

相手は風を背で受けるように左へ動いたのだ。計算ずみの動きがぼくには分らなかった。竹刀を探した。五、六歩横にすっとんでいた。拾い上げて立った。向いあった瞬間、胴を打たれた。ぼくは地面にひっくり返った。息がとまったかと思った。「参った」やっとのことでそれだけいってぼくは喘いだ。わき腹からみぞおちへ痛みが拡がった。嘔き気を覚えた。激烈な痛みは胸をむかつかせる。「まだまだ」と面の内側から声が洩れた。ぼくは地面にのびたまま見上げた。竹刀を構えて立ちはだかっている男を見上げた。こいつはいったい何だ。横桟で覆われた面の奥に光るものが見えた。初めて相手の目が見えた。兇暴な光をたたえた黄色い目がぼくを見すえている。吐き気がおさまってからぼくはふらつく足を踏みしめて立ち上った。この男は何者だろう。怒りが痛みと共にぼくの中で疼いた。今までそんな気持になったことはなかった。

相手が襲いかかったときぼくは逃げなかった。ぼくは打たれた。今度は倒れなかった。二、三歩よろめいただけだ。竹刀も落さなかった。相手は後ずさりし竹刀を上段に上げた。目が見えた。はっきりと見えた。眼鏡をはずしたそれは別人のもののようだ。相手は一歩迫った。ぼくはさがった。さがりながら考えた。きょうもこれが終ったら一カ月前のように主任はぼくが防具をとるのを手伝いながら、「すみませんなあ海東二士、痛かったでしょう、大丈夫ですか」といって泪を流すだろうか、と考えた。

痛かったでしょう、もないもんだ。ぼくが向いあっているのは何者なのか。人をしたたかひっぱたいておいて、すみませんと泪を流すのはどういう了簡なのか……相手の竹刀が慄えた。打ちこむ寸前だ。ぼくは逃げなかった。ぼくが知っているたった一つの武技、九州の教育隊でみっちり仕込まれた銃剣術のこつで、竹刀を小銃のように構え頭を低くし腰を落して立ち向った。相手は竹刀を振りおろした。振りおろす直前、胴に隙が生じた。もともとぼくが手向うことは一度もなかったから隙は今に始ったものではなくてこれまで至るところにあったのかも知れない。ぼくは安宅二尉めがけて体ごとぶつかって行った。

「海東二士、命令出てたぞ、さっき大本で見て来た」と佐久間二曹がいった。ぼくは中隊内務班で私物箱を整理していた。

「そうですか、何日付になっていましたか」とぼくはいった。「海東は二十六日付で依願退職だ」と佐久間二曹は傍を通りかかった丹下士長にいった。

「ふうん、お前やめるんかあ」丹下士長はいった。「やめてどうするのよ」ときく。

「帰ります」

「そりゃあ帰るんだろうが帰ってどうするんだ」と重ねてきく。

「帰ってからのことは田舎で考えます」

「ふうん……」腕組して、「そうだなあ、自衛隊にいるばかりが男の仕事じゃない、地方に出ても国のためになる生き方が出来る」と慰め顔でいった。「しかし海東二士、お前がやめたら安宅二尉が困るだろう」と丹下士長。「わしも困るよ」と佐久間二曹がいった。ぼくがやめてもいつかまた新しい隊員がはいって来るだろう。安宅二尉はそいつをまた竹刀でぶん殴るだろうか。ぶん殴ったあとで泪を流していたわるだろうか。「後は誰がやる。S2の欠員は……」と丹下士長。「徳城二士が引き継いでくれます」とぼくはいった。「徳城二士、仕事はちゃんと教えてもらったか」今度は徳城二士に丹下士長はきいた。「わからんところは佐久間二曹が教えてくれるごつなっとります」徳城二士は靴を磨きながら答えた。

「勉強しろよ海東二士」と丹下士長。

「はあ」

「本を読め、いい本を。そうだ、待ってろ」といって自分の寝台へとんでいって私物箱をあけた。束にして紐でくくった雑誌をとりだした。「これをやる、俺の餞別だ、ほんの気持と思ってくれ、田舎に帰ってから読むんだぞ、リーダーズ・ダイジェストが一年分ある、ためになる記事がいっぱい書いてあるからなあ」

「ありがとう、丹下士長」

「じゃあ俺、車輛整備が残ってるから、後でな」といって丹下士長は出て行った。佐久間二曹も去った。

「海東二士、どうせ返納するとならこいばぬしの防寒外套とかえてくれんな、俺んとは毛皮がすり切れてしもうてわきから風が入ってかなわんたい、来年も着らんばでけんけん」有馬二士がいった。

「高塔三曹に頼んで俺のばかたれカービンばぬしのと交換してもらうごとしてもろた」と半田二士がいった。どこが具合が悪いのかときくと、「射撃するとき遊底がようすべらんのじゃ」といった。

「海東二士、こいとこいば取りかえちくれい」久保二士が夏と冬の制服を持って来た。

徳城二士はぼくの寝台を手で押えてばねの具合をしらべた。「ほう、このベッドは寝心地の良かごたる、ついでだけん俺の寝台と交換してもらおうか、よかな海東二士よい」かまわない、とぼくはいった。

「送別会をせんば」と有馬二士がいった。

「新隊員ばかしで海東二士の送別会ばしゅう、〝喜楽〟はどぎゃんだろか」と半田二士。

「あそこは酒は安かが肴が高か、ロクな女もおらん」と久保二士。

「〝千石〟がよか」と徳城二士がいった。

「〝大門〟が一番じゃ」と有馬二士がいった。

仲間の意見はなかなか決らない。

水辺の町　仔鼠

その布包みはやわらかだ。

少年の両手に包みのぬくもりが伝わってくる。

少年は小走りに家を出て川沿いの道をえらんだ。夜、月が明るい。家々は寝静まっていて、灯火を洩らす窓はない。

遠方へ行くな、と母からいわれている。

しかし、線香の煙がたちこめている家へすぐもどる気にはなれない。おとといから、あのいがらっぽいような甘いような香煙が絶えたことはないのだ。

それに身寄りの老人たちが吐く酒臭い息や藁の匂いに似た体臭、黒い喪服からたちのぼるナフタリンの匂いにも少年はうんざりしている。叔父に用事をいいつけられたのをもっけの幸いとして少年は家をとび出したのだ。立ちどまって深く息を吸った。

月の光を浴びて川面が銀色に輝いている。

引き潮どきらしい。ふだんは水底に隠れている州が露わになって濡れた石と泥を光らせている。

水草の匂いを少年は嗅いだ。

これが田舎の匂いだ、と彼は思った。都会にある少年の家では嗅げないものである。家のわきに大きな工場があって、四六時ちゅう煤煙を流してよこす。金属と油の鋭い臭気にはもう馴れっこになっていた。

田舎ではちがう。

年に何度か少年は母の実家を訪れる。家が見え始めると少年は両親より先に駆け出して藁屋根の家へとびこむ。うすぐらい屋内にこもっている湿った土の匂い。味噌樽や干魚の匂いが少年は好きだ。田舎ならではの匂いである。藁ぶきの家は夏に涼しく冬は暖かい。

少年は両手で布包みをおさえた。

その中でうごめくものの気配が皮膚に感ぜられる。

地上はくっきりと黒白の陰影でくまどられている。少年が初めて見る田舎の夜である。これまで夜間に外へ出ることはなかったのだ。引き潮どきの水には微かな音があった。

中州と岸辺に生い茂っている葦は、あるかないかの風にそよぎ、水の音に葉ずれの響きを加える。

河口への道を少年は知らない。

しかし、川沿いの道を下ってゆけばそこへ出られるはずである。少年はできるだけ遠くへ行って包みをすてるつもりであった。

あれはきのうだったかおとといだったか、ひっきりなしに出入りする親族たち、朝食とも昼食ともつかない食事のせいで、時間のけじめが少年にはあいまいになっている。

祖父が白い奇妙な衣服を着せられ、木の箱に入れられたのは今朝のようでもあり、ずっと以前のことのようでもある。祖父は胎児のように両腕両脚を折り曲げた恰好で座棺におさまった。細長い棺桶を予想していた少年には意外な見ものであった。意外といえば祖父の体から放たれる異様な臭気にもたじろいだものだ。死者というものを少年はいまだかつて見たことがなかった。夫の体をきよめている祖母のわきへにじり寄って少年はおそるおそる手をさし伸べた。叱られて即座に引っこめはしたものの、石のように冷たい肌の感触は少年をふるえあがらせた。

季節の変り目に、少年の一家は田舎を訪れた。祖父は黒光りする床柱を背にして置き物のようにいつも同じ姿勢で坐っている。少年は祖父のみがきあげたような禿げ頭がめずらしく、まつわりついて撫でまわす。祖父は何をされても黙って新聞を読んでいる。ややあって、汽車は混まなかったか、途中で空襲にあわなかったかと少年にきく。

いつも同じ質問である。

そのあとで長火鉢の抽出しから財布をとり出し、少年に小づかいをくれる。

しらせがもたらされたのはおとといだ。すぐに一家は駅へ駆けつけた。線路の両側にうがたれているいくつかの大きな穴が見えた。駅でもない所で汽車が不意にとまり、乗客は車輛の下や近くの山中へ逃げこむことがあった。空中から地上めがけてそそがれるけたたましい火器の響きを少年は耳にした。座席にすわれたかどうか、グラマンに襲われなかったかどうか、老人はもうたずねない。長火鉢の抽出しから財布を出して小づかいをくれることもしない。

そうだろうか。祖父が床柱の前に二度と姿をあらわさないことが、少年にはのみこめない。そのうち何事もなかったような顔をしてひょっこりとどこからか帰って来るような気がする。どこへ行ってたの、と少年がきけば、ほんのそこまで、と答えるのではないだろうか。白い着物をまとって木の箱にうずくまることが死ぬことなのだろうか。七歳の少年にはそこの所がぴんとこないのだ。

——こうやって投げる、見てろ。

死者の息子は手榴弾を投げる動作を身振りで示した。通夜の座敷でのことだ。弔問客はあらかた帰り、祖父の枕許に残っているのは家族だけであった。鉄帽か靴のかかとにそれをぶっつけて発火させ、三つまで数える、それから……。

若い叔父には召集礼状が来ていた。祖父の埋葬がすみしだい入営することになっている。母の弟である。

——手榴弾を投げつけて、それから。

少年は叔父に話をせがんだ。

——それから突撃する、刀を抜いて。

——敵はうってくるでしょう。

——どんどんうってくる、雨あられと弾丸が飛んでくる。

——弾丸が当ったらどうなるの。

——けがをするさ。

——痛い？

——まあな。

——死にはしないの。

——死ぬこともあるだろう。

——ねえ、死ぬってどういうこと。

若い叔父は顔を白布で覆われた祖父にちらと目をやった。少年も祖父を見た。今にも布団をはねのけて起きあがりそうな気がする。少年の父も叔父と前後して出征することになっている。

少年は父に向って、弾丸に当った場合のことをたずねることはできなかった。いや一度だけそれとなくききはしたけれども父はこわい顔をして少年をどなりつけたのだ。

——お父さんは兵隊さんになったら名誉の戦死だよね、きっと。

少年にしてみれば父にお世辞をいったつもりだった。学校で毎日のように「名誉の戦死」をした級友の父兄が先生に賞讃される。兵士の息子たちは誇らしいような晴れがましいような顔つきであった。父が戦死したら自分も先生から賞讃されるだろう。しかし、戦死者はどうやって帰宅するのだろう。

少年は戦争を絵本やニュース映画でしか知らない。

海上で燃えながら沈みかける軍艦は敵のそれであり、煙を曳いて墜落するのも星のしるしをつけた異国の飛行機ばかりだ。

やがて父や叔父が加わる戦いに一滴の血も少年は思いえがくことができない。まして、目の前で軍歌を口ずさみ、手榴弾の投げ方などを説明している二十歳の叔父が、祖父のように冷たく黙りこんでしまおうとは考えられないのだ。

少年の住んでいる都会に、せんだって投下された爆弾で隣り町が焼け、防空壕にひそんでいた何人かが生き埋めになった。爆弾の一つは工場をも破壊し、工員にも死傷者が出たという。

——あっちから右脚、こっちから左腕といった具合に寄せ集めてさ、そりゃあ苦労しましたぜ、ところがいくら探しても頭が見つからない。ずっと離れた屋根の上にのっかっていたんだよ。

近所の工員が父に話しているのを少年は聞いた。死ぬということはそうすると体がばらばらになることかもしれぬ。おそろしいことのようでもあるが、そう聞いても少年には死が理解できたとは思えない。

通夜のあけがた、少年は布団にもぐりこんで自分の体を撫でまわした。そうするつもりはなかったが、祖父の冷たい肌の感触が忘れられず、自分の肌をさわってみなければ落着かなかったのだ。

胸にさわり腹にさわり太腿にさわり、また胸に手をもどした。

少年の肌は暖かくてすべすべしていた。やわらかな弾力を持った肉の厚みも感じられた。うすい皮膚に包まれた肋骨の内側で鼓動している何かを確かめると少年は安心したようなため息をついた。

胸の左乳にぴたりと掌を押しあてて脈打つものの気配をしっかり感じとろうとした。

こんなにも暖かく、こんなにもやわらかい肉体が冷えきってこわばることが、固くなることがあろうとは信じられなかった。自分がこの世から居なくなるということを考えてみる。いつかそうなる、と父を南の島で失った同級生の一人が少年に告げたことがあった。

そんなことはありえない。

少年は手を心臓の上にあてがったまま眠りにおちた。夢の中で彼は祖父と出会った。おぢいさんはいつものように床柱を背に座敷に端坐しており、長火鉢の抽出しから財布を出してこづかいをくれようとした。しかし、その財布はどうしたことかからっぽなのだった。祖父は苦笑した。さびしそうな笑顔に接して、少年の方がばつのわるい思いをした。

河口が近づいて来た。

微風に含まれる潮の香りでそれがわかった。川端に立ち並ぶ家はまばらになり、高い竿にかけつらねられた魚網がそれに代った。

家並が途切れた。

視界がひらけた。一面の葦原である。そのはるか彼方に黒い海が見えた。

海は葦原の中にところどころガラスの破片をばらまきでもしたように光っている。風が葦をどよめかせた。

少年は立ちどまってしばらくぼんやりと河口の広大な空間に見入った。にわかに自分がひとりぼっちになってしまったかのように思われた。両手で支え持っている包みが気になった。河口と向いあっている自分はひとりぼっちというわけではないのだ。包みの中身も生きものである。

少年はひと息ついて歩き出した。

路傍にうず高く円錐状にもり上げられた牡蠣殻が白っぽい光を放った。道路にも分厚く貝殻がしきつめられていて少年が足を動かすたびに砕かれてきしんだ。町の方を振り返った。家並は黒い帯のようにしか見えない。

少年は底を上にして伏せてある二艘の舟の間を通り抜けて岸辺へおりた。葦をかき分けて歩いた。

引き潮どきは水のある所までかなり歩かなければならない。

六本松の大叔父夫婦、舟泊りの叔父、新田の本家さん、大手口の従兄などと少年は弔問客について母からいちいち説明されたのだが、一様に黒い紋服をつけた親族の老人たちを見分けることができなかった。

だれも彼も同じ人物に見えてしまう。

彼らは申し合せたように死者の枕許で少しばかり涙を流し、祖母に長々と挨拶をするのだった。

——けっこうな大往生でしたな、

そんな声が聞えた。

大往生？　少年にはそれが何を意味するのかわからない。けっこうな大往生とは何を指しているのだろう。

黒い紋服の人々は茶碗につがれた冷や酒をのむ段になると、それまでの無表情が急に消え、饒舌になった。

変らないのは押し黙っている祖母だけである。

少年の父は僧侶と何やら相談している。母は台所で料理をこしらえるのに忙しい。

少年はだからもっぱら若い叔父と話した。

——お祖父ちゃんはさあ、どうなるの。

——火葬場でお骨にして墓に埋めるのさ。

——火葬場でお祖父ちゃんを焼くの。

——うん、焼く。

——火で？

——そう。

——お祖父ちゃんは熱くないの。

——もう熱いなんて感じない。

——感じない？　どうして感じないのさ。

——死んだら何も感じなくなるんだ。あの世へ行けばそうなる。

——あの世ってどこ。

——知らん。

叔父は問答をうち切った。臨終からこのかた彼はろくに眠っていないのだ。かといって死者の長男であるからには参列者の手前、ここで眠りこむわけにはゆかない。

——りんねってどういうこと?

少年はたずねた。父が僧侶とかわしていた言葉の一つである。知らない、と叔父はいった。彼は甥の質問を持てあましていた。

——あの世に行ってもまたうまれかわって来るって本当なの。

——ああ。

叔父はねむそうにあくびを洩らしながら答えた。

——じゃあお祖父ちゃんは今度、何になるの。お祖父ちゃんは小鳥が好きだから十姉妹かカナリヤかそんなのになってうまれてくるの。

——うん、鳥かもしれない。

——それがどうしてお祖父ちゃんとわかるのさ。ねえ。

——さあ。

——まさか鼠にはならないよね。

叔父は鼠と聞いて天井を見上げ舌打ちした。僧侶が読経しているときも騒がしく走りまわる小動物の足音が絶えなかったのだ。少年を促して納戸へ這入った。その壁にあいた穴を板で塞いだ。体を動かしていなければ眠りこんでしまう。鼠の巣を探した。長持や鎧びつをあけて調べた。ローソクの光が頼りである。居たぞ、叔父が低く叫んだ。ぼろをつめこんだ桶に小さな獣の仔がかたまっていた。こいつめ、とうとう見つけた。

叔父はそれらをつまみあげてぼろ布にくるんだ。赤ん坊のこぶし程の大きさだ。うす紅の皮膚にはまだ柔毛も生え揃っていない。川へすててくるようにと叔父はいいつけた。ちゃんと溺れてしまうのを見届けるのだと念を押した。少年はよろこんだ。ふだんは川へ一人で行くことは禁じられている。夜はなおさらである。

少年は布包みを開いて鼠を数えた。五匹。水が深い所にすてなければならない。しっかりと包み直し水辺へ歩み寄った。下駄をぬいで膝まで水につかり、河口の中央にある中州へ渡った。その向う側に乗り上げている廃船を目指した。波の動きで廃船のあたりから水の深くなっていることがわかった。

目の裏にはたったいま見た鼠のやわらかそうな皮膚の色が残っている。月の光に透きとうりそうな皮膚であった。少年は廃船の舳に立って水面を見下した。舷側に寄せている波が月の光をくずしている。布包みをあけて仔鼠をつまみあげた。その指から少年は目を放すことができなくなった。

——この手が生きものを殺す……

白い五本の指が自分のものではない何か異様な動物であるかのような気がした。指はつまみ上げた仔鼠を水に落した。

少年は獣たちのかぼそい呻き声を耳にして我に返った。鼠どもはおたがいに相手の腹の下へ首をつっこんでもぐりこもうとしている。

少年は尻尾をつかんで一匹ずつ水へほうった。最後にぼろ布もすてた。

水に落ちた鼠はもう声をあげなかった。

——おしまいだ。

少年は廃船からおりようとして何気なく水面に目をやった。五つの小さな塊りが輪になって泳いでいる。けんめいに水を掻き、相手の背につかまろうともつれあっている所である。

少年は化石したように獣の仔らをみつめた。もがく齧歯動物のまわりで水が小さな波紋をひろげた。葦原のざわめきも水の音も少年の耳には聞えなかった。

天地のすべてが息をひそめたかのように思われた。五匹の仔鼠は生きようとする意志そのものであるように見えた。

少年は思わず船べりに膝まずき、水面へ手をさし出した。

危く滑り落ちそうになった。水面までは充分にへだたりがあり、仔鼠をすくい上げることはできない。

少年はうろうろと船底を見まわし、横たわっている古い櫂に目をとめた。

それはずっしりと重たくて、持ち上げるのもやっとのことだ。

少年は肩で喘ぎながら古い櫂を舳までかつぎ出し水面へ一端を浸した。これを伝って這いあがれば鼠たちはたすかるのだ。

――そら、つかまれ。

少年は叫んだ。

鼠たちは浮いたり沈んだりしている。

運のわるいことに、櫂を水面へおろしたとき、その尖端を仔鼠の一匹にぶつけてしまった。そいつは石のようにあっけなく沈んで見えなくなった。

つかまろうとする鼠はいない。

――これが見えないのか、ほら。

少年は櫂で水面をかきまわした。

また——一匹、沈んだ。こまかな泡が水底からのぼって来てはじけた。

三匹は二匹に減った。

櫂を握りしめている少年の手のひらに汗がにじんだ。

悲哀が少年を襲った。これまで彼が味わったことのない感情である。それは胸の奥底からほとばしるように湧いて来て全身くまなくゆきわたった。

少年は涙を浮べていた。

船べりも波も葦原も目に映るすべての形が輪郭をくずした。

うるんだ目に銀色の水が妙にまぶしく映った。

二匹はとうとう一匹になった。そいつは櫂にゆき当ると身をひねって遠ざかった。

少年は兇暴な怒りを覚えた。

——こいつめ、
大声をあげて手近の木切を鼠へ投げつけた。櫂で水面を叩いた。こいつめ、こいつめ、と涙声で叫びながら鼠を溺れさせようとした。漁網に使われる錘りが目に入った。それをつかむや少年は鼠めがけて投じた。

波紋がひろがると同時に最後まで浮いていたそいつは、すいと引きこまれるように水中へ姿を消した。そのとき初めて少年は自分が生きていることを、いつかは水に沈んだ鼠と同じく自分もこの世から居なくなるという日のことを考えることができた。

少年は声をあげて泣いた。

水辺の町　蟬

青年はその男を図書館で見かけた。

白麻のスーツに白い靴という身なりである。胸ポケットには黄色いハンカチーフをのぞかせている。

年の頃は五十歳前後であろうか。

初めて男と会ったのは、よく晴れた夏の日だった。田舎町の図書館ではめずらしい恰好である。

本を読むのに飽いた青年は、見馴れない人物の行動を目で追った。

男はぼんやりと閲覧室を見まわし、司書のいる部屋へ歩みよった。その足どりがなんとなく乱れている。青年のわきを通り抜けるとき、かすかに酒が匂った。

貸出係が控えている場所と閲覧室とはカウンターのようなもので仕切られている。

男は仕切り越しに貸出係と話した。顔なじみらしい。

話は低い声でやりとりされたので、青年には男のいっている言葉の内容は聴きとれなかった。蟬の声も高かった。市立図書館は、城跡のある森の傍に建っている。開けはなした窓から蟬の声と共にむせかえるような青葉の香りも流れこんで来た。

男は借り出す本のことだけを話しているのではないらしかった。いつまでも暑い日が続くとか、職場にいるわからずやの同僚のこととか、くわしくはわからないなりに呪詛めいた言葉をしきりにつぶやいているのだった。貸出係が書名を書きこんだ閲覧票を手に、奥の書庫へ引っこんでからも、ぶつくさいうのは続いた。図書館は採光がわるい、風通しが良くないから扇風機を備えるべきだ、閉架式は能率的でない……

貸出係は両手にひとかかえの古文書を持って書庫から姿を現わした。

男はそれを受けとって窓ぎわに席を占めた。黒い革鞄からノートを取り出して机に開き古文書を繰りながらメモをとり始めた。青年の目に男の背中が映った。小柄で骨張った体である。間に机を一つおいた距離で見ると、男の痩せたうなじに点々と浮いているしみも認められた。

麻のスーツはふるびていた。

遠くからは白く見えた上衣も、あちこちに煙草で焦げた穴や、料理の汁のようなものが滲んだ斑点がある。ズボンの筋も消えかけている。

変った男だ……最初の印象はその程度であった。図書館にはときどき妙な読書人がやって来る。利用者のほとんどは受験勉強をする高校生であるが、それらにまざって得体の知れない男女が登場しては消える。

全紙大の西洋紙に日本地図を写しとろうとしていた老人があった。百科事典を第一巻から読みにかかった若い男がいた。目つきが鋭く奇妙な光を帯びたその男は二巻目までを一カ月間ついやして読んで、それきり姿を見せなくなった。

紳士録を丹念に読む中年男がいた。彼はページをめくりながら絶えず咽喉の奥で小さな音をたてるのだった。こみ上げる笑いを押えるのに苦しんでいる様子である。彼は一週間一日も欠かさずやって来て、その後、ふっつりと現われなくなった。今もって青年には男がなぜ紳士録を面白がっていたのか訳がわからない。五年前に刊行された紳士録である。中年男は日雇い労務者の身なりをしていた。まず紳士録とは縁がありそうには思われない。

そうかと思えば、せっかく図書館へ来ているのに一冊も借り出さず、煙草ばかりふかしている老人がいた。

毎日、きまった時刻に、きまった場所、窓ぎわの一番端にある席に腰をおろして、閲覧室を見るともなく見ながら、せかせかと煙草をのむ。一箱分二十本を吸ってしまうと、下駄を引きずって退館する。しかし、はたから見れば、自分もあのような奇怪な利用者と変る所はないのではあるまいか、と青年は考えた。

北の地方で仕事をやめて青年がこの町へ帰って来たのは梅雨に入る前である。すぐさま職につこうという気になれず、毎日、市立図書館へ通って来て、手あたり次第に本を読んでいる。生活はわずかながら失業保険金をもらうことで支えた。青年は二十歳であった。こうしては居られない、という焦りを覚える一方、だれにも拘束されずに気楽に日を送る愉しみもすてかねるのだった。

他人の目には、勤めも持たず学校へも行かない自分こそ、得体の知れない人間に見えることだろう、青年はくたびれた麻のスーツを着こんだ男を見ながら考えた。

二度目に男と会ったのも市立図書館である。初めて見かけてから一週間ほど経っていた。その日も男は虫喰いだらけの古文書類をうず高く机に積み上げてノートをとった。

Tという名前も同じ日に覚えた。

書庫から出て来た貸出係が男に向って呼びかけたのだ。閲覧ちゅうは煙草を吸わないように、と古文書を渡すとき貸出係は注意した。先だって古文書に煙草の焼け焦げが出来ていた、大事に見てもらわなければ困る、そういう意味のことをいった。

自分は注意して見ている、だれか他人が閲覧ちゅうに煙草の火を落したのではないか、男はいい返した。その日も白麻のスーツにパナマ帽という身なりである。胸のハンカチーフだけが水色のものにかわっている。酒気を帯びているのも最初の日と同じだった。

古文書はあなたにしか貸し出していない、カードを見ればわかる、と貸出係はいった。

館長を呼べ、と男はいきまいた。自分は市の職員である、貸出係にいいがかりをつけられては黙っていられない、古文書を調べているのも市の仕事である、同じ職員なら自分にもっと便宜をはかってしかるべきだ……

男はろれつの回らない舌で抗議した。貸出係は相手にしなかった。さっさと司書の机に戻ってやりかけたカードの整理を再開した。男は古文書を一冊ずつめくって、これ見よがしに煙草をふかした。市の職員が定められた制服を着用せず、まっぴるまから酒臭い息を吐いているのが青年には不可解だった。くたびれてはいても、白麻のスーツは男に良く似合っていた。そろって野暮ったい恰好をしている市の職員とはどこか異る所があった。言葉にも都会ふうの訛りが感じられた。

何者だろう……

青年は男に興味を覚えた。市の職員と自称するのは本当だろうか。青年は白麻スーツの男が図書館に現われるのを心待ちするようになった。

三日後に男は登場した。

借り出すのはきまっている。市の藩政時代を記録した古文書である。

貸出係はまた苦情をいった。

メモをとるのはいいが、インクのしみを古文書につけないでもらいたい、先日、返却された古文書が汚れていた、万年筆が洩れたのだろう、鉛筆かボールペンを貸してやってもいい、と貸出係はいった。

白麻スーツの男は肚を立てた。

自分はものを書くのに万年筆しか使わない、インクのしみが付着したのは認めるが、古文書の文字がそれで読みとれなくなるほど大きいしみではない、針で突いたくらいのしみだ、虫喰い痕の方が大きいではないか、市の業務にたずさわっている自分に厭がらせをして、仕事を妨害するつもりなのか、と男はまくしたてた。

貸出係は男の雄弁に閉口したらしかった。

男に黙って古文書を渡し、自分の机にもどった。

男はいつもの席に陣取ってノートをひろげ、万年筆を取り出した。メモをとりながら、万年筆を時折り強く振った。インクの出が悪いらしい。床にインクがとび散った。古文書にもくっつくのは当り前だ、と青年は思った。男は仕事については熱心だった。午後五時の閉館時刻まで、わき目もふらず古文書を読み、メモをとった。

「きみ、何を勉強してるのかね」

青年は後ろに酒の匂いを嗅いで振り向いた。白麻スーツの男が椅子を引きよせて隣にかけた。夏もさかりを過ぎかけたある日の午後である。

男はこの日、例の古文書を借り出さなかった。黒い革鞄から出したノートをひろげたなり、朝から所在なさそうに爪を噛んだり、煙草をくゆらしながら外を眺めていたりした。青年が本に没頭しているとき近づいて話しかけたのだ。

「べつに何も……」

青年はややうろたえた。勉強しているといえるような本を読んでいはしない。アフリカの猛獣狩り、天文学の通俗的解説、時計の歴史、画商の回想、ロシア旅行記、深海魚類の生態記などという本を机に重ねていた。詩集と小説もあった。

「きみ、古典を読みなさい古典を」

白麻スーツの男は小説を取り上げてぱらぱらとめくり、つまらなさそうに元へ戻した。若いうちは東西の古典に親しまなければならない、新刊小説は齢をとってから読んでも間に合う、と男はいった。乱読が悪いというのではないが……男は言葉を切って本の山に目をすえた。

青年は相手の視線をたどって、そこに一冊の詩集を認めた。男は手を伸ばして詩集を取った。

「きみ、詩を読むのか」

白麻スーツの男はたずねた。

読む、と青年は答えた。

「この詩集をどう思う」

男は重ねてきいた。

「面白いですよ、よくわからない所もあるけれど」

青年はEというその詩人を知らなかった。ききかない名前だったので、好奇心にかられて閲覧票に書きこんだ。雑多な本を読んだあと詩集をひもとくと、心の中で何かが統一されるようないい感じである。無名の詩人ばかりをえらんで青年は読んでいた。白麻スーツの男は詩集を開いて椅子に深くもたれ、口の中でぶつぶつ声をたてて読み始めた。

一作読み上げるたびに不満を表わす唸り声を洩らし、首を振ったり咳払いをしたり、舌打ちしたりした。

「きみ、これが面白いだと、本気かね、まるで詩になってはおらんじゃないか」

と白麻スーツの男はいって青年のわき腹を肘で小突いた。こんな下らない詩を書くのはどこの馬の骨だ、ともいった。男は乱暴に詩集を投げ出し、自分の机へ戻って革鞄にノートをつめこみ館外へ出た。出しなに青年へ指を突きつけて、「きみ、古典だよ、忘れちゃいかん」といった。むきだした歯が煙草のヤニで茶色に汚れていた。

男はふらつく足で図書館の中庭をつききって門へ向い、その途中、一隅にそびえている楠の木を見上げて立ちどまった。よろめきながらその幹へ近よっている。手を上げて何かを取ろうとしていた。青年は男を窓越しに見ていた。

幹の一箇所に男は手を伸ばしているが、背が低いので届かない。青年は窓辺に歩みよった。男は中庭を見まわし、片隅にころがっていた木箱をかかえて来て踏台にした。

男の手はとどいた。

手がつかんだのは蟬のぬけがらである。

はげしい光が降りそそいでいた。

男は手の平に薄茶色に輝く虫のぬけがらをのせ、黙りこくってみつめている。手を握りしめた。何かもろい物が砕ける音が聞えたように思われた。白麻スーツの男はかたく手を握りしめ、二、三回、前後に振ったかと思うと手の中の物をほうり上げた。

こなごなになった黄金色の破片が空中に舞った。

男は肩を落し、右に左にふらつきながら市立図書館の門を出て行った。

夏はいつまでも続くように思われた。

Tというその男が次に現われたのは五日後である。借り出した古文書を机にのせたままながい間、庭の楠を眺め、鼻毛を抜いてはノートの上に並べていたが、青年と目があったとき椅子を立って近づいた。

「きみ、毎日むしむしするね」

「そうですね」

青年は口の中で返事をした。内心、迷惑なのだ。蟹星雲について書かれた本を青年は読んでいたところであった。

「あちらも夏はひどいが内地のように湿気がないから、同じ暑さでもからりとしていてしのぎやすい」男はいった。「あちらというと……」青年はきき返した。わかりきったことをたずねるものだ、とでもいいたげに、男は大陸のことだと説明した。

「北京ですよ北京、ぼくは戦前あちらに居た」

男は指を蝶ネクタイをつけた襟もとへさし入れてゆるめた。「あれがうるさくはないかね」と青年に向って顎を窓外にしゃくった。「蟬がうるさくはないかね、きみ、いや若い人は気にならんだろうな、ぼくのように齢をとると耳について困る」

「蟬はきらいですか」と青年はいった。

「きらいではないが……」男はつかのま口ごもった。大陸に居た頃は好きだった。しかし、むし暑い日本で聞く蟬の声はどうもやりきれない。あとはひとりごとめいて青年にはききとれなかった。蟬を話題にしたとき、男の目が遠くをみつめる眼差しに変ったように思われた。

青年はTというこの男が市の郷土史を編纂していることを司書から聞いて知っていた。正式の職員という身分ではないらしい。それについては館員は言葉をにごした。酒さえ飲まなければねえ、というのが館員たちに共通した感想だった。

「きょう、お仕事は?」と青年はTにたずねた。大陸と日本における気候について長広舌をふるわれてはたまらないのだ。

「仕事だって? ふん、あんなもの仕事といえるかね」

Tは古文書をちらりと見て唇をゆがめた。

仕事はそれにふさわしい報酬があってこそ仕事といえる、スズメの涙ほどの報酬で、人を安くこき使っておきながら市は大きな顔をしてまだかまだかとせきたてる、まことに無礼であり、けしからぬ、男は憤慨した。赤いハンカチーフをポケットから引き出して首筋をぬぐった。

青年は本を返却して図書館を出た。

Tという男と図書館で会ったのは、その日が最後になった。

十月のある日、青年は寝しずまった町を歩いていた。

どこへというあてもなく深夜の町を散歩するのは青年の習慣であった。足が充血し筋肉がひきつれて固くなるまでうろつき回り、疲れ果てて帰宅し、そのあげくに訪れる泥のような眠りが青年は欲しかった。

青年は路傍の暗がりに目をやった。呻き声が聞えた。白い物が横たわっている。ぼろ布に見えたそれはぼろ布ではなく、どうやら人間らしい。

青年はTを抱き起した。夏と同じように白麻のスーツを着こんでいる。そのスーツは自分が吐いたへどで汚れていた。ほっといてくれ、と男は弱々しくつぶやいた。ちょうど通りかかったタクシーに青年は手を上げた。運転手はTを知っているらしかった。毎晩、どこかで飲んだくれてこうだ、と憐れむ口振りでいった。

「おたくが料金を払うのかね、そうじゃなくてこの男だけを送りとどけろというんならご免だね、のせて行ってもぜにを払わない人だから」

と運転手はいった。家族に払わせればいい、と青年はいった。

「家族だって?」運転手はせせら笑いタクシーを走り出させようとした。青年はあわててポケットからかねをつかみ出し、家までの料金をきいて運転手に手渡した。体の自由も利かないほど酔いつぶれているTをタクシーに押しこんだ。

「いいね、家まで送るだけだよ」運転手は念を押して発車した。赤い尾燈が闇の奥に遠ざかって行った。なけなしの有り金を他人のために費して青年は後悔した。見すてて通りすぎれば良かったではないか、つまらないことをした、と思わざるを得なかった。

数日後、青年は町の書店で男を見かけた。

向うから声をかけたのだ。先日はお世話になったといい、タクシー代を返してよこした。めずらしくしらふだった。別人のように見えた。Tは気持ばかりのお礼をしたいといい、書棚から一冊の文庫本を抜き取って、これをやる、少しむずかしいかもしれないが、若いうちは難解な書物も心の糧になるだろう、と早口でいった。中国古代の思想史である。Tは店員を招いて文庫本を示し、これを自分のツケにしておくように、といった。

店員は当惑げにTと奥にいる主人の顔を交互に見た。主人が急ぎ足でやって来て「先月までのツケを清算してもらいませんとさし上げるわけには参りません」と無愛想にいった。

Tの顔に血がのぼった。何か口の中でもぐもぐつぶやいていたが、くるりと回れ右をして書店を出て行った。店主は棚におさめた文庫本にハタキをかけた。先月までのツケは莫大な額に達しているのに、と聞えよがしにつぶやいた。

青年は通りへ出た。すでにTの姿は人ごみに紛れて見えなくなっていた。秋の夜風が肌にしみた。白麻スーツは先夜のへどに汚れてまだらな縞を見せていた。水洗いしただけなのだろう、と青年は想像した。Tに妻子が居ないことは噂で聞いていた。妻と二人の子供は男をすてて都会へ去っていた。市役所が払う嘱託料は、米屋や酒場から差押えられ、市の会計係から直接、債権者に支払われているということまで青年の耳に入った。人口七万あまりの小さい城下町では、噂がひろがるのも早いのだった。

Tの死を聞いたのは翌年の二月である。

市庁舎へ数日間、無断欠勤したTの家へ、社会教育課の職員が行ってみたところ、布団にくるまって冷たくなっていたという。枕許には空っぽの酒壜がころがっていた。栄養失調による衰弱死というのが警察医の考えた死因のようであった。そのころ青年は隣り町で働いていた。男の死は新聞で知った。

梅雨があけた頃、青年は自分の町へ戻った。市立図書館の開架式になった書棚を見渡していると一冊の詩集が目に入った。Eといらその詩人の作品は一年前の夏ここで読んだ。新しい作品集のようである。「蟬」といら題の下に遺稿集と小さな文字が刷りこんであった。Eの知友が費用を出しあって地もとの印刷所で刊行したと裏表紙にはあった。

青年は立ったまま何気なくページを開いた。見返しの次にEの写真があった。白麻スーツの男がま正面から青年をみつめている。

青年は写真の裏にある男の経歴を読んだ。EとはTの筆名である。

（これ、面白いかね）といったTの顔が目に浮んだ。煙草のヤニで染まった歯、血走った目を思い出した。あのとき、青年はTの詩をそうと知らずに読んでいた。

北京の夏を話題にしたとき、同時に大陸にも蟬がいるかどうか男にたずねたような気がする。男は一瞬、遠くを見る目付になった。北京にある外国系の銀行で男はかなり高い地位についていたことが経歴には記されている。若い日に男は北京の蟬をきいたことがあった。青年の問いで男はその声を耳の奥に甦えらせたかもしれない。

青年は詩集を閉じて書棚におさめた。

窓外に蟬の声がひびきわたった。

水辺の町　落石

なにか強い力で右手がぐいぐいと引かれる。乗っている自転車もろとも引きずられそうである。右側にはちょうど大型トラックが青年と並行して走っている。彼はハンドルを握っている自分の右手に目をやって声をあげそうになった。トラックの荷台についているロープ留めの鉤に、レインコートの袖口がひっかかっている。袖口に飾りでついている丸い輪が鉤にはまっているのである。輪をはずそうとしたとき、トラックは速度を上げた。彼はペダルを踏んだ。車の流れが渋滞していたからよかった。そうでなかったら、何が起ったかわからないままに、彼は道路で平たくなっていただろう。

布の破れる音がした。

トラックは鉤でレインコートの袖口を引きちぎって走りすぎた。

彼はハンドルをとれなくなり、後ろから来た軽四輪にはねとばされて路傍にひっくりかえった。その次にとった行動は、自分ながら不可解というほかはない。

青年は転倒した場所から道路を横断して反対側の歩道まで歩き、そこにうずくまって頭をかかえこんだのだった。倒れたときに片足のサンダルはとれていた。残ったサンダルをぬぎ、はだしで車の往来がはげしい通りを、わざわざ遠い方の歩道までゆっくりと突き切ったのである。急ブレーキをかけてとまる自動車があった。クラクションをけたたましく鳴らして走り去る自動車があった。

「けがはないかね」

頭上で声がした。

青年はのろのろと立ちあがった。太腿に鈍痛があった。肘もすりむけているが、たいしたことはない。人だかりがしてきた。けがはない、と答えて青年は信号が変り、車道の流れが停止したとき、ふたたび道路を横断して転倒した場所へもどった。自転車はつぶれていた。歩道でゆがんだ車輪を眺めていると初めて恐怖がじわじわと体を包むのを覚えた。リムはひしゃげており、ささらのようになったスポークにチェーンがからみついている。その異様な形こそ死そのものの奇怪な形であるように見えてくる。

青年はプラタナスの木かげに自転車を横たえた。しきりにのどが渇いた。近くの喫茶店まで痛む足を引きずって行き、水を注文してたてつづけに三杯あおった。この感覚、事故のあとしばらくたってから、おもむろにやってくる恐怖というしろものは、前にも覚えがある。

数年前、青年は友達と山に登った。

さして高くない山だが、五合目をすぎたあたりから道はにわかに険しくなった。勾配の急な山肌はくずれやすい岩石である。片側は崖、足もとは深い谷が口をあけていて、谷底には乳色の霧が渦をまいている。彼は列の最後尾をすこしおくれて登っていた。斜面は四つん這いにならなければ体の安定をたもてなかった。先頭を行くKは大学で山岳部に属していた。崩れやすい岩石に目をとめると、後にしたがう者が足をとられないようにその岩石を下にすべりおとしたり、声をかけて注意を促したりした。

彼はふとある声を聞いたように思って顔を上げた。黒いものが鼻先をかすめて谷底へ落ちていった。石が風を切ってすぎた音を耳にした。蒼白なKの顔が先頭にあった。Kは最後尾の位置をたしかめずに石をほうったのだった。投げた瞬間、そこに彼を認めた。顔をもたげるのがもうすこし早かったら、石はまともにぶつかり彼の頭を砕いていただろう。それは谷の斜面でいくつかの岩石を巻きぞえにし、一団の砂塵となって白い霧の渦に吹いこまれていった。

下山したあとになって彼はこのときのことを何度も思い返した。恐怖は山では覚えなかった。せわしない町の暮しにもどり、単調な日常をくり返すようになって、山腹で起ったことを身ぶるいする思いでふり返った。顔の前を飛びすぎたのはキャベツほどの石塊であった。もし、あれが……、Kの大きく見開かれた目も眼の裏によみがえった。Kはまるで死者を見るような目で自分を見つめていた、と彼は思った。

しかし、日々の仕事にかまけて山の出来事も思い出すことは稀になった。よくあることだ、それで片付いた。Ｋと会っても一件が話題になることはなかった。

「ひどいもんだ……」

彼はわざと声に出して陽気につぶやいてみた。初めはどうということもなかった太腿の鈍痛が、こうして喫茶店のやわらかい椅子に身を埋めていると、しだいに鋭い痛みと変り、太腿だけではなく肩やわき腹までも疼痛がひろがってくる。しばらく立てそうにない。

彼は熱いコーヒーをすこしずつすすった。

ガラス越しに道路が見えた。歩道を急ぐ人々は、プラタナスの下に横たわっている半壊の自転車を立ちどまって眺めようとはしなかった。歩きながらちらっと目をくれるだけでさっさと遠ざかる。かりにあの自転車が人間の死体であったとしても同じことだろう、と彼は思った。ねじれた車輪が秋の陽を浴びてにぶく輝いている。

（こんなふうにしてあれはやってくるのかな……）

青年は自転車を見ながら考えた。（……まったく突然で、初めは一体、何が起ったのかわからない、これが死ぬということなら楽なもんだ）

そうつぶやいたあとで、（違う……）という声を自分のなかに聞いた。楽なこと、ではけっしてないのだ。最近の出来事を思い出した。（あの女にしても……）しかし、それはどちらかといえば思い出すまいとして無理に心の奥底へ押しこめて来た事件であった。女には会ったこともない。顔写真を見たこともない。自分には関係のないことだといい聞かせて忘れようと努めていたのだが、不意の事故に自分が出くわしてみると、なまなましく事件を思い出してしまった。ついこの頃の出来事である。関係がないと思いこもうとしても、若し自分があのとき先方の申し出にうんといっていたら女はあんな目に会わなかっただろうと思わざるを得ない。

「さっき、変な男がおまえのことを訊きに来たぞ」と兄はいった。彼は男の名前をたずねた。知らない人物だった。

「家の中をのぞきこんで、弟さんは一人で暮しているんですなって、いろんなことを根掘り葉掘り訊いた、興信所から来た男かもしれない、一体おまえ何で調べられてるんだ」

心当りはなかった。気味わるくもありやや不愉快でもあった。男はそれとなく青年の女性関係を探りたがっているらしかった。あとになって近所の隣人も男の訪問をうけていることがわかった。

青年に女友達が一人も居ないではなかったが、おたがいに結婚を考えるようなつきあいではなかった。男が訪ねて来てから数日たって今度は図書館でも同じようなことがあった。司書が青年に話しかけた。

「きのう、あなたが帰ってから男の人が見えてあなたのことを訊かれたわ」

生活や友人関係やを、うるさくなるまで問い糺したという。

「あたしが訊かれてもあなたのこと答えられるわけないでしょう、知っているのは毎日、あなたが何時間ここに居るかということくらい、それに読む本の題名くらいなものですもの」

名前を訊くと、家へやって来た男と同一人物である。青年は名刺を手にとって見た。意外にも興信所の所員ではなかった。ある企業が郊外の山中に持っている寮の管理人であることがわかった。ますますわけがわからない。どうして他人のことを訊きたがるのか、とその男にいわなかったのか、青年は司書をなじった。

「ええ、そりゃあ変に思ってたずねてみたわ、でもその人もぐもぐ口の中で何かいうだけで調べる理由を告げようとはしないの」

人口七万あまりの小さな町である。隣近所の住人たちはたいてい誰が何をしているか知り抜いている。隣人の噂とつとめ先の証言があれば、当人のことはほとんどわかってしまう。そして、事情が明らかになったのは、司書と会った日の夜であった。青年が家庭教師をしている呉服店で、女主人から見合いをすすめられた。

「いい娘さんですよ、先生、会うだけでも会われては」

S社の寮を管理している男の娘だという。

青年は当惑し、その気はないといって、手渡された写真を開いて見ることもせずに返した。きまった女性でもいるのかと女主人はたずねた。青年はいないといった。しかし、当分、所帯を持つつもりはない。まだ若いのだし、収入も少ないから、と青年はいった。

「そこですよ先生、二人で働けばかえって楽になりますよ、所帯は早く持つものです、将来のことを考えれば」

女主人は息子が高校に入れたのも家庭教師のおかげだといい、恩返しのつもりで寮の娘を引合せるのだといった。健康で、気立てが良くて、結婚するにはまたとない女性だと自分は思う。近頃あんなに感じのいい娘さんはめずらしい、ともいった。

何といわれても彼の気持は動かなかった。

結婚を自分の問題として考えたことはついぞなかった。独身を押し通すつもりではないが、結婚などということは三十をすぎてから考えても遅すぎはしないと思っている。それに自分の身辺を理不尽に探索されたという思いが不快さを伴い、かたくなに女主人のすすめを拒ませた。

「でも先生、向う様は先生のこと気に入ってるんですよ」

「気に入ってる?」

「実は先だって娘さんがうちに見えてましてね、先生をこっそり拝見したことがあったんです、二階へ上られる前に」

「せっかくですがぼくはやっぱり……」

「会いたくないとおっしゃる」

「ええ、そういうことにして下さい」

「今のところはそうしておきましょう、しかし先生、気が変ったらいつでもおっしゃって下さい」

管理人は自分の知り合いだ、と女主人はいった。青年が娘と会う気になればそのときはさっそく手配しようとうけあった。

「それから……」女主人はいいにくそうにしばらく口ごもって切り出した。娘の父親が青年の身辺を調査したことで、迷惑をかけたと思いずいぶん心苦しい気持でいる、青年のことは一応、呉服店の女主人から聞いてはいたのだが、自分で調べてみなければ気がすまなかった。なにぶん子供のためを思う父親の愚かさと大目に見てもらいたい、というのだった。

事情がわかってしまえばもうどうということはなかった。青年は忘れることにした。見合いなぞしたことは一度もなかったが、会ってしまえば面倒なことになることくらいはわきまえていた。生活はできるだけ単調な方がいいと彼は思った。女のことで時間をとられるのはまっぴらだという気持も働いていた。だから女主人のすすめを断わりさえすれば、それで事はけりがつくことになると青年は考えた。彼は中学生のためにテスト問題を作り、参考書を買ってやり、自転車で子供たちの家から家へと回った。

夜を仕事にあてれば昼間は気ままに時をすごすことができた。手当りしだいに本を読み日記とも感想ともつかない文章をノートブックに書きつけた。そうしていると自分が一人で居るということが、この上なくたのしかった。不自由だろう、と兄からそれとなくカマをかけられることはあったが、そのつど彼は打ち消した。もっとも兄の家に寄宿して炊事洗濯という独り者には気がふさぐ仕事を兄嫁にまかせているのだから、打ち消すにしても兄嫁に対する感謝の念を同時に表明しなければならないわけで、そのうちおまえも身を固めなければ、と兄からいわれると、強い口調で否定することははばかられるのだった。

「おまえ気に入る入らないはともかく一度会ってみたら」

とこう兄がいいだしたのは呉服店主に断わってから一週間ほど経ったある日のことだった。

「むげにはねつけるのもどうかと思うんだがな」

兄はつづけてそういった。仲介をした女主人に悪いからというのである。断わるのは会ってからでも遅くはない。会いもしないで厭だというのは呉服店主に失礼になる、それにいずれこれから何回か見合いというものをすることになるだろう、軽い気持で会えばどうということもあるまい、と兄はすすめた。

青年は兄の言葉にさからえば何度も同じことをくり返しいわれそうな気になった。とやかくいうよりその女と会って断わる方がいい。

「会ってみればまた考えがちがってくるかもしれないわ」

と兄嫁がいった。青年が家をあけている間に女の写真を持って呉服店主が来たそうである。からめ手から攻めるつもりだなと青年は思った。

「あまり期待せずに拝見したんだけれど、可愛いお嬢さんなの、ねえ」

兄嫁は夫をかえりみていった。

「うん、案外にきれいな女の人だった。おまえにはもったいない」

会ってもいいと青年は答えた。所帯を持つということが気づまりであるように兄夫婦のすすめに応じないでいるのも同じ家に寝起きしている彼にしてみれば心が重かったのだ。

「そうくると思ってた、実は見合いの日取りは決めていたんだよ、おまえがうんといえば早速だが来週の月曜はどうだ」

「気に入るわよ、きっと」

兄嫁は上機嫌だった。

見合いの場所は呉服店ということになった。月曜日は寮の管理人の休日という。その日は両親ども娘を伴ってやってくることになっているそうであった。

会うことを承諾したものの青年の気は晴れなかった。週末が近づくにつれて憂鬱になった。初めから結婚する気のない女性と会ったところでどうなるものでもない。兄夫婦の手前、一度はうんといってしまったのだが、当の女性とその両親にまで顔を合せなければならないことを想像すると石を呑みこんだような気分である。

青年は日曜日になって見合いをとり消した。兄夫婦に対してその気になれないといい、近く家を出て一人で暮すつもりだと告げた。手頃なアパートを探しだしていた。建物は古くて居心地は良さそうに見えなかったが、間代の安いのが何よりであった。

兄は残念そうな顔で「そうか」といったきり黙っていた。青年は呉服店主と会って自分の気持を伝えた。山の寮は町からバスで二時間はかかる所にある。その日になって連絡するのでは遅い。

わずかな身の回り品でも、いざ引っ越しとなれば一日がつぶれた。新しい部屋へ移れば移ったで、することは沢山あった。書物を整理したり棚を吊ったり押入れを修理したりカーテンをあつらえたり掃除をしたりで一週間はすぎて行った。こまごまとした家事に青年は内心うんざりした。朝から晩まで雑巾がけで時間をムダにしているような気がしてくる。生活をするということは食器を洗ったり炊事をしたりという無意味な行為の集積であるように思われた。独身者が結婚を考えるのも実はこうした作業のやりきれなさに耐えられなくなるからにちがいないと青年は考えた。

埃だらけの四畳半が、どうやら人間の住む所に見えてくるまで、かなりの手間が要った。十日めに兄がたずねて来た。

「一人暮しの感想はどうかと思ってね」

そのうち慣れるだろうと彼は答えた。

「自炊をしていると本を読むひまもないことがわかっただろう」

本どころか新聞もロクに読めはしない、と彼はこぼした。一日の大半は女がする仕事に追われてあたふたとすごしているようなものだと愚痴を洩らした。

「じゃあ、あの事件をおまえはまだ知らないのだな」

「あの事件って?」

兄は部屋の隅に重ねた新聞の山をくずして日付をあらためている。先週の火曜日発行の朝刊はないのか、と訊いた。新聞は引っ越ししてしばらくしてからとり始めたので、兄の探す日付の新聞はなかった。

「そうか、無いならいい」

兄は台所をのぞいて必要な道具があればいつでも家へとりにこいといい残して去った。事件については一言もしゃべらなかった。青年は翌日、図書館へ出かけて行き、兄がいった日付の新聞を探した。なんでもないことだと兄は説明しようとしなかったけれども、青年には気がかりだった。

その記事は地方版に大きく出ていた。写真はのっていなかった。死体は林の中の窪地に横たえられ落ち葉で隠してあった。散歩をしてくるといったまま、夕方になっても帰ってこない娘を探しに父親が犬をつれて山へ入り、寮からさほど遠くない場所で発見した、その晩のうちに加害者は逮捕された。付近にあるホテル建築現場の作業員である。

青年は閲覧室に突っ立って、同じ記事を何度も読み返した。

一度だけでは何のことかわからなかった。

二度三度と読んで、初めて文字の持つ意味を理解したように思った。

事件が起ったのは月曜日の午後であった。

加害者の自供によれば、休憩時間を利用して栗ひろいに林へ入ったのだという。かねて目をつけていた栗の木を探し、実を集めたらさっさと帰るつもりだった。被害者とそのときまで会ったことはなかった。殺す気なぞまったくなかったのだが、乱暴をしたあとで顔を知られていてはまずいと思った。

手錠をかけられて連行される犯人の写真があった。四十代の小柄な男である。飯場から飯場へ渡り歩いている労務者で、今もって独身らしい。フラッシュを浴びた顔はほとんど無表情であった。

青年は椅子に腰を落ちつけて、もう一度、念入りに記事を読み返した。何回読んでも日付は変らなかった。事件は月曜日に起ったのだった。新聞を探していた兄の顔が目に浮んだ。

若し、自分があのとき承諾していたら、若し自分が呉服店の子供を教えていなかったら、いや、あの日、女が山へ散歩に行かなかったら……。

青年は手の平で太腿をさすった。

日は傾きかけており家並に斜めの鋭いかげりを帯びさせた。勤め帰りの人々が街路を埋め、プラタナスの木かげに置いた自転車も、雑踏に隠れて見えなくなった。

袖口を引きちぎられるだけで助かったのは偶然である。レインコートがもう少し新しくて布地がしっかりしていたら、自分はトラックに引きずられ、路面に叩きつけられていただろう。青年は友人と山登りをしたときに鼻先をかすめたあの石塊を思った。管理人の娘は顔を上げるのがほんの少し早かった。青年はかすかに眉を寄せた。太腿の痛みは今度は熱も帯びて来たようである。彼は袖の無いレインコートを持って呻きながら立ち上った。

水辺の町　蛇

草はつめたかった。

少年たちは腹ばいに伏せた。寺の本堂が黒ぐろとそそり立っているのが見える。本堂わきにある庫裡の窓から洩れている明りは、今しがた消えたばかりだ。虫の声が耳をうった。墓地の森からくぐもった声が聞えてくる。あれはなんだ、とKはきいた。梟だ、と少年は答えた。

「ふくろうってみみずくのことか」とK。

「似たようなものさ」

少年は境内の隅にある物置小屋をうかがった。庫裡から二十メートルは離れていることを目で確かめた。あらためて念を押した。

「おまえ、本当に錠をはずせるのだな」

「まかしとけ」とKはいった。

二人は腹ばいのままそろそろと物置小屋めがけて進んだ。月は出ていないが頭上は満天の星である。少年の胸は鳴った。

「錠をはずしたらおれ、小屋と庫裡の間で見張るからな、ほらあそこ、樫の木が見えるだろう」Kは少年の耳に口をよせてささやいた。合図は梟の声をまねることにする、とつけくわえた。

小屋の扉にかかっている錠をKはしらべた。なんだ、こんなもの、と軽蔑したように低く笑って、ポケットから針金をとり出し、孔にさしこんだ。

「だいじょうぶか、そんなもので」少年は気をもんだ。錠はがっしりとした大型の南京錠である。Kはさしこんだ針金を出しては折り曲げて手先をたくみに動かしている。たまりかねて、「おい」と少年はいった。

「うるせえな、だまってろ」Kは肘で少年のわき腹をじゃけんに小突いた。

梟がまた鳴いた。

森をゆるがす風の音が耳をついた。

金属のばねがはねる響きが聞えたかと思うと、錠は開いていた。

「ほら見ろ」Kは手の甲で額の汗をぬぐった。「懐中電燈の光が外にもれないよう気をつけるんだぞ」とくりかえし少年に注意した。「じゃあな」といって足音をしのばせ、樫の木立の方へ這って行く。

少年は扉をあけた。錆びた戸車がきしるたびに少年は背筋につめたいものを感じた。そのつど庫裡の方をうかがった。Kは木の下闇に身をひそませて監視している。本堂の横にある森のどよめきが戸車のきしりを消しているはずである。寺のある丘のふもとに拡がる家々の住人はすでに寝しずまっている。

遠くで野犬が吠えた。扉を体が入る幅まであけて、少年はすばやく内部へしのびこんだ。かびくさい空気が鼻をついた。扉をぴたりとしめて懐中電燈をつける。赤い布でおおって光を弱めている。

少年は目をみはった。

柳行李、本箱、革製トランク、電気冷蔵庫、櫃のようなもの、布団袋、荒縄でくくった百科事典、紙箱などがぎっしりと積みあげられている。ガラス蓋付の昆虫標本箱もあった。少年がいちばん気を惹かれたのは本箱である。布表紙の分あつい書物がならんでいる。そのなかから夢にまでみた冒険小説をえりわけて、足もとに落ちていた縄でくくった。

戦争が終ってから五年たっている。町の本屋で売られているのは、粗悪な仙花紙に刷られた安っぽい本ばかりである。戦前に出版された書物などよほどのことがなければお目にかかれない。

少年はふるえる手で縄をむすんだ。

扉の外にすべり出て、もと通り錠をかける。樫の木の下にいる仲間へ短く口笛を吹いてしらせた。

「すんだか」Kは犬のように這ってもどった。すんだ、と少年はいった。山門をぬけずに塀をのりこえ、寺の裏にある墓地へ出た。本は二人でかわるがわる持った。腕がぬけるほどそれは重たかった。

墓地のはずれに無人の水車小屋がある。本はとりあえずそこの床下に隠して二人はめいめいの家へ帰った。

少年は夜半まで寝つかれなかった。

――宝の山、

とKがいったのは正しかった。あれが宝の山でなくてなんだろう。電気冷蔵庫、扇風機、衣類をつめた柳行李、そういうものは何とも思わない。少年にはただのがらくたにひとしい。少年の胸をおどらせたのは、ところせましと並べられた書物である。大半はむずかしそうな大人の本であったが、子供むきの本もかなり見られた。

懐中電燈の光でざっとしらべただけである。持ちはこべるだけえらんだのだが、まだめずらしい本がたっぷり残っている。少年はバクダッドの盗賊が財宝をかくした洞穴にしのびこんだアラディンにでもなったような気がした。その盗賊はといえばもう死に絶えているのだ。

(つまりだな、東京か大阪かそんな都会でくらしていた誰かがだよ、空襲で焼かれないように家財道具だけあの寺に疎開させたわけだ)

Kもまた都会の子である。両親と家を戦争で失って田舎の身寄りに引きとられたのだった。似たような身の上が二人を近づけた。少年も疎開してこの小さな城下町に居ついていた。寺の物置小屋をのぞいて何かかくしてあるらしいと告げたのはKであった。

水車小屋でKはぬすみ出したのが本だけと知って少年をなじった。

（なんで本なんか手をつけたのだよう、もっとましなしろものはなかったのかね）

家財の持ち主はどうしたのだろう、と闇の中で少年は天井を見上げながら考えた。戦争が終ってからだいぶ経つというのに、あれを引きとりに来ない。家族全員が空襲で命をおとしたのかもしれぬ。そう思うと物置小屋にこもっていた匂いがなまなましい血の味を含んでいたようにも感じられる。

あれは寺の住職のものではない。Kの推測するように都会に住んでいた誰かのものだ。トランクにはイタリイやフランスのホテル名をしるしたラベルが貼ってあった。同じようなトランクを、少年は外国帰りの伯父の家で見たことがあった。

「緑の無人島」があった。「吼える密林」があった。「敵中横断三百里」「見えない飛行機」もあった。

放課後、二人はまっすぐ水車小屋にかけつけて獲物を点検した。少年は目を輝かせ一冊ずつ取りあげては表紙を撫でさすり、中身を開いて白い艶やかなアート紙の匂いをうっとりと嗅いだ。「竜神丸」のさし絵に見とれ、「まぼろし城」の一節を読んだ。

Kは草の葉をかみながらつまらなさそうに少年を見ていた。しばらくたっていった。

「ここには古本屋はないいんだったな、N市まで行かなきゃあ駄目か」

「古本屋?」少年はぼんやりとききかえした。

「そうよ、かついで行って売るのさ、昔のいい本だ、高く売れるぞ」

「いやだ」きっぱりと少年はいった。

「ちえっ」Kはいまいましそうにつま先で本をけって、

「おまえ何か喰えるもの持ってねえか」ときいた。少年は本に目をおとしたまま首を横にふった。Kは低く叫んだ。天井の梁をみつめている。青い蛇がからみついて二人をうかがっているところである。Kは床板を引きはがし、蛇の頭を叩いた。二度三度つよく叩いた。埃とわら屑が降って来た。そのあとから蛇の屍体が落ちて来た。

水車小屋の土間に二人は石でかまどを築いた。Kは命令した。「マッチと塩だ、ひとっ走りおまえんちから持って来い、早く」

少年が五分でもどって来たときにはKは小刀で蛇をぶつ切りにしてしまっていた。火をおこせ、とKはいった。水車小屋のわきにあるごみすて場から、Kは穴のあいたフライパンを拾って来た。塩をすりこんだ蛇をフライパンに並べ、火にかけた。

「秋ぐちの蛇は脂がのってるからな」Kは少年に目くばせして笑いかけた。少年は枯れ枝をあつめ水車小屋の壁板をはがしてくべた。脂が切り身から滲み出てじゅうじゅうと音を立てた。焼けてくるとKは小刀の先で切り身をころがし薄茶色になるまで熱した。

「あっちっち」Kは腕で顔をかばった。脂がはぜて飛んだのだ。醤油があるといいんだが、ともいった。二人の家に醤油はなかった。塩さえも貴重品であった。少年はKから小刀を借りてちかくの竹やぶへ走り、手早く二人ぶんの箸をこしらえた。肉を食べるのは何カ月ぶりのことだろう。

「うめえ」Kはひと口ほおばって叫んだ。少年はものもいわずにむさぼり食べた。切り身は七つあった。四切れをKがたいらげ、残りを少年がとった。

「煙草があればいいんだが」口のまわりについた脂を手の甲でぬぐいながらKはつぶやいた。都会の地下道で寝起きしていたころは吸いがらをふかしていたという。

「つまんねえの、田舎じゃ吸いがらさえ落ちてねえんだから、道にころがっているのは牛と馬の糞だけだ」

かねさえあれば手に入る、とKはつけくわえた。「今夜はおまえが見張りしてろ、な、おれが小屋に這入る」とKはいった。またやるのか、と少年は驚いてきき返した。

「やるともさ、かね目のものはごまんとあらあ、みすみす坊主を儲けさせる手はないぜ、どうせ持ち主はこの世にいねえんだから」

「見つかったらどうする」

「見つからないように番をするのがおまえの役目じゃねえかよ」とKはいった。

梟が鳴いている。風が墓地の森をどよめかしている。星あかりの下にしずまりかえった寺院がある。昨晩と同じ情景である。Kはごみすて場から拾って来た米軍兵士用の衣嚢を持っていた。

少年は樫の木かげにうずくまって庫裡を見張った。物置小屋に家財をあずけた一家の運命を思った。物置にこもっていたのは革と布と木の匂いだけではなかった。それは少年の記憶にぼんやりと残っている平和な時代の匂いでもあった。一個の爆弾で消えた故郷の街で、少年がすごした家がちょうどあの物置小屋と同じ匂いを漂わせていたことを思い出した。少年の家族は荷物を田舎へはこぶ手だてのないままに着のみ着のままで疎開したのだった。少年は物置小屋の方を闇の奥にすかして見た。だいぶ時間がたったような気がする。用がすめば合図の口笛が聞えるはずである。

少年はふくらはぎにたかる蚊を手で追い払った。叩けば音がする。庫裡は目と鼻の先である。いらいらしながら待った。

五年前の夏、西の空にひらめいた白いもの、N市の上に立ちのぼった黒い煙の塔を少年は思い出した。別れた級友は一人のこらず灰になった。置き去りにした自分の財産を回想した。書物、玩具、菓子箱いっぱいのビー玉、外国の絵葉書、こわれた鳩時計、模型機関車、ガラス細工の城、鉛の兵隊人形、将棋。死んだ友人よりもそれらが惜しかった。

口笛が聞えた。

少年は獣のようにすばやく小屋へ走った。Ｋと衣嚢をかついだ。米だわらの大きさほどにそれはふくらんでいた。二人はよろめきながら駆けた。水車小屋へたどりつくなり衣嚢を土間へ投げ出して肩で喘いだ。しばらく口がきけなかった。

Ｋは懐中電燈をつけた。

袋から収穫を取り出した。銀の皿と盆、湯わかし、砂糖壺が出て来た。フォークとナイフのセットも出て来た。革のコートもあった。手袋と靴、双眼鏡が出て来た。懐中時計、オルゴール付の宝石函は中身がからであったが、ねじを巻くと澄んだ音を発し、Ｋはあわてて蓋をしめた。外国の郵便切手をおさめたストックブック、顕微鏡まで出て来た。

少年は茫然としてＫの獲物を見おろした。

「おまえ、これをどうする」

「きまってるじゃねえか、売るのよ」

「だれに」

「まかせておけって、心当りがある、いい品なら何もきかずにかねを払うやつをおれ知ってるんだ」

「おまえ、そのかねを何につかうつもりだ」と少年はきいた。

「東京へ帰るのよ、こんな田舎にいつまでもおられるもんか」Ｋは昂奮して早口になっていた。目が血走って異様な輝きを帯びた。「いけねえ」Kはポケットに手をやって顔色をかえた。はずした南京錠をそのままポケットに入れていたのだ。外は月がのぼったばかりで、昼のように明るい。二人は境内にこっそりともどって様子をうかがった。庫裡の住人が寝についているとしても、小屋のあたりに何もさえぎるものはない。いつだれが起きて境内を見るかわからない。それでも朝になって小屋の錠が消えているのを悟られるのは危険である。二人はジャンケンをし、負けた方が錠をかけに行くことになった。少年は冷や汗を流しながら小屋へしのびよった。

Kがあてにしたのはアメリカ軍兵士を相手に質屋を営んでいる朝鮮人らしかった。ひと目みていかがわしい品と察したらしくKの思惑通りにいかなかった。革の手袋をアメリカ煙草一箱にかえてくれただけである。(そのうち、な)というばかりでKの持ちこんだ品物をあずかりはしたものの、かねを払おうとはしない。

毎日、Kは質屋へ裏口から押しかけた。少年は外で待った。数分後にKが浮かない表情で現われる。肩をすぼめて、「あのけちん坊め」とにがにがしげにつぶやく。煙草を一個くれて、明日また来い、それまでに品物をある人物に売ってやるから、というのだそうである。

「待てないか、ならさっさと品物を引きとるんだな、あんなヤバイもの、わしだってあずかっとくのは気が重い、なあんてぬかしやがるんだ、あの野郎」Kは唾を吐いた。早く東京へ帰りたい、ときまってつけくわえた。「着物があればいつでもかねにしてやるというんだ、アメ公が喜ぶんだとよ、銀器だって同じこったろう、あの野郎とうの昔にブツは売っ払ってるとおれにらんでるんだがな、のらりくらりいいのがれしやがる」Kは唇をゆがめた。

「N市の古本屋な、高く買うってほんとか」思い出したようにKはたずねた。噂ではそうだ、と少年は答えた。自分で売りに行ったことはない。Kは考えこんだ。「本はどっさりあったな、ちと重いがやってみるか」と少年に話しかけた。気がすすまない、と彼はいった。

「今になって気がすすまないだと、おい」Kは少年につめよった。「おまえはしこたま好きな本にありついて楽しんでるじゃねえか、友達がくにへ帰れなくてもいいっていうのか」

「やるよ、いつにする」少年はたじたじとなって答えた。

「今夜だ、善は急げっていうからな」

Kの目は吊り上っていた。質屋にあずけている品物を見せてくれと頼んでも、天井裏に上げていて下すのが厄介だからとか、銀器が本物かどうか知人に鑑定させるために持ち出しているとかいって、Kに見せようとはしないのだそうだ。

「やつはアテにならねえ、おれ、今度行ったらブツを取り返すつもりだ」とKはいった。

梟が鳴いている。虫がすだくのも聞える。風の音、木のそよぎ、何もかも前と同じようでいてどこか異様な気配がある。少年は寺の本堂を眺め、庫裡をうかがい、境内をくまなくすかし見た。別にどこも変ったところはない。しかし何か気にかかるものがある。庫裡の明りが消えている。まだ九時をすぎたばかりというのに寝るのはこんなに早いのだろうか。この前は十時すぎに消えたのだった。

「何をぐずぐずしてるんだよ、あっちへ行って見張ってろ」Kが少年の背中を乱暴に押した。少年は樫の木かげに這い寄り、思い直してそこから十メートルほどへだたった石燈籠の下にしゃがんだ。

にぶい音がした。

重い物の倒れる気配である。物置小屋の方から悲鳴が聞えた。小屋から走り出た黒い人影は途中で衣嚢を投げ出した。しかし行く手は山門の方から駆けて来た二つの人影でさえぎられた。

Kはくるりと向きをかえて、いったん樫の木立めがけて走り、そこで再び身をひるがえして石燈籠のそばを駆けぬけた。Kは少年を認めた。

「じっとしてろ」

意外におちついた低い声で少年にささやきかけて墓地の方へ姿を消した。しかしそちらでも待ち伏せている者があった。腕をさかさにねじ上げられ、尻をこづかれて引っ立てられてくるKの姿が目に入った。境内で彼はさんざんに殴られた。少年は寺院本堂の床下に這いこんで打ちすえられるKを見ていた。盗んだ品物を返さなければ警察に引きわたす、返せば事は穏便にすませ、学校にも親にもいわないですませてやる、そう告げている住職の声が聞えた。品物は返す、どうか家の者にはいわないでくれ、Kは哀れっぽい声で訴えていた。

少年はふるえていた。

Kは水車小屋の梁に縄をかけて縊れ死んだ。見つけたのは取りこわしに来た持ち主の百姓であった。現場を少年は見に行かなかった。質屋が火を出して焼け落ちた晩も外に出なかった。窓から夜空に立ちのぼる火の粉を見ていた。

「そんなものあずかった覚えがねえっていいやがるんだよう、くやしかったら警察へでも何でもいってみなってぬかすんだ、あの野郎、ニヤニヤしちゃって鼻であしらいやがる、どう仕様もねえ、おまえのことバラしゃしなかったから安心しろ」

Kはつかまった翌日、はれ上った顔をさすりながらいった。「本だってそんなもの返したってどうする、銀器やら宝石函やらかね目のものを返さなきゃあな」

「どうする」

少年はKの顔をぬれタオルでひやした。

「どうするって手は一つしかあるまい、あの野郎に思いしらせてやるのさ」

Kは目をとじて物憂げにつぶやいた。「子供だと思って人をバカにしやがって」

「どうやって思いしらせる」と少年はたずねた。Kは答えなかった。東京へ帰るのもこれでふいになった、と単調な声音であっさりといった。

「今に帰れるさ、そのうちきっとな」少年はいった。

「ああ、そのうち、だれが何といっても帰ってみせらあ」

Kは打たれたあとが痛むのか顔をしかめ、口の中で舌を動かしていたが、やがて唾といっしょに欠けた歯を吐いた。死体がKであることを聞いたとき、少年が思い出したのは小屋の梁にからみついていた青い蛇であった。

(じっとしてろ)とあのときもKは蛇に声をかけて板で叩きおとしたのだ。

水辺の町　再会

葦は枯れている。

獣の病んだ肌を思わせる湿原に、黒っぽい茶色の枯葦がまばらに突っ立ち、海から吹く風に揺れた。雲は水平線までたれさがり、海と空の境界は明らかでない。河口の上空に群れ飛ぶ鳥を男は眺めていた。さっきから時計と河口付近の堤防とを見くらべている。外套の襟を立て、ポケットに手をつっこんで砂州の上を歩きまわった。そうしていなければ靴底からつたわる冷気に足がしびれてしまいそうなのだ。

男はふり返った。葦の折れる音がした。人影が近づいて来る。犬をつれ、猟銃を肩にしている。砂州をいくつにも分けて流れる水流を慣れた足どりで跳びこえた。

「——さんですな」犬をつれた男はよびかけた。待っていた男は相手の名前をいった。

二人はしばらく無言で見つめあった。

「雨にならなければいいが……」銃を持った男は気づかわしげに空を見上げた。この寒さでは雨にはなるまい、と外套の男は答えた。「お宅はこの辺ですか」ハンターはきいた。「川上、ここから歩いて一時間ばかりです」よかったらうちへ来ないかと外套の男は誘った。

「そんなに近くだと初めから知ってたらお宅へうかがうんでしたな」

「今からでもどうですか」

「ええ……しかし、せっかく鳥を撃ちに来て一羽もとらずに」

ハンターは河口に目をやった。遠くで銃声がした。犬のほえる声も耳に入った。

「ここではなんだからあっちへ」外套の男は砂州の端に見える漁船の残骸を指した。風が二人の声をさらい、大声でなければ聴きとれないのだ。

「毎年、鳥を撃ちにここに来てたんですか」外套の男は廃船のかげにしゃがんでからきいた。砂に半ば埋れている船が風よけになった。

「鴨をね、十一月になると解禁日が待ち遠しくて仕事もろくに手につかない」ハンターは目じりにしわをよせて声を出さずに笑った。銃はよく手入れされている。犬はしきりに主人のまわりで跳びはねて低くほえた。

「ぼくはここで待ってます、鴨を撃ったらどうです」外套の男はすすめた。

「ええ」ハンターは船べりに背中でもたれて気のなさそうな返事をして、「われわれは三十年ぶりに再会したということになりますな」といった。

「ずっときみを探していたんですよ」

「知らなかった」

「新聞のたずねびと欄とか、同窓会の会報とか、テレビできみのことをしゃべったこともある」外套の男は放送局でテレビやラジオの仕事をしている。

「われわれのクラスで生き残ったのはほかにだれがいました」ハンターは海から視線をもどした。

「だれも、今のところぼくときみの二人きりです、ほかに居るかもしれないが消息のつかめたのはきみだけ」

「みんな死んじまったってわけだ」ハンターはいった。

「そう、みんな……」外套の男はあいづちを打った。硬くかわいた葦の茎がたがいにこすれて厭な音をたてた。煙草につけようとするマッチの火もすぐ消えてしまう。

「たった二人か」ハンターはつぶやいた。自分たちのクラスは全部で何人だったか、と外套の男にたずねる。

「五十一人、うち死んだのが三十七人、生死不明が十二人、といっても死んだことと変らない、死体を見とどけた者がいないというだけのことでね、しかし若しかしたら十二人のうち何人かはあの日までに疎開したかどうかして本当に生きているかもしれない、そういう可能性はあるよ、生存が二人」

「五十一人のうちの二人か、私が運の良い組にはいっているとは思っていたんだけれど、こうしてあんたから正確な数をきくまでは実状がそんなにひどいものだったとは思わなかった」

ハンターはポケットから金属性のフラスコを出してひとくち飲んだ。外套の男にもすすめた。「どうぞやって下さい、体が暖まる」猟をするときアルコホルは禁止されているのだが、どうせきょうは鳥を撃ちはしないのだから、とつけ加えた。

外套の男もフラスコの中身を飲んだ。

「商工会議所の友人からあんたが私を探しているときいたとき、正直いって……わるく思わないで下さいよ、正直いってぴんとこなかった、——さん、あんたの名前おぼえてはいるけれど、顔がうろおぼえでね、死んじまったKやSやTやの顔とごっちゃになって」

ハンターはまじまじと外套の男をみつめていった。

「私だけをなぜ探したんだね」

「きみだけを探したわけじゃないんだよ」KやM、N、Sなども探した。彼らはみな外套の男が小学一年生であった当時、したしい遊び仲間だった。

「するとだね、そのうち私ひとりが名のりをあげたってわけ?」

「ああ」外套の男はまた手渡されたフラスコを口にあてた。光を喪った海が二人の前にひろがっている。潮が引き、露わになった潟上がにぶい灰色の艶を帯びた。

ハンターは枯葦を折り流木を拾い集めた。ライターで火をつけた。犬は河口へ去って葦の間にちらちらと見え隠れしている。

「きみを探したからといって別に何もわけがあったからじゃない、N市の商工会議所に招かれてテレビドラマについて話をするついできみのことをきいてみた、もしかしたらと思ってね」

一度、焔をあげた焚火はくすぶって白い煙に変った。流木も葦も湿っているのだ。外套の男は話をつづけた。

「昔の級友をたずねあてたところで何もなりはしないが、そんなことをしても仕様のないことくらい初めからわかってるさ、だがね、生き残ったのが自分ひとりだとはどうしても信じられなかった」

晴れた空から一箇の黒い紡錘形をした物体が落ちて来てN市を焼きつくした。災厄の日が訪れる数カ月前に外套の男は隣接する小都市に移住していたのだった。

「新聞で探したんだって」ハンターは焚火を口で吹いておこそうとしている。

「八月には新聞が特集を組むからね、ぼくもたのまれて記事を書いたことがある、〝J小学校の思い出〟というタイトルで、きみやKやSなどのことを書いた」外套の男はからになったフラスコを砂の上に置いた。流木と枯葦はさかんに白煙をふき出す。ハンターは目に涙をためながら火をおこそうとしていたがついにあきらめて立ちあがった。

「担任の先生をおぼえているかい若い女教師だった」外套の男はせきこんだ。風向がかわって煙に包まれたのだ。

「女の先生だったかなあ」ハンターは首をひねった。

「一年桃組だったろ」と外套の男は念をおす。「そう、桃組」ハンターは答えた。「あのひと、死んだそうだ、自宅で。ずいぶん大人に見えたけれど、まだ二十歳をいくらもすぎていなかったんだよ」と外套の男。

「ところであんたQのことおぼえているかい、船乗りの息子で頭の大きな」ハンターはそういいながら弾帯から弾丸を一箇ぬきとった。

「船乗りの息子？　生きてるのかい」

「いや、死んでるんだが、私のうちの隣に住んでて、そいつ体操の時間にあんたとけんかしたことあったっけ」

「Qとけんかした？　ぼくが」

「そうだよ、何回かやった、とめるのが私の役だった」

ハンターは弾丸の薬莢を小刀ではずし、中身の火薬をくすぶっている流木にふりかけた。ライターで点火すると焰がはぜた。

「けんかをねえ、そのQという子、さっぱり記憶にないんだ、よわったな」外套の男は焚火に手をかざした。

「私は小三のとき胸を病んで二年ばかり休学しましてね、新聞で探したとき私のことを昭和十九年入学であんた書いたもんだから知合いがぴんとこなかったんだろう、ありふれた名前でもあるし」

ハンターは水ぎわへおりて行って流木を探した。燃えそうなたき木は拾いつくした。廃船の朽ちかけた舷側を石で破った。外套の男も手つだった。船板を剝がしながらきいた。

「ところできみ、あの日はどこに居たんだい、きみの家は焼失地区にはいっていたはずなんだが」

「あんたと同じだよ、爆弾が投下される一週間まえに引っ越してね、七キロばかり離れた郊外の農家、おやじの実家なんだ」

ぞんざいな口調にていねいな口調がまざった。ちょうどあのとき、雨洩りする藁屋根を修理していた、とハンターはいった。「おふくろと二人して屋根にあがりましてね、穴に藁をつめてた、N市の方がぱあっと白く光って一瞬なにがなんだかわからなかった、どえらい風が吹いて来てわれわれは屋根からころがり落ちましたよ、要塞の火薬庫が爆発したのかもしれないっておふくろはいったっけ、おかしなことにあの爆発音はきいてないんですよ、きいたに違いないのにね、おぼえてるのは閃光と爆風だけ」

ハンターは船板を膝に当てて折った。

「ぼくは音をきいた、閃光も見たよ、爆風はきみがうけたほど強くはなかったが感じた、ここはN市から二十四、五キロ離れてるから」

「あの日はこの町にいたんですか」

「ああ、町はずれの丘でN市の方を見ていた」

西南の方角に黒い煙の塔がそそり立った。塔の麓は赤い火焔でふちどられていた。煙でおおわれた空は午後二時か三時には夕方のように暗くなった。錆びた銅色の太陽が煙の向うにうかんでいた。空を流れてくるものがあった。布、紙くず、木ぎれ、木の葉、大小の灰がひっきりなしに漂い流れ、少年の頭上に降ってくるのだった。

「あの日はいつもよりずっと早く夜になったみたいだ」

外套の男はつぶやいた。

「そういえばそんな気がする、しかし、いつ夜になったか私はおぼえていないんだよ、なにしろN市が燃える火で空はまっかになってね、夜でも昼のようだった」とハンターはいった。外套の男は幼馴染の顔をみつめた。記憶にある当人の顔立ちと、現実に向いあっている男のそれとがうまく重ならない。もどかしさがあせりにかわる。長い間、会わないでいると、こういうことはよくあるものだ。しかし、会ってしゃべるうちに昔の容貌がだんだんとうかびあがってくるのがふつうである。ハンターはいつまでも初対面の見知らぬハンターのままだ。

「いま仕事は何を」外套の男はきいた。

「貸ビルを一、二件、それにレストラン、ちっぽけな店だけれど、N市へ出て来たら寄って下さい、そうだった、忘れてた」

ハンターは名刺を渡した。

「だいぶいそがしそうだな」外套の男は名刺に印刷されたいくつもの電話番号を眺めた。

「いそがしかったらあんた鉄砲撃ちに出かけるひまなんかありはしないよ、仕事は人にまかせてましてね、ぼちぼちやってます。食べてゆけさえしたらいいんだもの」

ハンターはかすかに唇をゆがめて笑った。こめかみに白いものがまざっている。四十前とは思えないほどやつれた皮膚である。その表情に外套の男はつかのま七歳の級友の面影を見たように思った。しかしそれはすぐに艶の失せた中年男の顔立ちでおおい隠された。外套の男はいった。

「天主堂の方へハイキングに行ったことがあったろう、小一のときだ、六月ごろと思う、クラスで行った」

「天主堂の方へ？　行ったような気がする、行っただろうな」ハンターは目を細めて海の方を見た。

「行ったんだよ、きみは弁当をなくした、で、先生が自分の弁当を半分だけきみに分けてやった、ぼくもふかし芋を一箇、提供したことをおぼえてる」

「ふうん……」

「Kが乾パンを一箇くれた、Sは枇杷の実をきみにやった、弁当をなくしたばかりにかえってごちそうにありつけたってわれわれはうらやましがったもんだよ」

「六月ごろねえ……」

「また、こんなこともあった、きみが肺炎か何かで1ヵ月ばかり欠席したので、クラスを代表してぼくとKとSが先生につれられてきみのうちへ見舞に行った、折紙を持って、いや折鶴だったかな」

「肺炎じゃない、食あたりだよ、一ヵ月も休まなかった、せいぜい十日くらいじゃなかったかなあ」

ハンターは大声で犬の名前をよんだ。立ちあがって河口の方へ葦をかきわけて行った。さっきまで湿地の方々できこえていた銃声もいまは途絶えている。風の音だけが高くなった。外套の男は船板を焚火にくべた。自分は何年もあの男を探していた。その人物が現われて目のまえにいる。これは疑いようがない。しかし記憶の中にある少年と同じ人間であるということが、どうしても心の深い所で納得できない。

ハンターは犬をつれてもどってきた。

「困ったよ、だれかが撃った鴨をくわえてやがる、水の中にとびこんでやがった」

どさりと死んだ鴨を焚火のそばに投げ出した。「撃った人に返してやればいい」と外套の男はいった。「そう思ったんですがね、本人がどこに行ったものやら、あっちの方で弾丸に当ってから河口の上まで飛んで来て力が尽きたのかもしれない」

ハンターは犬の首すじをかるくたたいた。犬は焚火のそばにうずくまった。

「どこまで話したんだっけ」ハンターはタオルで犬の体をふきながらきいた。

「見舞に行ったところまで」

「そうそう、あんたが来たんだって、そんな気がする、クラスからだれか来たみたいだ」

「学校の行き帰りはいつもわれわれはいっしょだった」

「いっしょ？　二人だけって意味ですか」

「と思うけれど」

「それはちがう、二人だけってことはありませんよ、あのころは集団登校でしてね、一年生から六年生までひとかたまりになって町内の小学生は学校に行った。下校の場合も同じだった」

ハンターはきっぱりといった。

外套の男は考えこんだ。何をするにもこの男と二人だけであったと思う。遊ぶにもいたずらをするにも、学校の行き帰りも。しかしハンターが自信ありげに断言することばをきくと、自分の記憶もぐらついてくる。

「あんた、放送関係の仕事だって」ハンターは顔をあげた。「するとさだめしタレントの世界とかつまり芸能界の内幕にもくわしいでしょうな」

そんなことはない、と外套の男はうち消した。地方の放送局は芸能界とぢかに接触を持たない、と説明した。

「そんなものですかね」ハンターはいった。自分がしているのは短いラジオドラマや探訪ものだから、と外套の男はつけ加えた。

「それであんたやってゆけますか、いや失礼、こんなことをきいてしまって」

CMの仕事もあるからどうにかやってゆける、と外套の男はいった。二人はしばらく黙りこくって燃える火に目をそそいだ。

「J小学校は被爆当時に生徒名簿を焼いてしまって、だれが死亡しだれが生き残ったかを正確につきとめられないっていうんだ、ぼくは教頭と会って話をきいた、生徒はあのころ数ヵ所に分散して授業をうけてたらしい」

といいながら外套の男は鈍い徒労感をおぼえた。ハンターはまぎれもなく自分が探していた昔の級友である、それはまちがいない、しかし何かが足りない。

「Rという女の子がいたっけ、――さん、おぼえてるでしょう、家は学校の近くだったんでわれわれは垣根ごしにのぞきこんでその子をひやかしたもんだった」ハンターはいった。

「R子……」

「そう、丸顔で小柄なクラスでいちばん可愛い子だった、あの子は死にましたよ」

「クラスでいちばん可愛い子……」

「みんなあの子に関心を持ってた、運動会で二人三脚するとき、あの子と組むのを男の子はいやがったな、内心は組みたいものだから、いやがることで関心を表明したわけ、六歳でも一応ませてたんだ」

ハンターはうっすらと笑った。

外套の男は眉根をよせて考えこんだ。R子、運動会、さっぱり記憶にない。昭和十九年の秋は時局をおもんぱかって学校も派手な催し事を中止したのではなかったろうか。

「いや、ちゃんとやりましたよ、私はよくおぼえてる、徒歩競走で私は足首をくじきましたからね、忘れるわけがない」

きっぱりとハンターはいった。

「J小学校の校庭で?」

「ああ」とハンターはいった。

雲はますます濃く厚くなった。海も暗いかげりを帯びた。干潟のところどころに杭のようなものが突きでており、漁網や縄のきれはしがまといついている。うちすてられた廃船が浅瀬に船首をのりあげて水に洗われている。砂州は灰褐色、干潟は白茶けた灰色である。黒い海がその干潟をおもむろに浸そうとしている。

廃墟……

外套の男は三十年まえの夏に壊滅したN市の光景をいま目のあたりに見ているように思った。

「鳥を撃ったらどうですか、ぼくはここで焚火の番をしてるから」

「実をいうと人ちがいじゃないかと思ったんですよ、それがはっきりしたら猟をするつもりで銃を持って来て、落ちあう場所も河口ちかくと決めたわけだけれど」

ハンターは銃を分解して革ケースにしまった。

「まがりなりにも獲物は一羽、手に入った、あんたの探してた人物は私にちがいない」

ハンターは物憂い口調でそういった。外套の男は焚火に身をよせた。燃えさかる火のそばにうずくまっていても、体はいっこうに暖まらない。寒気は肌を凍えさせ、骨の髄までしびれさせるほどだ。

「私が生きてたのが三十五年たってわかったように、あちこちにクラスの連中が生き残っているかもしれませんな」とハンターはいい、KやSもひょっとしたら、といい添えた。

「ええ、KやSもね」

外套の男はあいづちを打った。そんなことはないという確信に近いものを内心におぼえながら、

「どこかに生きてるかもしれませんな」といった。

五色の髭

窓ぎわに席が一人分あいていた。箱のほぼまんなかである。ようやくみつけた。列車は混んでいる。明男は父の背に手をまわし、抱くようにしてそこへ導き、腰をおろさせた。プラットフォームに母たちがいる。席を確かめて近寄って来た。明男は窓を押し上げていった。

「もういいよ」

父のトランクを網棚にあげた。先客が並べた荷物でそこは一杯だったので少しずつ寄せて隙間をこしらえ、ボストンバッグと風呂敷包みを押しこんだ。客の膝にはさまれて全部の荷物を網棚におさめるにはずいぶん窮屈な思いをしなければならなかった。明男の物はなかった。父の所持品ばかりである。並べてみると他人の荷物と比較することになった。トランクもボストンバッグも一時代前のものでみすぼらしかった。

父はプラットフォームとは反対側の窓に顔を向けている。青く塗った特急寝台車が着いたところである。カーテンの隙間からのぞくシーツの白さが目に鮮かだ。あれで帰れたら楽なのだが、と明男は思った。寝台車の方はそれから見ないようにした。ベルが鳴った。フォームの五人はいっせいにベルの方へ目をやった。

「もういいから帰れよ」

　明男は母と二人の妹と二人の弟にいった。ベルの響きにさからって大声でいった。「ほなら俺、帰るわ」上の弟はさっさと背中を向けた。プラットフォームの人ごみに紛れてすぐに見えなくなった。

明男は弟の関西弁を初めてきいたように思った。母を含めて彼らがすっかり大阪の人間になってしまったことを確認した。父だけは別である。大阪に住めなくなって九州へ戻るのだ。

「兄さん、ちょっと」妹がいった。目でデッキをさした。父は寝台車から目をそらし、木彫り人形のような姿勢で前の客と向いあっている。それを見届けておいて乗降口へ出た。

「お父さんから目を離さないで」と妹はいった。

「わかってる」

「一晩くらい眠らないでもいられるでしょう」

「眠れといわれたって立ちんぼうでは無理な話だ」

「あたし心配なの」

「前にもあったのか」

「一度、川に落ちたとかいってずぶ濡れになって帰って来たことが」

「田舎に帰れば大丈夫だろう」

「帰るまでのことが気がかりなの」

「手をやかせるおやじだ」

「兄さん、帰ったらどうするの」

「仕事を探す」

「いい仕事あるかしら」

「何とかなるさ」

「またスーパーマーケットに……」

「スーパーはもうこりごりだな」

「仕事みつけるまでの生活は……お父さんもいることだし」

「兄貴が何とかやってるから、さし当り自分のことだけ考えればいい。おやじは兄貴に面倒見てもらう」

「せっかく大阪に出て来たんだから、あと一晩ゆっくりしたらあちこち見物できたのに」

「いいんだ、そのうちな」

「帰ったらしらせて。あたしの会社に電話ちょうだい」

「そうする」

下の弟が近寄って来た。週刊誌をさしだして、

「汽車のなかで読みなよ」という。弟の仕事をしている所が写真になっていると説明する。東京オリンピックの記事にそれはあった。

「何がなんでも来年までには仕上げなくっちゃてんで目の色変えてんだ」と弟はいう。

「工事ちゅうに人間の一人や二人倒れてもどうってこたあねえんだよ」

「お前も気をつけろ」と明男はいった。

「九州まで十四時間かかるんだって、これじゃあ着くのは明日の朝だなあ」と弟。

「おふくろを頼む」と明男は弟にいった。今度はいつ大阪に来れるか分らない。帰って職についたらおいそれと来るわけにはゆかない。

「俺なんかに頼むったって、明日はすぐ東京に戻らなくちゃなんねえ」弟はポケットに両手をつっこんで下を向いて肩をすくめるような身振りを示した。

「さっきよう、おふくろがおやじによう……」弟はちらと母の方へ目を走らせていった。

「何かいったのか」と明男。

「小さい声でさいならっていったみたいだぜ、俺よく聞えなかったけどよ」

三人は母の方を見た。人垣にさえぎられて全身は見えない。転勤する上司でも見送りに来たのか一団の男が母のわきにむらがっている。上の妹に寄り添うようにしてその男たちを眺めている母の姿が柱のかげにあった。

「で、おやじは何ていったんだ」明男は弟に訊いた。

「何も、おやじは黙ってるだけ。聞えねえのか聞えねえふりをしているのか、どっちか分らねえけどさ」

さっき改札口を通るとき、父は母に向って、「達者でな」といった。母は黙っていた。父にしてみれば家族とそこで別れるつもりだったのだろう。母たちが入場券を買っていてプラットフォームに這入って来ることは予想していなかったのだ。

「兄さん、おやじがおふくろと一緒になって何年になるんだよ」と弟はいう。

「そうだな、三十年くらいか」

「三十五年にはなるわよ」と妹がいった。

「へっ、三十五年間つれ添ったあげく、せいせいした顔でさいならか」弟はプラットフォームを埋め尽した群衆にひとわたり目を走らせた。肩をそびやかして蔑むようなうす笑いをうかべた。白い顔に唇が赤い。唇の片方を吊り上げて嘲るような笑いをうかべる。それが下の弟の癖になっていた。

「ちぇっ、ベルはとうに鳴りやがったのに愚図愚図しやがって、さっさと出ればいいんだよ出れば、一体、何してやがんだろうな」弟は唾を吐いた。列車は動きだした。見送り人たちのなかから万歳を叫ぶ声があがった。

「じゃあな」明男はいった。

「あばよ」弟は兄に手を振り、姉をうながして母たちの方へ引返した。母は列車が動き出してから初めてこちらへ視線をむけた。彼に手を上げた。明男はうなずいてみせた。プラットフォームに溢れている群衆のなかで、母の顔はみるみる小さな点になった。これから先、母が父と再会する機会はあるまい、と明男は考えた。通路の客をかき分けて父のもとへ戻るときそう思った。別にこれという理由もなくそれが信じられた。

「わたしの着替えは全部入れたか」父は網棚を目でさして訊いた。入れた、と明男は答えた。「靴は」靴も入れた、と明男はいった。

「薬もしまったか」息子はうなずいた。

「みんな入れといたよ、漢方薬もニンニク球も医者のくれた薬も」と明男はうけあった。

「あの書類は……」父は気がかりそうだ。

「書類?」

「特許庁に申請せにゃならん、あの……」

「ああ、あれか、ボストンバッグのなか」

父はあおむいてバッグのありかを探した。透視して中身を確かめでもするようにボストンバッグを凝っとみつめた。明男は父の持ち物を洗いざらい鞄につめこんだ。母と二人してそうやった。アパートに残して来た物は何もないはずである。特大の大阪地図があった。父が書いた履歴書の束もあった。返送されて来たものだ。新聞の求人広告を切り抜いて輪ゴムでとめたのもあった。手紙類もほうりこんだ。父が仕事を求めて面接に出かけた会社から不採用をしらせた通知である。父はそんなしろものまで棄てずに持っていた。どうしてこんなものをとっておくのだろうと明男は思った。父の老いを感じた。

西宮にさしかかったところで、

「お父さん、晩飯にしようか」といってみた。

父は夜景にぼんやりと目を注いでいる。聞えなかったのかもしれない。神戸に着くまで待った。彼自身、腹が減っていた。空腹よりも昨夜からの疲れが身にこたえた。父のわきには革ジャンパーの男が顎を胸元に埋めるようにして目をとじている。前には中年の夫婦らしい一組がいる。いずれも長途の旅を覚悟している面がまえである。夫婦は床に新聞紙をしき、靴を脱いだ足をその上にのせている。

神戸駅でお茶を買った。網棚から弁当をおろして父に手渡した。明男は九州から父を迎えに来た。兄と二人で暮している郷里の家に連れて帰れば役目はすむのだった。父が弁当を頰張る恰好は子どものようだ。六十歳ではなくて六歳の少年にかえったように見えた。焼魚をむしって口に入れ、もぐもぐと噛むたびにこめかみのあたりが動いた。明男は父のそんな様子が、これからいっしょに暮す家のなかで我慢ならなくなるような予感がした。なんとなくそう思った。父は口を動かしながら不意に顔を上げて明男を見た。息子はあわてて目をそらした。お前が何を考えているかちゃんと分っているんだぞ、と父の目は語っているようだった。しばらく会わないうちに父は齢をとっていた。ひとまわり小さくなったようだ。髪に白いものが増えた。皮膚は艶を失っていた。あのころ父はもっと元気だった、と明男は思った。

父は二百億円の仕事を請負うことになっていた。五年前はそのつもりで九州の家をあとに堺へやって来た。北九州のY製鉄が堺の海岸を埋立てて新しい鉄鋼コンビナートを建設するというので、父の会社も堺に支社を開設することになった。父が支社長に任命された。建設工事を請負うのが仕事である。父は三十年らい同じ仕事をやって来た。

「——さんが」と社長はY製鉄の幹部の名をあげた。「——さんがあんたの昔馴染とは意外だったな、あんたも交際が広いんだなあ」父はそのときどんな顔をしていたのだろう。その人物は父がある会社に働いていたころ一緒だった。架橋工事を入札するとき、見積りに失敗して会社は手痛い赤字を出すところだった。父が発注者と交渉して工事費を上乗せさせ、最終的には儲けにはならないまでも赤字額を低く押えることができた。彼は責任をとって会社をやめた。そういうことがあった。十数年後にY製鉄のあるポストに彼の名前があった。堺に製鉄所を建設するには彼の宰領もいった。

「十分の一、いや二十分の一でもいいから仕事をくれんもんかなあ、そこはそれ、あんたの腕次第ということだ。しっかり頼みますよ」社長は壮行会で父をねんごろに励ました。必ずや期待に応えよう、と父はいったに違いない。あの男さえいれば……。父は堺に単身赴任して事務所を借り、ついで家族を呼び寄せた。妻と四人の子どもたちを。明男は九州に残った。入院ちゅうの兄がいては父と行動を共にできなかった。父はこのことで長い間ぶつぶついった。田舎に居たら人間うだつがあがらん。一生あがらん。これから一旗あげるには都会に出なければ……。父は当時「一旗」あげるつもりでいたのだ。五十代を半ばをすぎてもなお執念ぶかく。父の愚痴は金のこともあった。家族が二ヵ所に分れていては生活費がかさむというのであった。兄を退院させ、家を売って都会に出て来るように、としつこく明男に迫った。生活の根拠を大阪に定める、そういういい方を父はした。

明男は父のいいなりにならなかった。十代の終りに東京で暮したことがあったせいで腰が重かった。家を手離すことがなぜかためらわれた。結果的には家を残しておいたことが良かった。仕事をついに失ってもまがりなりにも帰る所が父にはあったわけだから。

二百億円の仕事は二十分の一どころか千分の一もとれなかった。びた一文とれなかった。父は堺に支社を開くや、Y製鉄の旧友と連絡をとりにかかった。数カ月間会えなかった。出張や会議ちゅうやで。自宅を訪ねても留守ということだった。ある日、建設資材を扱う会社へ別の用件で出かけたとき偶然、旧友と顔を合せた。相手は意外な再会を喜び、父と会えなかった自分の多忙をぼやき、その日は用件を切りあげるのもそこそこに飲み屋へ行った。積る話があるということだった。旧友は歓迎してくれたそうだ。父の気持は分っている。万事まかせてくれといった。悪くはしない。父は百万の味方を得たも同然、といった。そういういきさつを明男は後日、母からきいた。

父は工事を落札できなかった。入札に参加することすらできなかった。工事を手に入れたのは関西でも大手のある建設会社であった。他に十数社が仕事を請負った。入札に洩れたのは父の会社だけではなかったが、それらはいずれも資本金の乏しい会社ばかりであった。父は旧友に会おうとした。何としても解しかねた。小資本ではあれ、仕事を請負うだけの器材も技術も持っているつもりであった。何回足を運んでも同じことだった。相手をつかまえることはできなかった。いつ行っても不在といって追い返された。父はある下請業者から小さい仕事をまわしてもらった。その工事現場であるたまたま旧友と顔を合せた。父は旧友を責めるつもりはなかった。入札に洩れた理由を後日の参考に確かめればよかった。旧友は父の顔を認めるなり、「ご用件は……」といったそうだ。

末の弟はこのことをくり返しては笑うのだった。「ご用件は……だと。面白い人もいるもんじゃないか」父はさっぱりわけが分らないという表情で空間の一点をみつめて黙りこくっていた。臨海工業地帯に描いた夢は諦めなければならなかった。落札した仕事がうまくゆけば父は将来、独立して自分の会社を持つつもりであった。父の夢はどんな形をし、どんな色彩を帯びていただろう、と明男は考えた。

それは埋立地にひろがる製鉄所のような形をしていただろうか。もしかしたら父の夢は製鉄所のように黒っぽいイメージではなくてジュラルミン色の尖塔がおびただしくそそり立つ精油工場に似た形となって銀色に輝いていたかもしれない。今はそれも海上にゆらめく蜃気楼にすぎなくなった。

立ったままでいると背腰が痛む。父の前にいる夫婦者は低い声で何やらいい争っている。駄目じゃないのさあ、あんた、あたしがいった通りじゃあないの。そんなにいってもお前。いわんこっちゃないわよ、いつもこうなんだから。俺には俺の立場というものが……。父はその二人をぽかんと見ている。話の内容より、口をきくはずのない玩具がものをいうのに驚いたふうでまじまじと見ている。

父の横にいる男は野球帽を目深にかぶって腕組している。目をとじてはいるが眠りこんではいない証拠に、ときどきポケットからウイスキーの小壜をとり出して一口あおる。明男はこれまでの列車旅行で席をともにして来たのがみんなこのような相客ばかりであったような気がした。感じの良い若い女と道づれになった友人の話を何度もきいたことがあった。自分にはそんなことは起ったためしがない。これからもないだろう。明男は何者からか見棄てられたように感じ、自分を取りまくすべての物を肚立たしく思った。

明男は左右の脚にかわるがわる体重をかけて立った。肘掛けの上に腰をおろしたかったが、そこは乗客が腕をのせている。背板の部分によりかかって楽になろうとしたが駄目だった。

「どこにいくの」明男はきいた。

父がふらふらと立ちあがった。顎で通路の端を指した。父の後ろにしたがった。途中で父は振りむいた。明男と視線が合った。その目に表情はなかった。かつて父の背丈は明男と変らなかったが、今は肩のあたりまでしかない。前を歩く父のうなじは肉がそげ落ちたようにへこんでいる。大阪の梅田で地下鉄を待っているとき、父が見えなくなった。荷物は足もとにあった。明男は弟たちと手分けして探した。プラットフォームの端にたたずんでレールを見おろしていた。地下鉄が走りこむ寸前である。腕をつかんで引き戻した。つかまれたとき愕然として息子の顔を見た。他人でも見るような目つきだった。その目を今、思いだした。父が用を足すまでデッキに立って夜景を眺めた。

ドアのあく音がした。座席に戻ろうとする父の足もとは列車の振動で定まらない。体が左右に傾く。明男は手を出して父を支えた。父は身をもがいた。肩ごしに振り返って、「はなせ」と息子にいった。手を離したとたん父はよろめいてわきの客に倒れかかった。客の膝に手をついてかろうじて踏みとどまった。父は酔っ払いのように体をふらつかせて自分の席に戻った。

「かわろうか」父は明男をかえりみていった。自分の席をすすめた。かわらなくてもいい、と明男は答えた。「疲れてるだろう」と父はいう。そうでもない、と明男はいった。坐れば即座に眠りこむだろうと思った。それがこわかった。地下鉄の軌道をのぞきこんでいた父の横顔が目について離れなかった。

「おやじを迎えに行ってくれないか」兄がいった。三日前のことだ。

「俺は仕事の都合で体があかないから」とつけ加えた。明男は兄の家で遊んでいた。つとめていた会社が倒産したところだった。

「おやじ、黙って帰って来るだろうか」明男はいった。

「これ以上、一緒に暮すのはいやだとおふくろはいってる。仕様がない」と兄はいった。

Y製鉄の仕事をとるのに失敗してから父は下請のさらに下請をまわしてもらって二年あまりは細ぼそと仕事を続けた。それからクビになった。支社は閉鎖された。そのころから父は〝新案特許〟に精を出すようになった。軽量鉄骨で歩道橋を設計するのである。父のデザインによるそれは移動が随意で製造も簡単ということであった。申請が受理されれば莫大な特許料が入る。父は設計図を書きかえるのに夜も昼もなかった。「一本の線が生命だ」そんなことをいって真夜中、がばと起きあがり机に向った。百ワットの明りをつけて定規をがちゃつかせるのだ。六畳一間のアパートで暮す一家にはこれがたまらなかった。上の弟は町工場に住みこんだ。下の弟は東京へ出た。

父は自分の歩道橋が全国の都市で採用されることをまったく信じきっているように見えた。明男は父からの便りにざっとあら書きされた各種各様の歩道橋を見たことがあった。交叉点の形によって橋の設計もちがった。あるものは螺旋形であった。あるものはジグザグ形をしていた。あるものは円盤に似ていた。あるものは蛇腹を思わせた。明男はそれらが街路に架けられた情景を想像した。頭のなかで思い描くことはたやすかった。賑かな通りにまたがった歩道橋。カタツムリの殻に似たり昆虫の触角を連想させたりする異様な鉄骨細工がずらりと並んでいるのが目に見えるのだった。しかしそこを歩いて渡る人間は一人も見えはしなかった。一人いた。得意満面の父である。

堺の海沿いに建設するはずの製鉄所が父においては結局、煙で描いた建物で終ったように、新案歩道橋もあくまで紙の上の橋にしかすぎないようだ。父はまだ申請を特許庁に出してはいない。得心のゆくまで設計図を書き直してからというのである。こちらがわからあちらがわへ、父は終生そう念じてついに果せないで人生を終るのだ、と明男は思った。橋をかけようとした「あちらがわ」に父は一体なにを見ているのだろう、なにがあるというのだろう。
父は窓に肘をついて顎を支えている。眠りに入るつど顎が手からはずれて前にのめる。明男は父を見ていた。「これがぼくのおやじです」わきで腕を組んでいる野球帽の男にいった。「仕事に失敗して田舎に帰るところです。見て下さい。これがおやじです」しかし明男はそういわなかった。

父を母たちと一緒におけなかった。真夜中に明りをつけて設計に熱中するあげく、腹が減ると妹たちに母が用意した弁当を平げてしまう。お茶をいれるつもりでガスをつけたままにして忘れて寝入る。爆弾をかかえているようなものだ、と母が苦情をいった。「今はこれまで……」明男は母の手紙をよんだときなんとなくそんな古めかしい台詞を思い浮べた。何がこれまでなのかは分らなかったが父のおかれた状況を表わすにはそれがぴったりの言葉であるように思われた。「今はこれまで、今はこれまで」と満員列車のなかで呟いていると次第に心細くなってくる。父だけのことではなくて明男の生活も行きづまっているのである。田舎に帰ったらすぐに新しい仕事を探さなければならない。気が滅入るのは疲労のせいに違いなかった。夜が明ければ、そしてわが家の布団で数時間ぐっすりと眠れば何につけても明るい見通しが得られるように思われた。人間は立ったままでも眠れるものだということを明男は発見した。姫路をすぎてしばらくぼんやりしているうちに岡山駅で列車はとまっていた。プラットフォームに人影はまばらだった。水を撒いた歩廊が目に涼しかった。停車時間は三分あった。人いきれで息づまる車から外に出て水道をほとばしらせ、顔を洗った。生き返る心地だった。急いで父の座席に戻った。野球帽の男はおりていた。そのあとに若い女が腰をおろしていた。白いスーツをつけた二十二、三歳の女である。席をとられたのはいまいましかったが仕方がない。七十歳の老婆に占領されるよりはと自分を慰めた。やや離れた所から明男は若い女を観察した。無遠慮な視線をそそいだ。若い女は列車のむし暑さを感じてスーツを脱いだ。ブラウスの襟元は切れこみが深く、そこから胸のふくらみがのぞいた。わきに立っている明男の目からはそれが見えた。

にわかに父がもぞもぞし始めた。首筋を掻き、シャツをくつろげて胸やわき腹を掻いた。また、と明男は思った。じんましんが出たのだ。父は特異なアレルギー体質で傍に来る人物によって肌に吹出物を生じるのである。赤い発疹が出来てかゆくなる。若い女であるとは限らない。年齢や性別によらずある種の体質を持つ人間が傍に来ただけでこの反応を起した。父は上衣を脱ぎシャツを脱ぎズボンのベルトまでゆるめにかかった。

明男はあわてて父を制した。若い女は気味悪そうに身をよじるようにして父を見ている。この女から父を遠ざけなければならなかった。立たせて洗面所につれて来て屑籠にかけさせた。

「荷物は、わたしの荷物はどうする」と父はいった。

倉敷まで待つことにした。そこで降りる客があるだろう。あわよくば二人分の席があくかもしれない。

「わたしの荷物が……」父は自分の席をのぞいた。

「あんな物は誰もとりはしない」と明男はいった。いい女が来たのに。明男はあの女の傍にいてもっと長く見ていたかった。目の醒める思いだった。ねむ気も我慢できたのだ、あの女を見ていられたら。

列車は倉敷に着いた。隣りの箱から降りる客があった。二人分あいた。明男は父をせきたててそこにかけさせておき、荷物を移動させた。

「全部か、これで」父は網棚の鞄を目で数えた。全部だ、と明男はいった。「風呂敷包みは」と父。鞄の向うにちゃんとおいてあると答えた。

「設計図はどこに」

「バッグのなかだといったろ」声を荒くして答えた。前の客が目をあけて父と子を見た。

「調べてみる」父はバッグをおろそうとする。

「やめてくれよ、こんな所であけられやしないよ」

「しかしあれがないと」

「入れるのをちゃんとお父さんも見てたじゃないか」

「トランクの方にか、ボストンの方にか」

「ボストンバッグの方に、そんなに気になるんなら自分で確かめてみたら」

「うむ……」

父は網棚からバッグをおろし、どこにおこうかという目で中腰になってあたりを見まわした。列車が揺れたはずみに父は荷物を前の客にぶつけそうになった。明男が父の腰をつかんで立ち直らせた。

「よせよ、うちに帰ってからにしなよ、お父さん」

父はしぶしぶバッグを網棚に戻した。

「まだかゆいかね」明男は訊いた。

「もう、いい」

「席があいて良かった」

「諫早に着くのは何時だ」

「十時二十七分、明日の朝」

「十時二十七分」と父は機械的にくり返した。その口調が気がかりだった。明日になってそういう時刻を時計の針が指すのを自分は見ることはあるまい、と暗に仄めかしているような感じをうけた。座席は明男を柔らかく受けとめて抱きかかえるようである。眠ってはいけない、と自分にいいきかせた。

いいきかせながら目蓋が合わさった。

「正式に手続きをするのかい、家庭裁判所に行って」明男は兄にきいた。

「そんな必要ないよ、ただ別れさせたらいいんだ」兄は物憂そうに答えた。

「将来おやじとおふくろはどうなる」明男はいった。

「さあな、別々に暮すのが一番いいんじゃないか、ながねん一緒に顔をつきあわせて暮していたら誰だって鼻につくだろう」兄は他人事のようにいう。

「世間の夫婦なんてものは仕方なしに暮してるようなもんだと思うよ、子供のことや家のことがあれば相手がイヤになっても追い出すわけにはゆくまい」とつけ加えた。

「おやじを大阪から連れて来てくれ、往復の旅費は出す」兄はいった。

「おやじが田舎に帰らないっていったら」と明男がいうと、「首根っこをつかんでも連れ帰るんだよ」と兄はいった。駅には兄と兄が近く結婚するはずの女友達が見送りに来た。

「おふくろにことづては」明男はきいた。

「ないね、そうだな、厄介払いをしたからには体に気をつけてせいぜい長生きしてくれと伝えてくれ、そんなところだ」と兄はいった。「まあ」と兄の女友達はいった。

「そうじゃないか、おやじとおふくろのためにはこうするのが一番いいんだよ」兄はきっぱりといった。

静かだ。明男は目をあけた。わきを見た。父はいない。列車はとまっている。駅名表示板に「いわくに」の文字が見える。明男は立ちあがって手洗いへ急いだ。使用している者はいない。プラットフォームも静まりかえっていて職員の姿しか見えない。まず列車の後部までしらべた。しまった、しまったと腹のなかで舌打ちしながら乗客をあらためた。眠りこんだのが一生の不覚というものだ。どこで席を離れたのだろう。父がデッキから身を躍らせる姿を想像した。不吉な予感がした。

なんてことをしてくれたんだ、明男は口が干あがる思いを味わった。鉄橋の下でか線路端でか倒れている恰好が思うまいとしても目に見えてくるのだった。最前部までしらべた。列車は動き出していた。念のため洗面所も一つずつのぞいた。父はいない。これでよかったんだ、ふとそう思った。心のどこかでそう囁く声があった。明男はその声をうち消した。車掌に訊いてみようかと思った。車掌室という掲示が出た部屋を数回ノックした。ねむそうな呻き声が洩れた。その声をきいただけでひるんでしまった。仮眠していた車掌が父の動静を知っているわけがなかった。

明男は自分の席に戻った。父はいた。二人分の座席に体を伸ばして目をとじている。ゆり動かして、「どこに行ってたの」と訊いた。「水を飲みにおりた、さっきの駅で」「水は洗面所にもあるのに」「列車の水は煤臭くて飲めん」と父はいう。だるそうに上体を起して坐り直した。そのまま、と明男はいった。父を元通り横にさせた。疲れが目に見えていた。しばらく眠ったために自分の体はこわばりがとれた。父は肘掛けに頭をのせた。窮屈そうに脚を曲げて目をとじた。口をあけて眠った。その歯が黄色かった。車内燈の明りでそう見えるのではないようだった。煙草のヤニがしみついた黄色さである。ところどころ抜けた歯があった。明男は父の口から目を離せなかった。

乗客を一人ずつゆさぶりおこしていいたかった。「きいて下さい、この男がぼくのおやじです。妻にすてられて田舎へ帰るところです」

明男はあいている肘掛けを探して腰をおちつけた。激したものが明男の体内でふくれあがった。この列車に乗り合せている全員に、さっきいがみあっていた中年の夫婦にも白いスーツの若い女にも車掌室で眠っている車掌にも父のことを訴えたいと思った。

「きいて下さい、ここで口をあけて眠りこけているおやじは、三十五年間に子どもを六人つくって仕事に失敗して会社をやめさせられて新型歩道橋の設計にうき身をやつしているんです。ぼくは今、おふくろに愛想をつかされたおやじを連れて帰るところです」

列車は定刻に着いた。

荷物をプラットフォームにおいて兄を探した。出迎えに来ることは打ち合せていなかったが来てくれてもよさそうであった。風呂敷包みと軽い方の鞄を父に持たせて改札口を出た。改札口を出たところで父は立ちどまってぐるりと駅前商店街を見渡した。自分の生れ故郷を見ているのだ、と明男は思った。父が急に立ちどまったので明男はぶつかりそうになった。朝の光がまぶしかった。みすぼらしいなりをした父と子が古い鞄を下げて歩くのを誰もが振り返って注目しているような気がした。

父の頬に無精髭が伸びていた。そのうちにまざった白毛が明るい日を浴びて針金のように輝くのだった。髭には白毛の他に茶や赤毛があった。まだ黒いのもあった。明男の顔にも髭が生えていた。二日あたらない間に随分のびていた。

「お父さん、もう少しゆっくり歩いてよ」明男は頼んだ。重い鞄を三個もかかえていれば思うように速く歩けない。

「持とうか」父は手をのばした。

「いいよ、すぐだから」

「町がすっかり変った」

「五年ぶりだものね」

「あんな所にバスターミナルが……」

「腹が減ったろ、佐賀あたりで弁当でも買えばよかった」

「そうでもない。──は」と兄の名前をあげて、「うちにいるのか」と訊く。

「いるはずだよ、きょうは日曜日だから」

「結婚するんだって」

「ああ」

「相手はどんな人だ」

「感じのいい人さ、兄貴にはもったいないくらいだ」

「や、これは……」父は立ちどまった。町内の顔見知りである。

「珍しいですなあ」などと相手はいっている。

「帰って参りました」と父はいった。満面に笑みをたたえている。

「遊びに寄って下さい」隣人は自転車にそそくさとまたがって去った。あの男にしてみればしばらく姿を見なかった近所の住人がまた現われただけのことだ、と明男は思った。「帰って参りました」という父の言葉には万感こもごもという響きがあった。隣人はそれをあっさり無視した。

わが家に着いた。窓にはカーテンが引いてある。「いないのかな」明男は玄関に手をかけた。鍵がかかっている。カーテンが細目にあいた。ちらと兄の女友達が見えた。「あ、お前か」兄の声である。今あけるからという。明男は玄関に鞄をおろしてうずくまった。内側から鍵をはずす気配が伝わった。

「早かったな、時間をしらせてくれたら迎えに行ったのに」兄はいった。寝巻のままである。

「只今」明男はいった。

「おやじは」と兄はいう。外をのぞいている。「おやじ?」明男は振り返った。通りに出てみた。かげもかたちも見えない。曲り角まで駆けて行って知合いのタバコ屋で訊いた。たった今この通りを向うへ行った、という。明男は父の足の速さに驚いた。ようやく追いついて、どこへ行くのかと訊いた。

「女の人が来ていたようだな」と父はいう。「あの人だよ結婚するのは」明男はいった。

「体はすっかりいいのか」

「会社には毎日通ってる。成績もいいらしくてボーナスは一番多かったんだって」

「女の人は同じ会社に勤めてるのか」

「会社勤めだけれど兄貴のこととは関係ないんだ」

二人は丘を登った。斜面からいただきにかけて墓地があった。「鎌を持ってくればよかった」と父はいった。——家と刻んだ墓石も草に埋れていた。その草を二人して抜いた。

「この前にうちの墓を掃除したのはいつだ」と父がきいた。明男は覚えていなかった。

「何しろバタバタしてると墓にまで手がまわらなくて」

「そうだろうな、仕方がない」と父はいう。

二時間もしゃがんで手を動かしていると墓地は見違えるほどきれいになった。

「このくらいにしておこう」父は腰をのばしてあたりを見まわした。「あとはこの次にすればいい」

「咽喉が渇いた」明男はいった。

「帰ろうか、そろそろ」と父はいった。

八月

「灰が降ってくる」

と妻がいった。朝、台所の戸をあけて裏庭にゴミ袋を出したときにそういった。袋を庭の隅に置くと大急ぎで家に駆け戻って髪についた灰を払い落した。「紙を燃やすからだ」と夫はいった。この家の風呂はかまど式である。円筒形の焚口に石炭をくべる。薪でもいい。買いおきの薪が長雨で湿った。夫はこのごろ自分が反古にした原稿用紙を薪の代りにしている。

ゆるやかな朝の風が吹いて屋根の灰を地面に落している。細かな灰が不規則な間隔をおいて落下する。まだ紙の原形をとどめているのがある。夫は手をさし出して灰の一つをすくい取った。黒っぽい灰は硬く、手の平に落ちても崩れない。かすかに文字の跡が見える。これは原稿といっしょに焚いた週刊誌の一ページだ。灰の色よりも濃く、「承認」という活字が浮きあがって見える。

夫は手をはたいた。灰は粉々に砕け散った。水道をほとばしらせて灰の微粉を洗い流す。水は冷たく指先にまつわりつき、快く皮膚を刺戟して流し台に溢れる。

「きょうは良いお天気になりそうよ」と妻がいう。西の空を見てそうつぶやく。そちら側が明るければ一日の上天気は約束されたようなものだ。「このところずいぶん降ったからな」と夫が答える。

灰はすっかり落ちてしまったのにまだ蛇口の下に手をやっている。ようやく栓をしめた。コーヒーの粉末を茶碗にとって熱湯を注ぐ。台所の木の床に素足で立って熱いコーヒーをすする。足の裏に木の冷たさが伝わる。毎朝こうして一杯のコーヒーをあけるのが彼の習慣だ。（いつものように過さなければ）と夫は考える。（きょう一日をあたりまえの一日のように過すことができたら）と思う。

空を見上げた。よく澄んだ水色の空である。何日ぶりかの青空だ。たれこめた雨雲は空のどこにも見当らない。

「あなた、来て」

二階から妻が大声で叫ぶ。夫は階段を駆けあがる。階段下の柱にかけてあった蝿叩きをつかんでいる。妻がなぜ呼ぶかは心得ているのだ。壁に一匹のクモが這っている。狙い定めて蝿叩きをふりおろそうとする。その手を押えて、

「叩かないで」と妻はいう。

「ほら、このクモはあの七本脚のクモよ、去年いたクモの赤ちゃんよ、きっと」

二人の気配を察して、クモはつと壁を這いあがり天井板の隙間に消える。妻はクモをこわがった。夜半、手洗いに立った妻が隣家に届くほどの悲鳴をあげることがあった。廊下にクモを見たというの

だ。妻の叫び声を聞くたびに夫は蠅叩きを持って家の中を右往左往した。この家に棲むクモは脚を拡げるとさしわたし十センチはありそうな種類である。

「あのクモはきっと七本脚の子供を産んだのよ」と妻は笑っている。クモの脚は八本のはずなのに去年の夏、奇妙なクモが出現した。脚が七本しかない。七本目の脚も他とくらべて短い。そのくせ動きは素早かった。夫はそいつを目の敵にして追いまわしたが、いつも逃げられた。蠅叩きをふりあげただけでさっと逃げる。妻はそのクモを七郎と名づけた。秋以来、姿を見ないのですっかり忘れてしまっていたが七郎は健在だったのだ。いや七郎ではなくて、それはひとまわり小さいからきっと七郎の子供にちがいない。

「叩かないで」と妻は言った。「殺さないで」とはいわなかった。生物から命を奪う意味の言葉は二人の間で禁句になっていた。

「あいつめ、親に似てはしっこいな」と夫はいった。クモばかりでなく蟹もこの家には多かった。梅雨の始まるころから目につき出した。湧くように現われた。二つの小さな運河が大川に流れこむ。二つの運河と大川にはさまれた三角形の低地に夫婦の家はあった。雨期の長さは川の水位で知れた。川辺の湿地に生えた葦は長らく水に覆われたままだ。蟹の棲むのは川辺ばかりではなかった。堤防周辺の低地にも多かった。家の裏庭に接して浅い沼がある。菖蒲が生えている。そこにも蟹の群がいた。

小蟹は爪ほどの大きさで淡い褐色を帯びている。甲羅は今にも溶けてしまいそうな柔らかさだ。だんだん大きくなると淡い褐色が暗い泥の色に似て来て各所に赤みがさす。甲羅も石のように堅くなる。クモとちがって蟹は賑やかだ。足音がするからである。縁側から裏口から家の中へ侵入してくる。畳の上を走るとき、乾いた足音を発する。細かな砂を撒くようなさらさらという音である。

蟹は簞笥のかげにいる。机の下にいる。椅子の上にいる。不用意に足をおろすとしばしば蟹を踏むことがある。階段をおりるとき最下段で畳の上に目をこらす。階下は暗いので蟹もよく見えないのだ。庭の立木が日をさえぎっている。雨の日は明りがいるほどだ。階段からおろした足裏がむずがゆくてはっとする。足を急いで持ちあげる。踏みつぶされるところだった蟹が一散に戸棚のかげへ逃げるところである。そこに身をひそめて黒いつぶらな目でこちらをうかがっている表情は、「ああ、びっくりした。すんでの所で命拾いをしたよ」とでもいいたげだ。

クモについてこんなことはない。そいつらは敏感だから人間の気配がするとすぐ姿をくらます。蟹も用心深くてすばしこいが、中には間抜けもいるもので、踏まれかかって泡を喰い横っ飛びに逃げる手あいもいる。

「今年も夾竹桃の花が沢山咲きそうだわ」

と妻がいう。庭を見ている。「あれから一年たつのね」と夫に話しかける。夫は二階の窓から身をのり出すようにしてスズメにパン屑を与えている。軒にむらがってパン屑をついているスズメの群の中にハトが二、三羽舞いおりて来た。スズメたちはいっせいに軒から飛び立つ。

「神様の家にも夾竹桃が生えてたわね」

「そうだったかなあ」

「あの家に今も人が沢山おしかけてるかしら」

「そんなこと忘れてしまえよ」

「こうやって……」

妻は右手を肩の高さにあげ、手首から力を抜いてぐにゃりと折りまげた。夫は最後のパン屑をハトにやって立ちあがった。

「あれでよくなった人もいたというからわからんもんだ」

「そうね、沢山治った人がいるんですものね」

「神様自身は信じて疑わぬ顔だよ。他人をだまして金をとろうという面構えじゃない」

「神様の家」とそこは呼ばれていた。川向うの土地で丘を一つ越えた麓である。不治の病者もそこを訪れて「神様」の手から照射される霊波にあたれば健康になるとのことだった。妻はその噂を市場で聞いた。顔見知りの魚屋がそれで治ったといった。妻は初め夫に黙って通った。告げれば反対されるに決っていたからだ。そのうち夫は気づいた。毎日一定の時刻に家を留守にすれば気づくのが当然である。夫は訊いた。

「神様ってどんな人なんだ」

「白木に彫りこんだお人形のように品の良いおじいさん」

「ききめはあるかい、神様のごりやくは」

「なんとなく……」

「少しは調子が良くなったのか」

体の方に大きな変化はないけれど気分的に明るくなったという。「お光を受けて」と真顔でつけ加えた。夫は愕然とした。妻がそんなことを信じるとは考えなかった。「神様の家」に行って帰った日は晴々とした顔つきである。とめないことにした。それで気分がすぐれるものならしばらく好きにさせようと思った。よくなるかもしれない。藁をもつかむ思いでそう考えた。

妻がこの病気にかかってから長い。一度ならず入院し、患部の切開手術もうけている。いいといわれる薬は全部のんだ。草根木皮もためした。あげく、「神様の家」へ行きたくもなろうというものだ、と夫は考えた。

ある日、屑籠に薬袋を発見した。通っている医院の名前入りである。妻が「神様の家」へ行くようになってから二週間たっていた。薬袋にはまだ中身がつまっている。どうしたんだ、とわけをきくと、「神様」の「お光」をうけている間は薬をのんではいけない、といわれたのだそうだ。

「薬というものはもともと人間の体には毒なんですって」と妻はいう。

「それで神様は自家製の秘薬でもあるというのかい」

「ちがうの、薬は一切やめて、ただこうやるだけ」

妻は手をあげて形を真似てみせた。招き猫のかっこうに似ていた。

「この手先から神様の力が出て病気がよくなるの」

「それを信じているのか」

「信じたいわ」

「一度出かけてみたくなった」

「あなたも来てくれたらと思ってたの」

「神様の顔を拝んでみるのだよ」

その老人は八十歳だということだった。木彫りの人形と妻が形容したのはぴったりのようだ。痩せてはいるが桃色の皮膚をして目は嬰児のように澄んでいた。老人のつれあいは白髪の夫とよく似た雰囲気を身につけた女だった。客は一人ずつ「神様」の前に進み出てまず神棚とその横に飾られた「明主様」に敬礼する。それから「お光」をいただく。「神様」は客の体に右手をかざす。右手がくたびれると左手をかざす。客は「神様」に命ぜられるまま後ろ向きに坐り、あお向けに横たわり、うつ伏せになって患部だけでなく体のあちこちを照射してもらう。目に見えない光が老人の手先から病人の体に降りそそぐのである。

客は全部で十七人いた。「神様」夫婦のいる次の間にまでつめかけている。妻にきけばいつもは二十人以上いるという。名前を呼ばれて夫は進み出た。

「あなたはどこが悪かとですか」

「私はちがいます、家内が……」と夫は説明した。老人の目は柔和な牛のそれに似た穏やかな光を帯びていた。なるほど、と相手はいい、「あなたは奥さんの病気が心配でうちに見えられた、と。よかよか、夫婦は一心同体ですたい。あなたがお光をうけたら奥さんの病気も早くよくなります」

老人は手を持ちあげた。夫は観念した。「お光」をさずかる魂胆で来たのではなかったが、これも乗りかかった船だ、どうなるか見ようと思った。「後ろを向いて」といわれ、向きを変えようとしたら、「まわり方がいけません」ときつい口調でなじる。左向きにまわれば神を冒瀆したことになるというのだ。左は神聖な向きであるからだそうだ。夫はいわれた通りおとなしく向きを改めた。そうやって「お光」をうけた。すべてが終ると神棚に向ってもう一度正座し、深々と頭を下げて座を次の客にゆずる。妻も順番が来て同じようにした。帰る道すがら二人は話した。

「ねえ、どんな気持だった」

妻が先に口を開いた。夫の腕に自分の腕をさし入れて下から顔をのぞきこんだ。

「うむ」

「あたしね、ああやってじっと手をかざしてもらっていると体の中がだんだん暖かくなってくるような気がしてくるの。それがとてもいい感じ、体がぽかぽかして」

「そうなのか」

「よくなるような気がするわ、きょうあたし達の横に坐ってた中年の女の人ね、知ってた？　少し肥えた色の浅黒い人よ、あの方、肝臓を悪くして医者に見放されたんですって。コーチゾンも効かなくなって打つ手がなくなって後は死を待つだけ。どうせなら自宅で死ぬ方がいいって退院を申し渡されて、もしかしたらと思って神様の家に行ったらぐんぐんよくなったんですって、そんな人が何人もいるわ」

「よくなったんならなぜ今も来るんだ」

「そりゃあ何といっても少しは不安があるのよ、それで毎日お光をいただいて安心してるわけ」

夫はふり返った。丘の麓に「神様」の家の屋根だけが見えた。屋根のわきに夾竹桃がのぞいており、赤い花がついているのがわかった。不吉な色だと夫は思った。

「あなたは信じられないの」と妻がきく。

「信じられたらいいと思うよ」と夫は答えた。「この世にはまだ人間の知恵の及ばないことが沢山あるんですもんねえ」と妻はいった。そうして日に日に痩せていった。薬には手を触れなかった。のんだらせっかく毎日「神様」の家へ通っているのが水の泡になるといった。

「あたしは賭けてるの」

ともいった。夫は何もいわなかった。いったからといって決心をひるがえすような女ではないことを知っていた。妻の顔から血色が失せていった。もともと色は蒼い方だったが、痩せるにつれてそれが目立った。目ばかりが潤んで光った。ある日また夫は「神様」の家へ行った。患者の配偶者も信者にならなければならないといううきまりが出来たそうである。妻は一回の治療に数枚の百円札を謝礼として差出していた。夫が信者になるにはその十倍の金が要った。

妻は治療をうけて早く帰った。夫は昇格して正式の信者になったので念入りな「お光」をうけた。二時間にわたってうけた。それがすんでから、「神様」の細君がお茶を運んできた。「——さん」と名前を呼んで、

「結婚して何年になりますか」

「一年と少し」

「そうすると結婚前から奥さんは悪かったとですね」

「ええ」

老婆は白布のほころびをかがりながら話していた。祭壇にかける布である。秋の例祭には大がかりな祭壇を用意することになっていると語った。その後でいった。「あなたは間違った結婚をしたとです。病気の女といっしょになるもんじゃなか。そうでしょう、あなた」

今度は神棚の下にいる自分の夫に同意を求めた。「神様」は相変らず柔和に微笑して、「うむ、まあな」という。

「神様」の細君はつくろいものの手を休めずに、「おたくは苦労させられますよ、奥さんは一生おたくの足手まといになるでしょう」といった。

「家内はなおりませんか」

「神様におまかせする他はありません」

「生きてさえいたらいいんです」

「夫婦というものはそんなものではなかとです、生きてさえいたらというものでは」

「家内はこちらで命じられたように医者の薬もやめています」

「薬をのむなといった覚えはなかですよ」

「しかし……」

「のんでものまなくてもよかが、どちらかといえばのまない方がよかとではなかかといっただけです」

「きょうで何日になる」と夫は帰宅してから妻にきいた。

「二十九日め」

「ざっと一カ月だ。それで少しはよくなったか」

「…………」

「もうよせ」

「信用できないというの」

「弱り方が見てはいられない。薬をのんでくれ」

「また薬を……」

夫はコップに水をくんで来た。薬を手にのせてさしだす。妻はそれをのんだ。

「あそこで何かあったの」

「別に何も」

「もしかしたらあたしは治るのじゃないかと思ったの。やっぱり駄目だったのかしら」

「治る人もいるし、治らない人もいるということだよ」

二人はしばらく黙った。夫が陽気に口を開いた。

「僕は会員になったんだから神様の能力がそなわったわけだ。この手からお光が出て患者を治療できるんだよ、たいしたものだと思わないか」

「あなたが神様じゃねえ」

妻は笑った。翌日、妻は丘の家へ出かけなかった。薬袋の中身はへるようになった。衰弱は限度に及んだところでとまり、それから体調はやや持ち直した。頰も最悪のときとくらべて幾分血色を帯びてきたようだった。妻はまた通院するようになった。それから一年たった。

「夏の花が咲くのは夾竹桃が一番早いのね」と妻はいう。

「今気がついた。冬の花は白くて、夏の花は赤いんだわ」

庭には木が多い。窓ぎわまで枝がのびている。降りそそぐ光が木の繁みに漉されて緑色に変る。妻の顔が青く染められる。

「彼岸花も百日紅の花も真赤」と妻はつぶやく。この家を借りて住むようになってから庭木の花が咲くのを見るのは二度目である。夜、庭に面した窓をあけるとむせかえるような青葉の薫りが押し寄せてくる。(来年もさ来年も)と夫は考えた。(草木は今のように強い芳香を放つだろう。しかし妻はそのとき生きているだろうか)

二人は耳を澄ます。ある音が近づいて来る。「鳥の声かも知れない」と夫がいう。「似てるけれど違うわ」

自転車のブレーキがきしる音と鳥の短いさえずりはまぎらわしい。庭にやって来る鳥のある種類は自転車のブレーキとそっくりの鋭い啼き声をあげた。郵便配達の自転車は遠くからだんだん近づいて来る。ブレーキの次は必ずスタンドを立てる音が伴うので、その様子で鳥の声と区別した。それは家の前でとまった。「来た」「来たわね」二人は耳をそばだてる。靴音が前の家に這入って行く。しばらくしてこちらへやって来る。

郵便受に落ちる音がした。夫は靴音が遠ざかるのを待ってとりに行った。一通だけ。茶色のハトロン紙に薄い本が這入っている。ラジオ放送の台本である。夫が書いた原稿を印刷したものだ。

「きょうはなあに、何かいい便りでもあった?」

夫は黙って台本を見せる。二人は毎日この時刻になると落着かなくなる。郵便を待っている。来るあてはないのにそうしている。市税の納付書、出版社からの案内、代議士の挨拶状、そんなものしか来ない。遠い友人からの長い手紙というものはめったに配達されない。それでも午前十一時の配達は待たれる。

誰からでもいい、どこからでも構わない。一通の手紙が郵便受の中に落ちていて、それに妻の病気がやがて治ると書いてあるのだったら。そんなことはあり得ないだろうか、それは途方もない期待だろうか、と夫は考えた。夫の習慣は妻にもうつった。午前十時をすぎるとそわそわしてくる。門の所に出て配達のやって来る方向を眺めたりする。妻はいったいどんな手紙を待っているのだろう、と夫は考えてみる。「いいしらせ」を待っていることにちがいはあるまいが。

自転車はだんだん遠くなる。角の家で「――さん、郵便」と叫ぶ声が小さく聞える。あと二十四時間待たなければ次の配達は来ない。あと二十四時間。

夫は台本を読んでいる。妻は階下に居る。台所で水の音がする。陶器の触れあう響き、ガラス器に金属製の物がかち合う気配。夫は台本のミスプリントに赤ペンでしるしをつける。五箇所あった。もう一度読み直すことにする。白いページに木洩れ日が落ちて絶えず揺れる。手を伸ばせば届くほどの近さに百日紅の枝が来ている。緑色の油を塗りでもしたような柿の葉もその横に光っている。

細かい字を辿りつづけた目に泪が滲んだ。夫は目蓋を押える。庭の緑がぼやける。視力を回復するにつれて木々の葉はしだいに鮮明な輪郭を示す。木立の向うに光るものがある。川が流れている。子供たちの叫び声がする。五人。二人はボートの中、三人は水の中。ボートのへりにつかまってよじ登ろうとする仲間を突きおとす。夫は窓辺で伸びあがって子供たちの争いをもっとよく見ようとする。枝が邪魔で全部は見えない。時刻は正午に近い。玄関でサンダルを探していると、妻が、

「お出かけ?」

「川の所まで」

サンダルをはきかけて下駄にした。土の上を歩くのはその方がいい。昨夜は雨が降ったから水たまりも多いのだ。地面は雨を吸ってまだ柔らかい。黒い土の上に下駄の歯が跡をつけた。急ぐともなく堤防を登った。運河が大川に注ぐ場所に水門がある。開閉には大きな鉄の把手をまわす。水門きわの家に住む老人が把手にとりついていた。「手伝おうか」と夫はいって、答えを待たずに手を添えた。二人でまわした。

水門がせりあがる。運河の水位は大川より低い。水門が開放されると大川の水が流れこむ。緑色の重そうな水である。潮が満ちる時だ。ほど遠くない所に河口がある。海の水はここまでさして来る。

「寄って行かんな」

と老人はいう。夫は水門のある堤防を向う側へおりた。そこに老人の家がある。縁側に腰をかけた。

目の前に舟着場がある。四、五トンの漁船が数艘、桟橋にもやってある。昨夜、発動機の音がすると思ったのはこれらの漁船が川を遡って来たからだ、と夫は思った。魚網をつくろっている老人にこのごろは何がとれるか、ときいた。

「アジ、キス、イカ、チヌ」

「ムツゴロウは網にかかりますか」

「ムツゴロウは網じゃのうしてひっかくるとたい。こぎゃんやって」

老人は竿をふりまわす手つきをして見せる。「潟の上に顔ば出しとる奴を鉤でぴっと」

「潮があがって来るようだ」

「きょうの満潮は十一時五十分たい。もうすぐばい」

「おじいさん、人が死ぬのは引き潮どきだといいますね」

「そうさなあ」老人は考えこむ目付になる。魚網をいじる手を休めないで、「いつでも人死にのときはそぎゃん塩梅たい」という。

「人間の命も潮の満ち引きに左右されるわけだ」

「目には見えんがおそろしか力たい」

夫は思いだす。水門をあけるとき腕に加わった水の重さを。彼は老人のいう〝おそろしい力〟を自分の筋肉で味わったことになる。

川の両岸に人影はない。ボートに近い岸辺に三人の少女がいるだけ。たった今まで泳いでいたらしく全身が濡れている。髪を手で絞りながら片足ではねて耳の水を出そうとしている。三人ともそうしている。

「オーイ」ボートの少年が呼びかける。

「こっち来いよ、泳いで来たらのせてやるよ」

「あんなこといって、泳いで行ったら突きおとすのよ、きっと」と少女の一人がいう。

「ねえ」ともう一人が仲間に「行ってみようか、あんたボート漕げる?」

「こわいんだろう」とボートの少年は嘲るようにいう。「海までおりて行くんだぞう」

船べりにとりついてよじ登ろうとしていた少年たちも動きをとめて少女たちの方を見ている。返事が気がかりなのだ。

「海まで行くんですって」

「帰りはどうするの、あの子たち漕いで帰れる?」

「きっと曳いてもらうのよ砂利船に、でなきゃ夕方には引き潮で帰れないもの」

「でもさあ……」

三人の相談は果しがない。ボートの少年たちは待ちくたびれて自分たちの遊びを再開した。船べりにすがって這いあがろうとする仲間をボート上の少年が水中に押し戻す。そのたびにボートは揺れる。水に落ちるのを彼らは楽しんでいる。手足ではたいた水が驟雨のように立ちこめる。波紋がきらめく。三人の少年がしめし合せてボートの片側にとりついた。かけ声をかけ一斉によじ登ろうとする。ボートは傾き、ついに元に返らない。川の中流でぐらりとひっくりかえる。遊び疲れた少年たちは急に動作が鈍くなって、ボートの底に這いあがるとそのまま物ぐさな小型の海獣に化身でもしたかのようだ。彼らはそこにうつぶせになり、ものをいわない。ボートは五人をのせて下流へ漂って行く。

その横を三隻の船が一列に並んで遡航して来る。漁船ではない。吃水が深い。舷すれすれに水が来ている。三十トンくらいの運送船である。舟着場の隣に砂利の堆積場がある。そこに着いた。バケット・クレーンが船倉からひとつかみの砂をすくい上げて岸辺に積む。砂はそこからベルト・コンベアにのせられて選別機に送りこまれる。選別機からは間もなく砂が細いすじとなって落下し始める。この砂は河口の採取場から運ばれて来た。こぼれ落ちる砂は白い円錐となる。円錐はすぐには高くならないが確実に体積を大きくして行く。

彼はシャツを脱いで木の枝にかける。そろそろと水に踏みこむ。ふくらはぎから太腿へせりあがって来る水。どっしりとして重くなまぬるい物が彼の体をしめつける。水草と泥の匂いが鼻をつく。下腹まで水に浸ったとき体を投げ出した。水は冷たい。昨夜の雨で川は少し冷えた。手で水を掻く。顔を水につけると水面がふくれあがり両岸の光景が妙に扁平に見えてくる。流れは彼の体を支え、徐ろに中流へ押しやる。ふくらはぎをつつく魚がいる。ハヤの群である。三日月形の中洲に泳ぎついた。まばらにカヤが生えているだけの砂地だ。そこに横たわった。

冷えた肌に砂が熱い。胸と腹を乾かしてからうつぶせになった。今何時だろう、と思う。正午のサイレンはまだ鳴っていない。いや、それともさっき泳いでいるとき鳴ってしまったのだろうか。彼は耳をすませる。川辺の森で鳥がさえずっている。中洲をかすめて流れすぎる水の音、舟着場のバケット・クレーン、運送船のエンジン、少女たちの笑い声。

森の向うに町はひっそりと横たわっている。彼はあおむけになる。太陽の位置をしらべる。ほとんど真上である。天の中心にさしかかって磨かれた銀貨の輝きを放っている。光は彼の視野いっぱいに拡がる。空はために青みを失い、白っぽくまばゆい光で占められる。(十秒前、九秒前、八秒前)と彼は数える。(三秒前、二秒前、一秒前)……しかしサイレンは鳴らない。彼は同じことを繰りかえす。十秒前、九秒前……鳴った。

彼は起きあがる。川の上を昼の音が伝わって来る。それは長く続いて鳴り響きやがて消える。砂にまみれた皮膚。汗の滲んだ肌一面に砂がこびりついている。また水に体を浸す。膝の上まで水に這入ったところで体を倒す。水は心臓もとまるほどに冷たい。川の爽かさが皮膚をひきしめる。眠気も醒める。運送船の機関音が高くなった。その音が水を振動させる。シャツをかけた木を目ざして泳ぐ。

子供の頃の遊びを思い出した。同じ川で二十年以上も前のことだ。水底にもぐって石を叩いて通信のやりとりをする遊びである。水中では音はよく聞える。とくに石を石で叩く音は明瞭に聞きとれる。その他にもいろいろ遊びがあった。夏の一日は水につかったまま過した。子供には無限の活力がある。大人になればその体内で何かが酸化し、何かが分解する、と彼は考える。その結果、生成されるものは疲労と死だ。岸に泳ぎついた。木かげに柔らかい草があった。そこに寝ころんだ。

川には子供の声もなかった。運送船の機関音は下流へ遠ざかった。死とは何か、と彼は思った。人間は焼かれて灰になり大地に吸収される。雨が降り、灰は溶解し水と一体になる。水、冷たく輝きなめらかで柔らかな物体、と彼は考えた。何を怖れることがあるものかとつぶやく。片手を日にかざす。指と指の合せ目が桃色に透けて見える。腕も指も太腿もこの柔らかい腹やかたときも鼓動をやめない心臓も溶けて水になる。揺れ動き、形の定まらない水に。米のとぎ汁や工場排水といっしょになって土に滲透し暗黒の地下に流れこむ。

すべての水は海へ注ぐ。そこからまた帰ってくる。天にのぼりきらきらと輝く水蒸気の塊となって、と彼は考える。濡れた肌は乾いていた。木かげには微風があった。彼はシャツに腕を通した。

「あたし今なにをしてると思う?」

夫は台本から目をあげて妻を眺める。メロンを入れた皿を持って右手にナイフを持って坐ってい

る。夫はそういった。

「まだ他にあるのよ、あててごらんなさいな」

「さあ、わからない」

夫は台本に目をおとす。削除する所を考えている。妻は笑いだす。苦しそうに腹を折って、「とう

とう当らなかった」といって笑い、「風呂水を下で入れてるの」という。

「なんだ、そんなことか」

「夕方、水道をひねると浴槽が一杯になるまでに十五分かかるの、どの家も使うでしょう、だから水

圧が低くなって。今だと十分でいいの」

妻はナイフをメロンに突き刺し、その端を口に運んでかじった。ナイフの先に残った一切をすいと

歯ですくい取るようにして口に入れた。ガラス皿にはメロンの種子が残っている。それをナイフで一

方にかき寄せて舌にのせたかと思うと唇をとがらせて種子を窓の外に飛ばした。

「——さんの坊やがね」と話しだす。隣家の幼児が泣く声が聞えて来た。その子のことだ。「サオダケが食べたいといって泣いたの、こないだ」

「サオダケを？」

「よく聞いてみると塩鮭のこと、ママは初めびっくりしたんですって」

「あの子が塩鮭をねえ」

妻は壁の一点をみつめていたが、つと立ちあがってそこにナイフをあてがうようにする。夫は不意に閃いたまぶしい輝きにうろたえて顔をそむける。ナイフはそこに射しこんだ日光を反射したのだった。

「ね、隣の坊やは可愛いと思わない」

「可愛いさ、子供はみんな、犬の子でも猫の子でも」

「ごまかさないで、あたしがきいてるのは人間の赤ちゃんのことよ」

「うん」

「欲しくない？」

「それより早く健康になることだ」

「健康になったら欲しい？」

「今はそんなこと考えたくもない」

「考えて」

「いやだ」

妻の目がみるみる泪をためる。それは頰をすべって畳に落ちる。夫は軽いめまいを覚える。台本を伏せて窓枠に寄りかかる。自分たちが一軒の家の形をした箱舟に乗りこんでいるように感じる。揺れながら広い川を漂流している方形の舟。脱け出そうとしてもまわりは水ばかり。陸地は遠い。櫂も無い。ただ波のまにまに揺られているだけ。そんな気がした。庭に何か動くものがある。赤煉瓦をしきつめた庭に細長い青緑色のものが動いている。一匹のシマヘビ。たった今水を浴びたような肌が柔らかに光をはじいている。

そいつは柿の根元に近い石垣の隙間に這いこもうとしている。日ざかりでもそこはいつも影になっていて、青苔の生えている箇所である。ヘビは頭だけ隙間に入れて一瞬、体をびくりとさせ、後ずさり始めた。ヘビの頭が外に現われるとその次に鋏をふりあげた蟹が出て来た。

「おれのねぐらに侵入する不届者はただではおかない」といった剣幕である。ものものしく鋏をふりあげてヘビをおどしつける身ぶりを示す。ヘビはやや離れた所の石垣にもぐりこんだ。頭が消え、するすると胴体が吸いこまれるように穴の中にすべりこんで行く。その一部始終を夫はみつめていた。

「あっ、大変」

妻の声で我に返る。彼女はいったん階段へ走り寄ってからとって返し、ガラス皿を取りあげて階下へ駆けおりる。風呂場へ走って行く気配。水道を出しっ放しにしている。十分はとうの昔になってい た。浴槽を一杯にした水が洗い場に流れ落ちる。その音がかすかに聞え、妻が風呂場に駆けこむと同時にやんだ。夫は階下へおりた。はだしになり、ズボンの裾を膝までまくりあげた。

洗面器で浴槽の水を汲み出して洗濯機に移す。洗濯機はすぐに一杯になる。浴槽の水はまだ多すぎる。このままでは沸くのに時間がかかる。かすかに青みがかった水。窓から午後の光が射す。それは揺れ動く水面できらめく。洗面器を水中にさし入れるたびに水は重々しく波立つ。浴槽の底に二、三匹の蟹が這いこんでいる。湧き立つ水の下でそれらは右往左往している。手でつかもうにもまだ水が深くて届かない。夫は浴槽の水を汲み出して洗い場に棄てている。

彼の脚が水で濡れる。水は柔らかくどこまでも滲透し、触れる物から熱を奪う。ときおり細かい飛沫が男の顔や腕にはねかかる。洗い場に洗面器を傾けると、水は男の足を浸し、くるぶしを濡らし滑らかに拡がり、床にあけられた穴の方へ集まる。そこへ流れこんで盛りあがり渦を巻き音をたてて下水管へ落下する。洗面器で水を汲みあげると、浴槽の水はざわざわと揺れ、底を這いまわっていた蟹がふわりと浮きあがる。水中に浮遊して頼りなく脚を泳がせる。もういいだろう、夫は腕をさし入れた。肩のあたりまで水が来た。蟹をつかんで窓の外にほうり出した。外は湿地である。いちめんの菖蒲畠になっている。蟹が水に落ちる音が聞えた。三匹めをつかみ出してからもう残っていはしないかと底をよくのぞきこんだ。四、五日前、風呂を焚いて湯加減を見るために蓋をとったら、真赤にゆだった蟹が沈んでいたことがあった。

蟹は三匹で全部のようだ。タイルの線がゆらゆらと曲りくねっているように見える。水面はまだ揺れている。乾いたタオルで腕と脚をぬぐった。ズボンの裾をおろし靴下をはいた。

蟬がいる。金木犀の木の幹にとまっている。夫は秋口に強い芳香を放つこの木の花を調べようとしていた。彼は木の花から匂いが漂い出すといい張り、妻は葉の匂いだと主張した。虫眼鏡を持って花の蕾を探す。豆粒ほどの小さいしろものがついている。目の前に蟬がいた。初めはあまりに間近で見たのでフットボール大の大きさに見え、たじたじと後ずさりしたほどだ。焦点が合うと安心した。油蟬が殻を脱ぐところである。背中に縦に茶色の線が走った。それが左右に割れて内側から淡い茶褐色の柔らかそうな蟬がせり出して来る。割れ目はますます拡がった。内側の蟬は細かく慄えながら外へ脱け出そうともがく。のけぞるようにして上半身が現われた。その部分は淡い飴色がみるまに濃い褐色の艶を帯びた。ついに蟬は全身を露出させた。脆そうだった羽根が硬質の輝きを放った。脱け殻は短い時間のうちに色褪せ重さを喪って木犀の根方に落ちた。

「この近所には全部で五匹いるの、野良猫が」

「数えてるのか」

「黒と三毛と白と茶と白のぶちともうひとつ三毛がいてみんな仲が悪いの、相手の顔さえみたら歯をむきだしたりして。夕方になったら台所の外にやって来てお魚の骨なんか投げてやったら大変、すごい勢いで奪い合うんだから」

「餌をくれる家を覚えてるんだな」

「ゆうべ、窓の外に何か変な物が並んでるの、白いのや黒いのやふわふわした塊のような物がずらりと五つ、窓をあけて見たらあの野良猫が五匹、張出しの上に並んで眠ってるの、雨の晩はねぐらが濡れて居心地が悪いんでしょうね、あそこはいつも乾いているのを知ってるのよ。喧嘩もしないで仲良く五匹そろって」

「窓をあけたらどうした、逃げたか」

「じっとしてるの、そこにいても追っ払われないときめこんでるみたい、あたしは何もいわなかったけれど」

「ためしにおどかしてみたら良かった」

「ちらとあたしを見上げて、ここにいても構わないでしょう、雨の降る晩は困ったものですねえとでもいうような顔してるの、いつもはぱっと逃げるのに」

「蟬があんまり沢山なくので」と妻がいう。「下の電話が聞えないときがあるの」

「そういえば今年は蟬が多いようだなあ」

「お隣の電話かなって思ってたらうちの電話だったりして。蟬だけじゃないの、蚊もゴキブリもクモも去年より目につくようよ、それもずっと大きいのが」

蟬の羽化を見た、と夫はいった。

庭に子供たちがやってくる。てんでに捕虫網を持って。皆、顔をあおむけにしている。

「いた、あそこだ」

「どこに」

「ほら、二番目の枝のつけ根だよ」

「油蟬だ」

「ちがうよ、クマ蟬だ」

「お前の見てるのはあの枝の下側の奴だろ、おれがいうのはその隣の……」

数秒の沈黙。少年は捕虫網ですくいとろうとして失敗する。「とれたか」と押し殺した声で仲間がたずねる。

「お前がせかせるから逃がしたじゃねえかよ」

「おれのせいにすんなよ、バカ」

「あんたたち……」

家主の老婦人の声である。隣家の縁側から声が聞える。

「あんたたち何してるの」

「蟬だよう」

「駄目よ、とっちゃ」

「どうしてだよう、おばさん」

「可哀想じゃないの」

老婦人は庭下駄をつっかけて出て来た。ゆったりと仕立てた青いワンピースを着ている。縁側からおりるときワンピースが風にあおられてふわりと老婦人の膝の所までまくれた。庭にはゆるやかな風があって、石伝いに歩く彼女の服をたえずふわふわとゆすった。

「蟬はね、何日も生きないのよ、地面の底に長い間いて、やっと明るい所に出て来たの、せめてその間は生かしてやってよ」

子供たちは口をとがらす。むっとした表情でそっぽを向き、目で庭木のあちこちを探している。何もそんな堅いことといわないでも、といいたげな顔である。

「行こう」と一人が叫ぶ。「行こう、行こう」と残りがやけに大きな声で唱和する。

「たった七日間ですものねえ、たった七日間」

老婦人は少年たちが庭を出て行くのを見届けてから自宅に戻る。その間、蟬はなきつづけている。こやみなく高らかになきつづける。老婦人は庭の中央で立ちどまり繁みを見上げる。風を孕んでたえずふくれあがるワンピースに包まれて老婦人の体はいっときもじっとしていないかのように見える。彼女は蟬の合唱に聞き入っている。青葉ごしに降りそそぐ光線が老婦人の顔を緑色に染める。


鋸屑を油で練って八角形の棒に固めた物がある。それを手頃の大きさに折って風呂の焚口に入れる。紙片をまるめてその上にのせる。マッチをする。午後六時、日はまだ西の空に高い。原稿用紙を綴じた薄い冊子は台本の下書である。一枚ずつちぎりとってくべる。焰はまず垂直に立ちのぼり白い煙をあげる。顔を寄せて息を吹きかけると焰の向きが変って焚口の底に吸いこまれる。強い勢いで移動する気体の音が聞える。風の音に似ている。こうなればしめたものだ。あとは燃える物を補えばいい。

彼は紙をくべつづける。一冊の原稿はたちまち焚口に消えてしまう。

円筒形のかまどは紙片をのみこむやたちまち濃い黄と橙の焔に変えてしまう。焔は揺れ渦巻きごうごうと音をたてる。彼の首すじに汗が滲む。しずくになってしたたり落ち、胸から腹にすべりおりる。額にも髪の生えぎわにも汗が光る。彼は火と向いあっている。焔の中心に目を注ぎながら紙をくべる。原稿は燃やしつくした。台所に置いてある紙屑籠を運んで来る。魚を包んだ紙、デパートの包装紙、菓子箱、枯れた花束、をその籠からつかみ出す。

うろこのこびりついた紙がある。肉を包んでまだ黒いしみをしるした紙がある。濡れた紙も汚れた紙も火の中では同じになる。薪は製材所で買った杉や松の木屑だ。長い物は折って紙の上にのせる。五、六本のせて火のつき具合を見る。日灼けした少女の肌のような杉の木片は透明な蜜色の焔を吐き出す。木片全部に火がついたのを見定めて石炭をくべる。黒くて重く、ぎっしりと中身のつまった塊。それはかすかに硫黄の匂いがする。嬰児のこぶし程の石炭をのせておいてその上にやや小さめの塊をつみあげる。空気の流通がいいようにそうする。

日は西に傾く。彼は沈む日を眺める。木も草も夕日が放つ真鍮色の輝きで包まれる。山の尾根にかかった日は赤みを帯びて大きくふくれあがる。額の汗が目の中に流れこむ。それをぬぐっているうちに日は沈んだ。彼は風呂の焚口に目をやる。日が没しても外界はまだ充分に明るいが、石炭の焔がさっきよりいっそう濃い橙色に変ったようだ。

「タオルを持って来てくれ」と叫ぶ。全身が汗にまみれている。「はあい」と妻の声が聞える。台所を急ぎ足で近づいて来る気配。

（こうやって一日一日を送って行こう、何事もないかのように）と夫は思う。（そのときが来るまでは）

「はい」といって目の前にタオルがさし出される。

「蟬がかえるのを見たんですって」

「庭の金木犀のところで」と夫が答える。夜である。

「蟬もやすむのよ、夜は。ずいぶん静かになったわ」

「蜩《ひぐらし》は聞いたかい」

「いいえ、今年はまだ、あなた聞いた？」

「どこかで聞いたような気がする。あれがなけば夏はおしまいだ」

川の方から船の機関音が響いてくる。河口へ下るのか、遡って来るのか、彼はしばらく耳を澄ます。その音はだんだん近づいて来る。潮に乗ってあがって来たのだ。砂をつんだ運送船にちがいない。

彼は舟着場の隣に立ちならぶ砂の円錐を思いうかべる。白い砂が音もなく降りつもって円錐を高くして行く。

隣人

そいつと口をきいたことはない。

顔をあわせたこともない。一度だけ、アパートの廊下で角をまがるところをちらりと見かけたことがあるだけだ。

それもほんの一瞬で、夜でもあったし、廊下の明りは豆電球ときているので、そいつらしい男の後ろ姿を目にしたのは、時間にしたら二分の一秒か三分の一秒のことにすぎなかったから、背恰好も年配もとんと察しがつきかねた。黒っぽい上衣を着て、風呂敷包みを下げていた。そうではなくて、紺色のジャンパーに紙袋だったかもしれない。若い男のようだった。老人のようにも見えた。地味なりに背をまるめた後ろ姿から私は彼を五十代と踏んだ。

独り暮しの五十男ということの他に何もわからない。仕事を持っていることは確かだ。毎日きまった時刻に出て行くから。職場がどこにあるのか私は知らない。壁ひとつ隔てた隣に住んでいて知らない。

いつ引っ越して来たのかも私は気づかなかった。つい最近であることは間違いない。それまで隣には子供が一人いる夫婦が住んでいた。郊外に市営住宅が当ったとかで、このアパートをいそいそと出て行ったのは二カ月ほど前のことだ。しばらくは部屋の借り手はなかった。借りようとして下見に来る客は多かった。六畳に三畳の板の間付台所、各室トイレというのは間代が安いわりには良い条件だったが、来訪者は壁の薄さを見てとるなり、さっさと退散した。若い夫婦などとくにそうだ。ベニア板の壁なのである。三つの部屋を間にしても向う側の部屋の物音は耳に這入る。間代についていえば共稼ぎの夫婦には手頃でも独身者にはやや高すぎた。

三人家族の騒々しい物音に慣れてしまっていたから、隣が空っぽになってネズミの足音しかしなくなると何となく物足りなかった。ひところは子供の泣き声や夫婦の言い争う気配にずいぶんうんざりしたものだが、それがまるっきり聞えなくなると淋しいようなもどかしいような変な気分だった。夫婦はそろって好人物で、死ぬの別れるのと大喧嘩のあげく、翌朝は廊下で私を呼びとめて、「夕べはやかましかったでしょう、すみません」と謝るのだ。まぶしそうに目を細めて頭を下げる。そういわれては私の方がかえってどぎまぎしてしまう。そしてちょっぴり肚も立つのだ。夫婦喧嘩ごとき事柄を何もアカの他人である私に謝らなくてもいいではないか。安アパートの一つ屋根の下で暮していたら、それも紙のように薄い壁を間に暮していたら、子供の泣き声も夫婦の声も耳に入ろうというものだ。無人島に生きているわけじゃあるまいし、ここは人間の町なのだ。時にはいくらかうるさいと思いはしても、私はあの賑やかな隣人をちっとも憎んでなぞいやしなかった。

そいつはちがう。

隣の感じが一変したのに気づいたのはいつのことだったろう。ある晩、咽が渇いて目がさめた。昼間は騒がしかったアパートもさすがに夜が更ければ静まり返っている。

水差しを置いて枕もとのスタンドを消そうとしかけて、私はそのまま体をこわばらせた。誰かが隣にいる。息をひそめてじっとうずくまっている生きものの気配がする。夜も昼も走り回っていたネズミどもの足音がその夜ばかりはやんでいた。新しい間借り人の御入来か、と私は思った。午前二時というのにそいつは眠りこんではいなかった。寝入っているのだったら規則的な息づかいでわかる。明りが薄い壁のすきまから細く黄色い線になって洩れていた。

起きているくせにそいつはこそとも身動きをせずに何やら考えに耽っているのだ。いったい何を考えているのだろう。男だろうか女だろうか。独身者だろうか夫婦だろうか、夫婦ということはまずあり得ない。新しい住居に移って黙りこくっているはずがない。隣人である私に気がねして鳴りをひそめているようではなかった。そんな心配りをするほど細かい神経の持ち主でないことをその晩、私は感じとった。

私の直感は当っていた。

このアパートは戦後まもなくまだ資材が不足している頃に何かの倉庫を改造したのだという。学校を定年でやめた元校長が、改造するとき極端に材料を節約したのでベニア板の壁になってしまった。当時はそれでも借り手にこと欠かなかった。ベニア板であれボール紙であれ仕切りさえしてあればよかったのだ。家主は郊外に住んでいるというが、どんな人物か知らない。家賃は階下に住んでいる管理人に渡せばいい。間借り人の出入りはひんぱんだった。

部屋を借りるのはほとんど一時的な失業者で、彼らはここを当座の雨露をしのぐために仮の宿にするらしかった。そうでなければ他に適当な住居をえらぶ余裕のないほどに稼ぎが少ない連中ばかりだった。新聞販売店の従業員、保険外交員、ミシンのセールスマン、酒場のホステス、パチンコ店の店員、有料駐車場の番人といった顔ぶれである。

住人は大ざっぱに分けて二種類になる。出て行く者と残る者である。一番の古顔はアパート創設以来ここに頑張っている屑屋の親爺だ。彼は独り者である。十所帯のうち約三分の一は五年以上、住み続けている。残り三分の二は半年も居たら長い方で、短い者は一、二カ月で出て行ってしまう。彼らは懸命に働き、給料と貯金を増やしてもっとましな部屋、個人の独立と尊厳が保障される程度に厚い壁のある部屋を見つけて立ち去るのだった。

私はといえばもうすぐ六カ月になる。勤めていたスーパー・マーケットがつぶれて収入がなくなった月にここへ引っ越して来た。今は小さな印刷会社に勤めているがそれもいつ倒産するか知れたものじゃない。壁の厚い部屋があったところでおいそれと移れはしない。それに私は実をいえば場末にあるこの安アパートが気に入ってもいたのだ。

きたなくて騒がしいのは生きている人間が住んでいるのだから当り前だ。出入りがはげしいからうるさい近所づきあいにわずらわされることもない。隣人たちには廊下ですれちがうときに、ちょいと目顔で会釈をすればすむのである。

どんな奴だろう。

廊下の庭に面した軒下に干してある洗濯物で、男ということはすぐにわかったが、人相風体まではつきとめられない。別段、知り合ってお互いに親密になろうという下心はなかったが、隣人であれば若干の好奇心を抱くのも自然の成りゆきである。

そいつは私の所へ挨拶に来なかった。向う隣にも顔を出してはいなかった。表札は出していない。その必要はないのだろう。郵便受に隣人宛の手紙類が配達されるのは見たことがない。新聞もとっていない。勤め先へ出かける時刻が私とずれているので、廊下ですれちがったことは一度もない。いや、もしかしたら一度か二度あるのかもしれない。顔を知らないのだから何ともいえないわけだ。部屋を出て行くのはドアを開閉する気配でわかる。朝、早い時刻のときもあれば夜のときもある。一晩じゅう部屋をあける日が三日に一度か四日に一度あるようだ。どうやら職場は交替制の夜勤もあるらしい。商店街の決算大売出しや夏祭りのシーズンには、印刷所の仕事もふえた。私は会社でし残した仕事をアパートに持ち帰ることもあったし、何日も自分の部屋で大売出し用のチラシ文案を考えることもあったから、隣人の生活はおぼろげながら察しがつくようになった。管理人にきけばすぐに仕事はわかるだろうが、そうまでして好奇心をみたそうとは思わなかった。彼はひっそりと物音一つたてずに暮している。静かな生活が気に入っているに違いない。私とて同じことである。彼が私の生活に立ち入らなければ私も彼のすることに干渉しようとはさらさら思わない。得体の知れない隣人であるにしても彼とならば悶着など起さずに同じアパートの住人としてやって行けそうに思えた。一週間前まではそう思えた。

事の起りは一個の風鈴だった。私が廊下とは反対側の窓に吊した風鈴の舌をそいつが引きちぎってしまったのだ。残業がようやく一段落して私はいつもの時刻に床につけるようになった。しかし、西向きに建てられたアパートの二階は、昼のうちに充分あたためられて蒸し風呂もいいところだ。窓を開放し、扇風機をかけっぱなしにしても流れる汗はとまらない。風鈴を買って来たのはささやかな慰めのつもりだった。部屋に風は吹きこまなくても、風鈴が鳴りひびくのを聞けば戸外には涼しい夜気を想像することができる。そして実際に風鈴はそれを吊した晩からひっきりなしに軽やかな振動音を発して汗みずくの私を眠りに誘ったのだった。その音を聞いてさえいれば私の心は和んだ。

風鈴が盗まれたのではなかった。その内側に通した風鈴の舌だけがちぎりとられているのだが、いずれにしても同じことだ。舌のない風鈴なぞ羽根のない扇風機と同じだ。私はそいつが窓から半身をのり出して風鈴に手を伸ばす情景を思い描いた。静寂をことのほか愛する彼にしてみれば私の風鈴は耳ざわりな金物に過ぎなかったのだろう。そうか、お前はそういう男だったのか、私はうつろな風鈴を握りしめて仕返しを考えた。どうするか見てるがいい。

次の日そいつは何もいわなかった。私は自分が帰ったことを示すために廊下を踏み鳴らして歩いた。そいつの部屋に沿った廊下に鳥籠が吊してある。わきを通りしな横目をくれた。カナリアの死骸はもう取り片づけてあった。籠の中に黄色い物はなかった。その朝、出がけにひとつがいのカナリアをひねりつぶしたのは私だ。毎朝、空が白む頃からやかましく啼きたてて私の眠りを妨げたのだ。隣室は窓が明るかった。揚げ物でもするのか油の煮える匂いが漂って来た。私は鍵をじゃらつかせ、わざと大きな音をたててドアをあけた。カナリアを殺したのは私だ。文句をいいたいならいつでも相手になってやる、それを気配で示したわけだった。一瞬、隣人は私の帰りを察して身動きを止めたようだった。しかしそれもつかのまのことで後は何事もなかったかのように皿小鉢をかち合せる物音が続いた。私は拍子抜けがした。てっきり何か抗議して来るかと期待していたのだ。張り合いがなかった。意気地なしめ。私はひとまわり大きい風鈴を買っていた。それを窓の外に吊した。これに手を出したらただではおかない。その晩は風が強かった。新しい風鈴は豪快に鳴った。私は満足した。

翌朝、私はアパートの入口に奇妙な物を見つけた。この日は各戸ゴミを袋に入れて出す日である。自分のビニール袋を電柱の下に置くとき、黄色い物が目についた。カナリアの羽毛である。ゴミにまざって変に毒々しい黄色に映えた。たちどころに私はきのうの匂いを思い出した。油がはじける音と匂いを思い出した。あいつは死んだカナリアをから揚げにして食べたのだ。

アパートは玄関で靴を脱ぎ、めいめいのスリッパーにはきかえることになっている。スリッパーは間違えないようにマジックインキで名前を書き入れている。その晩、帰ってみると私のスリッパーが下駄箱になかった。あいつだ。私は肚をたてるより奇妙な手応えのようなものを感じた。いつもはスリッパーを出して靴を下駄箱にしまうのだが、敵がそのつもりなら次は靴を狙うに違いない。スリッパーの一足や二足とられてもどうということはないけれど、靴を盗まれるのは困る。私は靴を手に持って自分の部屋に帰った。そいつの部屋にひと気はなかった。帰っておればドアの前にスリッパーが並んでいる。それがないところを見ると……。私は玄関にとって返してはたと当惑した。そいつのスリッパーをどぶに叩きこもうにも名前を知らないのだ。管理人にきこうとして諦めた。隣の奴は自分の名入りのスリッパーをむざむざと下駄箱に残しておくはずがない。がっかりして部屋に戻り、ドアをあけたときにいい物が目についた。鳥籠の下にサボテンの鉢植えがある。何という種類か知らないが、手入れがいいと見えて青光りのする棘を生やした見事なものだ。私は救われた。庖丁を持ち出して一気にサボテンの首をはねた。目には目を、歯には歯をというではないか。部屋に這入ってから窓をあけて調べた。案の定きのうの風鈴は影も形もなかった。私は少しも驚かなかった。新しい風鈴を買っていた。きのうの物よりまたひとまわり大きいのだ。それを鎖と針金で軒下に吊した。舌も重いので少しばかりの風では動かない。私はそれをこぶしで叩いた。新しい風鈴は叩かれるやゆらりと揺れて重々しい響きを発した。古寺の鐘でもついたような気がした。

管理人から隣人の名前を聞いた。中庭に丹精して育てている植え木がある。それに水をやっている管理人にさり気なく近づいて名前と仕事をきいた。製材工場に先頃から勤めている夜警だという。それだけのことを訊き出すのに十五分ほどかかった。老いた管理人は耳が遠いのだった。彼は私が庭の盆栽を鑑賞しに来たのだと勘ちがいして、しきりに自分のツゲやツツジを自慢したがった。「Sさんのサボテンも悪くないが、このマツを見て下さい」Sさんが隣人の名である。Sさんのサボテンだと？　問いただしてみると室内は空気が乾きすぎるからここに並べさせてくれと昨夜そいつは五鉢分のサボテンを持ちこんだという。置かれてある棚は管理人室の縁側から目と鼻の先である。してみるとそいつの部屋にはまだこれだけサボテンが残っていたのだ。廊下に出していたのはそのうちの一つにすぎなかった。

私は部屋に戻るとき下駄箱をのぞいた。Sの名が書かれた庭下駄を見つけた。これをつっかけて安全地帯でのうのうとサボテンの手入れをするつもりだったのだろう。そううまく事が運ぶものか。私は手頃な石の上に庭下駄をのせてその上にもう一つの石を落した。一回二回とくり返してもひびが入るくらいでなかなか二つに割れない。ようやく一足を叩き割って履けなくするのに十数回も重い石を抱えては落さなければならなかった。ばらばらになった木切を前にして私は大汗をかいていた。

きょう、私は舌打ちした。夕方、アパートに帰って部屋の外に干していた洗濯物が消えているのに気がついた。狙われることは覚悟しておくべきだった。いつものように廊下ぞいの軒下に干した私がうっかりしていた。そいつが目をつけるのは当然だ。私は階段をおりて探した。アパートの裏手を流れるどぶ川に洗濯物は浮んでいた。白いシャツが黒い水に染まってまだらになっていた。顔を上げるとそいつの部屋が見えた。裏庭に面した側、私が風鈴を吊す窓の隣にそいつの洗濯物は干してあった。私の窓から身を乗り出し手を伸ばしても届かない距離に吊してあった。私はせせら笑った。庭に造られた朝顔の棚から竹竿を一本引っこ抜いて部屋に戻るなり窓をあけた。竹竿を使えばそいつのシャツを吊しているハンガーをひっかけるのは造作ないことだ。どぶに棄てられた私の下着類と同じ数だけの下着をこちらの窓にとりこんで、私は意気揚々とゴミ袋につめこんだ。同じ所に棄てるのも芸のない話だ。紙でくるんでビニール袋に入れれば他のゴミと見分けがつかない。私はすかさず一点を返したことになる。そう思ったときあることに気づいた。風鈴の音がしない。そいつの洗濯物に熱中してたった今まで忘れていた。よもやと思ってもいた。針金と鎖でしっかりと取りつけていたので気を許していた。

風鈴はなかった。針金は何か強い力で断ち切られていた。断面は滑らかで鈍い輝きを放っていた。私の体の中で血がさわぐのを覚えた。次はどんな仕返しをしてやろう？　生活がこんなに充実したことは今までになかったことだ。洗濯物が消えたと知ったら、そいつも仕返しを考えるだろう。私は破れ畳の上にあぐらをかいてこれからそいつのためにやることを考えた。蚊に刺されてもかゆいと思わなかった。夏の日も暮れて部屋がまったく暗くなるまで私は坐りこんでいた。人間の知恵には限りがあるものだ。頭が熱くなるほど考えに考えても、効果的な仕返しは思い浮ばない。私は銭湯に行き、あり合せのもので食事をしてはやばやと寝てしまった。

そいつが帰って来たのは真夜中らしい。台所で何か物音がするのを夢うつつのうちに聞いた。すぐに私は目ざめた。焦げくさい匂いが鼻をついた。サンマを焼く匂いである。壁と天井のすきまから、壁そのものに無数に生じたひび割れから煙が遠慮会釈なく私の部屋に侵入して来る。明りをつけてみると、部屋にはもうもうと青い煙がたちこめている。咽がいがらっぽくなって私はしきりに咳をした。その咳を隣に聞かれては男がすたる。私が閉口しているのを悟ったら、そいつはしてやったりとほくそ笑むだろう。私は音をたてないようにそろそろと窓をあけた。部屋にたちこめた煙はいっかな薄れようとしない。私は口を手でふさいで静かに咳をしようと苦しみ悶えた。そのとき、ある考えがひらめいた。どうしてこんないい手を思いつかなかったのだろう。安心したあまり私は即座に眠りこんだ。窓をあけて寝たために、翌朝、体じゅう蚊にたかられてあちこちが赤く腫れていた。

部屋を出しなにトランジスターラジオを壁にぴたりとくっつけておいた。周波数は放送局と合せずに雑音だけを流し出すように調節した。音量は最低にしているから一間おいた向う隣の住人までは聞えない。そいつはきのう真夜中帰ったから、きょうは午すぎまで眠っている。風鈴の音にまで苛立つのだからラジオの騒音で安眠できるわけがない。私は蚊に刺された痕を爪でかきむしりながらバスの中で薄ら笑いをうかべていた。そいつがタオルケットをひっかぶって騒音を耳に入れまいと苦闘しているさまが目に見えるようだった。窓にもドアにも鍵をかけている。外から這入れない以上、そいつは私のラジオをどうすることもできない。

私はそいつが眠ろうとしてあぶら汗を流すのを想像すると愉快だった。終日、仕事は順調にはかどった。いつもの三倍も私は働いた。やたら軽口を叩いて同僚を笑わせたので、私の上役なんか呆れてこうきいたものだ。

「おまえ、恋人でも出来たのか」

私は寄り道をせずにアパートへ帰った。鍵はこわれていなかった。胸騒ぎがした。部屋はしんとしている。電池は新品と入れ換えたばかりなのだ。一歩ふみこんでドアのきわで私は立ちすくんだ。部屋いっぱいにラジオの部品が散らばっている。外側のケースはつぶしてあった。いったいどこから？疑問はすぐに解けた。ラジオをくっつけておいた壁の下端が切りとってあり、新しいベニア板があてがわれていた。隣人は鋭利な刃物でベニア板を切り裂き、やすやすと私のラジオの息の根をとめてばらばらに分解し撒き散らしたのだ。厚さ五ミリに足りないベニア板を破ることはわけもないことだったろう。穴を塞ぐのもこれまたたやすいことだ。私は無駄になった五個の風鈴を机の上に放り出した。初め舌をちぎられた物と同じ小型の風鈴である。それを室内に吊して隣人の耳を慰めてやろうと思ったのだ。ラジオの雑音に慣れてしまわれたらたまらない。壁がこうして自由自在に穴をあけられるとわかったら、風鈴を吊してもラジオと同じ憂き目にあうだろう。

私はぎくりと体をこわばらせた。隣はからじゃない。そいつがいる。かすかな咳払いのようなもの、舌打ちともとれる物音が聞えた。そいつは足音をしのばせて部屋を歩き回っている。私がこわれたラジオを見出してがっかりしているのを想像し、ひとり笑いを浮べているのかもしれない。私は鼻唄まじりにラジオの部品を片づけた。何事もなかったかのようにここは振舞っておかなければならなかった。隣のそいつを無視すること、私の態度は表向き隣人なんか眼中にないかのごとく装うことがこの場合、最上だ。

ところがそんなことをいってのんびりと構えてもおられなくなった。晩飯をすませてそいつが出て行き、何事もなく数時間たった。各室のテレビがしだいに音を低められ、人声も途絶えがちになった。自動車の往来もまばらになった。その音は私が床についてから聞え始めた。別に耳ざわりな物音じゃない。台所の流しに水道の蛇口から水が洩れる音である。そいつは栓をきつくしめずに出て行ったのだ。そうではなくてわざとゆるくして出て行ったのだ。トランジスターラジオのお返しは水の音と来た。

なんだ、水の音か。私は水滴なんかいささかも気になるたちではなかった。音の正体がわかってから寝返りをうち眠ろうとつとめた。たかが水の洩れる音ぐらいで不眠症になるほど私の神経はちゃちではない。私は小細工を弄した隣人をあざ笑ってまた寝返りをうった。このところ寝不足が続いたから水の音は絶好の睡眠剤になる。不眠症の患者にはわざわざ規則的に落ちる水滴の音を録音して聞かせ、気持を落着かせるという。バカな奴だ。私はそいつの企みが裏目に出たことを知ったら、当人はどんな顔をするだろうと思い、また寝返りをうった。水はしたたっていた。夜が更けるにつれて音はふくれあがり流しに落ちてますます冴えた響きを発した。

私はちり紙をまるめて耳に詰めた。何の役にもたたない。綿でためしてみても無駄だった。手で両耳を塞いだ。そうすると半分ほどに音はやわらげられたが、一晩じゅう耳に手をやっていては眠れやしない。一時になり二時になった。私は赤く灼いた針の尖端で一秒間に一回、鼓膜を刺されているような気がした。そいつは見事にしっぺ返しをくらわせたのだ。壁を破って隣室に押し入ろうかと考えた。その気になれば庖丁ででも裂け目を入れて人ひとりくぐり抜けられる穴をあけることはできる。隣へ這入りこんで蛇口の栓をきつくしめつけるのは難しくないことだ。いまいましいのは私が水道の水なんかで眠りを邪魔されたことを敵に悟られることだ。壁の穴はどう工夫してみても一旦あけてしまっては直ちにそれと知られる。水の音を気にすまいとするからかえって気になるのだ。私は耳の綿を引っぱりだし深呼吸を四、五回くり返して効果的な仕返しの手段を考えた。
布団のシーツは私の汗で湿っぽくなっていた。寝返りするつどよじれた浴衣は紐のようになっていた。私は窓をあけてから着ているものを脱いだ。明りをつけると同時に蚊がとびこんで来て裸になった私の背を刺した。タオルで体を拭きながら片手で蚊を追っていなければならない。冷たい夜気を部屋に入れて肌を冷やした。蚊に喰われてかゆいのは蒸し暑さにくらべるとまだましである。蚊取り線香を一箱分全部とり出して部屋の各処に置いた。今夜は窓をあけたまま眠ろう。まもなく青い煙がたちこめ部屋をいっぱいにした。蚊取り線香の煙が渦を巻いてゆっくりと窓の外へ溢れ出るのを見守っているとき、素晴らしい思いつきが頭に浮んだ。これに限る、私はそのとたんすっかり満足して眠りにおちた。

昨夜おそく出かけたのだから、そいつが帰って来るのは朝だ。飯を喰って午すぎまで眠るのがいつもの習慣である。私は出勤前に近所の薬屋から望みの品物を買って来た。窓に目張りをし煙が外へ洩れないようにした。私が手に入れたのはそれに火をつけると煙を噴き出して部屋に充満し、蚊、蚤、ダニの類を駆除する殺虫薬である。六畳の部屋には一個とある。私は三個を用意した。そいつが帰るのは九時ごろだ。それまで待っていたら会社に遅れる。遅刻を三回したら一日分の給料がサラリーから引かれる仕組になっている。欲をいえばそいつが食事をすませて寝入ってから煙を送りこみたかったが、ぜいたくをいってはいられない。今月は遅刻を重ねているから定時にアパートを出なくてはならない。

私は三個の殺虫薬を壁ぎわに並べて火をつけた。乾電池の形をした容器の尖端から白い煙が噴き出した。それを確かめておいて部屋を出た。ドアの下には新聞紙で封をした。隣のそいつは帰ってから自分の部屋が煙でまっ白になっているのに気づくだろう。ドアと窓をあけ放っても風通しの悪いこのアパートから煙が完全に消えるまでに数時間かかるだろう。いっぽう私の部屋からは蚤やダニの類がきれいさっぱりなくなるわけだ。一石二鳥とはこのことをいうのだと私は信じた。今夜こそ枕を高くして安眠できる。

そう思ったのは私のあさはかというものだった。

夕方、アパートに戻って私は愕然とした。窓は枠ごと叩き破られ、ドアも割れている。室内は水びたしだ。粉ごなになった窓ガラスの破片が畳の上に散っていた。管理人の説明ではこうだ。夜勤から戻って来たSが、私の部屋の窓から噴き出す白煙を認めた。軒下からも煙は洩れて屋根瓦を這ってい た。とっさに火事と思ったそいつが消防署に電話をかけたというわけだ。管理人はいった。

「殺虫剤を焚くんなら焚くで、前もってわしに一言してくれなくちゃ困るよ、きょうのことはあんたの落ち度だから、ドアと窓と畳の取り替えは費用を負担してもらいますよ」

ホースから噴出した水はあっけなく窓を突き破り室内をひっかきまわしていた。押入れの夜具が濡れていなかったのがせめてもの幸いである。さすがに消防夫は白煙が殺虫薬のそれとすぐに気づいたのだろう。水の量は多くはなかった。たぶんドアをこじあけた消防夫が匂いで自分たちの過ちを悟ったのだと思う。私の部屋はさながら大きなミキサーの中にほうりこまれでもしたようだった。電気スタンドが食器棚の上に乗っかり、カレンダーが冷蔵庫の裏に落ち、濡れた靴下が天井にはりついていた。

私はそいつが消防自動車のわきに立ってくわえタバコで私の部屋を見上げている顔を想像した。一条の水がホースの先からほとばしるや私の窓を粉砕し部屋になだれこむのを、そいつは目を細めて鑑賞していたことだろう。私は壁に耳をあてた。隣室に人の気配はなかった。そうこうするうちに畳屋が来た。私は散らかったものを片づけ、畳を入れかえるのを手伝った。ガラス屋も来た。窓枠はちょうどこの大きさにぴったりのサッシュがあるからそれにしろとガラス屋はいった。そうでなければ木製の枠を造るのに日数がかかるという。どうとでもなれ。私は彼のいうことを受け入れた。新しい畳の上に坐り、変にピカピカするサッシュの窓を見るのは妙な気分だった。畳がかわったせいか明りがまぶしかった。私はいったい何をしたのだろう、と浮かない顔で部屋を見まわした。他人の部屋に坐っているような気がして仕方がないのだ。カタをつけてやる、いつかはきっとそいつに思い知らせてやる、私はかたく心に決心した。新しい畳は寝心地が悪かった。古畳のすえたわらの匂いに慣れていたので、鼻をつくイ草の匂いがたまらなかった。窓と畳の代金を計算してみた。給料から一度にさし引かれては暮しが立たない。二回か三回かの分割で、と思案するうち無性に肚がたって来た。やにわにとびおきて庖丁を握りしめ階段をかけおりた。管理人室の縁先にそいつのサボテンが並べてあるはずだ。ひとつ残らずこの際、首をはねてやる。管理人が文句をいっても黙らせてやる。こうでもしないことには気がおさまらないのだ。

私は庭におりて暗がりをすかして見た。管理人は眠っているらしく部屋は暗かった。私は素足で土の上を歩いた。ここぞと思う棚にたどりつき手探りでサボテンを探した。サボテンはなかった。きのうまでは、いや今朝まではこの棚に並んでいたのを私は見届けていたのだ。またしても私はだしぬかれた。がっかりして引き揚げる途中、素足の裏に鋭い痛みを感じた。土に半ば埋れていた折れ釘を踏んづけてしまったのだ。

給料日、私は三拝九拝して畳屋とガラス屋に代金の分割支払いを頼んだ。請求書の額は予想の二倍だった。同僚にさせていた残業も自分で引き受けなければやってゆけない。集金、チラシの配達、印刷用紙の運搬、注文とり、私は本来の仕事の他にいっさいがっさいを引受けた。

そいつを見たのはある晩、私が会社のトラックを運転して新聞販売店から印刷工場へ戻るときだった。時刻は九時ごろだったと思う。私はすんでのところで人間を轢きそうになり急ブレーキを踏んだ。信号を無視して一人の男がよたよたと道路の中央まで来ている。そいつはヘッドライトを全身に浴びて体を硬直させ運転席の方に首だけ向けて茫然自失した体で立ちすくんでいる。こいつだ……。私はまじまじと棒立ちになっている男をみつめた。黒っぽい上衣の背を丸めて色褪せた風呂敷包みを抱きかかえている初老の男。いつかアパートの廊下でちらりと後ろ姿を目撃した人物によく似ていた。ひからびた乾魚のような皮膚にごま塩まじりの無精ひげを生やしている。そいつは立ちすくんだなり憐みを乞うようにヘッドライトの向う側にいる運転者を見上げ、目をしばたたいている、こいつが私の隣人だったのか、きょうのきょうまで私をいじめ、悪質な厭がらせをする張本人だったのか。もう少しましな悪党面の、いってみればもっとふてぶてしい中年男を私は予想していた。現実には、風でも吹けば二つに折れそうな弱々しい小男である。そいつが突然ヘッドライトに照らし出されて進退の自由を失い、無力そのものといった姿で私の目の前にいる。私が覚えたのは憐みよりも怒りだった。そいつが私にして来たことに対する怒りではなくて、こんなかぼそい男にしてやられて来た自分に対する肚だたしさだった。私は握りこぶしでクラクションを叩いた。つづけざまに叩いた。そいつはあぶなっかしい足どりで闇の奥に消えた。消えたから良かった。あと一秒そいつが立ちはだかっていたら、私はアクセルを踏んだかもしれなかった。

しかし私の想像は今度も間違っていた。隣人はきょう、荷物をまとめて部屋を引き払っていた。会社から帰ってそのことを知った。管理人に行先をきいても知らないという。なんでも製材工場との契約が切れたからだという。契約？　ときき返すと、警備会社の指令で別の会社のガードを勤めることになって、よその町へ移動したのだそうだ。管理人がそいつのことを夜警というから、私は腰のまがりかけた初老の男をそいつと決めこんでいた。当世ふうにいえばそいつはガードマンということになる。どんな男だ、と私はきいた。がっちりした体の若い男だったよ、ちょうど年齢はあんたぐらいの、と管理人は答えた。

そいつは出て行った。私はなんとなく力が抜けた思いで畳にあおむけになった。そいつとやりあった数十日が今となっては懐しく思われる。からっぽになった隣室と同じく私の胸の中にもからっぽの部分が出来たようだ。

いつだったか、深夜、ガスの栓をひねったことがある。そいつが隣でおそい食事をすませて床についたときを見はからってそうした。ささやくようなガスの噴出音と匂いでそいつは知ったはずだ。私は息を殺していた。そいつがあわてふためいて部屋をとび出すのを待った。私も苦しかった。窓は初めから閉じている。そいつが逃げ出すか私が栓をしめるかの根くらべだった。ガスのかすかな音を聞いている間、私はぞくぞくするほど快感を味わっていた。下手をするとこの世からおさらばするかもしれなかったのに、私はあのときくらい生きることに張り合いを覚えたことはかつてなかったといってもいい。勝負は私の負けだった。

私は机の上に置いていた五個の小さい風鈴を窓の外に吊した。風がおこり、風鈴はいっせいに涼しい響きを発した。それを耳にしても私はあまり心がはずまないのだ。むしろ、そいつが戻って来て隣の窓から手を伸ばし、風鈴をかたはしから引きちぎってくれたら、と願うのである。

恋人

「五年間……」と女はおうむ返しにいった。意外そうにわたしの顔をのぞきこんで、「そう、あれから五年も経ったのね」といった。汽笛が鳴った。

遊覧船は桟橋を離れた。足もとから重々しい機関の振動音が伝わって来た。港は夜である。海は黒いが水辺に迫った街の明りが海面に照り映えて、船客は四方からまばゆい光にさらされている感じだ。遊覧船は桟橋を後にしておよそ一時間、港内をひとまわりする。船が速力を持つと風が涼しく肌を打った。

「まあ、きれい」

女は手すりに片手をすべらせながら甲板を一周した。「初めてよ、こんなことは」

この港町に生まれてからずっと住んでいるのに、船で海へ出たことはない、と女はいった。

「まるで違った街を見てるみたい」

それはそうだろう、とわたしは相槌を打った。海上から眺める陸の景色が見馴れた街の顔と異なるのは当り前だ。八月も終りに近い今は甲板にたたずむ人影もまばらだった。遊覧船は白く塗った腹に電球を並べてとりつけ、甲板上にも夥しく照明を施していたから、どこにも影がない。わたし達はものかげを探して歩いた。船上ですれちがう乗客は明りの下で一様に平べったく表情の乏しい顔になった。船尾に近いキャビンのかげに一箇所だけ小暗い所があった。わたし達はそこに立ち止った。手すりにもたれて海面を見おろした。青黒くどろりとした水をかきわけて船は走っている。

船べりの直下で湧き立つ水が白い。今、何を考えているか当てて見ようか、とわたしはいった。

「ええ、当ててごらんなさい」

彼のことだろう、とわたしはいった。

「そう、よく当てたわね、どうして分ったの」

当てるのはたやすい、あなたはいつも彼のことを考えているからだ、とわたしは答えた。「そういえばそうね」といって女は笑った。この声だ、わたしを苦しめるのは。絹糸のように軽やかで柔らかい声。微かに鼻にかかり甘くかすれた声が女の特徴だった。この声を聞くたびにわたしは固い物をのみこんだ気になる。みぞおちにそれがつかえて胸が熱くなってしまう。五年間そうなのだ。女と知り合ってそれだけ経っていた。

「この船何屯かしら」ぼんやりと船のあちこちに視線をさまよわせていた女が呟いた。聞いて来る、とわたしがいうと、それには及ばない、と女はとめた。わたしは船員をつかまえて聞いたらわかりそうな気がして甲板を歩きまわった。出くわすのは乗客ばかりだ。たいてい一組の男女で物思わしげに海面をのぞきこんでいる。ようやく操舵室の壁に船名と建造年月日を記した表示板を見つけた。わたしは引き返して女に報告した。

「四百九十九屯？　それはまた半端な屯数だわね」

まったくだ、とわたしはいった。しかしわたし達はこんなことを話し合うために会ったのだろうか。きょう会うことは一週間前に打ち合せていたのだ。女の方から電話があった。ぜひ会って話したいことがある、というのだ。わたしは胸を躍らせた。これで何か決着がつく。話したいということがわたしにとって良いことであれ悪いことであれ今夜でけりがつくだろう。女は別れようというかも知れない。それでもいい。辛いことには違いないが、二六時ちゅうわたしを苦しめる思いをついに断ち切ることになる。それともわたしの申し出を受け入れるというのだろうか。まさか、もしそうだとしたらどんなにいいか。

わたしは会って話を聞く前に希望を持ちすぎないように努めた。期待が大きすぎて女の気持が正反対と分ったとき、おちいる落胆の大きさを怖れたのだ。夕刻、わたし達はいつものように港の見えるレストランで食事をした。それが終る頃、女は船に乗ってみたいといい出した。ガラス越しに港が見え、そこを行きかう船も見えた。イルミネーションで飾られた遊覧船が桟橋に着こうとしていた。

一も二もなくわたしは賛成した。食事の間、わたし達は意識的にあたりさわりのない話題を選んでいたようだ。今年の夏は暑さがきびしい、とか。あけがたは冷えこんで毛布がいるくらいだ、とか。女がアパートで飼っているネコが仔を産んだ、とか。たとえていえば判決が死刑とわかっていても少しでもその宣告を先へ延ばしてもらいたい囚人の心境だった。

レストランに着いたのは女が早かった。かつてないことである。先に行って待っているのはいつもわたしだった。そうか、いよいよおしまいという日くらいは待たせないで来るわけか、とわたしは内心ひとりごちた。

女は壁ぎわに居た。わたしだけに分るように手を上げて軽く左右に振った。わたしは女の方に視線を固定して歩み寄った。はた目にはどう見ても仲むつまじい一組の男女だ、とわたしは考えた。きょうで女と会うのも最後になるとすれば自然に昔のことが思い出された。女と初めて会った頃のことが。少しも変っていない、とわたしは思った。

白目の部分が青みがかった目、頬から口もとにかけて走る浅い翳り、やや厚い下唇、かすかに潤いを帯びた白い皮膚。昔から女はこうだった。五年という歳月も女を変えなかったようだ。テーブルは目立たない位置にとったつもりだったがわたし達は人目を惹いた。まわりの客がたえず女の方へ視線を投げてよこした。そういう女と食事をしていることに誇らしい思いがした。しかし今夜にでもわたしは女と別れなければならないのかも知れないのだ。わたしは愕然とした。いい気になるひまなぞありはしない。

Ｔ市ではどうだった、とわたしは女に訊いた。彼に会っただろう、彼は元気だったかどうかを訊いた。女は最近Ｔ市に出かけて帰ったばかりだ。彼とは会わなかった、と女はもの憂そうに答えた。

遊覧船は停泊した貨物船の間を縫って走った。港は深く、折返し点の港口まで半時間はかかるらしかった。海の風は甘い廃油の匂いがした。

「ほら、あんな所に道路が……」と女は陸地を指さした。どこに、とわたしは訊いた。

「あの元領事館の隣、ガソリン・スタンドが見えるでしょう。その向う側に」

港は山で囲まれている。海岸の僅かな平地はいうまでもなく建物はほとんど山の傾斜面にまで拡がっている。山腹を走っている道路のありかは規則的に闇を明るくしている水銀燈の明りで知れた。こんなに夜景がきれいだとは思わなかった、としきりに女はいった。陽気だった。子供のようにはしゃいだ。いつにないことだ。それがいい、とわたしは思った。どうせ別れるのなら最後の逢引きを陰気に過すよりはこうしてたわいなく夜の港を嘆賞することの方がどれだけましか知れなかった。さけられない終りであればごく陽気に終りたいものだ。そしてそういうわたしの願いにふさわしく海上から望見する港町の夜景は華やかだった。

港はU字形をなしていて一方が市街地で占められ片方は造船所が夜もけたたましいドリルの音を響かせている。巨大なガントリイクレーンの根元には無数の火花が散っていた。進水したタンカーの甲板にむらがった人影が見えた。彼らは手に手に火焔を吹き出す物を操っていた。遊覧船がタンカーのわきを通り過ぎるとき、休みなく造られる物の気配をわたしは感じとった。

「五年間、もうそんなになるのねえ……」

そういってまじまじとわたしを見つめた。一隻のタンカーが竣工するまでに一年かかる。してみればわたし達が知り合ってから五隻のタンカーが港の外へ出て行ったわけだ。そういう感想をわたしは女に洩らした。

「あたし、すっかり齢をとってしまった」

女は手すりに肘をのせ、両手を開いてそこをのぞきこむようにした。そんなことはない、いつまでも若い、とわたしはいった。

「気休めをいってくれなくてもいいのよ、あたしがあなたより年上だからといって」

きょう会いたい、といった女の用件は何か、とわたしはいい出せない。女の方から早く切り出してもらいたくもあり、一方にはそれを怖れる気持も強いのだ。

「そうだったのか」と突然、女はいった。陸の方を見ている。「あそこを通る道はあの山の反対側へ出るわけね。いつも近くを通っているくせに少しも気がつかなかったわ」と感心したように首を振っている。わたし達が今、船の上から眺めている街は二人してすみずみまで歩いた街である。歩きながら女はよくいったものだ。「こうして夜の街を歩けるのもあなたのおかげだわ」

さしずめわたしは女の一人歩きに必要なガードマンという役どころだった。二人して歩きながら耳にするのは女の恋人である彼の話だ。Tという都会に男がいるのだった。男には妻子がいた。ある晩、わたしは女の腕をとった。女が語る男の話をむさぼるように聞きながら不意にそうした。ほうっておけば女は夜が明けるまで彼の話をするかも知れなかった。「そしたら彼はこういうのよ、……彼ったらね、……彼はいつも、……彼ならきっとこうするわ、……そういう彼なの……」

わたしは女に彼の話をさせながら腕を引き寄せた。女はさからわなかった。わたしの腕の中で女の体は柔らかかった。髪の匂いがした。女の甘い体臭が感じられた。やや汗ばんだその肌にわたしの手のひらが吸いつくようだった。わたしは女をホテルに誘った。「彼とだってこうして歩くことはめったにないのよ」と女はいった。彼のことはもう沢山だった。わたしは女の唇を自分の唇で塞いだ。壁と接吻したような気がした。女は呟いた。わたしは信じられなかった。

彼と一度も……わたしは語気を強めてきき返した。

「そう、一度も」と女は答えた。

「本当に」わたしは腕から力を抜いた。女はわたしから離れ髪に手をやった。どちらからともなく歩き出した。街燈がありその光の下で立ち止って女はわたしを見上げた。蒼白い光を真上からあびた女の顔は驚くほど老けこんで見えた。頬がこけ、そこが影になって目のまわりに濃い隈が出来ていた。昼も夜も明るい光の下では気づかなかった小皺が一つずつはっきりと見えた。わたしは分った。このとき初めて胸の奥深い箇所で、女の男に対する思いの強さを納得したように思った。

それと同時に女に対するわたし自身の思いもつのった。「本当かどうか信じなければ訊かないがいいわ」と女はいって足早に歩き出した。つい最近のことのようでもそういうことがあってからもう二年はたつ。あれはどのあたりだったろう、と考えながらわたしは山のあちこちに目を走らせた。山腹に十数階建のホテルが光の楼さながらそびえている。そのホテルがあのとき道の行く手に見えていた。同じ方向にボーリング場の照明塔も点滅していたことを思い出した。二つを目印に探した。

五年間というものわたし達はこの港町を探索したのだ。行かない街、通らない路地はないはずだった。どこの角を曲ればどこへ出るということも知りつくした。女だけがわたしには未知の領域なのだった。

「彼と一度も?」

「そう、一度も」

というやりとりは女と別れてからも鐘のようにわたしの中で鳴り続けた。彼が妻子と別れて女と一緒になるつもりがないのならば、それは女を愛していないということだ、とある日わたしはいった。思い切りよくT市にいる男のことは諦めることだ、そうして……

「そうして?」

と女は片頰にうす笑いをうかべてわたしに反問した。わたしは唾液をのみこんだ。石をのみこんだような気がした。

「そうしてあなたと結婚すればいいというの」

そういうことだ、とわたしはいった。「それは面白い考えだわね」と女はいった。眉ひとつ動かさずにそういってわきを向いた。それはホテルの見える路上ではなく港をはさんで向いあった反対側の山頂でのことだ、半年ばかり前である。

「アメリカへ行こうと思うの」と女はいった。船は港口で向きを変え元の方角へ戻りつつあった。それで、とわたしは訊き返した。「きのうきょう決めたことではないの、アメリカへ渡ることは前からの計画で、実はあなたに会う前からそうするつもりだった。半年か長くても一年。人生のやり直しといえば大げさに聞えるわね。でもあたし随分むだにしたような気がするの、自分の生活を。こういってみても仕方がないけれど」

会社をやめるのか、とわたしは訊いた。

「勿論やめなくては」

帰ってからどうするのか、とわたしは訊いた。「寒い」といって女は眉をすくめた。半時間以上、海の風に吹かれていると涼しさを通りこして肌寒ささえ覚えるほどだ。わたしは上衣を女にかけてやった。女はそれを羽おって前で合せた。

「帰ってからのことはそのときになって考えるわ、元の会社には戻れるものじゃないし、多分、都会で仕事を見つけることになるでしょうね」

外国へ行くということを告げるために今夜わたしを呼び出したのか、と女に訊いた。

「何度も迷ったの、行こうか行くまいかと。会社をやめることだって完全に心の中でけりがついたわけではないのよ。小さな会社だけれど十年以上何の能もない女を食べさせてくれたんだし、そういう所をあっさりやめてしまう決心なかなかつくものでもないわ。今もどうしようかと迷ってるの」

簡単だ、アメリカへ行くのはやめてわたしと結婚すればいいのだ、という言葉が咽もとまで出かかっていた。しかしいってみたところで何にもならないことをわたしは経験で知り抜いていた。黙って耳を傾ける他はなかった。女と会う前にあれこれとその用件について臆測をめぐらしたものだ。

つまるところ女の話というのは諾否いずれでもなかったことになる。どちらかといえばわたしに手の届かない遠くへ行くのだから、「否」というに等しい。それにしてもきょうわたしと会うのはアメリカへ行くといい渡すためだけなのか。割り切れない思いが残った。「違うわ、それだけのことで呼び出すと思うの」と女はいった。

「あたし迷ってるといったでしょう、決めなくちゃならないの、だから……」

だから、わたしは次の言葉を待った。

「何といえばいいかしら、スプリングボードのような、何かはずみになるような、そういうきっかけが欲しいの、あなたが何かいって励ましてくれたらと思った。この町と仕事をすててお友達と別れて別天地に出かけるのはこわいわ、けれどこのままでは仕様がないし、だからあなたに来てもらったの、一言でいい、あたしにいってちょうだい」

「何を」

「今出て行くことはいいことだ、といってちょうだい」

「………」

「いってくれないの」

半年たったら帰って来るのか、とわたしは念を押した。「わからないわ、先のことはどうなるか」

それじゃあこれでおしまいになる、とわたしはいった。

「咽かわかない？　この船に何かないかしら」と女はいった。わたしはあたふたと船首の方へ急いだ。売店で罐入りジュースを買って女のもとへ引き返した。彼のことはどうなる、とわたしは訊いた。

「ああおいしい」女は一気にジュースを飲み干した。「ごちそうさま」。甲板の一隅に屑籠があった。そこに二本の空罐をほうりこんだ。わびしい音をたててそれは籠の中に落ちた。わたしは自分自身がそこにころがったかのような気がした。穴をあけられ空っぽになって、機関の振動は屑籠にも伝わって空罐の山はたえずかち合い、小さな音を発し続ける。彼のことはどうなる、とわたしは訊いた。

「こちらを発つ前に彼に会っていうつもり、奥さんと別れて一緒に暮しましょうと」

海を見ていた女の顔が光に浮きあがった。数秒間それが続いた。女の顔はわたしが今まで見た顔で一番美しかった。海岸道路を走る自動車の前照燈がここまで届いたのだった。屑籠の空罐がゆさぶられて厭な音をたてた。

そうか、きょうはそういうことを聞くことになっていたのか、とわたしは明るい口調でいった。ところが明るさを装おうとするわたしの努力とは裏はらにわたしの気は沈んだ。事態はどう見ても彼されなく外国へ行こうとする女の縁切り宣言ではないか。彼が妻とうまくいってないのなら（そういう事情をわたしは女から聞いていた）彼は女の提案を受け入れるだろう、とわたしはいった。

「そんなことないわ」と女はいった。乱れた髪をかきあげながら、「何も変りはしないわ」といった。どうして分る、まだ何もいい出さないうちに、とわたしはなじった。人生をやり直したいと思わない男はいない。彼だって女を好きでないわけはないのだから女の申し出をむげに拒みはしないだろう。

「そう思う?」

思うとも、とわたしは請け合った。

「もしあなたが彼だったら奥さんと別れる? 十年よ、五年ではなくて十年間あたしは彼のことを思ってた、そういう女の気持あなたには分る?」

男にしてみれば感激するだろう、とわたしはいってやった。「彼ねえ……」女はぼんやりと暗い海に目をやったままだ。何かを見ているのではなかった。自分の内側をのぞきこんでいる目だ。T市へ行ったとき、と女はいった。「彼には会ったの、このあいだ、会わなかったと嘘をいったけれど。そしていってみたわ、奥さんと別れてくれって……そしたら何て答えたと思う」

「…………」

「女房と別れるつもりはないですって、早く結婚しろって」五年前はそうではなかった。彼は今の妻と離婚して女と一緒になるところだった。ちょうどその頃、男の会社に内紛が生じその処理に追われるうちに男の気持も変った。彼が結婚しろというのは誰のことなのかとわたしは訊いた。

「あなたよ」

桟橋が見えた。船は出発点に近づきつつあった。海にはゆるいうねりがあるらしく桟橋の明りが間をおいて上下するのが分った。外国へ行くのはいいことだ、とわたしはいった。生活がそういうことで新しくなるのなら、そして人生というものがやり直しのきくしろものなら、出かけるがいい、とわたしはいった。

「あなたはいい人よ」と女はいった。

ありがとう、とわたしはいった。遊覧船の屯数も教えてやったし、咽が渇いたといえば、ジュースも買ってくるのだ、いい人には違いない。どんな悪口よりもこの言葉はわたしにこたえた。

「あなたがいることはあたし一度も忘れたことはないわ」

わたしは女の顔をのぞきこんだ。

「そういう意味じゃないの、彼とは別よ、何か信頼できるお友達というか」

なるほど、とわたしはいった。

「あちらに行ってもこの街にはあなたがいることを忘れないと思うわ、何もかも失っても帰れる土地がある、ここにあなたがいると考えるの」

彼がいるではないか、とわたしはいった。

「彼は家庭をこわすのはまっぴらですって、そういわれてもあたしの気持が変るわけでもないのだけれど」

わたしは船首よりの甲板にたたずんでいる一人の少年を見ていた。青いシャツを着て同色のジーパンをはいている。年のころは十七、八だろうか。学生の感じだ。キャビンにもたれ口笛を吹いていた。見るからに屈託のない様子である。その少年はわたしとも女とも全く関係のない世界に生きているのだ、と不意にわたしは考えた。そういう人生もあるということに気づいて、今さらながら目の醒める思いがした。少年が羨ましかった。

わたしは女を見つめた。前よりは一歩離れた所から見つめた。ホテルに近い街燈の下で女を見たときのことを思い出した。白っぽい水銀燈の光がありありと女の年齢をあらわにしていた夜のことを思い出した。あの晩、わたしは女のやつれた顔を見て、つかのま臆した。意外なものに直面したと思ってたじろいだ。それまで女が年上であることはわたしを駆り立てこそすれひるませはしなかったのに。今またわたしはそのときと同じ気持になったようだ。

女は寒そうに上衣をまとい、しっかりと襟を合せて風を避けていた。女を忘れられるだろうか、わたしは自分に訊いた。決して。わたしの内部で一つの声が答えた。決して忘れられはしない。五年間わたしは変ることなく女を思い続けた。船首よりの甲板に立っている若い男になったつもりでわたしは女を見ようとした。しかし出来なかった。それが出来ればどんなに気楽なことだろうか。

船は速度を落した。海岸道路の明りが燈影を投げている水域にさしかかった。そのあたりの海面には濃く廃油が漂い、街の明りに映えて鮮かなきらめきを放った。魚のはらわたと重油の入りまじった匂いが鼻をついた。

アメリカへいつ発つのか、とわたしはいった。

「来週」と女はいった。「パンアメリカンで八時間も飛べばロスアンゼルスに着くんですって」

カリフォルニアはいい所らしい、とわたしはいった。

「帰って来るわ、半年もしないうちに。どんなにいい所でもあたしには外国なんだし」

居心地がよければ永住したらどうだ、とわたしはいった。日本人だから日本に住まなければならないという法はない。

「いいえ、知らない人達ばかりの国でそんなに永く暮せるものですか、半年も我慢できたらいい方よ」

汽笛が鳴り船は桟橋のかたわらで機関をとめ、惰力で方向を変えていた。かき立てられた泡が船尾のあたりで白かった。

わたしには分った。遠からず女が帰って来ることが、そしてわたしがまたきょうと同じように女と二人で街をさまよい歩くことが予想できた。港内遊覧の船に乗るかも知れなかった。彼の話をしながら。

わたしはこの瞬間、死ぬほど女を愛していた。

一滴の夏

女は坂道をおりてきた。

両側を高い石垣ではさまれた暗い通りである。坂を登りつめたところにともっている街燈が唯一の明りだ。

男と肩をならべてゆっくりと歩いてくる。ぼくは坂の途中にある家の石段をかけあがり、門柱に身をひそめた。女の声には聴き覚えがあった。男が声高に笑い、女も笑った。

足音が近づき、まぢかをかすめ、そしてしだいに遠ざかって行く。二人の気配がすっかり絶えてからもぼくは門柱のわきで体をこわばらせていた。二年ぶりに聞く女の声である。石段を降り、坂道に出て、二人が去った方角とは反対方向へ歩いた。

胸が苦しくなり、こめかみも疼いた。二年前、女と別れたときとまったく同じ状態だ。そのことに我ながら驚くほかはない。あれから二年数カ月たったというのが信じられないみたいだ。その間、ぼくはいくつかの都会でいくつかの仕事を覚え、知り合った人間も一人や二人ではない。この町から遠い北の国で冬を過してぼくは帰って来た。

自分には長い時間に思われた二十数カ月という歳月も、この町では一日か半日分にしか当らないものかもしれない。その証拠に坂のてっぺんで街燈に照らしだされた女をちらりと見たとたん、また二メートルと離れていない道路をしゃべりながら通る女の声を耳に入れたとき、あのころと同じように口が干あがる。いまいましいといったらない。

ぼくはいつのまにか坂を登り、下り勾配をたどっていた。街燈の傍は知らないうちに通りすぎていた。同じような造りの住宅が左右に続いている。耳の奥にはまだ女の明るい笑い声があった。いま来た坂道を何度あの女と登り降りしたことだろう。坂の中途で待つことがあり、坂の上、街燈の下で落合うことがあった。

女が先に来ていることもあった。さっきぼくが身を寄せた門柱のかげにこっそり隠れていて、待ちくたびれたぼくが帰ろうとするころ、だしぬけにとび出しもした。笑いころげながら。たっぷり二年間、それが続いた。女の家は坂の下、丘の向う斜面にある。

ぼくは立ちどまり、あたりを見まわして女の家を探した。どれも似たりよったりの家ばかりで、闇のなかでは目印の柿の木も見えず、自分が住宅地のどの辺に居るのか見当がつかないので、女の家はわからなかった。もう一度、坂の上まで引き返せば、二年間かよった道でもあり、たちどころに探し当てられるのだが、さすがにそうする気にはなれない。見つけたところでどうしようというのだ。

しかし、本当にぼくを苦しめたのはこういうことだ。

二年ぶりにすれちがった女のことで胸が一杯になりはしたのだが、ぼくと女との間にかつて何かがあったわけではない。ぼくは谷口藍子を抱きしめ接吻した。それだけのことだ。何度もそうしたがそれ以上のことはなかった。門柱のかげで女と男をやりすごしたとき、ぼくの頭にうかんだのは谷口藍子との間に何もなかったということは別れた後の自分についてもいえることではないかという疑問だった。ぼくが暮した異郷、身につけた職業技術、知り合った友人たち、それらとぼくの間に、ある種のつながりが今もあると考えていた。つながりというよりお互いに影響し合い、二年前までは未知であった土地が親しい世界に変るように、職業も友人もぼくの肉体に浸透してぼくを変えてしまったかのように思っていた。ぼくは経験という水に浸った海綿のつもりであった。充分に水を吸収してふくれあがっていたはずなのに、実はそうではなくて女の朗らかな笑い声を聞いただけで、あっけなく昔の自分と変る所がない自分を見出したわけだ。ぼくは相変らずこちこちに干からびた海綿にすぎなかった。二年前に女からしたたか味わわされた無力感と敗北感は依然としてぼくのものだ。

谷口藍子の愉しげな笑い声がしつこく耳にまつわりつく。お前は何かを成就したつもりで、結局は何も為遂げはしなかったのだ、とその笑い声は嘲っているかのようである。

どこへというあてもなくぼくは歩いていた。体に残っている力をありったけ使い果してもよかった。坂道をあがり、また降りた。石ころだらけの道をがむしゃらに歩くうち、下駄の鼻緒が切れてしまった。跣では夜っぴて歩くわけにもゆかない。夜半を過ぎた時分、祖母の家に帰った。

両足は白っぽい砂埃にまみれている。水道の栓をひねっても水はしたたらない。午後十一時以後は水が出ないことを忘れていた。この町は日でりが続いていて、既に六十日間、一滴の雨も降らない。ぼくは裏庭へ行き、草をひとつかみちぎって、夜露に濡れた葉で足をこすった。草が汚れると新しい草をとった。庭に草だけはふんだんに生えている。熱っぽい足がみずみずしい草に触れて冷えた。草には硬い葉身をもつ萱もまざっていて、力をこめてふくらはぎをこするとき、かすかな痛みを感じさせた。

どこか皮膚が切れたのかもしれなかったが、その痛みを自覚した刹那、ぼくはしびれるほどの快感を味わった。

草で洗った足をタオルで拭いてからやすんだ。布団に横たわってはみたもののすぐには眠れない。隣室で祖母が鼾をかいている。顔の真上に五燭の明りがともっており、よく熟れた蜜柑色の豆電球を見るともなく見つめながら、自分がこの町へ戻って来た日のことを思い出そうとしていた。

灰色の海が見え、渚で手を振っている少年が見え、水を踏んで歩いてくる男が見えた。あの日からまる二カ月がたっている。今は八月である。夏休み……ふとそのことに思い当った。谷口藍子は大学の暑中休暇で帰省したのだ。休暇といえばぼくの場合、二月前から始っており、いつまでも続くかに見える。ぼくには休暇の終りはない。いつかは終りが訪れるとしても今のところはそうだ。海が見えた。それは青く輝く拡がりではなく、灰色と茶褐色がまだらな縞模様を帯びている入り組んだ内湾であった。ぼくがこの町に帰って来た日は曇っていた。

前触れもなく列車がとまった。

ぼくは窓枠にもたせかけていた顔を上げた。窓外に海がせまっていた。潮はひいており、水平線のあたりまで淡い褐色の泥が拡がっている。駅でもない所でこうして不意に停止するのは初めてではなかった。

列車が都市を過ぎ平野を横切ってI湾沿いに走るころから何度も不規則な間隔をおいてとまるようになっていた。ぼくは窓ガラスを押し上げて外をのぞいた。弓なりに反ったまま停車している列車の前方に人だかりがしている。片側は線路すれすれに崖がそびえ、萱で覆われた地肌が一箇所えぐれて赤土が露出しているのが見えた。レールに崩れおちた土を除きしだい発車するという意味の車内放送が耳に入った。

ぼくは窓から首を引っこめた。落石や路床陥没といった事故はI市へ近づくにつれて増えるようであった。梅雨のさなかでは当り前だ。去年と同じく今年も大雨が降ったらしい。一年前、洪水に襲われたI市へぼくは帰ろうとしている。窓は開け放しにしておいた。泥と水の匂いを含んだ空気が流れこんで来た。車内通路には枇杷や瓜の食べ滓が散らかっていて、客が口から吐き出した種子や芯が甘酸っぱい匂いを漂わせている。タバコの濃い煙とそれらがまざり合い、いつか嘔き気を催させる臭気に変っていた。

海風と入れちがいに車内の澱んだ空気も外へ出てゆくのがわかった。煙の行方を目で追いながらぼくは、

（また、帰って来た……）

と思った。

列車が海沿いにあと半時間も走ればI市へ着く。湾のもっとも奥まったあたりだ。ぼくは列車で三昼夜をすごした。腰も背も板のようになってしまい、座席で身動きするつど音をたてて軋む感じだ。北方の町から二つの海峡を渡り、列島の西端にある郷里へやがて帰り着こうとしている。

さきほど列車がとまったとき、ぼくは窓枠にもたれて目を閉じていた。ときどき、うす目をあけて沿線の光景を確かめていた。堅い座席に体を折り曲げて坐り続けるのが七十時間をこえると、一刻も早く目的地に着くことしか考えられない。そして駅名に「肥前」の名がつけばもうしめたものなのだ。

肥前白石をすぎたあたりで東南の地平線に点々と群れ飛ぶものを認めた。鷗である。ある小駅に

入って肥前竜王と叫ぶ声を聞いた直後、南に面した視界が開けた。遥か左方、草むらの切れ目に灰青色のものが見え隠れし始めた。（もうすぐだ………）とぼくは胸の裡でつぶやいた。

車輪の響きがにわかに高く耳をうった。灰青色をしたものが緑色を圧倒した。列車は一気に広々とした空間へ向って突き進み、あやうく海中へ躍りこむかと思われたときに向きを変えて、近ぢかと水際に寄り添いながら走り続けた。肥前浜の駅名表示板が窓外をかすめてから目蓋が重くなって、しばらく窓枠にもたれ、次に目を開いたときは肥前大浦をすぎようとしていたから、肥前飯田と多良を通過するときは眠りこんでいたらしい。

見憶えのある烏帽子形の注連縄を張った岩が海上に見えて近づき、後方へ流れて行った。岬の一角に神社があり、そこに立ててある雨ざらしの幟も元のままで、漁網をつくろっている防波堤上の男も、岩礁に横倒しになっている破船も見慣れた光景だった。次はトンネルだ、そう思ったとき車内は暗くなった。海岸を走る鉄道の縁まで張り出している崖はあちこちが水でえぐられている。雨で洗われた土の赤はなまなましく目を刺戟した。

肥前という声をきくとほとんど同時に土の色も変るようである。鉄分を多量に含んだ赤土はこの地方特有の地質なのかもしれない。人間の腕に似た岬が見え、その付根を列車がつき切ったとき、車輪の音が変ったが、それも予期したものだった。鉄橋にさしかかったのだ。肥前大浦の駅名表示板は一年前と同様、かたむいたままであった。海から吹きつける風でそうなるのだろう…………

列車はとまったまま動かない。

目の下に海岸がある。波打際には漁網の切れ端をからみつかせた流木が漂着している。七歳ほどの少年が窓の下に現われた。ぼくはうす目をあけて男の子を見まもっていた。彼は跣である。海岸につもっている砂のようなものは細かく砕かれた貝殻の破片だ。少年は歩きにくそうに爪先だって白い破片を踏んで水辺へ近づいた。

そこで沖へ向って手を上げた。干潟に動くものがあった。小さな点がやがて杭ほどの大きさになり、人の形になった。長い竹竿をかついで海の上を歩いてくる。

沈みもせずに？　滑り板はかかえていない。男は水辺に少年を認めたらしく手を上げた。その手に魚籠を高だかとかざして見せた。少年は泥を蹴立てて父親の方へ一直線に急ぐかに見えたがそうではなかった。足もとに目を注ぎながら男が近づいて来る方向よりややずれた方へ迂回し、ジグザグ形に歩いて目指す地点、父親のいる場所へたどり着いた。柔らかい泥の下には列車からは見えないが一部に岩脈が沖へ伸びているらしく、男も少年もその上を歩いているのだった。

二人は干潟の一点で出会った。少年が魚籠を受取り、重そうにかついで先に立った。数歩おくれて父親が続いた。二人ともうなだれて足もとに目を凝らしているふうだ。ふくらはぎから上まで泥に沈むことはなかった。いつのまにか岸に女が来ており沖を向いてたたずんでいた。ああいう近づき方もあるものだな、とぼくは考えた。そこへ達するのにまず遠回りをしなければならない場合もある

………………

I駅の改札口に立っていたのは顔見知りの職員だ。彼はぼくを知らない。さし出した切符をむぞうさに手中におさめた。向うにしてみれば毎日ここを通る何千人という乗降客とぼくはさして変らないのだ。彼は以前よりいくらか猫背になり、ふとったように見えた。眠そうに垂れさがった目蓋の奥からのぞく目はいつも不機嫌そうだ。ぼくがI市を留守にしていた間も彼がこの改札口に立ち無愛想な顔付で乗客の切符を受取っていたことを思うと何がなし気が滅入った。

駅は丘の裾にあり、改札口を出ると円形の広場がゆるい下り勾配を帯びて駅前商店街へ接している。ぼくは鞄を置き、上体を前後に折って三日分の凝りをほぐした。そうしながらも目だけは自分の町から離さないでいた。広場中央にある二列のポプラ並木とそれにはさまれた花壇、正面に見える県営と私営のバス営業所など一年前にあったものは今もある。バス営業所の背後には川をへだてて駅舎のある丘と向いあう位置に小さな丘がそびえ、丘の上には学校とカトリック教会の尖塔が見える。

尖塔は垂れ下った雨雲と今にも触れそうだ。灰色の雲でとざされた空の下に拡がる町は一年前にぼくが去った直後に水で覆われた。今ぼくが見ている雲と同じ雲が雨をもたらし市街を水びたしにした

のだ。

洪水が町のたたずまいを変えていた。一年前と同じに見えても実は違っていた。家々はどれも一様にさまざまな角度に少しずつ傾き、薄い茶褐色の膜をかぶっている。屋根にも壁にも泥のこびりついた痕があり、建てたばかりの家屋にもそれが見てとれて、町全体が汚れた印象を与える。市街はさながら嵐の朝、渚に打ちあげられた難破船といった感じだ。洪水のとき、深く削られた条痕が走っている道路は歩きにくかった。まだ片付けられないままぶざまにつぶれている家も通りの一角にはあった。

昼間からライトを点じてトラックがゆきかった。たちこめる埃が厚くて見通しがきかないのだ。ぼくは埃にせきこみながら歩いた。絶えず唾を吐いていなければ口の中はこまかい砂粒でざらつくことになる。歩道には石や木材が乱雑にほうり出されていて、よそ見をしていると足をとられ、工事中の側溝にころげ落ちてしまう。

溝の底では半裸の男たちが太腿まで水につかって杭を打っていた。陽灼けした背中が泥にまみれているのを見たとき、改札口であの駅員を見たときと同じようにまたもやうんざりした。排水ポンプが溝の縁に赤い泥水を吐き出していたが、水のあらかたは即座に溝へ逆流していた。五十がらみの痩せた小男が胸を喘がせながらつるはしをふるって排水孔を掘りくぼめ、水の逆流を防ごうとしていたが、かりに排水孔を深くうがったとしても逆流はやまなかったろう。砂まじりの地面が溢れ出た泥水を吸いとって溝へ流しこむのだ。

それに気づいているのかいないのか、小男はひっきりなしに舌打ちし、ねばっこい唾液を吐いてはつるはしで地面を打ち続けた。これが労働というものならばぼくは二度と働きたくない。いずれ働かなくてはならないときが来るだろうが、当分はじっとしていたい、と決心した。ほんのちょっぴりでも失業保険と退職手当がある。まだ二十歳というのに、ぼくは八十歳の老人のような疲れを自覚している。パンと塩のために毎日きまった時刻に寝床から這いずり出るのはもうまっぴらだ。自分の身の丈ほどもあるつるはしを持つ男は、目を血走らせ、口からは怒り狂ったガラガラ蛇のようなしゅうしゅうという息を吐いて地面を掘りくぼめていた。男たちは溝の内と外で働いており、一度洪水の下になった町は彼らがいなければ元の姿に戻らないのだ。ぼくが帰って来たのはほかでもなくこの荒れ果てた町であるのに働くことなぞ思ってもいない。わが家に着いたら眠ることしか頭にはなかった。列車では体を伸ばして眠れなかったのだ。なんとしても背中や腰のこわばりが大儀だった。そして体に溜っているのは三日間の旅行ではなく、一年間の放浪がもたらした疲労そのものと思われた。

起きよ、と祖母がいう。

枕許にすわりこんでいる。朝だ。部屋に溢れている日の色からするともうひるに近い。祖母はまた起床をうながす。

I市に帰った日のことを回想しながら眠りこんだためにぼくはてっきり今朝が帰郷した翌日であるかのように錯覚してしまった。そうではなくて、帰ってから六十日が経ったのだということを悟るのに時間はかからなかった。ぼくはタオルを目の上まで引き上げた。若い者がいつまでも寝るのは体に毒だ、と祖母はいった。隣の庄一さんも前の勝彦さんもとうに仕事に出かけたではないか……二人はどこで働いているのかとぼくは訊いた。庄一さんは河川改修工事に、勝彦さんは石切場に朝早くから家を出て行く、と祖母はいった。隣近所の若者はそれぞれちゃんとした仕事をもっているというのにお前は一体これから先、何をするつもりなのだ、というのはおきまりの台詞である。毎朝きかされている。

これは病気なのだろうか。

帰ってから暇さえあれば正体もなく眠りこけている。アフリカに棲息するある種の蠅に刺されると、人はきりもなく眠るという。ぼくも同じ蠅に刺されたのかもしれぬ。

祖母はついにタオルを剝いだ。ぼくはすかさず枕許の新聞をつかむや顔にのせた。インクの匂いが鼻をついた。新聞紙を開いて顔を覆う寸前、とぎすましたナイフの刃に似た光が閃くのがわかった。きょうも晴れているのだ。縁側から土の匂いのする風が吹きこんで来て新聞紙をはためかせた。

今朝、お前が眠りこけているときに小栗が来たという祖母の声は庭からとどいた。ついで何かがつづけざまに破裂する乾いた音がした。ぼくは指で新聞紙をちょいとつまんで顔から引きおろし、庭に目をやった。音の正体はすぐにわかった。

祖母は軒下にかけつらねた瓢箪をいくつか紐からはずして碾臼の上にのせ、木槌を振り上げてかたはしから叩き割っているのだ。五体満足なくせに石切場にも河川改修工事にも行こうとせず、日がな毎日ねむりこけている孫に対する癇癪が、そうやれば紛れるのだろう。

一個、二個、……目をつぶってぼくは瓢箪がこなごなに砕かれる音を数えた。どうしたことか五個目まで数えたとき目は完全に醒めていた。小栗が訪ねて来たというのは美術学校が夏期休暇に入ったからだろう。小栗はまた来るといったのか、と祖母に訊いた。おそくまで寝ているのに呆れて帰った、と祖母はいった。彼と会うのも二年ぶりである。

台所で流し台わきに石鹼と剃刀とローションをきちんと並べる。湯がたぎる音をききながら丹念にクリームを顔に塗る。タオルを湯で湿して髭にあてる。これは大事な儀式なのだから一つ一つの手順をおろそかにしてはならない。髭を剃り終えた後で歯をみがき顔を洗う。たっぷりと時間をかける。

こうやって誰からもせかされずに洗面をすませることを長い間夢にまで見ていたのだ。帰郷するまでの毎朝は狭い洗面所へ大勢が入れかわり立ちかわり詰めかけて我がちに洗面するので落着いて自分のことをできなかった。おざなりにすませるしかなかった。

田舎に帰ったら何はおいてもこれだけはやりたいという事業なぞ思い浮ばなかったけれど、ゆっくりと顔を洗いたいとはつね日ごろ願っていたことだ。それを今はたしているわけである。

あの日、ただいま、というと母が「おかえり」といった。その顔を見て母と暮せないことがわかった。仕事に出るのならまだしも本格的に怠けるつもりで帰ってきた息子なのだ。父は姿を見せなかった。どこにいるのか、とぼくは訊いた。島に行った、と母は答えた。会社が西の海にある小島に支社を開設し父がその長として赴任していたのだ。

川端にあったぼくの家は洪水で流され、母と五人の弟妹は被災者のために建てられた市営住宅にすんでいる。六畳と四畳半の二間しかないバラックにぼくが割りこむのは無理というものだ。そういうわけでぼくは祖母の家にころがりこんだ。

祖母がもろ手をあげて歓迎してくれたわけではないが、ここではぼくがじっくりと腰をすえて怠けるのに口を出すのは誰もいない。もっとも祖母は日がな毎日ごろごろしているぼくにあまりいい顔をしないがそれは当然といえるだろう。無類の働き者であった祖父のことをほのめかしてぼくの気をひこうとする。彼は一介の水呑百姓から身を起して産を成した。夜を日についで働き、土地を自分のものにして売った金をもとでに干魚などをかついで山奥の村へ運ぶ行商人になった。目算は図にあたって孫がうまれる前に海産物問屋に成り上り山奥といわず近郊の町々まで手広く商いをすることになった。もっともぼくが知っている晩年の祖父は商売から手を引いた祖父で、ふるい家の黒光りする柱のかげにぼんやりとうずくまっている干からびた男でしかなかった。息子たちは一人として商売を継がなかったから儲けを土地家屋に替えてのんびりとすごすつもりでいたのだ。

祖父が戦時ちゅうに死んだのはいいことだった。

敗戦後も生きながらえていたら彼は自分が二本の腕で獲得した土地が他人のものになり、家屋が洪水で押し流されるのを見ることになっただろう。しかし、家屋についていえば台湾叔父のこともあるしするから、洪水の前にすでに自分のものではなくなっていたはずだ。川が氾濫してもしなくても無一物になることに変りはなかった。

台湾叔父とは祖父の実弟である。台湾で獣医をしていたということだ。戦後、引き揚げて来て、祖父のものであった土地家屋の所有権が自分に帰することを宣言した。彼によれば法律も彼に味方するのだそうだ。

だから父が耕していた田畑は一切合財とり上げられ、ぼくたちは仕様ことなしに町外れにある荒地を開墾する羽目になった。父はもともと百姓仕事が好きではなかったから、本気で義父の弟と争って土地を取り返そうとはしなかった。百姓が好きではなかったのだ。農業は二年と続かなかった。それも折角の収穫はとり入れ前夜、他人に盗まれるし、盗まれずにすんだ次の年の収穫も日でりと害虫でいためつけられ費した労力に見合いはしなかった。百姓から足を洗って父はさぞせいせいしたことだろう。土建業が父の性に合っていたのだ。

祖父も父も、いうまでもなく台湾叔父も尻の肉がこけるほど働いて来た苦労人ということでは共通している。財布をふくらますことができたかどうかの違いだ。祖父たちだけに限らない。近所の庄一さんや勝彦さんを初めとして一人のこらずそうなのだ。ところがぼくはといえば二十歳にもなって熱中することは丁寧に髭を剃ることとくらいなものだ。今は休暇なのだ、と自分にいいきかせている。休暇であれば早晩、終るときが来る。ところが終ったら何をするというアテはまったくない。考えたくないからでもある。それでいて休暇が間もなく終るという予感をこのごろ覚えはじめている。

I市へ帰った日に側溝わきで重そうにつるはしを振りまわしていた小男を思い出す。あれが労働というものだ。休暇をすごした後はぼくはあの痩せた小男のように咽喉をぜいぜい鳴らしてつるはしを操ることになるだろうということは目に見えている。

小栗は家に居なかった。

庭にまわって離れの小部屋をのぞいた。イーゼルにのっかっている描きかけの画布が見えただけだ。

三分の一ほど出来あがっている女の肖像画である。

日は空に高かった。

小栗がどこへ行ったか見当はついていた。描きかけの絵を見たときにわかった。藤岡家へおしかけたはずだ。画布に描かれた肖像画は藤岡保子がモデルである。小栗が女の部屋で五、六分デッサンしたとき、ぼくは傍にいた。一回きり鉛筆でスケッチした素描をもとに八号の油絵をでっち上げようという小栗の執念だけはたいしたものだ。彼にしてみれば常時、藤岡保子を前において絵を完成させたいだろうが、本人が求めに応じないから仕方がない。クロッキーでさえも一度しか、それもぼくと一緒にいるときしか許さなかったから、小栗は一枚の素描と後は記憶にすがってあれだけの絵を仕上げたのだ。そのわりにしては出来は悪くない。執念こそすべてだ。

藤岡保子がモデルにならないのは小栗にいわせると女の内気すぎる性格ゆえということになっている。小栗に好意をもっているからにはモデルになることなぞいと容易いことであるはずなのだが、はずかしがりやなので応じないのだと彼は思いたがっている。小栗はかつての同級生である藤岡保子に参っているのだ。だからこそ六月に市会議員の補欠選挙に立候補した藤岡氏の応援をかって出もした。ポスターをはり親類知人を軒なみに訪問して投票をたのみ、藤岡氏と共に軽トラックに乗りこんで町を走った。

ぼくも同じことをした。小栗に誘われたというより藤岡保子に頼まれたことが大きい。そうだろうか、藤岡保子はぼくにいつ頼んだのだろう。頼みはしなかった。ぼくが勝手に押しかけただけだ。投票日の夜、ぼくは藤岡邸に招かれて大勢の客と一緒に酒を飲んでいた。当選は彼らの話では確実であり、問題は予想を何票多く上回るかということであった。お祝いをいいにやってくる来客のために、ぼくは小栗と二人して門燈をつけかえた。門から玄関までは長い植込みがあり暗い足もとでは客が歩きにくかろうということで、大きい電燈とかえたのだ。

だからつめかけていた客がいつから引き上げ始めたのか気づかなかった。踏み台や脚立を持ち出して、埃まみれになりながら明り覆いをはずし、何度も電球を取り落してはようやくつけ換えに成功したのだ。門柱周辺は真昼のように明るくなった。二人は意気揚々と座敷にとって返した。空になった酒壜が林立しているだけで部屋には誰もいない。しばらくして藤岡保子が足音をしのばせて廊下を歩いて来た。ぼくたちは廊下に背を向けて暗い庭を見ていた。門燈つけかえ作業中蚊に刺された所をかきむしりながら何が起ったかを考えていた。後ろで人の気配がした。振り返ると変に目のすわった候補者の娘が、「そこで何してるの」といった。

……………………

ぼくは川沿いに下った。

水は流れていずにあちこちに澱んでいるだけである。川底の水藻が枯死して赤茶けた厭な色でかつて水が流れていた所を示しているにすぎない。黒っぽい水たまりには点々と魚が白い腹を上にして浮んでいた。

洪水のとき、押し流された橋や建物の残骸が今も川原にころがっている。砂に半ば埋れている橋脚や今となっては得体の知れぬ物の破片などで川原は一杯だが、どうしたことか、ぼくにはぶざまな物のかけらが一面に堆積している川の眺めが快い。

町が荒れており、川も荒れている。ちょうど釣り合いがとれているわけだ。もっと汚れよ、さらに荒れよ、とぼくは川にいいたい。

この川の畔りでぼくは育った。泳ぎ方と魚のとり方を学んだのもここだ。夏は朝から川に入って日が落ちるまで水からあがらなかった。昔は水量が豊かで流れも速かった。対岸へ泳ぎつくのはなみたいていのことではなかった。途中で力尽きて危く溺れそうになったことも一度や二度ではない。がらくたがころがっている他はのっぺらぼうになってしまった今の川と違い、昔の川は曲りくねっている上に中洲や草むらや堰堤が水路を複雑にしていて上下左右とも見通しが利かず、それだけに川に降りることは公園や球場へ行くのとは異ってぼくをわくわくさせるのだった。

とりわけぼくが熱中したのは水の中に城を築くことだ。

本流ではなくて砂洲を洗う支流の一つに石ころを並べて重ね砦らしき形にする。石と石の隙間には小石や砂をつめる。砦の材料には石ばかりでなく割れた茶碗も用いる。下駄やブリキの切れ端を使うときもある。ガラスも機械の部品らしい物も使う。陶片は物見櫓となり下駄は吊り橋にガラス壜は尖塔になった。ブリキ板の城壁は木片と石ころで支えた。

水の中の城は一週間くらいは姿を保つ。

少しずつ水に砂や小石をさらわれて崩れ始める。雨が降るといっきょに押し流されてあとかたもない。その午後、ぼくは再び川原に降りて新たに砦をこしらえにかかる。今や一本の黒い帯にすぎなくなった川がぼくにこれらの回想を強いた。

川はぼくが失った時間そのものであったということができる。まんまんと漲り溢れていた川が涸れ、おぞましい悪臭を放つ汚物の棄て場と化し、浄らかであった砂は腐敗した獣の飼料粕で覆われている。これがぼくの現在である。

ぼくは川を離れて丘へ登った。町の低地は洪水に侵されても、高みには昔ながらの眺めがある。I市は地峡の町である。北にそびえる標高千メートルほどのT岳が県境をなし、その尾根が南へ流れ落ちて海と接する沖積平野にI市は位置する。尾根はT岳のそれだけではなくて、東と西にそれぞれ別の山岳に属する丘陵が隆起して相互につながっているので、I市はそれら幾つもの尾根で囲まれた盆地に存在することになる。

三つの海と三つの尾根がI市の境界である。干潟のあるI湾は有明海の一部分である。異郷でI市を思うとき、ぼくはいつも町のたたずまいより干潟の海を脳裡に描いていた。故郷といえばそれはぼくの場合、茶褐色の泥と水が溶けあう遠浅の内湾を意味するのだった。I湾も町郊外のなだらかな丘やあの川と同じようにぼくのものである。自分の土地へ帰って来たと自覚したのは、六月の灰色の空を映して濡れた海獣の肌のように艶やかに光っている泥海を車窓から望見したときであった。

I湾、袋状の内海であるO湾、外海から新鮮な潮流を迎え入れるC湾、それぞれ水の性質を異にする三つの海がI市を取り囲みその境界を洗っている。だからこの土地に吹き渡る風は同じ潮の香りにしてもそれぞれ三つの海の匂いを孕むわけである。

帰郷してから毎日ぼくは憑かれたように外を歩きまわっている。外へ出れば足は自然に丘へ向う。洪水が水の爪でかきむしった町は一変して見知らぬ町並となってしまったけれど、丘を歩けばそこには洪水前の世界があり、ぼくをほっとさせる。

丘から低地へ、低地からまた丘へ、上流から下流へ、林から海辺へ、終日ぼくはうろついている。何を探すという目当てがあるわけでもない。ただ世界を見るためにとでもいおうか。見ることは歓びだ。到るところでぼくは子供のころから眺め、目に親しかった事物と再会する。

丘の三本杉が、地蔵仏が、古井戸、溜池、水門、運河、堰堤、祠、石橋、寺院、崖、森の沼がぼくの前に立ち現われる。ぼくはそれらを目で貪る。そうではなくてぼくの肉体でもってそれらを受止める。掘割や、船大工の家や、農事試験場や、干してある漁網や、刑務所の赤い煉瓦塀と鉄の門扉、廃屋となった繭市場や城跡の山腹にうがたれた横穴防空壕や澱粉工場の残滓処理槽や、農機具倉庫や、神社や、その境内にそそり立つ銀杏と出合う。

それはぼくに何事かを語りかけようとする。そう感じられる。ぼくは彼らがぼくに囁く言葉を解読しなければならない。言葉以前の言葉を理解しなければならない。これらは二年前そこに存在したように今も存在する。そのことにぼくは妙に感動している自分に気づく。ぼくがこの町をあけていた間も、丘の三本杉は夕陽を浴びて輝いていたのだ。地蔵仏は緑に苔むして雨に濡れていたのだ。今、ぼくを動かすのはめざましい共和国の誕生でも新しい都市計画でもない。

誰も何とも思わない当り前の事柄ばかりがぼくを引き留め、ぼくを立ち止まらせる。

ぼくはこの土地を知りたい。

一人の漁色家が女の肉体を飽くなき情熱でもってきわめつくすように、ぼくは西九州の地峡に拡がる城下町を知りたいと思う。川の屈曲点をのぞむ小山に城があった。対岸には武家屋敷と職人たちの長屋があった。そこにぼくは暮していた。洪水は武家屋敷もろとも傘屋、石工、仏具師、豆腐屋、車大工たちの家々をうちこわした。ぼくは町の内部にあるものに限らず、町の外にあるものも残らず知りたい。一本の樹も軒の傾いた祠もまた一個の石くれに至るまで、I市にあるものは皆、自分のものにしたいと願っている。朝から晩までぼくが町を彷徨するのはそのためだった。きのうまでぼくは今あげたくさぐさの物に陶酔することが出来た。その気になれば溜池の縁で一、二時間を忘我の状態ですごすことは造作もないことだった。

何かが起った。昨夜たまたま通りかかった坂道で谷口藍子と会ったことがいけなかった。それまでぼくは曲りなりにも世界の中心にいて、ほしいままに外界の事物と交歓し陶酔することができた。谷口藍子のことを忘れていたわけではなかったが、女がI市から遠いある都会の大学に通っていることを知っていたのでいくらか気楽だった。夏期休暇のことは迂闊にも考えなかった。女が朗らかに笑いながらぼくの傍を過ぎたとき、かつてはあれほど魅力的であった丘の森や祠が輝きを失うように思われた。

ぼくはもう、きのうまでそうしたように刑務所の煉瓦塀を目で貪ることができない。ぼくは浮かない顔で森を見ていた。汗がしたたり、目にしみて外界が奇妙に歪んだ。大気は湿っぽく、強い熱気を含んで肌をしめつけた。汗ばんだシャツが皮膚にまつわりついて不快だった。両脚とも膝から下は埃にまみれており、ズボンからのぞいている足の甲は鳥のそれのように角ばって泥で汚れていた。丘周辺を上り降りしたためにやや胸苦しく軽い脱力感があった。ぼくは路傍に腰を下して休んだ。谷口藍子の声をきいたばかりにまたぞろ二年前の屈辱感が息を吹き返した。何もかも忘れてしまっていたつもりだったが、そうではなかった。ぼくはこの夏、荒廃した町で、谷口藍子のことを考えながら生きることになるだろう。すくなくとも新学期が始まるまでは女がI市にいることは間違いないのだ。谷口藍子の家へ会いに行こうとは思わなかった。話すことは何もなかった。それでいて藍子の顔を思い浮べると焼けた石をみぞおちにいきなり押しつけられたような気になる。

G劇場は夜の十時半から深夜興行と称して古い映画を安い料金で上映する。

町の人たちはそれをナイトショーと呼んでいる。夕食を終えて町の書店で新刊書を眺め、雑誌などを立ち読みしてから喫茶店でコーヒーをのむ。店に置いてある週刊誌などを読んでいると時間はすみやかに流れる。番組は二日ごとに変る。だから二日に一度は夜の町へ出て古い映画を見ることになる。これがぼくの日課なのだ。

映画が終りG劇場を出たのは十二時すぎだった。

まっすぐ家へ向わずに高台の方へ歩いた。とりとめのないことを考えるには暗い道を歩くのが一番いい。彼らはどうしているだろう、映画を見てまっ先に考えたのは前に同僚であった連中のことだ。

製鉄会社の下請工であったA、島の漁師であったT、映写技士の助手であったF、会社員であったS、百姓であったD、運転手であったHたちとぼくは約一年間いっしょに暮した。彼らは今も草色の作業衣を着て北方の砂鉄色をした平原で生活しているはずである。彼らは兵士だ。

現在ぼくは何者でもない。

一人の失業者としかいいようがない。さっき見物した西部劇に登場した一人の兵士の言葉が気になった。映画館を出てからもそのせりふを考えていた。

砦がインディアンに襲われて焼けおち、かろうじて生きながらえた少数の守備兵が砂漠を逃げのびる途中のことである。その間も追跡するインディアンたちが、どこからともなく現われ、岩かげで、泉の傍で、谷間で、一人また一人と兵士を倒してゆくのだ。

五、六人の疲れきった男たちが、とある岩山の中腹で休む。彼らは皆、体のどこかに傷を負っている。

「お前はどうして兵隊など志願したのだ」と中年の軍曹が訊く。若い兵士が答えた。

「そうだな、どうして兵隊なんぞになったのかな、初めから話さなくては、聞いてくれ、つまりこういうことだ……」若い兵士は小銃を肩にもたせかけそれを両手で抱くようにした。彼は頭に包帯を巻いている。

「学校を出るまでは何になろうかなんて考えたことはなかった……」と彼は話しだした。町にギリシア人が経営する食堂があって、まずそこで料理人に雇われたものの、オリーヴ油の匂いが鼻について永続きしなかった。次に北部で運だめしをするつもりでミシシッピー河を上り下りする蒸気船に乗りこんだところ博打にまけて有り金をすってしまい、船の火夫になった。ニューオーリンズではホテルボーイをつとめ、シカゴでは新聞記者になった。「結局……」と兵士はいった。「こうしていろんなことをやったのも、世界をあちこち見て回りたかったのだ。軍隊に這入ったのも同じことさ、いろいろ理由があるにしても煎じ詰めればそういうところじゃないかなあ」

岩棚の下に横たわっていたもう一人の兵士が呻いた。肩から血を流していて息も絶え絶えといった様子で叫んだ。

「大尉は死んだ、軍曹も死んだ、書記も死んだ、おれたちもすぐに死ぬ、みんな殺される」

「おいおい」と最初の男がいう。負傷兵は「たすかるもんか、明日になればインディアンどもがおれたちを包囲して一人のこらず頭の皮を剝ぐにきまってる、ああ、兵隊なんぞ志願するんじゃなかった」とぼやいた。

「うるせえな」といって唾を吐いたのは木かげで小銃の手入れをしている兵士である。呻いている兵士の包帯をとりかえているのはあどけない顔をした少年兵である。負傷兵がすすり泣きながら眠りこんでから少年兵はわきでタバコを巻いている初老の伍長に話しかけた。

「伍長、死ぬってどういうことでしょうね」

「おれたち死にはしないよ、坊や」

少年兵は前夜みた夢の話をした。廃墟になった煉瓦造りの建物があって、その崩れた壁沿いに分隊全員が銃をかついで歩き回るのだ、という。「ねえ、ぐるぐると果しなくいつまでも歩き続けるんですよ」と少年兵は訴えた。だから死ぬということは黙って休まずに廃墟の中を歩くことではないか、自分が夢の中で見たのは兵隊がおちるという地獄ではなかったのだろうか、と少年兵はいった。

「誰でもそんな夢を一度か二度はみるもんだよ」と老いた下士官はいった。兵隊は地獄に落ちても兵隊なのだ、と少年兵はつぶやいた。

古いフィルムだから映写幕には銀色の縞が走った。目が酸をあびせかけられたように痛んだ。映画館のかたい木の椅子でぼくは目をとじて自分のもの思いに耽った。映画の進行からはとり残され、スクリーンはそれからも鮮かな光と音を発し続けたが、ぼくの思考を妨げはしなかった。

エンドマークが映り、フィルムが巻きとられて場内は明るくなった。途中で席を立つのがいたらしく満員であった座席に観客は二十人と残っていなかった。席から腰をうかせたぼくは壁に目をとめた。灰色をした漆喰に床と平行な茶色の線がくっきりと走っている。洪水の水位である。それは立ちあがったぼくの頭よりずっと高い所にしるされていた。

毎日、小栗と会う。

彼がたずねて来なければぼくが出かける。一日に二度も三度も会うことがあった。路上で手を振って別れて一時間もしないうちに何だか物足りなくなる。それでまた家を出て町をぶらついていると足が自然に小栗の住んでいる町へ向いている。川の上流、国道に面した家で、まわりは田畑が多い。「おい」と離れの外から声をかけると、間髪を入れずに応答があり、床を踏み鳴らして彼はやって来る。「なかは暑い、外へ出よう」という。

きょう、ぼくは小栗が空手の型を演じるのを見た。夜、ぼくたちは山裾にある神社の境内にいた。南の方に市街の灯がうっすらと赤く空に映えていた。蚊が手足にたかり、ぼくたちはしょっちゅう手足を動かしていなければならなかった。藤岡保子がどんなにおれのことを考えているかお前にはわかるまい、といいながら小栗もひっきりなしに襲ってくる蚊を平手で叩いた。藤岡は何もいわないが、目がすべてを語っている、と小栗はいい、首筋にむらがる蚊をつぶした。

藤岡はおれなしではいられない、と小栗はつぶやいた。女がそういったのか、とぼくは訊いた。口でいわなくても自分にはちゃんとわかっている、と小栗は断言した。心がかよい合っていれば言葉はいらない、ともつけ加えた。

「畜生……」

小栗は叫んでやにわに右手を目にもとまらない速さで突き出したかと思うと身軽に跳躍し爪先で宙を激しく蹴ってまた地面に降り立った。次の瞬間、体を半回転させ左肘で後方を突き上げておいて再び右腕を前後に素早く繰り出した。ぼくは口をあけて見ていた。小栗が空手術を身につけているとはついぞ知らなかった。高校時代に習ったのだ、と小栗は荒い息の下からいった。

絵を売った金で藤岡保子をつれてスペインに行くつもりだ、と彼はいった、スペインは物価が安い、貨物船で行けば時間はかかるけれども航空運賃の五分の一ですむ、ともいった。

そのことを女に提案したのか、とぼくは訊いた。まだ切り出してはいないが、いえば必ず喜ぶはずだ、と小栗はいい、ふたたび跳躍して暗闇をこぶしと爪先で蹴った。境内にいる蚊は一匹のこらずぼくらにたかって来たようであった。顔にも首にも無数の毒虫が高く低く唸ってくらいついた。ぼくは蚊をつぶすかたわら爪を立てて皮膚を掻きむしった。蚊に刺されていないはずの腹や背中までむずがゆかった。

小栗は鳥のような奇声を発して腰を沈め、闇の奥にひそむ何者かを目がけて左右のこぶしを繰り出し、体をひねってかかとで蹴り、同時に宙へ跳びあがって膝で一撃した。スペインに、と彼はいった、きっと行ってやる、喘ぎながら彼はいった。もしかしたら小栗のこぶしに打たれて落ちた蚊の一匹か二匹はいたかもしれない。

彼は地面にしゃがんで肩で息をした。

甘酸っぱい匂いがぼくをとらえた。果物が腐敗する臭気にそれは似ていた。小栗はシャツを脱いで汗を拭いた。臭気がさらに濃くなった。お前は風呂にいつ這入ったのだ、臭くてかなわない、とぼくはいった。夕食後に這入った、と小栗は答えた。酒を飲んだのか、と訊くと、飲みたいところだが金がない、といった。小栗の体臭はまさに酔っ払いのそれだった。

神社ちかくに小川が流れている。体を洗いたい、と小栗はいって歩き出した。ぼくも後に続いた。せまいけれども深い川のあることはぼくも知っていた。小栗と一緒に水に入ってもいいと思った。戸外ではすぐ埃まみれになる。川岸に着き、小栗が萱の根で身を支えて水辺に降りた。素足で踏む石はまだほのかに熱かった。

小栗が何かいった。どうかしたのか、とぼくは訊いた。彼が答えないうちにぼくは悟った。川に水はなかった。かつて水路であった場所には柔らかい泥があるだけだ。このことにもっと早く気づくべきだった。小栗は舌打ちした。汗の匂いがまたぼくを息づまらせた。

そのとき遠くからある物音が連続して聞えてきた。底力のある鈍い音の合間に高く澄んだ金属的な響きがまざっている。市街地とは反対側の田圃にある村落から伝わってくる。さっきもそれは鳴っていたように思うが、小栗の空手に見とれて耳をそば立てなかった。音は一箇所から湧くのではなかった。山からも丘の麓からもそれはぼくの耳にとどいた。太鼓を打つ音は湿っぽい夜の空気をふるわせ肌に重苦しい夏の夜気をさらに一層耐え難いものにした。雨を祈って村人たちが打ち鳴らす鉦や太鼓である。市街地できく雨乞いの音と町はずれで耳にするそれは違った響きをもっていた。

ぼくは畦道に生えている萱をちぎって嚙んだ。青臭い汁液が口にひろがった。ぼくは唾を吐こうとした。吐こうとしたがねばっこい液体が舌にからまるだけだ。

きょう、ぼくは山へ行った。

行かない方がよかった、と今くやんでも後の祭りというものだ。

小栗を訪ねてみたのだが部屋は空だった。画架にのっているキャンバスはこの前から少しも完成に近づいていなかった。小栗はどこへ行ったのか、と彼の弟に訊いた。町へ行った、という答えしか聞けなかった。藤岡保子の家なのだろう。

川沿いに引き返しかけて、このまま家へ戻っても祖母の仏頂面と対面するだけだと思い、いつもの道を丘へ辿った。稜線づたいに歩いていると二時間後に城跡のある山の裏手へ出た。中腹に領主の菩提寺がある。墓地を抜けるとまたもう一つ丘へ登る道がある。

ぼくはためらわずに墓地を突き切った。寺の背後に横たわる丘へやってくる人間はめったに居ないらしく、細い道は熊笹と萱でほとんど塞がれていた。ぼくはやぶをかき分けて歩いた。茨がからみついて足を刺した。熊笹が尽き、下草は羊歯に変った。ぼくは闊葉樹の林に歩み入った。腐葉土を踏むと体が沈みこむようであった。

何もかも元のままだ、ぼくは立木の肌に手の平でさわった。手を伸ばして下枝を折り取り、それで前方を払って歩いた。林の中に蜘蛛が巣をかけていて顔にまつわるからだ。丘の下に拡がっているはずの市街もここからは木の繁みにさえぎられて見えない。鳥がさえずり、風が梢をゆする他は何の音もしなかった。

ぼくは林の中を迷わずに歩いた。

椎の倒木を踏みこえ、とある窪地を迂回して円形の草原に出た。草原の中央に太い楢がそびえている。ぼくは目を凝らした。黒褐色の樹皮が一箇所もりあがっている。手で撫でてみた。やはりそれは消えずに残っていた。樹皮を削って三年前に小刀で刻みつけた谷口藍子の頭文字をややうすれはしたものの楢の幹に読みとることができた。

ぼくはかさぶた状にもりあがってナイフの痕を覆い隠そうとしている樹皮を指で撫でながら茫然とたたずんでいた。にわかに腐葉土から立ちのぼる松葉の匂いがぼくをとらえた。Ａというイニシアルは女が、Tという文字はぼくが彫ったのだった。大気はこの上なく乾燥しており両手をこすり合せるだけで火花が発しそうだ。

地面に分厚くつもった枯葉の層が刺戟的な匂いを放った。ぼくは松脂の鋭く乾いた香気に包まれた。忘れてしまったつもりの〝あのとき〟が息を吹き返すのはこういうときだ。過ぎてしまったことはいっても、ほんの二年くらいしか経っていないから、自分自身に忘れろと命じるのがそもそも無理な話というものかもしれない。

今やかたわらには谷口藍子が居た。

ぼくと肩を並べ、ぼくの手をとり、ぼくの胸に頰をすり寄せた。いつかのように。女はぼくに何度もささやいた。学校で授業ちゅうに黒板の文字を写しとるふりをして、ノートにぼくの名前を何十行と書き続けた、といった。

この林でそのような午後を幾度すごしたことだろう。ぼくは女と長い午後を過した。夏も秋も冬も林を二人で歩いた。冬、雪に降りこめられた林は椎や栗の区別どころか、赤松と楢も一様に白い樹となって見分けられなくなるのだった。正午から夕方まで、夕方からときには真夜中まで、ぼくらは林を歩きまわり、必ず現在となる未来について、同じことを何べんも話しあったものだ。

女は去った。学校を出ると同時に心が変り、ぼくを冷笑し、新しい男と親しくなった。ぞっとするほどありふれた出来事だ。ぼくはすべてを忘れようとした。

手紙を破り、贈り物と日記を焼き、記憶の中から谷口藍子に関するすべての細部を引き出して棄てた。それはうまくいったつもりだった。時が経ち、ぼくは忘れることに成功したと思いこんでいた。ところがどうだ、きょう、林の中で楢の幹に刻みつけた頭文字を確かめたとき、消えたはずの時間がよみがえりぼくを占領してしまった。あの晩、坂道で偶然、谷口藍子と再会したときそうであったように、ぼくはほとんど度を失った。

ぼくはあまりに生なましい女の思い出に直面して茫然自失したといわなければならない。あの晩はただ女のことを思って気を滅入らせただけだった。きょうはそれでは済まなかった。依然としてぼくのなかに生きている女を見出して自分で自分をもてあましてしまう。

見たいか、と女はいった。ぼくはうなずいた。女は着ている服の胸元をくつろげた。ぼくらはあのとき椎の木の下に立っていた。仄白く柔らかいふくらみが薄い布地の奥に息づいていた。椎の若葉で漉された青い光が乳房に射した。そして、それから……。さまざまな影像がぼくのなかでひしめく。まるでこわれた水道管から勢い良く水がほとばしるように、記憶の断片が噴出しぼくを息づまらせる。丘の林などへ行くのではなかった。

夜になれば町はいくらか町らしくなる。埃が闇に沈むからである。明りが家々を浮びあがらせる。光を放つものはそれが何であれぼくの目を慰める。だから昼間は町はずれの高台を、夜は町を歩くのがぼくのいつとはなしに身につけた習慣だ。その晩も小栗と町を歩いていた。かなり夜も更けたころだ。駅前商店街はほとんど明りを消していたがそこだけ光を溢れさせている一角があった。小栗が立ちどまった。果物屋が道路をへだてた向う側にある。女店員が軒下に並べた果物を箱ごと店の土間へしまいかけている。間もなく閉店の時刻なのだ。

昼間、通りすがりに一瞥してもどうということはない眺めでも、夜、暗い小路を抜けてその前へ出ると、果実や花々の鮮かな色どりに目を奪われ、立ちどまらずにはいられない。灰色と黒の町が、ここだけおびただしい原色で彩られている感じである。

ぼくは小栗がなぜ立ちどまったか知っている。画家であればなおさらこの豊饒な色彩の氾濫に惹きつけられるのだろう。通りをこの辺りへさしかかるたびにぼくは果物屋に見とれるのだ。梨の涼しい白、葡萄の重々しい紫、林檎の充実した赤、瓜のみずみずしい黄、は見る者の気をそそり心をふるい立たせる。懐中は無一文でも何かしら豪奢な気分になる。果物屋と向い合っているだけである種の渇きが癒やされる思いだ。小栗が立ちどまったのもそれゆえとぼくは考えたのだが、次に彼がつぶやいた言葉は意外だった。

いい女がいる、と彼はいった。

女店員はきのうまで果物屋で見かけたことのない新顔だった。バケツに入れた花をとりこみ、台に積み上げたキャベツを店へ運びこんでいる。うどん屋の女に似ている、とぼくはいった。二、三軒さきに氷とうどん類を商う小さな店がある。数回、立ち寄ったことがあった。女の子は軒下に陳列した果実や野菜類を全部とりこんで、忘れ物はないかと調べるふうで店先を見まわした。電燈がくっきりと女を照らし出した。間違いはなかった。うどん屋の娘だ。

女は肩からずり落ちた紐のようなものを指で直してから、大儀そうな身振りで戸を立てにかかった。光が雨戸の数だけさえぎられ確実に暗くなっていった。最後に女は店に這入って内側から戸を閉めた。街路は完全に暗くなった。小栗は溜息をついて、女の体を見たか、とぼくにいった。うどん屋ではたいてい調理場にいたから、ぼくは女の上半身のそれも一部しか見たことがなかった。小栗もそうだ。女の全身を距離をおいてじっくりと眺めたのはきょうが初めてだ。

女は太い手足と厚い胸を持っていた。

小栗とは神社で別れた。

朝がたバケツに汲んでおいた水で体を洗って布団に横たわった。明りを消して枕許に手をのばした。そちらを見ないでもラジオの在りかはわかっていた。手が空をつかんだ。ぼくは首をねじってラジオを探した。祖母が掃除をするときに片付けたのかと考えて、部屋を明るくして見まわした。ラジオはどこにもなかった。

ラジオのかわりに小さな紙片が見つかった。「しばらく借りておく」。小栗の筆蹟である。ぼくは電燈を消して横たわった。咽喉もとまで何か苦いものがこみ上げて来た。またか、口に出してつぶやいた。さっき、彼はラジオのことは何もいわなかった。きょう訪れた小栗の部屋にラジオは見当らなかった。それがどこにあるかぼくは知っていた。

暗い部屋で一時間、まんじりともせずにぼくは小栗のことを考えていた。

ぼくの品物が一片の紙切れとかわるのはこれが初めてではなかった。一週間前は自転車が消え、その四、五日前は外套が消えた。書棚が変に空いていると思ってあらためてみると永い時間をかけて揃えた画集が持ち去られていた。いずれも小栗のしわざであった。ぼくは小栗を憎むと同時に、ちっぽけな所有物を持ち去られたといって肚を立てる自分も苦々しく思った。安物のラジオがなんだ、虫に喰われた外套がなんだ、自転車は壊れかかっていた、画集なんかいつでも買えるではないか、そう自分にいいきかせた。

ぼくは天井を見上げたなり汗を流していた。自分をなだめるためにどんな言葉を探し出そうとしても無駄だった。寝返りをうつたびにシーツがねじれ体の下で皺寄ってますます寝心地を悪くした。たった今、一時を打った柱時計が二時を打つのを聞いた。

小栗は友達だ、これは確かだ。

ある都市でぼくがガソリン・スタンドに勤めていたころ、買ったばかりの定期券を紛失したことがあった。買い直すゆとりなんかありはしなかった。小栗は地下鉄工事にやとわれて数日泥を掘り、定期券をぼくに買い与えた。そのことを後で話題にすることは一度もなかった。小栗はそういう男だ。ぼくは眠ろうとした。いったいぼくが肚を立てているのは小栗に対してなのか、自分のけち臭さに対してなのかわからなくなって来た。

いい女がいる、だと。小栗の言葉を思い出してにわかに怒りは明瞭になった。ラジオを質屋へ運ぶならどうして一言告げなかったのか。ことわりさえすれば喜んで応じただろう。ことわらなくてもさっきなぜぼくにラジオを持ち出したといわなかったのか。ぼくが厭だ、それだけはやめてくれとでもいうと思ったのか。

ぼくは手早く身支度をして戸外にとび出した。半時間後にぼくは小栗家に着いた。裏庭にまわり、彼が一人で住んでいる離れへ向った。窓は明るかった。あけ放った窓に背中を向けて小栗がいた。畳にじかにあぐらをかいてうずくまっている。イーゼルからおろした画布を壁に立てかけて小栗は描きかけの作品と向い合っているのだった。窓辺にしのび寄ったぼくには気づいていない。

ぼくは不用意に何かを踏んだ。足の下でガラスが割れた。小栗はキャンバスに見入って振り返ろうともしなかった。ぼくはしばらく彼の後ろ姿を眺めた。わざと知らんふりをしているのではなくて本当に気づいていないのだ。小柄な背中が部屋いっぱいを占めているかに見えた。彼は未完成の絵に手を入れようとしていた。

左手にパレットを右手に絵筆を持ってその手を宙に浮かせたなり絵に見入っていた。ぼくは窓からそろそろと後ずさりして離れた。ラジオなどという愚にもつかぬがらくたのことで肚を立てた自分がたまらなく惨めに思われた。ぼくはなんというしみったれた性根の持主だろう。

充分に距離をおいてから回れ右をし、国道に出た。一心不乱に絵を描いている小栗が巨人のように見えたことがぼくをうちのめした。自分が小栗にくらべれば蠅よりも小さな余計者に感じられて仕方がないのだ。この夜も町はずれから太鼓を叩く低い音が聞えた。夜っぴて雨を乞うている農夫たちがいるらしかった。大気にはかすかに埃の味がした。灰のように細かい埃が空中にたちこめていると思われた。

ぼくはほうりだされている。

ぼくは宙ぶらりんだ。たった今、丘の上で心臓麻痺かなにかで冷たくなっても、誰も気づきはしない。実際に人里はなれた所で誰からもみとられずに息を引きとって何日か経ってから発見されるというのはよくあることだ。どちらかといえばそれがはたの人々に迷惑をかけない理想的な死に方といえるだろう。

ところがぼくの場合、プロレスラーのように健康ではないにしても、急に衰弱して呼吸が停止するほど体を悪くしているわけではない。

ぼくの内臓諸器官はぼくの意志にかかわらずまだあと何十年かはもつだろう。これから何十年もつにせよ、それをどのように生きるかはぼくの自由だ。犯罪者になることもできる。商人になることも、公務員になることも政治家になることも乞食になることも、つまりあらゆる可能性がぼくの前には存在するということだ。ぼくは途方に暮れる。

選択さえすれば、人生は地図を持った探検家のためのものだ、という考え方がある。多少の危険がなんだろう。しかし、それは裏を返せばあらゆる可能性がとざされているということでもある。犯罪者にも、商人にも、学者にも、かりに才能があったとしても歌手や俳優になることもぼくは気がすすまない。

どれも大した差はないという気がする。

一ダースの幼児を殺して死刑に処せられることと、一ダースの幼児を救って聖者になることとは、結局おなじことなのだ。両者は一枚の貨幣の表と裏なのだから。正直どちらにもぼくは魅力を感じない。聖者にも犯罪人にもなれないとしたら、その他にはどんな道が残されているだろうか。

何もない。

いや、聖者と死刑囚を二つながら包括するようなあるものの存在をぼくは予感している。ペンをとって紙に文字を並べることである。自分が得体の知れない物と向い合うとき、まずペンと紙を思い浮べる。自分が獣に襲われた赤ん坊のように無力ではないと知るのは正体不明の事物を言葉で表わそうとしているときだ。

I市へ帰る日に列車の窓から干潟を見て自分は今、目で見ているものを書くことができると考え、そう考えると身内に力を覚えた。

ぼくが少女を犯して絞め殺すことは罪である。同じく自動車に轢かれかけた幼児の前に身を投げ出してその子を救うことも罪である。なぜならぼくは二つの行為を実行する必然性を内部に持たないから。そうするのは本来のぼくではない。やむにやまれず行なうことは殺人でも盗みでもすべて赦される、とぼくはいおう。それは毒のように純粋であるゆえに善悪の区別はない。

ぼくが自分自身に近づくのは書くことにおいてのみである。たとえば干潟がある。外側から見るかぎりそれは名状しがたく重苦しい不定形の拡がりにすぎない。柔らかく水気たっぷりで灰色とも褐色ともつかない微細な軟泥の堆積である。干潟はぼくの外部に充満し、ぼくを圧倒し、ぼくを押しつぶし、果てはぼくをその不定形なものの内部にのみこみ溶解しようとする。

しかし、一度ペンをとってインクに浸し、「濡れた海獣の肌のように」と書くとき、ぼくは干潟を乗りこえ、自分のものにしたことを感じる。虚無と沈黙の領域に属する日月星辰も、表現の世界では鉛筆の削り屑ほどの価値しか持たない。

ぼくは前に谷口藍子のことを書いた。あのとき、ぼくは生乾きの色恋沙汰をもてあつかいかねている自分に悩んでいたのだろうか。それは嘘だ。林の中で楢の幹に刻んだ女のイニシアルを認めたときは確かにそうだった。またあの晩、坂道で谷口藍子と出くわしたときもそうだった。こなれにくい食物を詰めこんで胸やけしているようなものだった。

ところが、いったん、女は……と書き、「椎の若葉で漉された青い光が」と書くとき、ぼくは不思議に気持が安らぐのを覚える。

一日に少なくとも一度は小栗と会い、そのたびに駅前通りのうどん屋に寄る。

このあいだ、果物屋で見かけたけれど、あそこでも働くのか、と小栗が話しかけた。肉うどんを運んで来た娘に向っていった。叔父の店をときどき手伝うことがある、と女はいって、さっさと調理場へ消えた。ぼくらは黙々とうどんをすすった。客が七、八人も入れば満員になる小さな店である。空色のペンキを塗った壁に細長い紙片が貼ってあって、うどん、そば、氷、おでんなどという献立が書いてある。

肉うどんはじきに腹へおさまった。小栗は調理場をのぞきこんで、氷をくれ、といった。「ぶっかき二人前?」少女が丼をあまりに乱暴に重ねたので割れはしないかと思ったほどだ。ぼくらに念を押しながら肩のあたりに指をつっこんでずれ落ちかけたブラジャーの紐を直す。小栗もぼくも、安物のブラウスで包まれた女の盛りあがった乳房に見とれていた。

午後もおそい時刻で、入口に立てかけたよしずを通して赤茶けた日が射しこむ。じっとしていても肌が汗ばむのに、調理場は鍋釜から立ちのぼる湯気で一杯だからひどい暑さだろう。少女はけたたましい音を立てて氷をかき、テーブルに運んで来た。その肌に汗で濡れたブラウスがはりついている。むっつりとしているのは暑さのせいなのかもしれないとぼくは考えた。

白い肌が上気しておびただしい汗の粒を光らせている。女は肘で額をぬぐう。髪が一すじ二すじ、こめかみにくっついている。調理場と店の間を忙しく往復する女の薄いブラウスの下で揺れる乳房を、ぼくは阿呆のように見つめる。皿が空っぽになったのに気づかず、あらぬ方に目をやったままぼんやりと匙を動かす。うどんと氷が胃でまじり合って熱いような冷たいようなおかしな腹具合だ。

　ガラス皿の底に溜った赤いシロップに蠅が一匹おちこんでいるのに気づいた。そいつは弱々しく羽根をふるわせ、しきりにもがいて皿の縁へ這いあがろうとする。ちょっぴり這いあがってはまたずり落ちてしまう。ぼくは金を払って外へ出た。小栗はまだ腰をすえるつもりだ。もりそばを注文している彼の声を背中できいた。

　外へ出たところで行くところはなかった。川は水が涸れており、丘へ登っても見るものは何もなかった。ぼくは斜めに照りつける日光を全身に浴びて立ちすくんだ。ひっきりなしに自動車がわきをかすめ、確固とした表情で人が通りすぎた。彼らには目的地があり、ぼくにはなかった。まぶしい光に目を細めてかかしさながら突っ立っているのがぼくだ。汗をかいているというのに少しも暑くなかった。皮を剝がれでもしたように全身が妙にひりひりした。汗と光が目にしみた。砂塵まじりの風も赤茶けた西日も強い酸のようにぼくをいためつけた。


　今夜、小栗は家にいなかった。

　時間をおいて二度、夕方と九時すぎに訪ねてみたのだが会えなかった。豆電球をともした離れの小部屋には三分の一ほど描いた女の肖像画があるきりだ。

ぼくは国道を横切って川の方へ暗い畦道を歩いた。神社の境内で待つつもりだった。ところが前方に黒々とそびえ立っている鎮守の杜と見えたものは、洪水で倒壊したまま住む人がなくなった廃寺の跡で、田圃に踏みこむ畦をまちがえたばかりにこうなった。月はなく星あかりだけでは不案内な水田で迷うのも当然だ。

ぼくは姿勢を低くして畦をすかした。思いがけない方向に鎮守の杜があった。寺でも神社でも腰をおろすことができれば構いはしなかった。ぼくは草をかきわけて歩き出した。しかし、畦道は廃寺の方へまっすぐ伸びていない。そこへ行くには一度、国道へ出て、川沿いに歩き、橋を一つ渡らなければならないようだ。

夜目には近いように見えても目ざす所まではかなり遠い。川向うの山裾にそれはある。歩くほどに足が土にめりこむようになった。寺へ行けないなら川辺で休むつもりだった。ぼくは振り返った。予想した方角に国道はなかった。まっすぐ歩いているつもりで少しずつ進む方向がゆがんだのかもしれない。

ぼくは引き返そうとした。小栗を待つのなら彼の部屋ででも良かったのだ。なぜそうしなかったかと今になって後悔した。踏み出した足が冷たい物に触れた。そこに畦はなくて、黒い水があった。ぼくは腰をかがめて目を出来るだけ地表に近づけた。畦道が伸びている方向をそうやって確かめようとした。

人家は国道あたりに数軒見えるだけでその他は完全な闇である。わずかな星あかりを映している水が足もとに仄白く見える。青臭い稲の匂いがたちのぼりぼくを包んだ。いつ、それが訪れたのかぼくは知らない。水田の中央でぼくは得体の知れぬ圧迫感を覚え、危く嘔きそうになっていた。それが一体、何に由来するのか、どうしてそうなったのかをいうことができれば圧迫感など初めから覚えはしない。

恐怖、といえばいくらか圧迫感を説明したことになりそうだ。そうはいっても、ぼくが覚えたある強烈な不快さを完全に形容できるとは思わないけれども、やや実体に近い感覚のようである。

生暖かくてどろりとした水、胸をむかつかせる草いきれ、蛙たちの肉感的な声。柔らかい泥、それらをとじこめている墨色の闇。どれをとっても一つだけではきわ立ってどうということもないのに、水田で立往生しているぼくの周囲にそれらを意識すると膝から力が抜けそうになった。恐怖のためにである。そうとしかいいようがない。闇の奥にそいつが息をひそめてじっとぼくをうかがっているように思われた。

そいつとは何か。

顔も形もそいつにありはしないが、ぼくがすくみあがったのは水田のどこかに、それもごくぼくのまぢかにうずくまってぼくの動静をうかがっているそいつをありありと意識したからに他ならない。そいつは腐った藁の匂いのする土そのもの、生暖かいどろりとした水そのもの、あえていえばぼくが帰って来た田舎そのものなのだった。

夕方、ぼくはタオルと石鹸を持って町の銭湯へ行った。「断水のため当分休業します」と書いた紙が入口に下っていた。きのうもそうだった。忘れていたのだ。

日が落ちるのを待ってから町へ出た。

このごろ、夕方から夜おそくまでＩ駅ですごすのが癖になっている。木の長椅子に腰を落着けて夕刊に目を通したり、週刊誌をめくったり、それにも飽きると列車時刻表を見上げながらぼんやりとタバコをふかす。

Ｉ駅では四つの鉄道が交叉している。乗降客も多いし、狭い待合室はいつも旅客で溢れている。ぼくはＩ市へ帰って以来、初めて心の底からくつろぐことの出来る空間を手に入れたように思った。列車は駅に出入りするつど蒸気を吐き、鋭い汽笛を響かせる。車輪が重々しく軋るとき、単調なくせに人をせき立てるような口調でアナウンスが放送される。せわしなく往き来する旅客の靴音が駅舎の高い天井に反響する。それがどんな優しい音楽よりもぼくには快いのだ。

ぼくは一年前の八月を思い出す。

四十数キロ北にあるS駅の待合室で、ぼくはI市行きの列車を待っていた。S市郊外の草原で、ぼくは八週間、ある仕事に従事し、新しい職場へおもむく前に短い休暇が与えられた。それをI市ですごすために待合室にいたのだった。夜も更けた時分で、旅客は少なかった。

いつの間に現われたのか、一人の青年が長椅子のわきに腰をおろしてぼくを見ていた。油気のない髪を伸ばし、素足にサンダルばきという恰好である。

——配属先はきまりましたか、
というのが最初の質問だった。ぼくはC町の名をあげた。

——C町ね、
男は感慨深そうに遠くを見る目になった。

——そうですか、あなたもC町へ行くことになったんですか、あそこにやられるのは多いんですよ、

——今は何をしてるんですか、
とぼくは訊いた。

青年は読物雑誌を手で丸めながら、

——それが何もしてはいないんですよ、失業保険で食べながらこうして毎日ぶらぶら、青年は片頰

をゆがめて薄く笑った。初めて見たときに推測したより年齢はかなり若いようだった。

——C町はどんな所ですか、

とぼくは訊いた。駅員が床にバケツの水を手で撒いて通った。ぼくと青年は同時に両脚を床から持ち上げて水がはねかからないようにした。

——C町はつぶれた鉱山町のように淋しい所です、火山灰がつもって出来た黒っぽい砂ばかりの荒地に拡がる町でね、夏も短くて秋からすぐ冬になって、その冬がいつまでも続いて、四月になっても雪が解けない……こんなに、

といって青年は積雪の深さを手で示した。

ぼくはC町で一冬をすごした。

あれから一年経ってぼくはS駅で会った青年とまったく寸分変るところのない自分をI駅のベンチに発見したことになる。読物雑誌のかわりに夕刊を、サンダルのかわりに下駄というだけのちがいである。

あのとき、深夜のS駅で、ぼくは自分が正確に一年後、青年とそっくりの境遇になろうとは夢にも思わなかった。ぼくは自分以外の人間になりたかった。そのためには自分を何か激烈な刺戟の下にさらさなければ、と考えた。そして実際にぼくは刺戟にみずからをさらしもしたし、荒々しい血みどろ

のものに立ち向いもしたと思う。

ぼくは変ったか？

答えはしかしながら否である。

ぼくは変らなかったか？

その答えも否である。一部分は変り、一部分は旧態依然だ。どこが？　それを今いうことができない。列車が駅へすべりこむ。出て行く列車もある。待合室には絶えず人が渦巻いている。彼らはぼくをこすり、ぼくをこづき、ぼくを押しのけようとする。ぼくはベンチから動かない。どこへ行こうとも思わない。夏、海辺の草原で、べたべたする潮風に吹かれながら、汗みずくになって走りまわり、北へ旅し、そこで春を迎えた一年間というのはそもそもぼくに何を意味したのだろう。

その経験が明らかになるのはいつのことだろう。


真夜中、ぼくは目醒めた。

厭な予感がした。やはり思った通りだ。手で下腹にさわって確かめた。扇風機をかけて眠るのが習慣になっていて、そのせいか二日前から風邪をひいて寝こんでいる。汗ばんだシーツが気味悪い。それ以上に不快だったのは濡れた下着だ。

風呂場で着換える前に盥の水で下半身を浄めた。祖母を起さないように少量ずつ水をすくって体にかけた。脱いだ下着を洗って裏庭に出た。洗濯物は物干竿にかけっぱなしである。雨が降る気づかいはいらない。下着だけは自分で洗うことにしていた。そればかりを一列にかけ連ねた物干竿はすぐにわかった。ぼくは浮かない気分で暗い庭に白々と並んでいる布を眺めた。

東の空で星の光が弱まりつつあった。夜が明けるのも間近らしかった。部屋に戻って布団をのべ直した。シーツも替えた。窓をあけて扇風機を激しく回転させ、室内の空気を入れかえた。「またやった」、目醒めたとき、舌打ちする思いで自分の腑甲斐なさを認めたのだ。誰にともなく、「畜生」とつぶやいた。そういってみたところで仕様のないことであったが。

ぼくはさまざまな工夫をした。

結び目を作っておいて歯をつかって手首を紐で縛った。どんなに固く縛っても朝は解けて布団の隅っこによじれていた。そこで次に目覚時計をかけて二時間おきに起きることにした。祖母が苦情をいった。隣室でひっきりなしにベルをきかされてはたまらない。寝る前に胃がはり裂けるほど水を飲んでそれを目覚時計のかわりにした。二時間後に目があいて手洗いへ起きることになる。用を足した後でまたしこたま水を飲むのだ。

思いつきは良かったけれど二日目に腹具合がおかしくなった。寝る姿勢も工夫してみた。うつ伏せになるのがいけない。あおむけになって両手を頭のわきにあげているのが一番いいようだ。細長い板切れに釘を斜めに打ちこんで体の左右、シーツの下に置いた。これはききめがあった。体を動かせばわき腹に釘の尖端が刺さる。

かくて朝ぼくは疲労困憊して目を醒ますことになった。ろくに身じろぎもせずに寝たために処々方々の筋肉が痛んだ。ぼくはシーツの下から例の板を抜きとり、あらためて眠り直した。剣呑な釘などというものを意識せずに眠る眠りはこの上なく甘美だった。そしてまた風呂場で下着を洗濯する羽目になった。これではなんのために物騒な釘板を発明したのかわからない。

夢のなかに現われる女は顔をもたなかった。もつことも稀にあった。それは谷口藍子であったり、藤岡保子であったりした。うどん屋の娘が現われもした。

しかし、ほとんどぼくが眠りの底で出会う女たちは、目鼻立ちもさだかでなく、どこかで一度会ったことがあるかどうかさえ判然としない感じで、着物を身にまとっていたかいなかったかということなども目が醒めた後では不確かなのだ。

はっきりしていることは女たちがどれも豊かな肢体を持ち、皮膚に弾力があることだ。それは暖かい。それはすべすべしている。それは柔らかい。それはぼくに体をすり寄せる。それはぼくを包みこむ。それはぼくを溶かす。そしてぼくは風呂場で泥棒犬のように息を殺して洗濯をすることになるのだ。

あの女たち……とぼくは水で布をすすぎながら考えた。灰色の光が漂う夢の世界に登場する女たちは、藤岡保子や谷口藍子に似ているといえなくもないが、またときにはうどん屋の娘に酷似しているようでもあるが、本当の所はそのうちの誰でもないのだ。

それらはただ白いふくらんだ胸で息づいている暖かい何かにすぎない。実在の女を夢の女たちにあてはめるのは目醒めてからなのだから。眠りながら出会う女には顔がないように名前もない。

映画は妻子を殺された男が旅に出て下手人を一人ずつこらしめるという筋だった。

七、八年前のフィルムで、十分間に一回のわりで切れた。切れる直前に白銀色をした縞が画面を覆いつくす。観客は手を叩いたり口笛を吹いたりして映写技士を野次ったが、ぼくは平気だった。時間はあり余るほど持っているのだ。フィルムが切れていっそう暗くなる劇場の闇が好ましかった。観客のざわめきも映画のうちと思えばよかった。

ヒーローがある田舎町の酒場で、ごろつき共の首領とめぐり合い、ピストルを抜こうとしたとき、またフィルムが切れた。今度はつなぎ合せるのに暇がかかるらしく、しばらく闇が続いた後で明りがついた。

ぼくは三列ほど前方に目をとめた。男の肩に頭をもたせかけて谷口藍子がそこにいた。またもやあの晩、坂道で味わった胸苦しさが返って来た。ぼくは座席を立った。ホールに出るドアを押したとき、明りが消え、スクリーンが再び輝き始めるのがわかった。同時に叫び声と銃声がした。

ぼくは映画館を出た。

せっかくのナイトショーがかたなしだ。今夜の番組は一週間前から愉しみにしていて、暦にしるしをつけていたのだ。谷口藍子の、それも男にもたれている女の肩ごしではどんなに面白い映画でものんびりと鑑賞できるものではない。

気がついてみるとぼくは川に沿った道に出ていた。通りは暗く、人っ子ひとり見えない。ぼくは崩れた石橋のたもとで足を止めた。アーチ型をした石橋は百数十年前に建造されたものだ。ここに上流から流れてくる木材がひっかかって川をせきとめ氾濫させることになった。

石橋は半ば壊れてはいるが川の上にまだ形をとどめている。うずくまった獣の姿に似ている石の堆積をぼくはみつめた。渡ることは禁じられていて、橋のたもとにはロープが張りめぐらしてある。

ぼくはロープをまたいで橋の欄杆沿いにそろそろと進んだ。崩れかけてはいても対岸まで通じていることは昼間見て知っていた。渡れるか渡れないか確たる自信があるわけではなかった。ためしてみなければと今、考えた。月のない暗夜である。

なめらかであった橋の表面はあちこちに石が突き出ていてつまずきやすい。欄杆に両手でつかまって足を出し、しっかりとした場所を確保しておいて次の足を踏み出した。橋の中央ちかくで、数枚の石が陥没し黒々とした穴が口をあけているのに気づいた。

そのあたりは周辺の石も脱落しやすくなっている。体重をかけてみると造作なく一個が落ち、はるか下方の水路で鈍い音をたてた。ぼくは四つん這いになって穴の広さをしらべた。

このぶんでは縁を迂回して向う側へ出ることはむずかしいようだ。ぼくは欄杆の外側にある出っ張りに気づいた。足を縦にしてのせるだけの幅はある。そこを伝ってゆけば穴の向うに出られる。ぼくは欄杆をまたいで出っ張りに足をのせた。両手で石の手摺にしっかりと抱きついて体を移した。蟹のように横向きに足をずらした。背中には何も体を支える物がない。腐った魚のはらわたの匂いが立ちのぼって来た。枯れた水藻も匂った。

片足で出っ張りを踏みつけておいて次第に体重をかけてゆき、充分に頑丈であることを確かめてからもう一方の足をずらす。それを繰り返した。穴の真ん中あたりをすぎたとき、両手でしがみついている石の欄杆がゆらいだ。ぼくは息をのみ、体をこわばらせた。ずれ落ちた角石と共にまっさかさまに石ころの川原に墜落するさまを想像した。

ぼくは次の出っ張りを確かめないで急いで体を移しにかかった。欄杆はその部分が初めからゆるんでいたらしい。外側から体重をかけたためにぐらつきだし、ぼくが移動したかしないうちに軋りながら脱け出て落ちた。川原まで十数メートルはあるだろう。泥に突き刺さったか、流れ着いた古畳の上に落ちでもしたのか、物音は聞えない。

これで後戻りできなくなった。

仮橋ではあっても安全な木橋が上流にあり、それを渡れば家へ帰れるのだが、今夜は是非壊れかかった石橋を渡らなければ、と心に決したのだ。それは無意味であるゆえに実行する価値があった。後退できないとわかれば前へ進むしかない。ぼくは闇に目を凝らして出っ張りを点検した。いくつか欠けているのもあるにはあったけれど、足を大きく踏み出せば越えられる。

映画が終ったらしく川沿いを通る人声が聞えた。それはすぐに聞えなくなって、町は以前より静かになった。ぼくは何という理由もなく彼らがすっかり遠のいてしまうまで橋の上でじっとしていた。それからゆっくりと足を空に突き出し、体を支えるべき石を探した。

きょう、ぼくは市立図書館へ行った。

これで二週間かよいつめたことになる。図書館は公園の森に抱かれた閑静な一角にある。館長と司書とその助手の三人しかいない。閲覧者もまた少数だ。

いつ出かけても馴染みの顔触れである。年金で暮している退職官吏、受験勉強中の学生、病気療養中の会社員は常連である。ぼくは裏庭に面した机に陣取って本を拡げる。本であれば何でもいいのだ。朝はタンガニイカ湖探検記、昼は舞台女優の回想記と並行して蜜蜂の生態観察記、夜は家で愉しむために中世期日本の領主たちが隠した埋蔵金の話と、ブラッドベリの「火星年代記」を借り出す。一人二冊が限度なのである。

この三日間で読んだ本をあげてみよう。

まずキャプテン・クックの航海記がある。西欧刑罰史と題されて、拷問の責め道具が銅版刷りでふんだんに挿入されている分厚い本、登場人物がほとんど射殺されてしまうアメリカのギャング小説。イギリスの風変りな数学者が子供のために書いた奇妙な童話、ドイツの哲学者が書いた第二次大戦回顧録、二十代で自殺した詩人の随筆……乾いた砂が水を吸いこむようにぼくは活字をのみこむ。

何を読んでも面白くて仕様がない。きょうは明治の初めに九州で鉄道を敷設するのに功績のあった人物の伝記を読んだ。きのうはシベリアに三年間とらわれていた日本兵の手記を読んだ。零下三十度にもなると地面は石さながら固く凍り、つるはしで一日掘っても十センチと深く掘れないのだそうだ。

こうして何冊の本を読んだことだろう。

司書はぼくが閲覧カードに書名を記入して提出するつど首をひねる。何を勉強しているんですか、と訊いたこともあった。ぼくは曖昧な返事をした。アフリカ旅行記を読み耽るからといってアフリカへ行くのではない。女優の回想記にしても演劇史を研究しようというのではない。蜜蜂の生態を知るのは養蜂業でひと儲けしたいからではない。「不思議の国のアリス」同様、これらはみなぼくのささやかな暇つぶしのよすがにすぎないのだ。

正午のサイレンが鳴ると、ぼくは図書館の近くにある小食堂でパンと牛乳を買って食べる。I市に帰った時分は裏庭の池にまだ水があった。パン屑を鯉に撒いてやることもできた。今は池も涸れてひび割れた白い泥でしかない。

そして雨乞いをする鉦や太鼓は、この頃になると昼も打ち鳴らされている。町の西で鳴っていた音がやむと、ただちに東の山裾から音が伝わってくる。それが絶えると今度は北の方で鳴り始める。夜はそれらの村々がいっせいに篝火を焚き、そのまわりで休みなく太鼓をはじく。町はだから皮と金属を叩く音で終夜とり囲まれていることになる。

きょう、ぼくは一人の女とすれちがった。いつもは図書館に午後五時まで居すわるのだが、本を読むのがこの二、三日気重に感じられて仕方がない。ニュージーランドで絶滅したといわれるある種の駝鳥について読んでいるときだった。

ぼくは三分の一ほど読んだところで急に自分が何を読んでいるかわからなくなった。駝鳥の話ではなくて、エスキモーの性生活について読んでいたような気がした。念のため表紙をあらためた。駝鳥でもエスキモーでもなくて実際に拡げていたのはアルゼンチンにおける牧童の生活を描写した本だった。駝鳥とエスキモーについての本は一昨日、読んでいた。それを忘れていた。

ぼくは本を閉じた。

活字が白い紙の上で分解し、折れ釘をばら撒きでもしたように乱雑に散らばっているように見えた。ぼくは意味を失った字画をただぼんやりと眺めていたにすぎなかったようだ。本を読みすぎたせいだと思う。ぼくにはつい二、三日前までは親しみ深かった書物の紙とインクの匂いがたまらなくいとわしいものに思われた。図書館を出て町の喫茶店でコーヒーをすすり、夕方まで街路を歩く人々を眺めてすごした。

喫茶店がたてこんで来たので外へ出た。数分後に一人の女とすれちがった。

町は暗くなりかけており、店の明りが輝きを増す時刻である。女はぼくのわきをすり抜け、たちまち人ごみにまぎれて見えなくなった。それから今までずっとぼくは名状しがたい幸福感に包まれていた。

何が起ったのかといえば何ひとつ起っていはしない。見知らぬ女とすれちがったというだけの話だ、今後あの女と再会する機会はないだろう。とりたてて会いたいという気持もない。それでもぼくは何の不満もない。この世界のどこかにあの女が生きていることを思えばそれで充分なのだ。

女はわき見をせずに歩いていた。白いブラウスに紺のスカートというありふれた身なりだった。靴は？　そんなものは覚えていない。そして果してブラウスは白かったのだろうか、スカートは紺であったろうか。なにもかも一瞬のことだった。

美しい女とすれちがったというのも現実にあったことだろうか、と考え始めたのは夜もかなり更けてからだ。あれは夕刻という光と影が入りまじる頃おいに遭遇した一つの幻影のごときものであったかもしれない。

父が島から帰って来た。

母がしらせた。ぼくは父とさし向いで夕食をとった。連絡船が混んで横になれなかったものだから食欲がない、と父はいい、そのくせたちまち盃を空にした。何をしているのか、とぼくに訊いた。何もしていない、と答えると父は黙って天井を見上げた。母が父の盃に酒をついだ。ぬるくなっているから燗をつけ直すように、と父はいった。

母が台所へ去ってから父は素早く財布を出して数枚の紙幣を引き抜き、ぼくの手に押しこんだ。要らない、とぼくはいって返そうとした。タバコ銭くらいは失業保険でなんとかなるのだ。退職金にもまだ手をつけていない。父は金を受けとらずに、どうせ要るものだといってぼくに押し返した。母が燗徳利を持って来た。いい合いはそれきりになった。

父が島から帰って来るのをぼくは待っていた。これという話があるわけではなかったが顔を見るのは一年ぶりである。

ところが向い合ってみて途方に暮れた。焼魚をむしっては口に入れている五十男が自分の父であるとは思いながら昔のような懐しさをこれっぽっちも感じない。盃を変な手付で持って音をたててすするのがたまらない。赤黒く陽に灼けた顔と首筋に点々と茶色のしみが浮んでいる。皮膚は脂じみているようでいてしなびてもいるようなおかしな光り方だ。汚い。ひとくちでいえばそうなる。顎をせわしなく動かして飯を咀嚼している恰好は飢えた獣と寸分もちがわない。

ぼくはぼくのためにかわりをよそおうとする母にもういい、といい、腰を上げた。

用事でもあるのか、と父は訊いた。

用事はない、と答えると、しばらくここにいたらどうだ、という。話があれば早くすませてくれ、と頼んだ。

そのとき初めて父はぼくの顔をまじまじとみつめた。そうではなかった。みつめたような気がしたのはつかのまのことで父はすぐに目をそらした。父の癖である。向い合っているときはあらぬ方に目をやって父は決してまともにぼくを見ようとはしない。そこでぼくもよそを見ていると、ようやく父はぼくの方へ視線をそそいで観察し始める。しかしそれも長い時間をかけないでちらちらとうかがうやり方である。ぼくが父を見ると、父は慌てて目をそらす。視線をそらせば、またこっそりとぬすみ見にかかる。

きょうもそうだ。父はお茶を飲みながら、ぼくがわきを向いているときにだけしげしげと顔に見入っている。しかし、ぼくが話を早くすませるようにと促したとき、父はほんのしばらくではあったけれどもまともにぼくを見た。目が奇妙な光を帯びた。咽喉の奥で何か呻き声を発して酒を飲みつづけた。

ちゃんと食べているか、と父は訊いた。ぼくは父を安心させた。

よく眠れるか、と父は訊いた。

たっぷり眠っている、とぼくは答えた。

島で父が働いているのは炭鉱に坑木や掘削機などを売りこむ会社である。不景気で石炭の売れ行きがはかばかしくなく、したがって会社の業績も香しくない、と父はいった。ぼくは黙っていた。飲むほどに父は赤くならずに黒くなるようである。会社に先頃、本社から転勤して来たKという男はお前の同級生だそうだ、と父はいった。

Kなら高校時代、一緒だった、とぼくはいった。

あれはまじめな男でよく働く、と父はいった。

Kは名うてのごろつきで、彼に殴られた教師は一人や二人ではない。父が嘘をいう理由は考えられないから、Kは卒業すると心を入れかえて律儀な勤め人になったのだろう。退屈な話だ。父は酒をすすめた。仕方なしにぼくは盃をあけた。手水鉢の水を飲んだような気になった。

何か心配事でもあるのか、と父はいってそっぽを向いた。ぼくは否定した。ぼくのかつての友人たちを噂にした。Fは家の仕事を手伝っているらしい。Gは公務員試験にうかった。Hは漁船に乗ってアフリカ沖まで行っている。ところで、小栗はどうしている、と父は訊いた。何もしないで絵を描いている、と答えると、父は黙りこんだ。

酒は度をすごさなければ若いうちはいくら飲んでもいいが、といって父はしばらく絶句した。酒を飲みすぎて体がおかしくなることはないけれども、といって咳払いする。ぼくは父が何をいおうとしているかわかっていたけれども黙っていた。父はおもむろに盃をあけて、タオルで首筋をぬぐった。二度三度、空咳をして洟をかんだ。

女のことでしくじった男が多い、と父は早口でいい、くしゃみをした。タオルをとって自分の顔をこすった。もう行ってよろしい、しばらくたって父はぼくに退散をゆるした。父は三日間、家族とすごして島へ帰った。父とぼくが会ったのは帰った日だけで、滞在ちゅうは一度も父のいる家へ寄りつかなかったけれど、島へ帰ったと聞いてせいせいした。

夜、そこを通りかかるとき、ぼくは体がふわりと浮きあがるような感じにおそわれる。パチンコ店の前である。バイクと乗用車が並んでいる他は何もない。

通りすぎればめまいのようなものは消える。そこへさしかかると、別世界へ一歩、踏みこんだ気がする。パチンコ店の前は銀行である。その隣は医院と郵便局である。

昼間通ってもどうということはない。ありきたりのパチンコ店が騒々しい音を流しているだけだ。きょう、めまいの正体がわかった。パチンコ店は派手なイルミネーションをともした正面看板横の軒下に大きな水銀燈をつけて、駐車場に並んだ車を照らしている。

銀行は閉業後、パチンコ店と同じくらいの明りで車寄せのあたりを照明している。それにイルミネーションの明滅が加わる。

だからパチンコ店の前にひろがる暗闇には、二つの異なった角度から投射される光が交錯して溶けあい、それが車のなめらかに光る車体に反射して、一種異様な明るさが生じることになる。暗い道を歩いて来て、にわかにその明るい空間に歩み入ると、全身が光にさらされ、まばゆさと同時にめまいに似た動揺を覚えることになる。

昼の日光が持つ尋常な光線とはまるで趣きが異なる。そしてぼくが求める世界の光はまさしくこのような光なのだった。

昼も夜もぼくは町をぶらついているから、いろんな人物と出くわすことになる。ぼくが知っている人物でも向うはぼくのことを知らない。反対に先方はぼくを知っていて、ぼくが相手を知らないときもある。お互いに知り合っている人物とも出会う。台湾叔父がそうだ。もう七十歳に近いのではないだろうか。頭は禿げているが腰は曲っていない。矍鑠たるものだ。糊の利いた浴衣に高下駄をはいて帽子もかぶらずにさっさと歩く。すれちがうとき、ぼくに流し目をくれる。肚の中で何を考えているのかまったく無表情である。

ひとつだけわかっていることがある。ぼくの叔父すなわち台湾叔父の兄の息子に向って、彼はいったということだ。ぼくが見どころのある青年だと。それも真顔で何回も繰り返したというから念が入っている。

台湾叔父が何をして暮しを立てているのかぼくは知らない。なんでも人づてに聞くところによれば、もめごとを仲介して両者からとりたてるいくばくかの礼金で生計を賄っているのだそうだ。いつだったか、失業ちゅうの父が思い出したように台湾叔父を話題にした。めずらしいことだった。

——あの男、なんで食べているのだろう、

家族の前で、台湾叔父のことを口にのぼせるのを極度に厭がっていた父だったから、そういったのは余程、台湾叔父の生き方が不思議だったのだろう。理解しがたい宇宙の神秘について思いをめぐらすように父はつぶやいたのだ。あとで母は父がいないときいったものだ。台湾叔父がどうやって生活しているかを気にするより自分のうちの暮しを心配してもらいたい、と。

父にはそんな所があった。

あれは敗戦から幾年もたっていない年のことだったと思う。その頃も父は失業して毎日すわりこんで昼ひなか酒を飲みながら新聞ばかり読んでいた。若い男がふらりと玄関をあけて、そこから見通すことのできる座敷にすわっている父に向ってある種の宗教らしきものを説き始めた。青年のパンフレットを買えば、病気も貧乏もたちどころに解決することになっていた。

話の途中で父は青年をさえぎって、お前のようにまともな男がなぜちゃんとした仕事につかないのか、といった。青年は一瞬、言葉につまった。父は図にのった。仕事は探せばあるはずだ、見れば立派な体格をしているではないか……

青年は捨てぜりふを残して家を出て行った。このときもあとになって母はぼやいたものだ。まともな男がなぜちゃんとした仕事につかないのか、とよくもぬけぬけと他人にいえたものだ、そんならどうして自分も腰を上げてさっさと次の仕事につかないのか、六人も家族がいるというのにどうするつもりなのだろう……

しかしそれは母の浅い思慮がいわせた愚痴にすぎない、とぼくは考える。父はまっ昼間から上機嫌でいたわけではない。勤める会社が次から次へと倒産してはものを思わないわけにはゆくまい。

ある日、母がたまりかねて心細い家計について父に相談すると、父はいったという。

——そんなことは初めから心得ておる、自分は考えているのだ。

何を考えているのやら、と母がこぼしたのはいうまでもない。けれどもぼくにはわかる。今となれば察しがつく。つぶれた会社のことや新しい仕事も考えはしたろうが、酔った頭で思案していたのは実はそういうことではなくて四十数年を生きた父自身のことであったはずだ。それだけの歳月を費してかき集めたあげく雲散霧消した財産のこと、衰えた自分の肉体のことであったにちがいない。

——自分は考えておる、

と父は重々しくいい放ったという。父自身のことを考えていたのであればぼくは救われる。酒でも女のことでも結構だ。妻子がなんだというのだ。

父が島から帰った日に、さし向いに酒を酌みかわしながらぼくが考えていたのはそういうことだった。

U町のことを思い出した。

N市はI市の南西二十数キロにある。ぼくがうまれ、七歳まで育ったU町はその北郊に位置する。灰の下に埋もれてしまった死者の町を思い出したのはきょう午後のことだ。丘の墓地で夏日に照らされて二時間あまりぼんやりしていた。初めは日蔭であった所が、太陽の位置が変って熱いフライパンのようになっていた。

ぼくは骨の髄まで日光に浸っていた。血も肉も黄金色の日光に刺しつらぬかれて内部から熱く煮えてくるかと思われた。ぼくは立ちあがった。かるいめまいを覚えた。何かまぶしい光が目の底で閃いた。記憶が一時に戻って来たのはそのときだ。

まぶしいのは冬日に照らされて輝く雪であった。ぼくは雪の中にいた。北国であるC町郊外で、雪原に穴を掘っていた一刻のことがありありと甦って来た。雪に日が反射しまばゆくて泪が溢れるほどであった。ぼくは雪の中にいた。ぼくは八月の墓地にいた。そうではなくてC町で雪に穴を……たまらなくなってぼくは石塔のかげにうずくまった。

記憶がほどかれるガーゼのように際限もなくぼくの前に繰り延べられてくる。半年前の冬の情景だけではなかった。

二年前、五年前、十年前のことが、相互につながりもなく断片的に次から次へと、ぼくの中で入りまじった。ぼくは木蔭にはいって涼しい風にあたり、シャツを脱いで草に横たわって自分自身をひやした。しばらくするうちに混乱はおさまった。脈搏は正常にもどった。

ぼくは祖母の家にとって返し、二時間昼寝をし、夕食をすませてからこれを書き始めた。順序よく思い出すことにする。手はじめにU町のことから記す。

叔父の一人はそのころ大陸の海港都市でホテルを経営していた。

彼は内地と大陸を往復するときにN市にあったぼくの家で泊った。朝、ぼくが二階に寝ている旅人をおこしにゆくと、「きょうは雨ですかな」というのだ。戸外の噪音を聞き違えたのだ。

家のわきを鉄道が通り、その向うに兵器工場が広い区画を占めていた。機械がたてる音響にぼくは慣れていたが、客には耳新しかったのだろう。爆弾は工場をねじれた鉄の推積に変えてしまった。U町は灰の下になり、町の人々は永遠に息を吹き返さない。

生きているとすればぼくの記憶の中だけである。K子という女の子がまず目に浮ぶ。父親は兵器工場で働く職工であった。向う隣の家から毎日あそびに来た。一、二歳年上であったと思う。「見せてあげようか」とK子はささやく。二階の押入れに這いこんでぼくの目をのぞきこみながら、これは内緒だから誰にもいわないように、という。ぼくは誓って指切りをする。

儀式が終るとK子は下着を引きおろす。どうしたことか、K子が秘かに露わにした sex そのもののイメージは、ぼくの中に残っていない。いくら思い出そうとしても思い出せない。覚えているのはK子の「これは内緒よ」という押し殺したささやきだけである。ぼくは本当に見たのだろうか。

「お医者さまごっこしよう」といってK子はぼくを誘った。母親が家をあけるときぼくを呼びに来る。K子は居間の襖をしめきり、裁縫台の上に着ている物を脱いであおむきになる。「お医者さま、ここが痛い」K子はふだんとちがう声を出して、ぼくの手を下腹にみちびく。

ぼくはK子が聴診器に見立てた玩具の電話機を首に吊して、かたわらに控えている。K子はうつぶせになることもあった。K子の裸体が思い出せない。ただうつぶせになったとき目に映った二つの白いふくらみ、まるっこい尻の形は記憶の網膜に像を結んでいる。

当時、ぼくのちっぽけな好奇心が蒐集したのはその程度のイメージでしかなかったわけである。K子の家の隣にPという少年がいた。彼は外科医院から退院したばかりだった。「見せてやろう」と誇らしげにいって近所の子供たちを集め、防火用水槽のかげでズボンを下げ、虫垂炎手術の痕をひろうした。Pの下腹部に赤くひきつった肉の筋が見えた。これは鮮明に覚えている。

六歳のぼくにはK子の sex よりP少年の傷痕の方がはるかに強い興味の対象であったのだろう。

Ｎ巡査はわが家の右隣に住んでいた。帰りが遅い夜はサーベルをがちゃつかせてわが家に立ち寄り、相撲取組みの結果をきくのがきまりだった。五十過ぎになろうとする老巡査はラジオを持たなかった。勤め先はＮ市の水上警察署であった。

平服で港周辺を歩いているとき、憲兵に訊問されて、

「水上のＮだ」と居丈高にどなりつけたというのが自慢だった。Ｎ港は要塞地帯に指定されていたのだ。水上警察署をあたかも自分一人で背負っているかのごとき態度である。憲兵は鼻柱の強い一巡査の反撥にあってどんな顔をしたことだろう。

わが家の左隣には土建業を営むＡさんが住んでいた。娘が二人いた。Ａ夫人はある晩、表口から醤油を借りに来たとき、声をひそめて、「奥さん、直接弾はおそろしかですねえ」といった。町内で防火訓練が行なわれた日のことである。

女たちは軒に梯子をかけて一人ずつ横木にまたがり順にバケツを手渡して屋根の上へ送った。そこに突き刺さって燃えている焼夷弾を消す練習をしているのだった。西洋の童話に登場する魔法使いの老婆がかぶるような頭巾をつけて女たちはバケツを屋根へ上げた。ぶちまけた水は軒から勢い良く流れ落ちた。ぼくは見た。軒下でしぶきをあげている水の中に小さな虹がかかっているのを。

Ａ家で生き残ったのは市外にいた主人だけであった。

U町の人々は、K子もP少年もN巡査もA夫人も敗戦を知らなかった。

ぼくはN市へ行った。

バスに乗れば一時間でN市に着く。半島の一角にある港市である。支給された三回目の失業保険金がポケットにあった。ぼくはバスを降りた足で埠頭へ行った。海を実に長い間、見ていない。岸壁をぶらついて起重機が荷積みするのを見物した。港に停泊している大小の貨物船を眺めた。海面に浮いている油は五色に光った。

対岸には造船所があり、鉄骨の林を透かして熔接する火花が明滅するのが見えた。ランチが貨物船や外国客船の間を縫って忙しく往来していた。埠頭にたたずんで海と向い合っていると、この世界で何もせずに生きているのはぼく一人になったような気がしてくる。ぼくは倉庫が立ち並ぶ波止場を二回、行ったり来たりした。

軽やかなドレスをまとった白人の女たちが岸壁に横付けした客船のタラップを降りて市街地へ向った。女たちが華やかな模様で彩られた衣服をひるがえして波止場を歩くのを見ても、異国への憧れを覚えることはない。ぼくは石のように鈍感になってしまった。浮き桟橋に腰をおろして阿呆のように海に見入った。

栈橋はゆっくりと波に上下していた。

海の重々しい律動がぼくの体にしみ入るかのようだ。水は日光に照り映えてまぶしく、陽光で暖められて滑らかに輝き、栈橋を優しく愛撫するかのようにゆさぶった。そこで三十分あまり時間をつぶしてから街へ向った。水が涸れたI市からN市へ来ると、黒い廃油を漂わせた川も海も、そのたっぷりとした水量でぼくを魅了した。

ある路地でぼくは立ちどまった。そこは初めて通る道である。

両側を煉瓦塀ではさまれた道で、塀の内側に古い二階建の木造洋館がある。灰緑色のペンキもほとんど剝げ落ちて地肌がむき出しになっている。その傾きかけた建物に見覚えがある。洋館の屋根に小さな尖塔がそびえ、庭に面した中央屋上には時計台がある。正しくは時計台の残骸がある。昔は針が付いていたかもしれないが今は欠け、うすぼんやりと文字盤の痕が見てとれる程度だ。洋館には誰も住んでいないらしい。鎧戸をとりつけた窓は皆とじられている。

この情景には見覚えがある。

赤煉瓦塀はくすんだ鮭の身色をしている。ぼくは門柱の錆びた鉄扉に朽ちかけている唐草模様に目をとめる。灰褐色をした石畳道に落ちる合歓木のまだらな木洩れ陽を見る。

どこでこれらを見たのだろう、いつここを通ったのだろう、とぼくは考え続けた。しかし十五分後にはこの疑問を忘れてしまった。ひどく空腹だったので、通りすがりの店でパンと牛乳を買って立ったまま食べるうちにそんなことなぞどうでも良くなったのだ。腹を一杯にした後で街を縦横に歩きまわった。居留地跡にある天主堂の丘へ登り、そこから斜面を隙間なく埋めつくした家々を抜けて降りた。

迷宮というものがあるとすれば、それは天主堂周辺のことだ。港の南部に隆起した丘はほとんど木造の小さな民家で覆われていて、家並の間を人々がやっとすれちがうことのできる程の幅しかない石畳道が、葉脈状に走っている。すれちがうときは一人が片側に寄らなければならない。体を斜めにして。

通路は稲妻状に迷路を形づくり、下りかと思えば上りになる。石段があり、煉瓦道があり、アスファルト舗装路もある。軒下の陽蔭には濃い闇がひっそりと溜っている。家々はどこも戸障子を開け放しているから、通りすがりに屋内をのぞきこむのは自由だ。ある家の窓から何気なく座敷を見たら、その向うに縁側があり、縁側と軒で長方形に仕切られた海が目に這入った。

ぼくはどこへというあてもなく、ただ迷宮の地理を愉しむだけのために坂道をあがり降りし、曲り角を好きな方角へ折れた。

にぎやかな街で、雑踏に自分自身を沈めているときに覚える仄かな快感をここでも味わった。快感は自分の周囲を知らない人間ばかりで取り囲まれているると自覚するときに生じる。丘の斜面に拡がる町が未知の町であることは、まさしく雑踏の中を歩くことと同じなのだ。

ぼくはかすかな酔いに似た気分さえ覚えた。そのとき、さっきの疑問がまた返って来た。木造洋館は昔、神学校にあてられていたといわれる。一部はかつて病院にも使われていた。

あの時計台を煉瓦塀ごしに見上げたとすれば子供のときのはずだ。そうでないと話が合わない。N市からI市へ引っ越したのは七歳になった年である。十八歳になるまで、ぼくは稀にしかN市を訪れていない。したがって時計台のある木造洋館を見たのが事実なら七歳以前でなければならない。六歳のときか、五歳のときか……霧に包まれた記憶の世界にあの傾いた時計台が影を投げかける。


I市に帰ってからぼくは思い出した。

父が大陸の港町へ渡るとき、ぼくは母に連れられて埠頭へ見送りに行った。「上海丸」という三千屯あまりの客船が横付けになっており、銅鑼が鳴り、テープが張り渡され……いや、銅鑼も鳴らず、テープも張り渡されはしなかった。

白麻の上衣にパナマ帽子を（これは本当だ）かぶった父が上甲板に立っていた。父についての記憶はそこで途切れている。船が港外へ出て行く影像は脱落している。次の記憶は母とあの鮭身色の煉瓦塀ではさまれた狭い石畳道を歩いている情景になる。

蔦のからまる洋館、旧外国領事館の壁に谺する子供たちの声、しんとした路地に淡い砂色の光が射している。そしてぼくは木造洋館の時計台を塀の向うに認めた。

しかし、果してそうだろうか。

ぼくはここではたと当惑する。記憶と現実を重ね合せるのに必要なあの決定的な確信が湧いてこない。父を見送った後で母と洋館街を歩いたのは事実だが、そのとき、あの時計台を見たという確かな記憶が何者かによってあやふやにされる。

ところで、父があのあと十数時間、西へ航海して大陸の都市へ上陸してから何をしたかぼくは知っている。父はそこでホテルを経営している叔父に迎えられ、欧州人の租界を見物した。叔父が撮った写真は父が大陸から持ち帰った唯一の記念品であった。洪水で押し流されるわが家から取り出すことのできた少数の家財に一冊のアルバムがあった。

ぼくは母のいる家へ出かけて、ところどころ泥のこびりついているページをめくった。欠けおちた写真が多くて、残っている写真もあらかた水で汚損していたが、さいわい父の旅行記念写真はあった。ぼくは胸がときめいた。朽ちかけた木造洋館をきょう、荒れた庭ごしに見たときの驚きと戸惑いが、ずっと尾を引いていたのだ。なんとかけりをつけたい気持だった。アルバムのどこかに不確かな記憶をはっきりさせる何物かがあると思われた。トーチカがあり、それは父が渡る数年前に戦われた市街戦によって無数の弾痕でうがたれていた。クリークがあり、港の荷揚場にうずくまる苦力たちが写っていた。

ある写真にぼくの目は釘付けになった。

叔父一家がそろって写真に写っている。背景にフランスの税関吏だった画家が描くような雲が浮んでいる。木の葉を一枚ずつ克明に描いた合歓木が近景である。

ぼくの目を奪ったのは彼らが背景にしている時計台だ。場所は写真館のスタジオで、背景は絵を描いた幕である。

N市で見た光景とそっくりとはいわないまでも近似した場面が写真の中にあったのだ。事情はつまりこういうことだったのかもしれない。子供のころ、ぼくはアルバムをめくって眺めるのが好きだった。大陸にいる叔父一家とは親しかったので、彼らの写真は折りにふれてよく見たものだ。

煉瓦塀も時計台もN港近くにあるそれらを比較して見ればいくらか違っている。いくらかというより細部の形状は全く異なっている。とくにN市にある元神学校の時計台には針も文字盤も消えているのに、写真の背景に用いられた時計台には針もローマ数字の文字盤もはっきりと写っている。

しかし、絵がかもし出す雰囲気は似ている。記憶の底でゆらいでいた絵の中の時計台をぼくはきょう、煉瓦塀ではさまれた石畳道で古い木造洋館の上に重ね合せて見ることになったのだ。それにしても一枚の家族写真が、それも背景が、どうして深く印象に残ったのだろう。夜、明りを消した部屋に横たわってぼくは昼に覚えた奇妙な錯覚について考えた。つまりこういうことかもしれない。いってみれば大陸の植民都市における叔父一家の生活は、ぼくの目には西欧を意味したのだ。列島の西端に位置するN市に生まれたぼくに、首都は地図にしるされた一点であるに過ぎなかった。若い頃、上京した父は、その頃、開催されていた博覧会を記念する写真集を買い求めていた。

そこには地震で壊滅した都会が写されていた。廃墟と焼死者のピラミッドとトタン屋根の集落はこの国でいちばん大きい都会のものであった。なんたる貧弱な、なんと荒涼たる……

そのかわりぼくは大陸の街々に魅せられた。叔父一家は夏と冬の休暇に内地へ帰省した。N港へ上陸した日の夜はわが家に宿泊した。彼らは珍しい土産をもたらした。英国製チョコレートはきつい香りを放った。フランスの絵本は魂も奪うばかりに微妙な色あいをした中間色で印刷されていた。砂糖漬けにしたロシアの果実は美しく彩色された紙片で包装してあった。何もかも異国のものであるがゆえに高貴な芳香を発した。

大陸のさらに北にある古い港市には別の叔父一家が住んでいた。

彼らがよこす絵葉書はぼくの大事なコレクションだった。石と鉄と煉瓦で築かれた市街のなんという堅固な美しさ。これでこそ人間の都市というものだ。

石で固められた広場から放射状に街路が走り、それらはアカシア並木で縁どられている。ロシア人が満人が日本人と中国人が歩く。絵葉書の中のD市はまぎれもなくぼくの内なる共和国における首都であった。敗戦の日までは。

やがて親戚たちは大陸で持っていたすべてを失って細長い母国へ帰って来た。名前だけなら父が旅したS市も叔父たちが住んだD市も存在するけれど、植民都市としての街は地上から消え去って二度と復活することはない。D市で生まれたぼくの従兄にしてみれば、内地へ引き揚げるのは、帰国ではなく異郷への配流であったことになる。D市こそ彼の故郷なのだ。

従兄は生誕の土地へ還れない。

亡命者ならば故国で政変が起るとき帰ることができる。従兄の場合は亡命者より惨めだ。わが国と大陸との間に交通が再開しても、かつてあった都市へ戻れはしない。ぼくについてもそれはいえる。ある夏の日、一個の黒い紡錘形をした物が飛行する人間によって投下され街と人とを焼き払った。N市にU町は今もある。しかし、ぼくが七年間をすごしたU町は地上のどこにもありはしない。

ぼくたちは小型トラックで丘の麓に着いた。

丘と並行に涸れた小川があり、その向うにこちらの丘と同じ高さの丘が横たわっている。ぼくが小栗と二人で荷台からつるはし、スコップ類をおろしているとき、バイクに乗って神主が来た。トラックを運転した老人が神主を案内して丘の麓からやや小高くなった地点へ導いた。丸太、ロープ、滑車などをそこまで運んでしまうには小栗と三回、往復しなければならなかった。

老人は目印に細い棒を一本そこに立てていた。ぼくは老人に命じられて鎌で棒のまわり四平方メートルばかりの草を刈りとった。午前八時をすぎて間もないというのに日射しがきつかった。草いきれは透明な炎さながらぼくをあぶって体から水分を絞り取った。その間、神主は蜜柑の木の蔭で涼しい顔をしていた。小栗がぼくに代って残った草を切った。やってくれ、と老人は神主にいった。

神主は用意して来た四本の棒を、等しい間隔をおいて草を刈った地面に突き刺し、注連縄を棒から棒へ方形に張りめぐらした。ぼくと小栗はさっきまで神主がいた蜜柑の木蔭にうずくまった。出て来い、と老人がいった。水筒を持って来るように、と小栗に命じる。

神主は素焼の土器に水をついで、注連縄を張った土地にふりまいた。三回にわけてそうした。御幣をかざして何やら声高にとなえつつ左右に荒々しく振った。御祓いがすむとさっきのように水を三回にわけて注いだ。

ぼくたちは老人の左側に突っ立って神主のすることを見ていた。老人も口の中で何かつぶやいていた。神主はバイクで去った。こんな所を掘って確かに水が出るのか、と小栗が老人に訊いた。掘ればわかる、と老人はいった。丘と丘の間に拡がる水田は老人のもので水が涸れたために稲は半ば茶色になっていた。ここに井戸を掘ってポンプで汲み上げた水を水田に流しこみ、立ち枯れようとする植物を生き返らせるのが老人のもくろみだ。

自分は六十年、水田を耕して来た。土地にも詳しい。地下水がどこを流れているかも見当がつく、と老人はうけあった。ここよりもっと低い土地を掘る方が水の出はよくはないか、とぼくはいった。つべこべいわずにさっさと掘るがいい、老人はついに癇癪をおこした。地下水脈は低地ばかりに走っているとは限らない、台地の上でも山の中腹でもある所にはあるのだ、水のことなら百姓を六十年やっている自分が正しい、とつけ加えた。

ぼくは老人を信用することにした。これから掘ることになる地面の四隅に支柱を立て注連縄を張った部分がすっぽりと這入る広さの天幕をかぶせて日除けにした。小栗がいつか空手を演じてみせた神社は彼方に見える小川の下流にある。井戸掘り人夫を探している老人にぼくを引合せたのは彼であった。

ぼくは父がいる島へ行くつもりであったが旅費をどうやって工面すればいいかで頭を悩ませていた。失業保険給付金は片道分にしかあたらない。金になる仕事ならなんでも良かった。草が根を張りめぐらした表土はゴムのように弾力がある。四周にスコップで刻み目を入れて表土を剝がしにかかったが、なんでもないように見えてこれが手ごわく、結局、午前ちゅうまるまるつぶして表面の草を剝ぐことだけしか出来なかった。二十センチと掘れていない。

むやみに咽喉が渇いて、小栗もぼくも休憩時間に水筒へ手を伸ばしたが、老人はその蓋に一、二杯しか飲むことを許さなかった。水を飲めば疲れるというのだ。水と共に塩をなめさせた。小栗は手の平に老人がのせてくれた白い物にひるんだが、ぼくは彼になめるようにすすめた。咽喉渇きが塩でおさえられることをぼくは知っていた。

小栗はスペイン人が水のかわりに葡萄酒を飲むといって羨ましがった。ギターで弾くスペイン民謡はなんともいえない、といった。田舎で安い下宿を探して絵の勉強をする、そうすることの方が日本で美術学校に通うより何倍もいい……

午後三時までにようやく深さ一メートルほどの四角な穴を掘った。穴には同時に一人しかおりられなかった。二人が外で掘り出した土と石をそこから七、八メートル離れた斜面の方へもっこで運んで棄てた。そのころになると小栗はほとんど口をきかなくなった。上半身にふき出した汗が乾いて白い粉になり肌にこびりついた。ぼくも黙りこくっていた。老人は初めから穴を掘るのに必要な指示をする他はものをいわなかった。

土は乾いた砂まじりで水によって角の磨滅した砂利が多かった。つるはしを使わずにスコップですくうだけで良かった。川より五、六メートルは高い位置であるにもかかわらず、地層はまぎれもなく水流によって形成されたことを示していた。掘り出した砂岩には木の葉の化石が認められた。

午後五時、ぼくたちは用意して来た三本の松丸太を穴の縁に斜めに立て、穴の真上でかすがいを使って組合せた。滑車を取りつけるのは老人がやった。滑車にロープを通し、もっこを結びつけて泥を運び上げるのだ。

どのくらい掘れば水が出るのか、と小栗が訊いた。老人は丘を見上げ、台地を一周しながらまわりの地形をひとわたり見回して、三間は掘らないと水は湧くまい、といった。五メートル以上である。湧かなかったらどうする、とぼくはたずねた。

水はきっと出る、確信に満ちた声で雇い主は答えた。ぼくたちは午後六時まで働いた。二日目も空は晴れていた。つるはしの柄を握ると火で熱せられた鉄のように感じた。ぼくは手に包帯を巻いていた。きのう一日で手の平がまっ赤になった。まめが出来てつぶれ、その上にまたまめが出来、仕事をやめたときはスコップの柄が手から滲み出た赤いもので滑らかになった。夜、祖母が膏薬を火で解かして手に塗ってくれた。包帯は自分で巻いたものだ。降り立つと穴は腹まで達していた。初めの十数分間は手の平から伝わる痛みで体の芯までしびれるかと思われたが、それがすぎると何も感じなくなった。

茶褐色をしていた土が赤みがかった黒色を帯びて来た。石がだんだん大きくなった。つるはしで崩さなければすくい取れない。この日も少量の水と塩でぼくたちは掘りつづけた。老人は掘り出した泥を手でつかんで丹念にしらべた。水はまだ出そうにないか、と小栗が穴底から老人に訊いた。

見ればわかるだろう、というのが老人の答えだ。穴は湿っているだけで二メートルもの深さに達した今も一滴の水さえ湧き出さない。かわるがわる穴に降りて休みなくつるはしとスコップを動かした。きのうと違って仕事は少しもはかどらない。つるはしを振りまわすにも土の壁にさえぎられる。湿った土の上では足を踏みしめにくくて、ことに濡れた石が足の下になるとたわいなくすべって倒れる。半時間で一回、小栗と交代していたのが、二十分で一回になり、十五分で一回になった。休憩もきのうは一時間で五分間の割り合だったが、きょうは十五分間に増えた。

正午、ぼくたちは蜜柑の木の下に横たわった。口にはにかわでも詰めこまれたようにねばり気のある唾液が溢れ、ついで酸っぱいものが胃からこみあげて来た。ぼくは四つん這いになって吐こうとした。口から出て来たものは盃一杯ほどの透明に光る液体だ。塩をなめ、水を茶碗に二杯のんで初めて人心地がついた。それでもまるっきり食欲はなかった。

食べたくなくても腹に入れておかなければ穴は掘れない、と老人はいった。

風通しのいい木蔭でしばらく昼寝をした後はやや食欲が出た。こんなとき酒があれば、と小栗はいった。彼はとうに弁当を平らげてまめの手入れをしていた。午後、これまでに出くわしたことのない石が穴底にのぞいた。老人が降りて来て、つるはしで石の周囲を掘りさまざまな方向から叩いてみて音を聴いた。石が岩盤の一部であれば掘り起すのは不可能だから穴はまた新しく別の場所に掘ることになる。単独の石ならなんとしても除去しなくてはならない。

つるはしで叩いてみて石が岩盤とつながってはいないことがわかった。老人にはそれがわかるのだ。こんなところに大きい岩脈があるはずはない、と老人はいった。石は一個ではなく、それぞれ大小三個の角張った石が相互に嚙み合って埋れていることが、泥を除くうちにわかった。いちばん上に乗っかっている石を取り除けばあとの二個も掘り出せるのだが、泥を除去しただけでは石は小ゆるぎもしない。つるはしで横ざまに殴ったり上から叩いたりした。割れたらしめたものだと考えたからである。石は目のつんだ玄武岩で、丘の地表に露出しているのを見たことがある。

待て、と老人はいい、ぼくに穴の外へあがれ、と命じた。小栗がぼくに手を差し伸ばして外へ引き上げた。老人はもっこに乗って穴へ降りた。石の上にしゃがんで長いことじっとしている。ぼくはタバコをのんだ。穴掘りをした後は煙がめまいのするほど旨い。手の平の痛みもタバコさえあれば耐えられる、とぼくは思った。

老人が合図をして、ぼくたちに穴底へ降りてくるようにといった。石と石が嚙み合う箇所に細長いくぼみがあることを老人は発見していた。ここにつるはしでもう少し深く刻み目を入れて、てこを使うといい、と老人はいった。そのための鉄棒は用意してある……

石は堅かった。

狭い穴底にかがんでつるはしを使うのは難儀だった。刻み目をしらべていた小栗が、よし、といい、地表の老人から鉄棒を二本うけとった。一本をぼくが持った。手頃な石を支点にして刻み目に鉄棒をさしこんだ。別の方からぼくも自分の鉄棒をあてがい、呼吸を合せて力をこめた。

石は動かなかった。

きっと動く、と老人がいった。

二度、三度、ぼくたちは鉄棒に満身の力をこめた。かすかに石が浮きあがった、と思ったのは錯覚で何の変化も生じていない。ぼくたちはいったん穴の外に出て水をすすり塩をなめて十分間ほど休んだ。老人は掘り出した土を手にとって調べた。黒くなってはいても砂の多い土であることに変りはない。粘土層にゆき当れば水脈が近い、と老人はいった。粘土らしい土は穴のどこにも見当らない。

ぼくたちは再び穴に降りた。

石と石の境界に鉄棒をさしこみ、つるはしの頭で充分に深く打ちこんでおいて力をこめた。何かがゆらいだ。小栗とぼくは顔を見合せた。無言でまた鉄棒にのしかかった。手応えがあった。すかさず用意していた小石をその石の下に蹴こんだ。

この日は石を三個、掘り出しただけで終った。

結局、ぼくたちは六メートルの井戸を掘るのに十日間働いた。四日めから老人の水田に隣接する土地の持主が応援にやって来た。全部で八人になった。穴掘りは彼らにまかせ、ぼくたちは鉄材と板片を使って土壁が崩れ落ちないように補強する作業にあたった。石の下には老人が期待したように黄ばんだ粘土層があり、それを一メートルも掘らないうちにまた砂礫層にゆき当った。

本来ならここに地下水が溜っているはずであるのに、掘ってしばらく様子をうかがってみても水は湧き出さない。加勢に来た農夫たちはもっと深く掘るように提案したが、老人は危いからもうやめる、といった。

諦めるのか、と農夫はいった。

諦めてはいない、待っておればきっと水が湧く、と老人は自信たっぷりにいった。

そのうち田が枯れてしまう、水が後で湧いてもなんにもならない。と別の農夫がいった。老人は黙っていた。井戸が完成した日に、十日分の労賃を支払われた。一カ月分の失業保険金とほぼ等しい額だ。水が湧くまで掘ろう、そうしなければ折角の苦労がふいになる、と小栗はいった。壁が崩れて生き埋めになってもいいのか、と老人はいった。もっと鉄材で補強すれば？　地層が脆いから一定の深さをこえれば補強も利かない、と老人はいい、ぼくたちに身振りで帰るように示した。

井戸は無駄にはならない。水はそのうちきっと湧き出す、と老人はくりかえした。

いつ、とぼくは訊いた。

雨さえ降れば、と老人がいった。

その雨がいつまでも降らないから井戸を掘ったのではないか、と農夫の一人が毒づいた。ぼくたちは丘を降りた。小栗は不機嫌だった。別れるまで口をきかなかった。翌日、ぼくは職業安定所へ出かけた。保険金の支給日である。係はぼくが手に巻いた包帯を見て、怪我をしたのか、と訊いた。井戸を掘るのに雇われた、と答えると、この日でりで田舎は困っているそうだ、といい、どこで誰に何日間雇われていくらもらったかと細かく問い糺した。ぼくは答えた。笑み崩れている係の表情が奇妙で、なぜそいつが嬉しがっているのかわからない。

係は算盤をはじいて、ぼくが受取ることになっている給付金から労賃を差引き、それがマイナスだから今月は支給できない、といった。係は働いて得た報酬は所得とみなされる、と宣言し、「次のかた、どうぞ」といった。

空に一点の雲もなかった。安定所から外へ出ると強い日射しがぼくの上に落ちかかった。ぼくは駅で切符の払い戻しをうけとった。一昨日、きょうのために買っていたのだ。父がいる島へ渡るには最寄りの港まで列車を利用しなければならない。夏休みが終る今頃は切符も手に入れにくいのだ。

駅からまわり道をせずに家へ帰った。

その途中ぼくはなんともいえない快感を覚えた。何が起ったのかしばらくはわからなかった。ぼんやりとただ歩いていたのだ。白茶けた埃っぽい街路に沿ってのろのろと歩いた。手足の関節が痛んで、大股では歩けないのだ。その瞬間がいつのことなのか、ある地点を通りすぎてからだということだけは間違いない。ぼくは立ちどまって後ろを振り返り、何が起ったのかを調べた。

十字路の一角にガソリン・スタンドがあった。少年がホースの水を乗用車に浴びせ、ブラシで洗っている。営業用に掘抜井戸を作ったことは聞いていた。水滴が細かい飛沫になって風に乗って道路までとび散っている。ガソリン・スタンドわきを通るとき、それと知らずにぼくは水しぶきを首筋に受けたのだろう。

冷たいしずくが皮膚についたとき、ぼくは体内の何かがとろけるほど快い感覚を味わったのだった。

肩をゆさぶられて目をあけた。

G劇場の観客席でぼくは眠りこんでいた。舞台の袖にある時計は十二時半を指している。客は全部、帰ってしまったようだ。ぼくを起したのは顔見知りの映写技士であった。三十代の初めに見える。

明日、勤めがあるのか、と彼はきいた。よかったらビールでも一緒にやらないか、と映写技士はいった。ぼくに反対する理由はなかった。帰っても蒸し暑い四畳半で寝るだけだ。彼は舞台の裏にまわり便所を抜けて急な階段を登った。ペンキと絵具を入れた罐が並べてあり、半ば出来あがった看板が立てかけてあった。そこから三階へ鉄の階段が続いていた。六畳ほどの板の間が映写技士の部屋である。彼はぼくに椅子をすすめ、冷蔵庫から罐ビールを出した。

窓から市街地が見えた。三階は夜になると風が入るから扇風機はいらない、しかし昼は暑くて居られたもんじゃない、と彼はいった。「乾杯」。「乾杯」とぼくも応じた。

ときどき見かけるようだが、と映写技士はいった。二日に一回はナイトショーを見に来る、と答えた。もっとも十日間は井戸掘り仕事で疲れて映画の段ではなかったけれども、というと、技士は井戸をどうやって掘るのかと知りたがった。話してみたところで差支えがあるわけではなかったが、質問攻めにされるのはうんざりだ。早くもぼくは誘いに応じたことを後悔していた。

今は休暇なのか、と技士は質問をかえた。

そうだ、とぼくはいった。

この部屋へ這入ったのは誰もいない、と技士はいって顔を伏せた。ぼくは室内を見まわした。板の間はよく磨かれてあり、ちりは見当らず、ベッドもテーブルもかなり値の張るしろもののようである。一隅にある台所に並べられた食器類で汚れた物はなかった。

一人で暮しているのか、とぼくは訊いた。

一人がいい、誰にもわずらわされない、技士はビールをあけて唇についた泡を手でぬぐった。ときには不自由な思いをすることもあるだろう、とぼくはいった。

女のことをいっているのか、と技士はいい、ビールを飲み干した。鑵ビールはそれでおしまいらしかった。彼はウィスキーを出して用意したグラスについだ。女は信用できない、遠くから眺めている分はいいが、一緒に暮せばひどい目にあう、といった。暮したことがあるのか、とぼくは訊いた。技士は黙ってウィスキーをなめた。

帰らなければ、とぼくはいった。

自分は少しも淋しくない、と技士はいった。呂律がまわらない舌で、女は動物だ、といった。ぼくは彼が鑵ビールを三本流しこむ間に一本しか飲めなかったことを思い出した。ウィスキーを飲む速度も早かった。いいものがある、と技士はいってぼくに九月分の招待券を三枚くれた。使ってしまったらまた都合してやると約束した。彼は窓によりかかって暗い街路を見下した。休日はどこにも行かず終日ここで下を通る人間を見ている、とつぶやいた。ぼくは招待券をポケットに入れて立ちあがった。

待て、いいものを見せてやろう、彼は椅子から離れて、おぼつかない足取りで洋服箪笥に近づき、その中からボール箱とスクラップブックを取り出した。ボール箱をあけると、鮮かな色彩を呈した紙片がぎっしり詰っており、その上に大型の鋏が乗っていた。この鋏で女を切るのだ、と技士はいい、紙片を一つつまみあげてみせた。海水着をつけた女優の写真を切り抜いたものだ。

みんな貼ってある、このコレクションは誰にも見せていないと技士はいった。ぼくはベッドにスクラップブックを置いて開いた。体の輪郭に沿って丁寧に切り抜かれた女優たちが、一ページに一人ずつ糊付けされている。女たちは斜めにあるいは横たわった姿態でぼくに頬笑みかけた。

映写技士はベッドの下からボール箱を引っ張り出した。中にはぎっしり婦人雑誌がつまっている。その一冊を取って技士は慣れた手付で鋏を入れた。見る間に温泉の広告から上半身裸体の女を切り抜いた。女はこれで沢山だ、技士は回らない舌で繰り返した。そのときぼくは彼が思ったより酔っていることに気づいた。観客席で寝入っていたぼくを起したとき既にかなり飲んでいたのだ。今夜になって初めて口をきく他人にスクラップブックをなぜ見せるのだろう、とぼくは考えなかった。一刻も早く部屋から逃げ出す方法を考えていた。技士は大きな鋏を振りまわして、ぼくとドアの間にがんばっている。立ちあがろうとすると、まだいいではないかと鋏を持つ手で押しとどめるのだ。

お前はおれを軽蔑しているのだろう、と技士はいった。ぼくは否定した。嘘をつけ、顔を見ればわかると技士は弱々しくいった。いったかと思うとスクラップブックをいきなり引き裂き始めた。ページを破りすて、もみくちゃにして床に叩きつけ足で踏みつけた。

こんなもの、おれだってつまらないと思っているのだ、技士は一度踏みつけたスクラップブックを拾い上げて念入りにページをむしり取り、床いちめんにばらまいた。ベッドに体を投げ出してしゃくり上げた。鋏は粉ごなに引き裂かれた女たちの上で鈍く光っていた。

ぼくはこっそりベッドの角を曲ってドアにたどりつき外へ出た。背後でぴたりと泣き声がやんだ。もう帰るのか、と部屋の主はいった。意外に平静な声だ。裏口は掛け金をはずせば出られる、と彼は教えた。

街路を歩きながら考えたことはR医師のことだ。祖父の代からI市で医院を営む内科医である。ぼくが町を散歩しているとき、犬を連れて歩いている医師とよく出くわしたものだ。年齢は五十そこそこだろうか。子供はない。やや小ぶとりの体を仕立ての良い衣服で包み、蒼白いが艶のある顔に縁無し眼鏡をかけて町を一定のコースで回る。順路が変ることはないようだった。散歩の途中、一軒だけ喫茶店に立ち寄って紅茶をすする。コーヒーを注文したのは見たことがない。そこはぼくが行きつけの店ででもあるので、まぢかにR医師を見る機会が多かった。唇は薄くいつもしっかりと結ばれていて、目許には何者かを嘲るような光があった。Rはロータリークラブに属していた。都市計画審議委員会の顧問であった。文化協会の名誉会員であった。猟友会の代表であった。史談会の幹事であった。医師としては患者に時間をかけて診察するというので評判が良かった。

R医師は奇妙な恰好で自宅のベッドで発見された。口にコードをくわえ、一端を肛門にさしこんでいた。電線はセルフタイマーを経てコンセントに接続してあった。Rは準備万端ととのえた上で睡眠薬を定量の五倍のんだ。遺書にはのんだ薬品名の量と時刻が記してあるきりで、自殺の理由は書かれていなかった。仕事は順調で、細君との折合いも良く、R医師の健康も申し分なかった。結局、彼は妻と犬と莫大な銀行預金を残して死んだわけだ。つい先日のことである。

ぼくは暗い道を川の方へ歩いた。R医師もあるいは見えない一冊のスクラップブックを持っていたかもしれないと考えた。それをあるとき鋏で切り刻み、床に投げすてて足で踏みつけたことはなかっただろうか。

ぼくは道を間違えたのだろうか。見回したところ確かに右岸の一角である。半壊のまま川に残骸をさらしていたアーチ状の石橋が消えている。獣のうずくまった形で夜目にも黒々とそびえていた物が撤去されているので、左岸の感じが見知らぬ土地のそれに似ている。いつか、こわれかけた橋を向う岸まで渡ろうとして四苦八苦したことがあった。あれから日が経ったのだ。

真夜中、物置のトタン屋根が音をたてた。雨が降って来た。ぼくははね起きて窓をあけた。昼間は曇っておりひどく蒸し暑かった。人々は空を仰いで、この雲ゆきではきっとひと雨くるだろうと口々にいいかわしたものだ。ぼくは手を外に出した。雨ではなかった。トタン屋根にかぶさるように枝を拡げた椎の木が熟した実を落すとき、大粒の雨が軒を叩く音に似た響きを発するのだ。実だけでなく乾いた葉も落ちた。日でりの夏がつづいたので落葉期も早まったのだとぼくは考えた。

小栗がさっき帰ったばかりだ。

夕方から一緒にいた。失業保険金がはいったので彼を夕食に誘ったのだが、食べたくないといい、蒼い顔をしてむっつりと押し黙っている。将棋を指そうかとぼくはいった。盤を出して彼の分も駒を並べた。小栗は腕組をしてしばらく将棋盤を見下していたが、指をかけて盤を斜めに持ち上げ裏返しにした。

藤岡保子が会おうとしない、と小栗はいった。ぼくは将棋盤を元通りにして畳に散らばった駒を一つずつ拾い集めた。

このあいだ、お前が藤岡の家から出てくるところを見た、と小栗はいった。何をしに行ったのだ……。彼にいわれてぼくは自分が藤岡保子の家へ遊びに行ったことを思い出した。散歩の途中、なんとなく立ち寄って一時間あまり世間話をしただけだ。そういおうとして顔を上げた。目を吊り上げた小栗がぼくを凝視していた。

お前は友人の女を奪うつもりなのか、と小栗はいった。唇が慄えていた。そうではない、ただ……ぼくは言葉を探した。何をいっても無駄だということが小栗のしきりに痙攣する頰を見るとわかった。ぼくは藤岡保子と同級生の噂をした。洪水の後、道路が拡げられて昔のように混雑しなくなるのはいいことだと話した。藤岡保子がせんに出かけた離島への船旅についても耳を傾けた。谷口藍子と町で会った、とも藤岡保子はいった。見違えるほど綺麗になって……。谷口と藤岡は親しい友人である。なんとなく立ち寄ったつもりではあったが、結局ぼくが聞きたかったのは谷口藍子のことだったかもしれない。他人の口からでも女の名前を聞いてみたかったのだろう。

そんな男とは思わなかった、なんという見下げ果てた……小栗は同じ言葉をくり返した。彼が絵を描くと知って台湾叔父が風景画を依頼した。油絵具と画布など道具一揃いを小栗に与えるかわりに画料はないという条件でである。四号の絵を小栗は描いて渡した。絵具が切れていたのでちょうど良かった、とそのとき彼はいったものだ。二週間後に彼は個展を開くからといい、台湾叔父から絵をかりて陳列した。個展が終ってからも小栗は絵を返さなかった。いい値で売れたらしい。

この前、ぼくが道で台湾叔父と会ったとき、小栗はどうしている、と訊かれた。あの男は変っている、というのが台湾叔父の感想だった。

お前こそ叔父の絵をどうした、とぼくはいいたかったけれども、目の前でいきりたっている男を見ると場違いな台詞のように思われて口に出来なかった。小栗と一日に一度は会わなければおさまらなかった今迄の日々が不思議に感じられた。帰ってくれ、とぼくはいった。女に手を出すのはやめろ、と小栗はいった。それは自分の勝手だ、とぼくはいい返した。お前は友達だとばかり思っていた、と小栗はいった。

それから二時間、小栗は黙りこくっていた。ぼくは彼をほったらかしておいて一人で夕食をすませた。今夜の列車で発つ、東京で働いて金をためてスペインへ行く、と小栗はいった。見送りには来ないでもらいたい……。もちろんぼくにしてみても駅へ行く気などありはしなかった。彼が夜行で発つのもあやしいものだったのだ。

雨が降り始めた。ぼくは暗い部屋に横たわって軒を打つ水の音に耳を澄ませた。空気はわずかに冷えたようだ。埃の匂いが強くなった。眠っている人々も今、目醒めて雨がたてる音に聞き入っているように思われた。このときすべてがぼくから遠ざかり、雨だけがもっとも近しいものであるように感じられた。ぼくは小栗を憎んでなぞいなかった。谷口藍子は……。ぼくは耳の奥に女の名前とあの晩、坂道できいた笑い声をもう一度よび起して聞き入った。ぼくの中で動くものはなかった。ぼくは半ば眠り、半ば醒めた状態で、間断なく屋根で鳴る雨の音を受け止めていた。

丘の中腹に掘った井戸のことを思った。黒っぽい砂まじりの土から湧き出す水を想像した。ぼくは井戸の底に居て、みるみる足首を浸し膝へとせりあがる水を見下していた。側壁からも水が幾条もの糸になって噴出するのだ。水は胸に次には咽喉に達しやがてすっぽりとぼくを沈めた。見上げると丸い井戸の口が水面上にゆがんで映っているのが見えた。あがってこい、と呼びかけるのは老人の声だ。あがってこい、と小栗も叫んだ。姿は見えない。

絶えずゆらめく水面の上から輪になってのぞきこんでいる連中が見える。去年の夏、S駅でぼくに話しかけた青年もいるようだ。父も台湾叔父もいた。映写技士の隣には藤岡保子が、そのわきにはうどん屋の娘と谷口藍子がいた。

あがっておいで、と女たちはいった。祖母の声もするようだ。ぼくは足で井戸の底を蹴った。浮いた体はじきに沈んだ。十センチと底を離れなかった。ぼくは息苦しくはなかった。皮膚からしみ入ってくる水の冷たさが快く、もう少しじっとしていたかった。

あがってこい、という声が途切れることはなかった。ぼくは足に力をこめた。いつまでもこうしてはいられない。思い切り底を蹴った。体が浮いた。ゆっくりと水面に近づき始めた。まわりがだんだん明るくなる。淡い銀色の光が射してくる。しかし体が浮びあがるにつれて光は弱まった。暗くならないうちに……ぼくは両手で水をかいて早く水面へ達しようとつとめた。輪になってのぞきこんでいる連中がぼやけた。

ぼくは目をあけた。雨は降り続いていた。雨は降っているのではなかった。トタン屋根に間断なく落ちる木の実と枯葉が音をたてているのにすぎなかった。ぼくは汗にまみれていた。明日か明後日か、雨は必ず降るとぼくは信じた。I市の西にある土地で、きのう夕方、にわか雨が降った。ここにも雨がやってくることは確実だとぼくは思った。

昨日、銭湯が久しぶりに湯をたてた。昼すぎ、ぼくはタオルと石鹼を持って駆けつけた。あれはどうしているときだったろうか。何回か浴槽から出たり入ったりしたあげく、洗い場にしゃがんでぼんやりとうなだれているときのことだったような気がする。熱い湯に長時間つかったので体がだるかった。立てた両膝の間に首をめりこませるようにして口でゆっくりと空気を吸ったり吐いたりしていた。

ぼくは身慄いした。何か冷たいものが体のどこかに押し当てられた。つかのま意識が冴えわたり全身に快感を覚えた。もうもうと立ちこめる湯気の中でぼくは乾ききった夏を素晴しいと思い、荒れた町を今また懐しく見直すことができると考えた。このとき北の町ですごした仕事をいとわしいとは感じなかった。同じような感覚を覚えた日があった。ガソリン・スタンド近くを歩いていたとき、従業員がホースから水をほとばしらせて車を洗っており、風に乗って水滴が飛んで来てぼくの体にふりかかった。そのときも一瞬間、めまいに似た陶酔を味わった。

銭湯の高い天井からぼくのうなじにしたたってくるものがあった。快感はやがて弱まりそして消えた。しかし、明るく澄んだ意識は変らなかった。

ぼくは夏が終ること、自分の休暇が尽きることを考えた。父のいる島へ行こう、不意にそう決心した。片道分の旅費があればいい。父の会社にやとわれるのは難しくない。ぼくは井戸をどのようにして掘ったかを思い返した。スコップを土に喰いこませて柄に力を入れるとき黒光りする砂礫がせりあがる。粘土層にぶつかったときはあらかじめスコップで四角に土を切っておいてすくい上げた。さくりと崩れる泥の塊が目に映った。底を塞いでいた三個の大石を鉄棒で掘り起したときを思い返したときぼくはまた快い感覚を反芻することができた。しっかりと嚙み合って埋れた石に鉄棒を喰いこませ、何回かしくじった後でようやく三個を引き離した。一番上に乗っていた石が軋りながらゆらいだ感じはわるくなかった。

自分を再び何か荒々しいものにぶっつけてみたいと思った。汗にまみれた寝床で一度も行ったことのない島の情景を想像した。

岩だらけで赤松がまばらに生えているきりの山と、野積みにされた石炭と坑木と、坑夫たちの住むバラックしかない島だと父はいった。洪水直後のI市よりもっと荒涼とした眺めだとも説明した。

島へ行こう明日にでも、とぼくは考えた。

乾いた井戸の底から

新聞の訃報記事で、私は野呂邦暢の名を知った。一九八〇年初夏のことである。その翌月だったか、文芸誌に掲載された遺作「足音」を町の図書館で読み、全体を統御する不思議な透明感に打たれて、代表作として紹介されていた『草のつるぎ』を手に取った。自衛隊という特異な空間で展開される息苦しさと、それを一瞬にして開放する研ぎ澄まされた抒情。惹かれる部分と弾かれる部分が交互にあらわれるその小説に対する読後感は、とても曖昧で、不安定なものだった。

野呂邦暢が佐世保陸上自衛隊相浦第八教育隊に入隊したのは、昭和三十二年六月。『草のつるぎ』の表題作となる第一部は、この新隊員教育の前期を、第二部「砦の冬」が、九州での教育を終えたあとの、北海道陸上自衛隊での数ヶ月を描いている。翌年、昭和三十三年五月に彼は除隊しているから、実質的な隊員歴は一年にも満たない。自衛隊入隊という選択が、お国のためでも、食うためでも、ましてや将来の戦のためでもなかったことは、この所属期間の短さによっても容易に想像できるのだが、十代の私は、「あとがき」に記された「有益な示唆を敢えてして下さった栄光ある関東軍元兵士Y氏には特に感謝したい」との一節につまづいていた。作者の郷里長崎を破壊するに至った愚かさの連鎖の、大もとのひとつでもある軍の元兵士に対して、なぜ「栄光」などという言葉が使われているのか、どうにも納得できなかったのだ。私の親族やその周辺には、まだ戦場での記憶を引きずっている者、戦場に消えた者の不在を沈黙でやり過ごそうとしている者が何人もいた。貴重な助言を与えてくれた人物への謝辞は認めることができても、その肩書きに冠された一語への違和感は、少しずつ他の作品――とりわけ『失われた兵士たち　戦争文学試論』――に触れて野呂邦暢の世界の中心に手を伸ばせるようになるまで消えずに残った。

若い日の「塩の味のする体験」を作品にしたいと願いつつも、野呂邦暢は「自衛隊を外側から見て」、「無意識のうちにかつての同僚や上司を裁いていた」ために、なかなか形にすることができなかったという。実際、「草のつるぎ」の初出は、昭和四十八年十二月号の「文學界」だから、作品として結晶するまでに、除隊後ほぼ十五年半の月日が費やされたことになる。

作中人物の「ぼく」こと、語り手の海東二士は、入隊後間もなく、駐屯地近くの町で岩塩とナイフを仕入れた。岩塩は訓練中の塩分補給に必要なものだが、聖書に言うところの、地の塩をも連想させずにおかない。ただし、社会ではなく自分自身の腐敗を防ぐための塩として。炎天の草原を、小銃を持って匍匐前進する描写の瑞々しく官能的なリズムは、その塩をもってすれば、けっしてきなくさい方向になびいてはいかない。

壕から這い出すときは両肘で小銃をかかえこむ。膝と肘で体を支えてのたくる。草がぼくの皮膚を刺す。厚い木綿地の作業衣を通して肌をいためつける。研ぎたての刃さながら鋭い葉身が顔に襲いかかり、目を刺そうとし、むきだしの腕を切る。熱い地面から突き出たひややかな草。草の中でぼくは爽やかになる。上気した頬が草に触れる。しびれるほど冷たい草に触れる。七月の日にあぶられても水のようにひえきった草がぼくを活気づける。硬く鋭く弾力のある緑色の物質がぼくの行く手に立ちふさがり、ぼくを拒み、ぼくを受け入れ、ぼくに抗い意気沮喪させ、ぼくを元気づける。重い石のごときものが背中にのしかかっている。自分の体がこんなにも重くなろうとは。

演習はあくまでシミュレーションであり、敷地がどんなに広大でも柵のある囲い地にすぎない。ところが語り手は、ほとんど手つかずの自然を相手にしているかのように昂揚している。自然との合一でも拒否でもない、時間の限られた性の営みに似た感覚は、仲間たちを拒み、憎悪し、反発して、彼らからも憎まれることで自分を作り直したいとする内側の闘いと表裏をなしていた。その理由はなにか。「ぼくは分る。今になって分る。ぼくが彼らを憎むのはあまりに彼らがぼくに似ているからだ」と語り手は言う。彼が憎らしく思う相手は、要するに自分自身だったのである。

また、ここでの「今」とは、進展する物語のある一点を示すと同時に、「草のつるぎ」と題された小説を書いている、現在の語り手の立ち位置をも示している。硬い夏草との触れ合いを確固たる自分の体験として所有するには、一度それを文字に、文章にしなければならない。書き言葉は、過ぎ去った出来事に対して、いつも遅れてやってくる。「草のつるぎ」の剣は、その遅れを引き受けて言葉を綴るためのペンでもあるのだ。

自衛隊に入った理由を、語り手は友人にうまく説明できなかった。しかし物語を書いている現時点でなら、自分の中にある「何かイヤなものを壊したいからだ」と説明できている。別人になるために過激な化学変化を求め、「無色透明な人間になりたい」と望みながらも、言葉を匍匐させ、頬を寒気に晒すうち、「無色透明な人間になりたい」と願うことじたいの傲慢さを彼は悟る。自分は何者でもなかったとの認識に立ちさえすれば、化学変化を起こす環境はどこでもよかったとも言えるのだ。

ただし、二〇一一年三月以降の読者は、「草のつるぎ」の早い段階で挿入された、一九五七年七月の、諫早豪雨の場面を素通りできないだろう。ある雨の日、語り手は郷里の「伊佐市」が豪雨で全市水没したとの報せを受け、特別休暇を得てすぐさま部隊のトラックで佐世保に向かい、そこから被災地を目指した。激しい雨のなか、途中で止まった列車から降りて歩いていると、ジープに乗った若い陸曹に出会い、現場まで送ってもらう。この展開は、語り手が自衛隊員であるからこそ可能になったものだ。

郷里の家々は流され、「海辺に打ちあげられた漂流物に似ていた」。稲妻に照らされた町は「やけに平べったくなった廃墟」となり、異様な匂いがただよっていた。語り手の家族は避難場所にいて無事だとわかるのだが、それを確認するまでの数頁の主役は、「何かイヤなものを壊したい」との思いさえ無化され、その前に立てば自分が無色透明にならざるを得ない、圧倒的な自然の力である。

水害の場面は、何のコメントもなくぷつんと断ち切られる。家族のその後にも、復旧の様子にも、死者の数にも、そして世界を支配していた雨についても触れられぬまま、物語は数行の空白を置いてふたたび駐屯地に戻されるのだが、この空白には、自ら進んで行う初期化と、外からの力でいきなり実行された消去の差異が隠されている。洪水に襲われた町を歩いている数刻こそ、訓練の領域を超えた現実であり、「草のつるぎ」における唯一の戦闘場面なのだ。

教育隊を卒業した語り手は、北海道千歳駐屯地を志望し、そこで後期の教育を受ける。彼が配属されたのは測量班だった。なじみの薄い土地をジープで走破して様々な測量をこなし、写景図を描く。スケッチを命じられる地点は、そのまま言葉の砲撃に最もふさわしいポイントになる。野呂邦暢の小説における地理的描写の的確さは、絵描きのデッサンでもスケッチでもなく、測量班による写景図で鍛えられたものかもしれない。それはやがて、「I湾」と記される湾の周辺を言葉で立体的に描き出すための、大きな力となるだろう。訓練を重ねて測量の眼ができあがったとき、彼は目の前の雪原ではなく、いったん零にされた南の町と、やがてそこに身を置くだろう自分の姿を幻視しはじめる。壊すべきものは、とりあえず壊した。だから、安宅二尉という、ふだんは穏やかだが剣道の面をつけたとたん凶暴化し、「何かイヤなもの」を捨てきれない自分と他者を、ともに破壊することでかろうじて安定を保っている上司の暗部を受けとめざるをえなくなる。

そういう青年が、「一年前、洪水に襲われたI市」に戻って、なにをするのか。自衛隊体験のあとに位置する「一滴の夏」で描かれるのは、あたりまえの夏空、あたりまえの日々、あたりまえの開放と閉塞の更新である。とはいえ、二十歳になった若者に、それをすべて受け入れる準備はまだ整っていない。測量の効率や写景の正確さは、自己の内部の再設定にそぐわないからだ。

しかし語り手は、干潟沿いの線路で一時停止した列車の窓から、どこか均衡を欠いた日々を乗り越える手立てを早々と見出す。それを教えてくれたのは、長い竹竿と魚籠を提げ、滑り板もなしに干潟を歩いてくるひとりの男と、男を迎えにいく子どもの姿だった。

少年は泥を蹴立てて父親の方へ一直線に急ぐかに見えたがそうではなかった。足もとに目を注ぎながら男が近づいて来る方向よりややずれた方へ迂回し、ジグザグ形に歩いて目指す地点、父親のいる場所へたどり着いた。柔らかい泥の下には列車からは見えないが一部に岩脈が沖へ伸びているらしく、男も少年もその上を歩いているのだった。

それを見て、「ああいう近づき方もあるものだな」と語り手は考える。「そこへ達するのにまず遠回りをしなければならない場合もある」のだと。『草のつるぎ』以後に試みられる野呂邦暢の主題への接近は、この遠目にはわからない「遠回り」の歩みに支えられている。家々を流し死者を埋める泥のなかを進み、沖積平野の、地峡のような町にあたりまえの日常を構築するには、直線的な動きは禁物である。迂回とは「水の中に城を築くこと」に等しいのだ。「誰も何とも思わない当り前の事柄ばかり」に立ち止まり、「言葉以前の言葉」に耳を傾けながら、無理を承知でそれを文字に起こしていかなければならない。

ぼくが自分自身に近づくのは書くことにおいてのみである。たとえば干潟がある。外側から見るかぎりそれは名状しがたく重苦しい不定形の拡がりにすぎない。柔らかく水気たっぷりで灰色とも褐色ともつかない微細な軟泥の堆積である。干潟はぼくの外部に充満し、ぼくを圧倒し、ぼくを押しつぶし、果てはぼくをその不定形なものの内部にのみこみ溶解しようとする。

しかし、一度ペンをとってインクに浸し、「濡れた海獣の肌のように」と書くとき、ぼくは干潟を乗りこえ、自分のものにしたことを感じる。虚無と沈黙の領域に属する日月星辰も、表現の世界では鉛筆の削り屑ほどの価値しか持たない。

草のつるぎがペンだとしたら、夏の一滴はそれを浸すインクだろう。洪水に続く旱魃のなか、友人と二人、その道のプロである老人の指導で彼は井戸掘りのアルバイトをするのだが、水はいっこうに湧いてこない。穴をいくら掘り下げても、その一滴は滲み出てこない。それでも語り手は、自衛隊体験を経て自分が変わったとも変わらなかったともいえない宙吊り状態のなかで、一滴のインクを欲する自分を信じて掘り続ける。老人は、井戸は無駄にならない、そのうちきっと湧き出す、と言う。そのうちとは、いつのことなのか。老人の応えはこうだ。「雨さえ降れば」。

空の井戸が井戸として機能するには、その雨を待たなければならないという撞着の真の意味を、語り手はここで深く感じ取っている。なぜなら、この堂々巡りに似た論理の破綻こそが書くという行為なのであり、変わった変わらないの状態を残しながら先に進むための唯一の迂路だからである。インクはわずかにペン先を湿らせたあとふたたび干上がらせ、言葉はあたらしい表現の岩場に乗り上げる。

単行本未収録だった連載小説『水辺の町』は、この乾いた井戸の底から汲み出されつつあった物語だが、ここには「雨さえ降れば」ではなく、架空の雨が降ったあとの、適度に湿った世界がある。祖父の死と自ら川に投げ捨てた仔鼠たちの溺死を重ねあわせる少年の悲しみ、山中で乱暴されたあげく口封じに殺された女性、縊死した友人、原爆を生き延びた二人の男の三十年ぶりの再会等々、おそらくはまだ深く掘り下げるべき物語の素が散見される。筆致はやさしくゆるやかだが、一方でそれは、もうひとりの自分と戦っているような「隣人」の苛立ちや、妻とのあいだの緊張を孕んだ状態で、「あたりまえの一日のように」過ごす「八月」の呼気にもつながっている。

井戸は、まだ乾いている。雨が降っても、言葉を濡らすのに最適の水は湧き出ていない。野呂邦暢は、その水脈を探り当てることをむしろ避けているのだ。飛び石伝いに干潟を渡る迂回しながらの創作こそが、本当の意味での「塩の味のする体験」だと、彼は腹の底から知っていた。早すぎる死の直前の「足音」まで持続された、書くことにおけるこの遠回りにこそ、あの「栄光ある」という言葉があてがわれるべきではなかったろうか。

（堀江敏幸）

解説

「草のつるぎ」前後

野呂邦暢が「草のつるぎ」で第七十回芥川賞（昭和四十八年下半期）を受賞したのは、昭和四十九年一月のことである。「壁の絵」（昭和四十一年）、「白桃」（同四十二年）、「海辺の広い庭」（同四十七年）、「鳥たちの河口」（同四十八年）に続いて、候補にあがること五回目での受賞であった。このときの審査員は、大岡昇平、瀧井孝作、井上靖、中村光夫、永井龍男、丹羽文雄、吉行淳之介、安岡章太郎、舟橋聖一の九人。ちなみに他の候補作は、森敦「月山」、太田道子「流蜜のとき」、岡松和夫「堕ちる男」、金鶴詠「石の道」、高橋昌男「白蟻」、津島佑子「火屋」、日野啓三「此岸の家」、吉田健至「ネクタイの世界」で、野呂と「月山」の森敦との二人が受賞した。受賞作や選評を掲載した「文藝春秋」昭和四十九年三月号によると、「月山」「草のつるぎ」と共に最後まで選考に残ったのは、日野啓三の「此岸の家」だったという。このときは六十一歳の新人である森敦に注目が集まったが、自衛隊という異色の世界を描いた「草のつるぎ」も話題になった。「草のつるぎ」に対する審査員たちの選評がどんなものであったか、いくつか記しておきたい。

これまでに幾度か候補になり、いまひと息というところで、その過度の技巧性が邪魔をして授賞を逸している。こんど度の作品は、これまたいくつかの作品に潜在的状態にあったテーマ、つまり自衛隊員の生活が、正面から書かれている。訓練、演習、営内外の生活などが、これまで旧軍隊を書いた多くの小説よりも、現実性を持って書かれている。長篇小説の書き出しのような印象を与えるくらい、延び延びと書かれているのに感心した。（大岡昇平）

野呂邦暢氏は、前回に「鳥たちの河口」といふ小説の題名も気の利いた、風物描写に詩情のみえる佳作を出したが、今回の「草のつるぎ」は、自衛隊の新隊員の手記で、自衛隊の初期訓練、演習なども克明に書いて、班員の性格も描き分けて、地面に喰ひついたやうなひたむきな粘りがみえた。この人は、気の利いた作も書けるのに、今回は更に無器用なものを出して、私は、今回九篇の中ではこれが一番よいと思った。（瀧井孝作）

「草のつるぎ」は単純な題材に、若さが充実していた。なまじいな批判や自省を捨てたところに爽快な世界が生れた。北海道移駐を直前にして筆がおかれるので、ある長篇の一部とも考えられないことはないが、これはこれで完結した一篇である。（永井龍男）

野呂邦暢氏の「草のつるぎ」は「鳥たちの河口」の作者とは別人のようである。きらきらした才能を押さえて、深刻がるふうもなく、思わせぶりなところもなく、百五十枚を一気に読ませて、さわやかな感銘をあたえた。（丹羽文雄）

「草のつるぎ」は素直でいい作品であった。同じ作者の前回、前々回の候補作よりも遥かにすぐれている。素直になるというのは、この作品の場合、勇気のいることであっただろう。ただ、これは短篇としても読めるが、長篇になる素材だろうからあとを書きつないで貰いたい。（安岡章太郎）

これらの評から窺うことができるように、作品の持つ明るさや健康さ、そして描写の生々しさが好感を持って受け入れられたようだ。しかしそれまでの作品と作風が異なるせいか、また、「水晶」や「鳥たちの河口」などの作者と自衛隊が結びつきにくかったのか、「なぜ自衛隊か」という問いかけが少なくなかったのである。さらに、四十年前には、それに加えて思いもかけぬ批判もあった。

自衛隊を書いたからといって、単純に反動ファシスト呼ばわりする公式左翼が多いのには閉口します。×××氏は自衛隊の是非を小生が論じなかったといって非難します。文学は果して対象の是非を論じるためにのみあるのでしょうか。

これは作家仲間である畑山博に宛てた野呂の手紙の一部である。野呂の没後、畑山博がある雑誌に寄せた追悼文の中で紹介したもの。×××氏とは、「群像」昭和四十九年四月号に「で、どうなんだ?」と題する文章を書いた小田実のことと思われる。小田実は「で、どうなんだ?」で、最近の文学の傾向が狭い自分の世界にとらわれすぎて、社会に目を向けていないことを批判し、例として野呂の「草のつるぎ」をあげて、「自衛隊の是非についての態度決定を迫る他者の眼が見られない」といい、さらに「まして、死者たちの眼はない」と書いた。小田の批判は的外れなものであったが、野呂はこのような批判に少なからず傷ついたようで、石牟礼道子との紙上対論では次のように胸中を記している。

わたしの意図とは昭和三十年代初期、不況のさなか、自衛隊に身を投じた九州各県の青年群像を特殊な背景で描写することでした。自衛隊という一つの組織と権力の合法性を作品の中で論じるつもりは初めから毛頭ありませんでした。（略）表現したかったのは青草の上で汗にまみれた青年たちの肉体です。（「いま何を書くべきか」昭和四十九年六月一日付「読売新聞」）

かつての同僚たちをありのままに描くことで自分の立場をあきらかにしたつもりだといい、それがあからさまな自衛隊批判でも支持でもなかったため不満をもたれるのであれば仕方がない、ともこの対論の中で述べている。

一方、畑山博は野呂の手紙を引用した追悼文の中で彼を擁護し、「すべての文学は誠実に書かれたものであれば反戦文学である」という野呂の真摯な主張を紹介している。（「含羞の人」「すばる」昭和五十五年七月号）

受賞後、野呂はインタビューやエッセイで、繰り返し「なぜ自衛隊か」という問いに答えなければならなかった。中で最も簡潔な答えはこれである。

「なんでまた自衛隊なんぞに入ったのだ」という人がある。それについてくわしい動機をここでのべようとは思わない。不況のさなかであった。失業者は街に溢れていた。「生きるために」とだけここでは書いておこう。（「G三五一六四三」『王国そして地図』）

東京で働いていたガソリンスタンドの所長の口癖は、「お前らやめたければやめちまえ、代りはいくらでもいるんだからな」であった。給料が安いのは我慢できたが、まともな人間として扱われないのが十九歳の野呂青年には堪えた。自衛隊の訓練は厳しかったが、そこでは「代りはいくらでもいる」と言われたことはない。初めて一人前の人格を持った人間として扱われた、と野呂は回想している。九州各地から来た出身も職業もさまざまな若者たちとの生活で、「わたしは学校で教えられる以上のことをそこで学んだ気がする」（「草のつるぎ」『王国そして地図』）といい、自分は彼らと同じ地平にいると身に染みて感じることができたとき、「草のつるぎ」が書けたという。それまで自分にとって切実だった自衛隊体験を文章にしたいと思いながらも長い間、書くことができなかった。

書けなかった理由は今になってみれば明白である。自衛隊を外側から見ていたのだ。わたしは無意識のうちにかつての同僚や上官を裁いていたのだ。そういう特権が自分にあるかのごとく思いあがっていては書けるはずがなかった。（「草のつるぎ」あとがき）

書けない間にある先輩作家の助言を受ける。「つまらない正義感を捨てて、そこで見た物事を自由奔放に書けばいい」。先輩作家とは「遁走」の作者の安岡章太郎である。この助言に目の醒める思いがした野呂は「草のつるぎ」を一気に書き上げた、という。

翌昭和五十年から野呂は『失われた兵士たち』と題する戦争文学論の連載を始めているが、ここには死者たちの眼が見た戦争の真実が書かれている。小田実への答えもこめられていたのではないか。野呂は受賞後刊行された『草のつるぎ』のあとがきに、関東軍元兵士のＹ氏（著者注―安岡章太郎）、編集者の豊田健次氏、出版部の松成武治氏、装釘者の山口威一郎氏の四人の名をあげて謝意を表している。山口威一郎は諫早高校時代の先輩で、野呂のエッセイにたびたびＹのイニシャルで登場している。「ものを書きだして九年間、終始助言を惜しまなかった」編集者の豊田健次氏へは、その「存在はわたしには心の支えであった」と書いた。まさに作家と編集者による二人三脚での受賞だったといえよう。

野呂は自作についてよく語る人であった。エッセイでも小説でも率直に自分を語っているが、このころの彼にとって青春こそ最も語るに値するものではなかったか。「草のつるぎ」には、何者かになりたいという熱い思いと、それゆえの苦悩を抱えた一つの青春が鮮やかに描かれている。また、本小説集成に収められた作品には作者の青春が色濃く反映していると思われるが、東京での下積み生活は暗いものばかりではなかった。エッセイ集『小さな町にて』に見られるように、残業、徹夜の労働の合間に、野呂はせっせと古本屋を巡り、音楽喫茶で憩うひとときを持っていた。なかでも古本屋山王書房での思い出は忘れ難いものがあったようで、のちに妻を伴い店を訪ね、主人の関口良雄を芥川賞の授賞式に招いている。

昭和四十九年に野呂が芥川賞を受賞したとき、九州では彼がただ一人の芥川賞作家だった。家庭教師とラジオドラマの脚本書きで生計を立てていた彼のもとに、全国から執筆や講演の依頼が集中した。野呂はどんな注文も断らなかったという。書ける自信があったればこそであろうが、それまでの蓄積がそれを可能にしたからにちがいない。このあと野呂は一挙に活躍の場を広げ、多彩な仕事を展開していく。

収録作品について

「水辺の町」は東本願寺の月刊誌「あすあすあす」に昭和五十一年十一月から翌年三月まで、五回にわたって連載された一話完結の短篇小説である。五話に通底するのは「人の死」で、死にまつわるさまざまなシーンが描かれている。第一話の、初めて死を実感する少年は子ども時代の作者を思わせるが、他の作品も自らの体験や見聞をもとにして書かれたようだ。第二話「蟬」に登場する市史編纂に携わる男のモデルとなった詩人は、「Kの話その他」というエッセイにも登場している（『古い革張り椅子』所収）。ここでは大酒のみの詩人の詩集のタイトルが「契丹の蟬」とある。第四話の「蛇」は戦争で親も家も失した孤児の死を描いたもの。敗戦から五年がたっていたが、世の中はまだ貧しかった。よるべない少年の戦後の日々と痛ましい事件が書かれている。当時の野呂も帰るべき家を原爆で失った、疎開児童の一人であった。第五話「再会」は、被爆した長崎の小学校の同級生に再会するという話。三十年ぶりに会う二人の思い出はことごとくすれ違い主人公を途惑わせる。生き残った二人の謎めいた再会ドラマは「不意の客」（野呂邦暢小説集成第二巻『日が沈むのを』所収）にも書かれた。実際に野呂は銭座国民学校の同級生の安否を尋ねる文章を書き、機会があるごとにＴＶやラジオでも話題にした。その結果、同級生の一人から連絡があったという（「一年桃組」昭和五十三年二月三日付朝日新聞「日記から」）。戦後三十年目のことで、八歳で別れた二人は三十八になっていた。

「草のつるぎ」（「文學界」昭和四十八年十二月号）は、自身の体験を基にした自衛隊での教育訓練の日々を描いた作品。野呂は昭和三十二年六月に佐世保の陸上自衛隊相浦第八教育隊に入隊した。そこで六月から八月まで新人としての教育訓練を受けている。野呂が入隊を決意したのは生活のためであり、同時に未知の世界を拓きたいという願いからであった。

ぼくは別人に変わりたい。ぼく以外の他人になりたい。ぼくがぼくでなくなればどんな人間でも構わない。無色透明な人間になりたい。そのためには自分を使いつくす必要があると思われた。（「草のつるぎ」）

観念ではなく肉体そのものを酷使することによって、自分は何者かを知りたい、また「生」の実感をつかみたいという若者の切実な思いが伝わる。ここには抽象的な描写はない。真夏の太陽に熱せられた草原のむせるような草の匂いや、灼けつくような咽喉の渇き、若い隊員たちの猥雑な会話や動きがありのままに簡潔な文体で描かれている。この訓練が終わるころ、主人公が突然、自分は最初から何者でもなかった、と悟るシーンは印象的。

主人公の名は「柳の冠」「海辺の広い庭」の主人公と同じく海東光男である。「海辺の広い庭」の主人公は自衛隊での体験を百三十枚の原稿に書いたものの、気に入らず破棄してしまう。隊員として暮らした北海道の空と水の色を描写できれば、人生の一区切りがつき、新しい生活に踏み出すことができるだろう、という主人公の思いは作者の実感であったろう。
この作品を魅力的なものにしている要素の一つに、隊員たちがかわす九州弁がある。「こぎゃん」「のさんばい」「どぎゃんしゅう」などという九州弁が、これほど効果的に用いられた作品を他に知らない。

「砦の冬」（「文學界」昭和四十九年三月号）は、「草のつるぎ」の続編で、教育訓練のあと配属された千歳での隊員生活を描いたもの。実際に野呂の配属先は千歳市にある北海道方面隊第一特科団第四群一一七特科（砲兵）大隊本管中隊で、野呂は教育を受けて測量手になっている。「草のつるぎ」が真夏の汗にまみれた訓練の日々を描いたものとすれば、ここでは真冬の雪の大地での実戦訓練が描かれる。登場人物がさらに細やかに描き分けられ、全体に余裕が感じられる。雪の中の幻覚シーンにもそれが感じられよう。

この作品が発表されたあと、丸谷才一は新聞の文芸時評に次のような評を書いた。

野呂はいつの間にやらめつきり腕をあげて、海や樹や雪と同じように、人間の集団の猥雑さをいきいきと、そしていささかの乱れも見せずに描けるやうになった。（略）『砦の冬』にはさらに加ふるに上質のユーモアがある。それは読者を微笑させることだらう。このユーモアは作者の寛大さに由来する。（略）そしてこの寛容さはおそらく作者のニヒリズムに由来する。そのニヒリズムを分ち与へられてゐるゆゑにこそ、主人公は〝しぼりたての牛乳のような新鮮な世界〟を求めて自衛隊にはいり、また、〝帰ってからのことは田舎で考え〟ることにしてあっさり九州へ去るのだらう。この青春は反抗の対象を失ふくらゐ虚無感に悩んでゐて、それゆゑ彼は周囲に対してこれほど優しくなることができ、また、これほど精巧なカメラ・アイと化することが可能なのだらう。国家とも社会とも険しく対立することがない、そして革命も戦争も信じることができない、極めて新しい自我のかたちを、こんなにみづみづしくとらへたのは野呂の手柄である。現代の青年についてのこの種の研究で、彼以上の成果をあげた者があることをわたしは知らないのだ。（『雁のたより』）

丸谷才一の評に代表されるように、「砦の冬」は前作「草のつるぎ」を超えるものと高く評価されたが、この作品ののち、野呂は再び自衛隊をテーマとした作品を書くことはなかった。

「恋人」（「風景」昭和四十九年三月号）は魅力的な年上の女性に翻弄される若者のやるせない心持を描いたもの。男が思いを寄せる女性の心には妻子のある男性がいて、男は彼女から彼女自身の恋のゆくえについて細かく報告される。辛い関係なのに、男は女を諦めることができない。野呂の詩集『夜の船』に「女へ（一）」という詩がある。

女よ
きみは美しかった
女よ
きみは醜かった
きみは私の領主であり　私の
徴税吏であり
死刑執行人

というフレーズを連想させる作品。

「隣人」（「オール讀物」昭和五十年一月号）は古いアパートの隣同士の部屋に住む二人の男が無言のうちに空疎な争いを繰り返すという話。野呂のペンネームは梅崎春生の「ボロ家の春秋」の登場人物「野呂旅人」からとられているが、野呂の「隣人」にはこの小説を彷彿とさせるものがある。梅崎春生は昭和二十九年に発表したこの作品で、直木賞を受賞している。「ボロ家の春秋」は、古ぼけた家に同居する二人の男性が事ごとに諍いを繰り返しながら住み続けるという一種の滑稽譚とも読めるものだが、野呂の「隣人」にも同じようなおかしみがある。諍いの相手がいなくなった途端に生きる張り合いを失くす、というのも滑稽でどこか哀しい。

野呂は高校時代、戦後文学に親しんだが、「近代文学」派の作家に多くみられる観念的な作品よりも戦争を描いても日常性が感じられる梅崎春生に惹かれたという。梶井基次郎を愛読したという梅崎春生の具体性と描写の明晰なところが、視覚的イメージを重視する野呂の好みにあったのだろう。丸谷才一は「砦の冬」の評の中で、作者のニヒリズムを指摘しているが、梅崎春生の持つニヒリズムというものにも野呂は無意識のうちに共鳴していたのかもしれない。野呂は梅崎春生や井伏鱒二からユーモアを学んだというが、「隣人」にはその片鱗がうかがえるのではないか。

「八月」（「文學界」昭和四十八年十月号）。野呂は昭和四十六年に結婚して、諫早市仲沖町にある古い武家屋敷を借りて住んだ。江戸時代、御典医の邸だった庭には樹々が繁り、近くには本明川の船着き場があった。別棟に住む大家の女性は独り住まいの生花の先生で、庭の半分ほどは菖蒲畑で占められていた。水と緑に囲まれた古い家はのちに書かれる『諫早菖蒲日記』の舞台となっている。病弱な妻が「神様の家」に通う話は、六年後「神様の家」（「文藝春秋」昭和五十四年二月号）という作品にも書かれた。子どもを持つのをためらう以外は幸せで穏やかな夫婦の日常が淡々と描かれている。野呂はエッセイに繰り返し、当たり前の生活や日常のささやかなものを大事にしたいと書いた。その願いが行間から立ち上るような作品。

「五色の髭」（「季刊藝術」昭和四十九年七月号）は仕事に失敗した父を大阪まで引き取りにいく若者の話。野呂にとって「父親」は大きなテーマの一つであった。土建業を営む野呂の父親は優秀で、戦前はかなりの実力者であった。しかし原爆で家財のすべてを失い、戦後は長いこと失意の中にあった。仕事を再開したものの、病気にたおれて不遇な時をすごしたが、昭和三十四年ごろ新しい仕事を得て大阪へ出ている。家族を呼び寄せたのはその翌年で、諫早の家には兄と野呂が残った。ほぼ当時の家族のありようが投影された作品で、作者は誰にも感情移入することなく、淡々と列車で帰郷する親子を写している。

東京オリンピックが出て来るので、昭和三十九年ごろと思われるが、その二年前、「日本読書新聞」に応募したルポルタージュが入選して、野呂の文章が初めて活字になった。野呂が本格的に書き始めたのはこのころからである。その後、父親を描いた作品に「歯」「海辺の広い庭」「日常」「伏す男」「高く跳べ、パック」などがある。

「一滴の夏」（「文學界」昭和五十年十二月号）は「草のつるぎ」「砦の冬」に続く自らの青春を描いた作品。舞台は自衛隊から還ってきた昭和三十三年の夏で、前年大洪水に襲われた町は一転して旱魃にみまわれている。干上がった町で井戸掘りのアルバイトに汗を流す若者の出口のない日々が描かれている。全編を覆う渇きは若者の焦燥感に通じる。しかしこの若者は書くことの意味と力を身内に秘めている。「ぼくが自分自身に近づくのは書くことにおいてのみである」という主人公は、書くことで世界を手に入れることができると確信している。干潟の風景も失恋の痛手も、書くことでそれを乗り越え自分のものにすることができるという主人公の述懐は若き日の野呂のものだろう。野呂は繰り返し自らの青春時代を描いた。自衛隊から戻ったあとの無為とも思えるような日々、ただ世界を見るために町を歩いてまわる日々、これらの日々のスケッチは散文詩ともいえる『地峡の町にて』となった。

「一滴の夏」は出口のない主人公が父のいる島へ働きに行くところで終わるが、この続きは「とらわれの冬」（「すばる」昭和五十一年九月号）に書かれている。

（中野章子）

初出一覧

草のつるぎ	「文學界」	一九七三年十二月号
砦の冬	「文學界」	一九七四年三月号
水辺の町　仔鼠	「あすあすあす」	一九七六年十一月号
水辺の町　蟬	「あすあすあす」	一九七六年十二月号
水辺の町　落石	「あすあすあす」	一九七七年一月号
水辺の町　蛇	「あすあすあす」	一九七七年二月号
水辺の町　再会	「あすあすあす」	一九七七年三月号
五色の髭	「季刊藝術」	一九七四年夏号
八月	「文學界」	一九七三年十月号
隣人	「オール讀物」	一九七五年一月号
恋人	「風景」	一九七四年三月号
一滴の夏	「文學界」	一九七五年十二月号

執筆者・監修者紹介

堀江敏幸

一九六四年、岐阜県多治見市生まれ。作家。早稲田大学第一文学部フランス文学専修卒、東京大学大学院人文科学研究科博士課程中退。一九九九年『おぱらばん』で三島由紀夫賞、二〇〇一年「熊の敷石」で芥川賞を受賞。著書に『雪沼とその周辺』『河岸忘日抄』『戸惑う窓』など。

中野章子

一九四六年、長崎市生まれ。エッセイスト。著書に『彷徨と回帰　野呂邦暢の文学世界』（西日本新聞社）、共著に『男たちの天地』『女たちの日月』（樹花舎）、共編に『野呂邦暢・長谷川修　往復書簡集』（葦書房）など。

豊田健次

一九三六年東京生まれ。一九五九年早稲田大学文学部卒業、文藝春秋入社。「文學界・別冊文藝春秋」編集長、「オール讀物」編集長、「文春文庫」部長、出版局長、取締役・出版総局長を歴任。デビュー作から編集者として野呂邦暢を支え続けた。著書に『それぞれの芥川賞　直木賞』（文藝春秋）『文士のたたずまい』（ランダムハウス講談社）。

＊今日の人権意識に照らして不適切と思われる語句や表現については、
時代的背景と作品の価値をかんがみ、そのままとしました。

草のつるぎ　野呂邦暢小説集成 3

2014 年 5 月 1 日初版第一刷発行

著者 : 野呂邦暢
発行者 : 山田健一
発行所 : 株式会社文遊社
東京都文京区本郷 4-9-1-402　〒113-0033
TEL: 03-3815-7740　FAX: 03-3815-8716
郵便振替 : 00170-6-173020

書容設計 : 羽良多平吉 heiQuiti HARATA@EDiX+hQh, Pix-El Dorado
本文基本使用書体 : 本明朝小がな Pr5N-BOOK
印刷 : シナノ印刷

乱丁本、落丁本は、お取り替えいたします。
定価は、カバーに表示してあります。

　ISBN 978-4-89257-093-3